شارع بشار

شارع بشار

الكاتب: محمد السباهي

تصميم الغلاف: مرتضى كزار

الطبعة الأولى، 2018

المعقدين للنشر والتوزيع

Almuakadeen for Publishing & Distribution

العراق البصرة شارع الفراهيدي

الهاتف: 0096597779850

Dar.Almuakadeen@gmail.com

Facebook: MUAKADEEN

Instagram: @muakadeenbooks

لبنان بيروت / الحمرا

تلفون: 961 1 345683+ / 961 1 541980+

بغداد العراق / شارع المتنبي عمارة الكاهجي

تلفون: 07830070045 / 07810001005

✉ daralrafidain@yahoo.com   f dar alrafidain

✉ info@daralrafidain.com   ⓞ Dar.alrafidain

🌐 www.daralrafidain.com   𝕏 دار الرافدين @daralrafidain_1

ISBN: 978 - 1 - 77322 - 607 - 1

شارع بشار

محمد السباهي

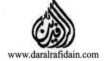

www.daralrafidain.com

تـحذيـر!

مَنْ لَمْ يَكُنْ مُتَحَرِّراً فلَا يَقرأُ مَا أكتُب

أقرأوني كي تعرفوني

ليس ينبغي لطالبي العلم والحكمة أن يتهاونوا بكلام السباهيين ولا بخرافاتهم، فإنهم يأتون بالحكمة البالغة في صورة الخرافة التي معظمها كذب ومحال، حيلة بذلك منهم على الأغبياء، لينفروهم عن العلم إن كانوا جهلاء، فأما أن كانوا عقلاء، فإنهم لا ينفرون، نفور الحمير والبهائم من أدنى صوت وحركة، بل يثبتون ويصبرون ويتأملون، فحينئذٍ يقفون على ما يسرون به وينتفعون به أيضاً منفعة بليغة.

الراعي

أزهار الفكر

هي أجمل الأزهار التي يتعطر بها البشر

صُنْدُوق بَانْدُورا

حديثُ خُرافة

الرَّاعِي

تَغْرِيدُ الرَّبِّ، القِصَّةُ لَا تَتَغَيَّرُ أَبَدًا

الرأعي

يَطِيرُ بَيْنَ الوُرُودِ مِثلَ الفَرَاشَةِ التي قدمَت لنا رقصةً عشوائيةً في

مُخَطَطِهَا، ارتجاجية فِي رِحلتِهَا الصَغِيرَةِ حتى أصبحت متابعتَهَا

مُرْهِقَة.

عِمَارَةُ

يعقوبيان

الحَقَائِقُ هِيَ الحَقَائِقُ

مَسْجِدٌ أَيَا صُوفْيَا بُنِّي فَوْقَ كَنِيسَةٍ وَالكَنِيسَةُ بُنِيَتْ فَوْقَ مَعْبَدٍ وَثَنِي!

آلِهَةٌ فَوْقَ آلِهَةٍ وَحَيَوَاتٌ فَوْقَ حَيَوَاتٍ. هَكَذَا أَنَا،

طَبَقَةٌ

فَوْقَ

طَبَقَات

الإهداء

كنتُ أريدُ أن أهدي هذا العمل الإنساني الرائع إلى أبي.

لكني خشيتُ من أن يصبّ الرعاع والدهماء جام غضبهم ولعناتهم عليه.

فأهديته إلى شخص ملعون بالفطرة.

لن يفرق الأمرُ كثيراً، صديقي عزرا.

إِلَى

عَزْرَا پاوند

الصَّانِعِ الأمهر

فِي مَحَطَّةِ مِتْرُو

تَرَاني هَذِهِ الوُجُوهُ فِي الزِّحام:

بِتَلَاتٌ عَلَى غُصْنٍ نِدي، أسْود

عَزَرَا باوند

لَقَدْ جِئْنَا مِنْ مشهد لَمْ نَكُنْ فِيهِ!

إذ لا شيء يُنبئ عن صورة فاصلة بين القردة العليا والخلقة البشرية

سارتر

لوحة رقم (صفر واحد) خلق آدم مايكل انجلو

فَتَلَقَّىٰ آدَمُ مِن رَّبِّهِ كَلِمَاتٍ

نَافِذَةُ مَا حَدَثَ لَمْ يحدُثْ!

العَالَمُ مُصابٌ بِألْزَهايْمر!

إِنَّنَا نُحَمِّلُ مَعَنا الاضْطِرَابَ الَّذِي رَافَقَ لَحْظَةَ تَشَكُّلِنَا.

مَا مِنْ صُورَةٍ تَصْدِمُنَا؟ إِلَّا وَتُذَكِّرْنَا بِالحَرَكَاتِ الَّتِي صَنَعْتِنَا.

تَنْحَدِرُ البَشَرِيَّةُ بِلَا انْقِطَاعٍ مِنْ مشهد يَشْتَبِكُ فِيهِ حَيَوانَانِ ثَدْيِيَّانِ، ذكرٌ وَأُنَّثى، حِينَمَا يَقْتَرِنُ الجَمَالُ بِالجَلَالِ، يَصِلُ الجَسَدُ إِلَى أَقْصَى حَالَاتِ النُضْجِ وَالاِكْتِمَالِ!

تَتَدَاخَلُ أَعْضَاؤُهُمَا التَّنَاسُلِيَّةُ البَوْلِيَّةُ، شَرْطُ تَعَرُّضِهَا لِحَالَةٍ خَارِجَ المَأْلُوفِ حِينَ يَتَغَيَّرُ شَكْلُهَا تَغَيُّراً وَاضِحاً.

خَطَرَانِ مَا زَالَا يَتَهَدَّدَانِ العالَمَ:

النِّظَامُ وَالفَوْضَى

المعلم

كان الفيثاغورسيون يعتبرون هذا الرمز ذروة الإتقان الهندسي وكانوا يرون فيه المدخل إلى (تاتاروس) وهو الصورة الأولية للجحيم في خيالهم.

وعند اليهود كانت ترمز إلى أسفار موسى الخمسة المقدسة ((التوراة)) ودُعيت بخاتم سليمان إلا أن خاتم «سليمان» أو نجمة «سليمان» هي سداسية وأن كانت تستخدم بالتوازي مع أل «بنتاجرام» أي النجمة الخماسية...

في وقتٍ مُبكر في المسيحية كانت ترمز هذه النجمة إلى جروح المسيح الخمسة وهي: جُرحان في المعصمين وجُرحان في الكاحلين والطعنة في الخاصرة. وقد قام الإمبراطور «قسطنطين الأول» بعد الحصول على مساعدة الكنيسة المسيحية من الناحية العسكرية والدينية بالاستيلاء على الإمبراطورية الرومانية في 312 ميلادي... استخدم نجمة خماسية حيثُ اعتبر أنها رمز الحقيقة.

قُدُماً

البَيَانُ التَّأمُّلِي

الأَعْمَالُ العَظِيمَةُ بَاهِظَةُ التَّكَالِيفِ

حقاً، أتمنى لكم مشاهدة ممتعة. إنها ليست كتابة، إنها جنس من التصوير. هذا أفضل ما يمكنني قوله في هذه العجالة. ربما هي محاولة تفادي الجمود الأكاديمي. التحدث إليكم قبل بدء العمل. وربّما، أيضاً، بحسب ما أظن، أن أحد طفيليات العقل، سيقول: على أحدهم أن يوقف هذه المهزلة!

وأنا أقول: يا إلهي، ها قد بدأنا. بأسم الأب والابن، وباسمي أنا كاتب هذه السطور. لكن يبقى السؤال المستحيل أو السؤال العبثي: كيف سنقرأ هذا السفر الجليل؟

القراءة الجزئية بلا مضنّة في القول، ستظل حائرة مترددة من خلال الجزئي والشخصي في التجربة الإنسانية، مذعورة أمام رواسب القديم. قراءة مضللة، منقوصة وفيها قتل للمنجز الفكري والإبداعي لكل عمل، فضلاً عن منجزِ هذا الرجل الذي وهب حياته للعلم والفكر وللإنسانية. والقراءة الكاملة المعمقة تتطلب ترتيباً تاريخياً معمقاً وهذا ما سوف نتركه للقارئ وطريقة تفكيره، أعني، لكم.

ولا ريب أن معمارية هذه التراجيديا الإلهية لن تكتمل من الناحية الخبرية إلا إذا جرت عملية بناء منظمة تَرْصُف فوق أساسها الميثولوجي، صوراً ومعطيات مشتقة من النتائج نفسها التي أسفر عنها الامتحان الإلهي.

نحن نؤمن أن التفكير يختلف عن طريقة التفكير. ولهذا يحظى التفكير وطرائق التفكير بالكثير من العناية في منهج سيدنا الأستاذ، الذي يرى أن الاختلاف في الفكر وفي طرائق التفكير يفتح بوابات العقل والعالم نحو النور، ويؤسس لعلاقات إنسانية قوامها العلم والمعرفة وخدمة الإنسان. وهذا الكتاب الذي بين أيديكم لا يكون خطاباً بذاته داخل حفريات الابداع، إنّما هو وثيقة إنسانية لم يكن الكاتب يأمل دون أدنى نية في نشرها. لقد كانت نتيجة للهزات الداخلية التي ألمت بالكاتب. ونحن، إذ ننشر هذه الوثيقة اليوم، كان لابد لنا من دخول التيه المعرفي حتى نعيش حالة الضياع الكامل داخله، وهذا ما اتمناهُ لكم. مرتمين بذلك في أحضانه ومرغمين. تيه لم يكن من صنعنا. لكننا أحببناه وأحببنا أن نوصل لكم هذه المعرفة في محاولة لكسر الثقافة المهيمنة، وهي ثقافة استهلاكية قارة، ومهينة لقراء تعودوا على تذوق حساء الجثث كل صباح!

حاشية (1) ربما يذهب ظن بعض القراء إلى أن هذه المقدمة هي مقاربة لما ذكره دستوفيسكي في مقدمة الجزء الأول من رواية الشياطين حينما تحدث عن ستيفان تروفيموفتش فرخوفنسكي. صحيح أن شخصية سيدنا الأستاذ فيها من الميول والأصول الدينية، وإذا كان هناك بعض الموافقة بين الشخصيتين. فهذا لا يعني بحال أن شخصية سيدنا الأستاذ هي شخصية ستيفان!

نعتذر للكاتب الذي اختفى قبل أن يرى الذي بين يديك، كما أننا نعلن عن تحملنا التبعات القانونية التي قد يراها بعض المتنطعين من دعاة

الليبرالية، تعدي على الحرية الفردية والملكية الفكرية، وأن كنّا نؤمن بأن العلماء ورثة الأنبياء، وأن ما تركوه صدقة، وأن زكاة العلم أنفاقه.

هذه المقدمة جزء من الوفاء لهذا الكاتب الذي كان مختبئاً أو أجبرته ظروف الحياة على الاختباء بين ادراج مكتبته وبين رفوفها. باحثاً، مدققاً، متأملاً في الحياة، ومتألماً. لقد عاش طويلاً، وتميزت حياته بأطوار. كان يعيش في البداية بسذاجة الإنسان العادي، ثم بدهشة، وأخيراً بفزعٍ وخوف. حيث لازمه هذا الفزع حتى بعد ان أحرق مكتبته وجميع ما كتب ودوّن.

هذه الكتابات تحمل قدراً من الإنسانية والذكاء يُصبح معه الجهل بهذا الرجل، حتى هذا التاريخ، أمراً مثيراً للدهشة! وهذا العمل بكلماته وهوامشه، المكتوب باسم مستعار، هو عمل الكاتب (بشخصه الخاص)، لكن ينقصه اسمه الحقيقي. وبصراحة ووضوح أكثر، كان هدفنا ترتيب المادة بشكل يجعل منها سرداً مستمراً. وأن محونا اسمه الحقيقي وأثبتنا له المعادل الشخصي فهذا لا يعني بحال محو شخصيته. ونرى أن في إظهار الاسم ذبح الجسم وطمس الرسم. حديثنا سيكون عن الرجل الذي لم يكن يهتم بالشهرة، حتى المتأخرة منها. ونظن ان الذي إذ كان في صورة الله، لم يحسب خلسة أن يكون معادلا لله. ونرى أكثر أن الفن العظيم لابد وأن يكون علمياً غير مشخص، وهذا ما يذهب إليه سيدنا الأستاذ. ونحن لا نحاول الاختباء وراء هذه النصوص، لذا استخدم ضميري الشخصي. إن مسؤولية ما أكتبه تقع على عاتقي وحدي، وأنا أتحدث باسمي الشخصي.

20

ما قد كتبته، قد كتبته كما قال بيلاطس

إن الأثر الذي نريد اليوم أن نقودكم إلى زيارته، أثر افتراضي، ما من طبعة تستطيع إن تعيد إنتاجه حتى ولا هذه الطبعة. ولا ينبغي أن تفوتكم هذه الدلالة. قد لا يكون ذلك سوى «أعجوبة» حقيقية، وبخاصة ذلك العمل الكتابي الهائل، النبوئي، المدمر، الذي تتأجج فيه كل إشكاليات العالم وفوضاه، والذي جاء عبر بناء مستمر لم ينقطع، امتاز بالكد والدقة.

إن اختيار نصوص بعينها للنشر في حد ذاته يُعتبر تأليفاً غير مباشر، ويكون الناشر في هذه الحالة مؤلفاً بطريق غير مباشرة أيضاً. إن من مهام المفكر التعريف بأهم التحولات الفكرية التي حدثت في الحضارات الأخرى والتي تحدث من جديد في حضارتنا نحنُ. وهو لا يتكئ على تاريخية سياق أو صرامة اكاديمية حتى في ملامسته الميثولوجيا.

ما أكثر من فكَر وما أقل من نظّر وأقلُّ القليل مَن طبّقَ!

هذا الخطاب الذي بين يديك كان جزءاً من سلسلة أعدّها وعدّها سيدنا الأستاذ، التراث الحقيقي لحياة الإنسان. قد يشابه ما يذهب إليه سيدنا الأستاذ كل دعوة عقلانية يقوم بها بعض المفكرين لإعادة بناء القديم عبر ترميم الحاضر.

كان بعض أجزائها محترقاً، حاولنا بمعونة المعهد الشرقي التابع لجامعة شيكاغو ترميم وإعادة تهجئة وقراءة واحتمال بعض الجُمل لإكمال هذه الخطاب. كما حرصت على نقل روح النص برقصه العشوائي خاصة أنها عشوائية مقصودة من قبل الكاتب، كما عرفته. قرأه أفلاطون وأحب أسلوبه الحواري. اقتبس منه طريقة حواره، لذلك صنف

مقالات علي نفس المنهج. هذا ما أظن وربما، هو مجرد وهم. ربما لأنني أفلاطوني النزعة. على أيّ الأحوال ما أذهب إليه مجرد زعم ومحاولة فهم، ليس غير.

وهكذا كانت مهمتي أشبه بإعادة التصنيع في عصر التجميع. وربما كانت إعادة وترميم البناء أصعب من البناء الجديد أحياناً. وإذا كانت هذه الكتابات قد صيغت صياغة شعرية أو نثرية في حينها، إلّا أنها من حيث المبدأ قصّة أو مجموعة قصص تنتظم في خط درامي سردي يعبّر عن مهارة المبدع في طرائق كتابة النص الأول وقدرته على التعبير عن ذلك الفكر والخيال الجامح والعواطف المتقدة في تلك المرحلة المبكرة من حياة العالم. نرى في هذه الوثيقة، تفاعل عناصر تاريخية وشخصية وسياسية جمالية وخيالية. قدمت بقوة وبحذق وبشكل جميل. لنقولها بطريقة أخرى: إنها نتاج عبقرية.

إنني هنا لا أكتب تاريخاً بقدر ما استخدمه من أجل إعادة فهمه والتدليل على وقوعه؛ أما هم فلم يفهموا شيئاً، بل كان لهم كلام مستغلق وأقوال لا يدركونها. ذلك أن ما فُهم طوال الوقت على أنه مجرد أساطير وخرافات إنما هو بالنسبة لي تاريخ حقيقي اندثر تحت عدة طبقات من الأخبار والقصص الشفاهية الميّالة تلقائياً إلى إضفاء طابع غرائبي على الأشياء؛ وإن مهمتي هي على وجه الضبط القيام بمحاولة إزاحة جزء من ذلك الركام الذي يحجب التاريخ، ويمنعنا من رؤيته لا أكثر.

كذلك ليس الغرض من هذه المقدمة هو عرض فلسفة سيدنا الأستاذ فتلك مهمة لا يقوى ولا يقدر عليها رجل بمفرده. وأظنها مهمة جيل، وربما هي مهمة أجيال في تعاقبها لكشف هذه الحكمة العلوية. كذلك،

22

هذا الخطاب ليس تجوالاً في سيرة الرجل الذي مازال هو اللغز المحير لهذه الحكاية القديمة. لماذا أطبق عليه الصمت، كيف غاب، كيف اختفى، هناك من يقول في سرداب، كيف تألم، كيف تمرد، كيف قدس وقُدس، كيف قاتل، وأخيراً كيفَ قُتل؟ هذا لو كان مقتولاً، بحسب ما ورد من أخبارٍ شفاهية.

حينما تُريد قتل إنسان سارع للحط من قيمته! وهذا الذي حصل مع سيدنا الأستاذ!

لهذا سترى نفسك عزيزي القارئ أمام تساؤلات سرعان ما ستجد الجواب عليها كلما تقدمت في قراءة النص. هذا هو العناء، اللذيذ الذي ستجده في متابعة الفراشة. وربّما، ستصادفك بعض ما تدعيه أنت أو تظنه الهنّات والأنّات! تركناها في مواضعها لتريك مقدار القلق والألم الذي ألم بسيدنا الأستاذ.

كل الحقائق تمر بثلاث مراحل:

الأولى أن تتعرض للسخرية، والثانية أن تقاوم بعنف، أما الثالثة فأنه، يتم اعتبارها من المسلمات. لذا نرى سيدنا الأستاذ، دائماً خارج النسق. لأنه بفطرته السليمة يعلم أن البحر الهادئ لا يصنع بحاراً ناجحاً. عندما نقرأ مقالات سيدنا الأستاذ بهذا الترتيب، لا نقع على اختلال في تفكيره الفلسفي ولا نقنع، بل نجد أنه بقي أميناً مع ذاته في تعبيره عن ذاته. ولكننا نرى أيضاً بوضوح مختلف الموضوعات التي شغلته في مختلف مراحل حياته. وكيف أنّ مجموعة المقالات تستجيب لموضوع مُحدّد ودقيق.

سيدنا الأستاذ الذي أدركناهُ حياً، كمستحي كونه في جسد! وتلك

حالة نفسية كانت تحمله على ألا يذكر شيئاً عن أسلافه أو أبويه أو وطنه. بل وتجعله لا يطيق صبراً على رسام يُصوره أو مثّال يُمثله، كان يردُّ على هذا قائلاً: أليس بكافٍ أن نحمل هذه الصورة التي خُلعت علينا، حتى نزيد على ذلك رضانا بأن نُخلف عنها صورة أخرى لها تبقى بعدها كأنها من الآثار التي تستحق المشاهدة؟!

ينقلب الجاد والفاجع إلى ساخر، بل كاريكاتوري، وبالعكس. إن فلسفة للقينية والتهكم والوقاحة المقصودة تنشأ لديه على أنقاض فلسفة الرومنطيقيين المتفجعة، وتُقيم عليها عمل شيطان أسود، صنيعاً لاهبا لرجلٍ غفلٍ اختفى في ظروف غامضة، ولم يترك للتاريخ حتى أن صورته الشخصية.

إن هذا الخطاب ينبغي ان لا يُنظر إليه أو اتخاذه مثلاً أعلى في الحياة. إنه يصف العواصف التي أحدقت بالحياة العاطفية لإنسان مبدع، مغتبط بالحياة لا يسعى إلى إقناع مُتدرج ولا يبغي إقناع أحد أو ربحه لصفه أو السيطرة عليه. إنه يصور الحياة كما تصور لوحة عاصفة، وهو بعد لا يطلب من القارئ أن يُعبر عن تعاطفه معه، لآنه يرى أن ليس لأحدٍ في العالم أن يسبر المسائل من جميع جوانبها؛ إذا انتقلنا من الفكر إلى العمل نرى الأشياء قد اكتملت. ربما الكثير منّا لا يفهم تلك النقطة المهمة، المحبة للأشخاص يعني التألم لأجلهم. لذلك يكون قرار الحب والمحبة قراراً خطيراً.

أتألم، لكن لا أساهم في نشر الألم

نوه إلى إننا لم نقع في خطأ تقني أو خلل أكاديمي من خلال إعطاء

هذه العمل أكثر من اسم. بل أن الوصية التي وجدت على رقيم طيني كان سيدنا الأستاذ قد صنعه في القدم، أعطت حق التساوي للجميع فيما يملكه. ومنها، حق تسمية هذا العمل. وليس هروباً من الإحساس بالخطأ او تفادياً للخلل الذي على ما يبدو تقني أو معرفي، أعطينا حق إطلاق التسمية حصراً لزوجته (ولن نقول أرملته، لأننا على يقين من أنه على الحياة) وابنهُ الوحيد، ونوهنا لهذا الأمر، لأننا محكومون بالنظام. لكن المشرف على قراءة النصوص في الدار وضع العنوان الكبير على وجه الكتاب، لذا لم يكن من القبول بُد!

كلمة أخيرة،

نحن هنا لسنا في معرض التحمس والدعاية لسيدنا الأستاذ أكثر مما يجب، أو الوقوع في التطرف، فهذا أمر لا أود الحديث عنه لأنه دعاية قد تكون تجارية مالم يلمس القارئ قيمة الفكر المطروح في ثنايا النص.

الدرس الأخير:

إن على الفيلسوف الممتلئ بالحكمة ألا يخافٍ. عليه التفكير بالملكوت، وليس التفكير بالموت.

توكلنا على الله

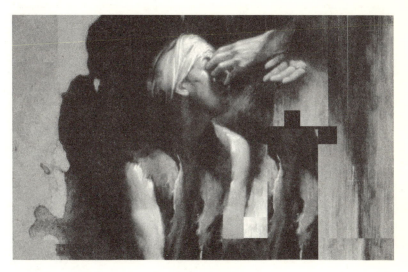

المولود أعمى

لوحة رقم (العالم)

خطوة قبل الخطوات

نزهة في غابات السرد

حين تجوع النار تأكل القرابين المقدسة

نسرد الخيال، لنسترد الواقع

سألعب دور الراوي في هذه الأمسية، أهلا بكم في عالمي، هذا أنا ولا أنا بعدي...... أحسستُ وأنا أخطُّ هذه الوريقات، كأن أصبع الإله يداعب ملمس الأرغن الكوني.

هلم ومن سمع فليقل هلم، إني أشهد لكل من يسمع كلماتي ويقرأ حروفي بالسعادة، أنا جامع السعادات، هيا تجمعوا واسمعوا أبجدية اللهب، استمتعوا بالحروف المشوية بالنار المقدسة. هل تعلمون لماذا أكتب لكم؟ أكيد سيراودكم هذا السؤال التقليدي: بأي سلطان تفعل هذا؟ ببساطة لأنه طلب هذا، وهل تعلمون لماذا أنا أفضل منهم جميعاً، ها؟ لأنني كنتُ هناك. هذا كل ما في الأمر. إليَّ، إلي، شنفوا الأذان قد حان الحين وآن الأوان لسماع تغريد الترجمان.

ملحوظة للتذكير وأخرى للتفكير: عدم الفهم يختلف عن سوء الفهم أو لنقل (الفهم المضاد).

هذه ليست قصة أو رواية أو ملحمة أو مسرحية أو قصيدة أو أغنية. هذا عالم بأكمله، تراث أمة، تاريخ شعب، مجموعة من سير لرجال ونساء، ذخيرة ضخمة من الأغاني الشعبية والألحان، ساحة تذخر بصراع

المدارس الأدبية، ومناورات السياسيين، ومحاورات رجال الدين، ومتاهات الفلاسفة، يالهُ من طيف، إنها تتناول كل شيء، تبدأ من الأزمنة السحيقة ولا تنتهي إلى شيء!

ملحوظة أخرى: ليست مهمة التعبير إيصال الحقائق، بل عن مضامين الحقيقة نتكلم ولا نُفلح!

كثيرة هي الوجوه التي مررنا بها ولم نتوقف عندها، كأنها لا تعنينا. لا أدري يقولون إن خلف الحياة حياة وخلف النصوص نصوص، وأظن وبلا مجازفة في القول، إن خلف النصوص لصوص، وكذلك، خلف اللصوص لصوص. وجوه بيسو، الوجوه الخبيئة. كثيرة هي الوجوه التي تشبهنا ولا نتعرف عليها على رغم اقترابها منّا! **أين الوجوه من عهدِ عاد؟**

أعود للطين المشوي، أعني ما بأيديكم الآن، كان طيناً مشوياً والآن هو ورقة لكن ليس ابن نوفل. أعني، بالتأكيد ليست هذه حكاية خديجة، وزملوني زملوني. إنها قصة ولادة، لكن ولادة مَنْ؟ هذا ما ستعرفونه بعد حين فأنا محدثكم لستُ في عجلة من أمري، أتمنى أن لا تكونوا كذلك!

ما تقدم ليس بالحماقة. بكل بساطة هذا هو موضوع الرواية. وأظن أكثر وكي ولكيلا أجشمكم عناء القراءة فضلاً عن دفع ثمن الرواية وهو 10$ دولارات أمريكية بالعدِّ والنقد، أكرُّ عليكم بالقول وأكرر أن هذه قصة ولادة. قلت لكم هذا كي لا تتورطوا بالشراء، قف عند أحد رفوف المكتبات وتناول نسخة من الرواية، انفض عنها الغبار، تصفح الصفحة الأولى وبعد ذلك قرر أما الشراء أو التراجع إلى الوراء، وأظن أن التراجع هو إحدى الحسنيين.

29

ملحوظة خاصة مهمة للنقاد أكثر منها للقراء. بصراحة، لا جديد تحت
السرد! هل هذه مفاجأة؟

فضاء بلا خريطة

تقولُ أمي ﷺ: لو علم الذين لم يولدوا بعد ما نلاقيه من الدهر، ما أتوا أبدا!

ما زلتُ أراني أسيرُ في الصباح الباكر الساكن، تحت سماء لؤلؤية، إلى البيت القديم، أسيرُ إليه، وأنا أحمل في داخلي شوقاً ممضاً وعميقاً، وحسّاً بانتماء لا ينفصم إلى هذا البيت، ولوعة لفقدانه. أعرف أنني لن أسير إليه أبداً، لن أدخله مرة أخرى، أبداً. آه! كم أعرف هذا المنزل عن ظهر قلب! أسقفه الزرقاء، وجدرانه المشيدة من الطوب والحجارة، بقى كل شيء كما هو ماثل في ذاكرتي، خطواتي في هدوء الحُوش، بعد أن أغلق خلفي باب الشارع الكبير، تحت سماء الجميزة العتيقة لن تحدث.

أخطوها، مع ذلك، على الدوام، من غير وصول. أعبر عتبة الباب الرخامية، حافتها الناعمة غاصت في الأرض، عليها نقوش كتابات سومرية كانت تُمّحى بالماء المقدس، تستجلب البركات وتستصرخ الذكريات.

تُسَرِّعُ بِالكِتَابَةِ... كَمَا لَوْ جِئْتَ مُتَأَخِّرًا عَنْ الحَيَاةِ!

أتمنى أن تتذكروا، دائماً وأبداً، أن الإنسان هو خالق الخطاب. لذا، فأن خطاب الإبداع الذي بين أيديكم هذا ليس كتابة ثانية، بل تنوير

للخطابات الماضية، وتثوير يسهم في خلق الكتابة الثانية في ذهن المتلقي. تلمس المعنى الحقيقي الكامن خلف المعنى الظاهري.

بالرجاء، أتمنى نسيان الكلمات المتقدمة، وإليكم الحقيقة عارية من كلِّ لباس.

• نُقْطَةُ رَأْسِ سَطْرٍ:

إِعْتَرَافٌ صغير

هذه الرواية يا سادة يا كرام، عبارة عن مجموعة سرقات. لستُ السارق الأول. أكيد هناك من سبقني وهناك من سيلحقني، وأكيد أكثر، أن هناك من يرافقني منكم الآن.

هل تعرف عزيزي كيف تبتدع نصاً من النصوص أو تاريخاً من التاريخ أو أفعى من العصا أو أن تُحيكَ مؤامرة من الذاكرة؟ تعلمتُ هذا الأمر من لص الاختراعات توماس أديسون الذي كان يسرق الاختراعات وينسبها لنفسه. لا تعجبوا أو تتعجبوا فالخواجة أديسون أكيد كان يعمل بنصائح الإله (يهوه) كما كان يفعل سلفه الصالح (مثلي) القديس أوغسطين الذي سرق فلسفة الوثنيين وحولها إلى فلسفة انجيلية! العبرانيون (شعبُ الله المختار) بحسب أوامر وشرعة (يهوه) سرقوا أواني من ذهب وفضّة المصريين وزينوا خيمة الشهادة، بيت عبادة ربهم، وذاك ما يتوجب على المفكر المسيحي أن يفعله بحسب القديس؛ تصفية الثقافة القديمة بانتزاع السم الوثني منها في محاولة لتنصير الحكمة الوثنية! وهذا ما سأفعله لكم وبكم. ولن أقول: من أنصاري هذه المرّة!

هل عرفتم مَنْ أنا؟ أنا قديسكم العربي، حامل وحي الكلمات، بكل

33

اللغات، المحما إيليا، لكن الفارقُ، هينٌ بين. جئتكم بمصباح سحري، مصباح يضيء العالم بالكلمات. يُضيئ قصور بوتين وترامب. يُمكنني أن أريكم عالماً فسيحاً مليئاً بالمغامرات وروائع لا تحلمون بها حتى أو حتى بها لا تحلمون!

القص عالمي ونول الكلمات طوع يدي أنسجُ منها ما أريد، كيف أريد. هذا أنا وهذا عالمي لن يهزمني فيه أحد. أنا فخور، فخور جداً بأن أقدم نفسي لكم وللعالم. ربما تكون هذه الحقيقة صادمة لبعض القراء الذين لم يتعودوا سماع الحقيقة المجردة من أحد، بالأخص، منّا، نحن، شريحة المثقفين المثقلين بـ(الأنا والخيانة)*، المُتمترسين والمتمرسين على التأويل ولي أعناق اللصوص.

الرواية، كما أخبرتكم، بدءاً من العنوان الفرعي وحتى العنوانات الداخلية أو الثريات كما يسميها ابن عبد الوهاب. لا يذهب فكركم بعيداً لم أعنِ الحنبلي! إنّما هي، وبعبارة صريحة أو بصريح العبارة مرّة أخرى - مجموعة من السرقات تسميها العمة كرستيفا تناص. لكن الحقيقة أن كل ما سوف تقرؤون سرقة بواح.

لن أقول لكم كما فعل صاحب البندول؛ فتشوا الكتاب، واجتمعوا على الهدف الذي فرقناه وجمعناه في أكثر من موضع؛ فذلك الذي أخفيناه في مكان، أظهرناه في آخر، عسى أن تدركه رحمتكم. أرى هذا بعيداً. إن أصل العمل يكون في كامل شبكة المعنى المعقدة، على رغم التشابه بين الأمرين. لكن لن أكرر قول الرجل. هكذا أنا لا أحب أن أكون غيري، ببساطة تامة، أنا الرجل.

لاحظ معي، كيف سأقوم بالسرقة أو بتعبير ألطف وأظرف، وأيضاً أنظف، كيف سأتملك النصوص واستثمرها جميعاً حتى تُصبح نصاً واحداً، هو نص هذه الرواية. من خلال مزج الكلمات ورصف العبارات سوف أقوم بحذف اسم السارق الأول أعني الكاتب، وأحور وأورم العبارة، أقوم بتصغير وتكبير المكتوبات، اعكس الصور أو أجعلها شبحية، ثم أنثر عليها بعض التراب العتيق من روايات وحكايات عتيقة وكلمات بعيدة الغور من كتب لم يعد بالإمكان الوصول أو الحصول عليها، ثم أضع لمستي الحداثوية عليها.

فالحق أن متابعة تقلبات المصائر طوال هذا الوقت مدعاة للتشويش. ربما يذهب بعضكم إلى توصيف عملي هذا بصانع الفسيفساء. حيث أقوم، كما تظنون، بجمع الشظايا والألوان وفق زخرفة لونية معينة أو شكل هندسي أو مجسم لعمل فني كنسي، كما هو الحال في أغلب أعمال الفسيفساء والمجسمات في الأماكن المقدسة. أنا لستُ دادا وكذلك لستُ مايكل انجلو، من قال إنها تقنية كولاج؟ ابعدوا هذه الخرافة عن رؤوسكم. الأمر ببساطة أشبه بهزّ المشكال (Kaleidoscope) ثم مراقبة قطع الزجاج الملونة وهي تترتب وتعيد نفسها في تكوينات تختلف باستمرار. اتبع نسقاً تنظيمياً حرّاً دون الأخذ بعين الاعتبار التدرّج التاريخي الذي وضعت فيه هذه المقالات، فجاءت بطريقة اعتباطية كما يبدو ظاهراً. لكن الحقيقة تخبر بإن التاسوع السادس ينتمي للتاسوع الأول الذي هو من جنس التاسوعات.

ستيفن بطلاً

هذا الترتيب النسقّي، ترتيب صناعي من أجل الارتقاء الروحي والأخلاقي بكم، والتطهر الجذّري للنفس في عملية الارتقاء. أتمنى ألا يكون هذا التنظيم تعسفي. ذلك أن سيدنا الأستاذ كان يُعالج كلّ الموضوعات بعضها مع بعض من الأخلاقيات والطبيعيات والميتافيزيقا، ولا يتّبع التنظيمات المدرسيّة التي سعى جاهداً في رغبة محمومة للتخلص من هيمنتها ببلورة واستدعاء مُدرك يقترح بُنى ذاتية مغايرة. فما يسيطر على مثل هذا التفكير في تلك اللحظة، هو حاجة ما إلى ابتكار بنية ثقافية مترابطة، أو إعمال فرضية إيديولوجية تقوم على نوع من التذكر. فيحاول ترميم حقب النسيان، بما تعنيه من ضياع الهوية عبر اختلاق هوية ذاتية له بالتذكر والتخيُّل، لإيجاد البديل. والبديل هنا؛ ماضي تخيلي قد نبه إليه الآخر الغربي، وجعل مسألة حضوره مُلحة.

يعني ذلك إن العمل على التذكّر هو تجميع نُتف وشظايا متناثرة في النسيان، وفي شقوق الذاكرة، لشيء تحدو الرغبة الذاتية في استعادته وتحبيكه. لهذا، وببساطة يقوم التخيّل المصاحب للتذكر بعمليات إضافة على الشيء المُستهدف إن وجد، وتعديل له، بطريقة يُصبح معها من ليس هو الشيء هو، وذلك من خلال عمليات اختراع وتحوير ذهني.

في الحقيقة، يا سيدي الكريم. ليس عليك ان تلبس سروالك الداخلي

بالمقلوب لتعلن اختلافك! لبس السروال الداخلي بالمقلوب لا يجعلك مختلفاً، فعلُكَ هذا، ربما هو يضارع وهم السكارى في تقدير المسافات.

إن عملي هذا مُنصب على ترميم الحكايات. أنا منشغل بترميم الحكاية الأم. إعادة توثيق حدث الشرق الأكبر، أنا يوسيفيوس. ربما أن محدودية تفكير بعضكم لا تستجيب لمثل هذه الرؤية والخروج من شرنقة القراءة والكتابة التقليدية. بحكم الخبرة والتجربة، أعلم بمحدودية عقل أكثر المشتغلين في حقول المعرفة. ربما يقول بعض دود الخل أن هذا تفاخر بالكلام، تفاخر كاذب وأحمق، هذا كل شيء. لكنه تفاخر حقيقي وهذا ما يُزعجكم.

هل نحن أمام رواية حقيقة أم أمام كتاب فكري؟

فلمان في بطاقة واحدة.

أريدك أن تهدأ الأن ولا تفعل هذا الأمر، هم يعلمون إنك تحاول حماية نفسك. لكن هناك أكثر من طريقة لذلك، يمكنك أن تُرجع كل شيء إلى مكانه، ليس من العدل أن تجعل كل ما تقوم به هو عملية (تخريق) و (ترقيع).

عمليات اختراع وتحوير ذهني، إنها تحليق وطيران، رعشة جديدة، قفزة خارج السور.

قص ولصق، تلصيق وترقيع، لقد رقعت روايتي حتى استحييت من قارئها. هذه هوايتي من الصغر. ربما في بعض الأحيان تجدون ان اللصق غير مناسب، وتجدون اللفظة لم تقع موقعها ولم تصر إلى قرارها والى حقها من أماكنها المقسومة لها ولم تحل في مركزها وفي نصابها ولم

تتصل بشكلها، وكأنها قلقة في مكانها نافرة من موضعها، فأكرهناها على اغتصاب الأماكن والنزول في غير أوطانها. واتفق معكم تماماً أو تماماً معكم أتفق في هذا الأمر واعتذر. لكن طبيعة المكان ومساحته تفرض علينا شروطها وتتركنا مرغمين على الخضوع لمسار ومساحة اللصق.

كانت حوائطُ حجرتي مليئة بصور الرياضيين والممثلات نصف العاريات، وكان تحت غطاء سريري مجموعة من الصور والمجلات الملونة. لا يذهب بالكم بعيداً، وما حاق المكر السيء إلا بأهله هي مجلات ملونة للأطفال، مجلتي والمزمار، خشيتُ دائماً ان يمزقها أخوتي الصغار.

بالمناسبة أود ان أخبركم بأمر في غاية الأهمية قبل الشروع بقراءة الرواية، لن أقوم بصبغ الورق باللون الأحمر مثل (كازانتزاكي) في سيرته الذاتية؛ فأنك أيها القارئ ستجد في هذه الصفحات الأثر الأحمر الذي خلفته قطرات من دمي الأثر الذي يُشير إلى رحلتي بين الإنسان، كل إنسان يستحق أن يدعى بابن الإنسان عليه أن يحمل صليبه. أتمنى ألا يتم الحكم عليّ من خلال أعمالي وإنما من خلال نواياي. أعلم أنكم جميعاً ستقومون بشتمي، الآن أو بعد الانتهاء من القراءة. هذا إذا كان عندكم من الصبر ما يكفي لإنهاء هذا العمل الأسطوري. والصبر علاج الإنسان الأقدم على غموض العالم وهو حيلة المغلوب على أمره، كما هو حالكم بعد شراء الرواية. أكيد، وبصورة واضحة، وبموضوعية تامة أقول.

أورفيوس
سونيتات وأسطورة

لا ترهق نفسك بالبحث عن حقيقة أصلية وراء ما أكتب. أنا مثل البصلة مجرد أغلفة، لا تقيدني بمعنى بلا جوهر ولا هوية. قد أكون الجوهر والهوية. الاحتمالات الكثيرة لا تؤدي إلى نتيجة، وقد تفوت الحقيقة على من لا يهتم بتتبع الاحتمالات. ما نهمله، أحياناً يكون هو الحقيقة. قد أكون أنا هو. وقد أكون وهم. الكلمات هي الفخ الذي ينبغي عليكم تجنبه.

تعالوا لنملأ الحقائب بالأكاذيب والخدع...

أنا محدثكم، كذابٌ أشر، أعمل بنصيحة شيلر: لا تحرموا الإنسان من الكذب، العالم محاط بنسيج مزخرف شاسع من الأكاذيب. لا تحرموه من تخيلاته، لا تدمروا خرافاته، لا تخبروه الحقيقة، لأنه لا يستطيع أن يتحمل قدراً كبيراً من الواقع، ولن يتمكن من العيش من خلال الحقيقة! الخرافة لا تجلب سوء الحظ. دائماً نحب أن نعيش في عالم مليء بالخرافة.

الخرافة تهدئ الاعصاب، تمنعنا من التفكير في الواقع المأساوي ومن النتيجة الحتمية لهذه الكوميديا السوداء. الفكرة الخادعة، فكرة

خاطئة وخطيرة بكل تأكيد، لكنها وسيلة ناجعة في إيصال الحقيقة على شكل وهم. لا أدري، هكذا أرى، ربما تظنون أنني على خطأ، لكن، وهذه حقيقة مؤسفة لكم، أنا على صوابٍ تام. سأسرد عليكم مجموعة من الأكاذيب المبعثرة وأنتم ستصدقون ليس لأنكم أغبياء، حاشا، كلا ولا، وليس لأنكم شريحة من السذج، أبداً، كلا وحاشا لله ان ينحرف بي الظن الى مثل هذا. بل لأنكم ورطتم أنفسكم بشراء الرواية ومن باب الحاجة لأقناع النفس وهو دفاع ذاتي، لا شعوري بعدم الخداع، ستصدقون ما أقول لكم. وأظنكم ستصدقونني حين أقول لكم:

نعيش الحقيقة في خضم الخديعة أو نعيش الخديعة في خضم الحقيقة! لكن هل تسألوني كيف تبدو الكذبة حقيقة؟ ولأني أشطرُّ من أشطركم، سيكون جوابي لكم هو الآتي: إذا وصلت بطريقة احترافية.

هناك أمر آخر ستجدون ان بناء الرواية مفكك، لا رابط يجمع بين فصولها! ذرات فردية ملقاة في حركة عبثية براونية. لقد فقدت الذات قيمتها الكبرى وأصبحت مأخوذة بنسيج معقد من العلاقات الأكثر حركية أساسها تيارات تواصل تستقبل وترفض صيغ، لغات، وترجمات، تضع فراغات وتسائل منطق الغاية والهدف والمعنى. من هنا تظهر صعوبة الجمع بين الخطابات في خطاب واحد. ر ا هناك قواعد جديدة قادرة على التعبير عن هذا الخلاف الذي يخونه الإحساس، إذا ما أردنا ألا يختنق في خصومة. هنري جيمس يهمسُ في أذن أورفيوس، التشظي، البناء المفكك للتفضيل أو النفور المجردين، صديقي، أنت بالخيار. المتجاورات من المنجزات، أجمعها بعضها إلى بعض فحسب بحكم وجودها وبغض النظر عن التفاوت بين مستوياتها. فالرواية تمتلك رغم

هذا المظهر بناء سردياً تضامنياً، أن كل هذه الخدع تدخل ضمن نسيج العالم الروائي. وبصراحة وصدق من يتكلم تحت القسم أقول: إني جمعتها معاً لأني ألفتها معاً. فهي صورة لواقعي الفكري لا أكثر ولا أقل. لذا علينا أن نتعلم كيف نلج الغابة ونتجول داخلها، وكيف نخرج منها ونهرب من مسالكها الضيقة، كيف يتشكل الزمن وينتشر في كل الاتجاهات ليحجب الرؤية ويضلل المتجول ويؤدي به إلى الفشل في تحديد ساعات الليل والنهار، وعلينا أن نعرف كيف يسقط النص عوالم ممكنة، وأخرى ليست كذلك ولكنها تُفهم وتدرك. لماذا لا تعملون معي، ليس عندي. بل معي؟ هذا النص الرائع أمامكم، فقط، جربوا كيف تضعون له الموسيقى التصويرية، ها، ما رأيكم؟

أورفيوس، أسطورةٌ حزينةٌ تبين مدى تعجل الإنسان وعدم صبره على الأحداث!

عملي في هذا العالم، أن أجمع الورود لكم مثل يوربيديس. فلا تخبروا شارون بما أفعل. هيا، أشربوا من نهر العدم ونهر النسيان أمامكم.

هي ذي تنبثق شجرةٌ. يا للتجاوز النقي!

وما تقدم، أصدقائي، أول خطأ ترتكبونه في الحكم على الرواية. لأنها ببساطة قصة واحدة كتبتها أنا، لكن أخوتي الصغار لعبوا بالأوراق وبعثروها أو بتعبير حقيقي، صنعوا منها طائرات ورقية وتحولت الحجرة إلى مطار. ولأني لم أقم بترقيم الصفحات، كما هي عادتي حين الكتابة. وفي غفلة منّي وخشية غضبي البسيط جمعتها أمي بعناية أمومية وأرجعتها تحت السرير. وأنا بسذاجة من استهواه خطاب الناشر سارعت بإرسال

41

المخطوطة دون إعادة قراءة، أعني قراءة أخيرة! عندما يخرج الكاتب عن التقليدي والواقعي في الكتابة، يكون لزاماً عليه أن يبتكر، ان يخلق عالماً جديداً، وأن يلتزم به. هنا يُصبح للفوضى وللمنطق الداخلي الخاص هدفاً. إيشيجورو قال هذا. هل هذه وحدها هي مصيبتي، سادتي الأكارم؟ لقد ضمت إليها بنفس الحنان بعض الأوراق من كتاب التاريخ والجغرافية وبعض صور الجرائد والمجلات التي كنتُ أقصقصها!

لا، لا تصدقوا هذه الخدعة السخيفة التي حدثت معي على نحو الحقيقة! والتي يلجأ إليه بعض المبتدئين في الكتابة. يظنون انهم قد جاءوا بطه ويس وبالفتح المُبين، هذه خدعة قديمة، ساذجة، سخيفة وسمجة. كما وأتمنى، وهو استذكار لأمنية عتيقة وعقيمة، ألا يلجأ إليها بعض الكسبة من الكتبة الكذبة لأسباب منها؛ إنها أصبحت مستهلكة، اجترها العشرات من الكتّاب وأصبحت تقنية بالية. انتظروني قليلاً كي أضع إبريق الشاي على موقد الفحم المقدس وأعودُ إليكم. الوقت هو الثالثة فجراً وبتعبير مسيو سارتر الثالثة فجراً متأخرة عن فعل شيء ومبكرة عن فعل شيء. الوقت متأخر واليوم ضائع ولم أفعل شيئاً حتى الآن! خمس دقائق، هي كل ما أطلب، انشغلوا بالصور والخرائط التي اقحمتها أمي بين طيات الكتاب، فكرة لطيفة اعتبار هذه الكتابة، سيناريو بصري، أو اعتبروها كتابة صورية كما كان يفعل الأجداد. ماذا؟ ترفضون صنائع الأجداد وتهريقون ماء وجوهكم لطبائع الاستبداد! طيب اعتبروها تقنية القص التصويري Image Fiction. وليس العبارة شيئاً نحن ابتدأناه، فينكرهُ منكر، بل هو مستعمل مشهور في كلام العرب وكذا هو الأمر عند العلوج.

جوبيتر والفلاح

عذراً، هل يبدو عليّ الاضطراب؟ على ما يبدو إنني وحيد هذه الليلة، لم أكن كذلك من قبل، سحقاً! أعاود النظر في المرآة، لا أرى سوى شحوب وجهي وعيني الغائرتين، وقد احتضنتهما هالة من السواد، أما شعري، فهو مطبق في هدوء، هذا الهدوء هو الذي يحطمني وفي النهاية سيخمد أنفاسي. الوقت اعماني، أحملق في المرآة، أرى ضعفي وقصوري، أمد يدي نحو النافذة، تبدو الستائر ممزقة. ما سوف تتمتعون بقراءته ان هو إلا مجموعة قصص تجنح للهروب من الواقع إلى الخيال. ربما، لا أكيد أن بعضكم سيقول علانية أو في مخرئته، من يكون هذا المتحذلق الذي يحاول أن يُلقي علينا عضاته ويسرد لنا بعض سرقاته. لكن لا بأس، طالما أن التظاهر ميزة الشاعر كما يقول بيسو. سوف اعذركم، لأن عالمكم أصغر من خرم الابرة، فكيف ستسلك فيه أفكار جمل كبير مثلي! عالم ضيق، متوحد. تظنون أنكم قد ملكتم كل شيء! وفي حقيقة الأمر أنكم لا تملكون أي شيء، أو بتعبير جيد جداً، تملكون فقط الغرور. العيش في الوهم أمر خطير لأن صفعة الواقع وليس صدمته قد تنسف أوهامكم وتطيح بأحلامكم، أعنيكم أنتم. وقوفكم خلف بعض مثل قطع الدومينو، دون مساندة حقيقية سينهي إذا لم يكن قد أنهى أسطورة الأدب الرفيع.

43

بالمناسبة مرة أخرى، أنا هنا لا أحاول ان أعطيكم نصائح في كيفية الكتابة أو القراءة. أكتب لا لأدعي الحكمة دون سواي أو أعبر عن عمق التجربة دون مبرر، وسيلمس القارئ مدى حرصي على تبادل الحديث بيننا لجعله نوعاً من البث الهادئ بين صديقين دون احتكار للحقيقة. الفكرة الجيدة مثل السمكة الجيدة، إذا اصطدتها فلا ترجعها إلى النهر مرّة أخرى. الفكرة تبدأ صغيرة ثم تكبر، تجذب باقي الأفكار. إذا هبطت عليك الفكرة، استمع إليها مثل قديس يستمع لروح القدس.

الكتابة لا شرط لها، شرطها فقط امتلاك الأدوات، وكيفية توظيف هذه الأدوات، حساسية بسيطة مع مراعاة الهندسة. النص ينبغي ان يخضع لهندسة حتى لو آمن الروائي القدير، مثلي، بالفوضى، لكن يبقى خلف الفوضى المهندس الذي يُقسم بمواقع النجوم. الروائي والقاص مثل مهندس العالم، كلاهما يصنع العالم بالكلمات. والقراءة لا شرط لها سوى امتلاك الدينارات، يصح هذا الجمع عند مالك، فقد جمع دجال على دجاجلة. عليكم اللحاق بقطار المعرفة الذي يسير بسرعة فائقة وأنتم قواعد! لقد اتسع مفهوم المعرفة ومفهوم القراءة والكتابة ونحن لما نزل نعالج موضوعاتنا بطرق عتيقة. القراءة التقليدية غير مثمرة لأنها مبنية على التسلية. والتسلية لوحدها غير كافية لخلق قارئ مبدع يمكن ان يوازي بعقله وعلمه الكاتب المبدع.

أظن ان القاصة الأولى، السيدة شهرزاد قد علمتنا طريقة الكتابة الانشطارية، ونعني بهذا المصطلح: (التحول المتواصل). قد يضحك بعض المنشطرين من هذا المصطلح (الكتابة الانشطارية). لكن لا بأس باجتراح مصطلح جديد في الكتابة أو تنظيف مصطلح قديم، طالما ان

هناك من اجترح الكتابة في درجة الصفر ودرجة45 وفهرنهايت 451 وتولستوي جاء بديالكتيك الروح، وهناك من تحدث عن صيف الصفر. إذا أردت أن ألا تُنسى بعد موتك، إما أن تكتب شيئاً يستحق القراءة، أو تعمل شيئاً يستحق الكتابة. الكتابة هي نوع من المساهمة في إعادة كتاب الحياة لمن لم يقرأ منهُ شيئاً. لو لم يحتفظ الناس بأسماء العباقرة والمفكرين، ولم يصل إلينا ما كتبوه! ولو أن هؤلاء الأنبياء والمفكرين والفنانين والأبطال العظام قد حُذفت أسماؤهم من تاريخ البشرية لما كان تاريخنا أفضل من قطيع من القرود أو اسراب من الطيور والحشرات. إننا في الواقع نحاول بعث الحياة في الكتابات التي ماتت من أجلها النفوس العظيمة.

ملحوظة أخيرة: كنُ جريئاً في أعمالِ عقلك

أقولُ، وحَسْبي بها ضَماناً على كلْ ما أدَّعي: الروايات والقصص لا تشبه كتب المعاجم. ولا يمكن أن نعتبرها مراجع حالها حال القواميس اللغوية نأخذ منها المفردات ثم نطرحها على الرف بلطف. قراءة الرواية أو كتابتها لا يصلح معها تصفح وتفحص عين الفراهيدي ومقاييس ابن فارس، ولا يصح معها، أيضاً، الغوص في كتب

حاشية (2) (فكرة التحول المتواصل): في أسطورة هرميز Hermes تلتف الأغلال السببية على نفسها في دوّامات لولبية. الما بعدُ يسبق الما قبل، ولا يعرف الإله حدوداً مكانية فقد يكون في أشكال شتى موجوداً في أماكنَ عدة في آن واحد. فهيرمز غامض لا يستقر على حال، فهو أب كل الفنون لكنه إله اللصوص أيضاً.

(القلاقل) قل ولا تقل، ولا هي فذلكة ابن صالح في حشد نصوص بلا أفكار! يعتبر أقل الأشخاص قيمة، فهو قاموس موغل في القدم، ومع ذلك فهو لا يقول شيئاً سوى تلك الرطانات اللغوية المفخمة

والاستعارات البلاغية المحتشدة التي كانت سمة الرواية الفيكتورية.

أظن، أن هناك رجل كان يلقب بالقاموسي، هل هو أخوه؟ ميزوفانتي لا يملك خمس أفكار، لا يبدو أنه ممتلئ بالأفكار! المعرفة الفارغة بالمفردات، وبراءة الزهو البسيط الذي يملؤه، يجعله ليس بالشخص الذي يُثير الحسد، أنه يذكرني بالأرغن عندما تنتهي نغمته.

سجع كهان بلا برهان، حشو كلمات رنانة وعبارات طنانة. ولى زمن الكتابة الطابوقية والتقيد بمفردات المعجم والمسكوكات. لا يذهب بالكم بعيداً مرة أخرى، أنا لا أريد ان ألغي لغة الاعراب وأكلة الكواميخ، أنا صنو راغب أصبهان، أرغب بها وأرغّب عليها لكن هذا لا يعني ان يتحدث صباغ الأحذية بلسان ابن جنّي! من شروط الكتابة السردية التوافق المعقول بين مستوى التعبير ومستوى التفكير عند الشخصيات، واعتقاد الكاتب بتطابق هذه الثنائية يجعله رهينة نسق اجتماعي ولغوي حول ما تنطق به شخصياته.

هل هو أديبٌ دجال؟

قسماً بباخوس، إنهُ الشيطان!

السرد هو (ما يُقنع) بتعبير مارسيل بروست. عليك أن تكتب بلغة الآخر إذا كنت تطمع بنيل جائزته وتراعي متطلباته الأدبية وأعرافه المؤسساتية. عليك أن تراعي شروط الآخر في الكتابة وفي السياسة وفي الولاء.

الرواية يا عزيزي، وبتعبير مختصر، هي شكل خاص من أشكال القصة (سالفة). ببساطة جداً، هي حكاية وأحداث متخيلة، كما يقول أندريه

46

مونرو، وإننا نحتاج إلى مثل هذه الحكايات لآن حياتنا الواقعية تجري في عالم مضطرب لا نظام فيه.

والقصة ظاهرة تتجاوز حقل الأدب تجاوزاً كبيراً؛ فهي إحدى المقومات الأساسية لإدراكنا الحقيقة. فنحن، من حين نبدأ أن نفهم الكلام حتى موتنا، محاطون بالقصص دون انقطاع، في الأسرة أولاً، ثم في المدرسة، ثم في اللقاءات والمطالعات، وأخيراً في الحياة. طريقة الحكي أهم من الحكي نفسه. هذه ال (سالفة) ينبغي عليك ان تعرف كيف توصلها للناس.

يقول **الناصري**: إن وظيفة الروائي، هي حلّ المشكلات! هل الروائي مركز شرطة police station؟ وظيفة الروائي جعل الأشياء تحدث، تتمدد، تنتشر، تخلق فضاءات من خلال السرد. كيف يتمدد السرد، ها؟

ثيمة الفن، هي تيمة الحياة ذاتها. رسالة في زجاجة!

إن للكتابة وظيفة استشفائية، وليس، استجدائية! تهتم بتحقيق (المتعة والفائدة) وهذا متحصل أما بالفصل الواحد وأما بمجموع ما تنتجه الرواية. الاجناس الأدبية عرضة للتغيير والتحول. فالسرد بنيه لغوية ومحاولة توثيق الذات عبر حدث محكوم بزمان ومكان على شكل متواليات تتراوح بين الخيال والواقع. لكن بارت أمتلك القوة على محو الحد الفاصل بين الرواية والمقالة؟

مَنْ يحدثني؟

عزيزي أورهان، الرهان ليس هنا، الرهان فيما تكتبه. والسؤال، هنا:

ماذا سأكتب؟ هذا أولاً، وماذا ستضيف هذه الكتابة لما هو موجود؟ الكتابة مسؤولية. أنا لست المهرج الذي تبحثون عنه، المهرج الذي يكتب لإضحاككم، أنا أكتب من أجل إسعادكم وإيقاظكم. وظيفة المفكر الانتقال بالقارئ من الإمتاع إلى الإقناع. القارئ بحاجة إلى الامتاع والباحث بحاجة إلى الاقناع. زواج كاثوليكي، بين العقل والجسد، امتاع وإقناع! وحتى حينما يكون الضوء عمودياً والصفر هو محصلة الظل. يكون الظل كامن داخل الجسم على شكل طاقة ظلّية. هذا لب الحكاية وهذه طريقة التفكير التي أؤمن بها. أتمنى ان تضعوا هذه الملحوظة في خزانة الذهب حتى تنتهي هذه الحكاية.

مسؤولية الكاتب ان يسأل ماذا يمكن أن تُضيف تجربة الكتابة هذه للقارئ والمكتبة، وما الذي يُميز تجربتي عن تجارب الآخرين؟ كثيراً ما نقرأ مشاهد وفصول من روايات وقصص ويتبادر إلى الذهن سؤال: كأني رأيتُ هذا، كأني قرأتُ هذا، كأني سمعت هذه العبارة؟ البحث عن المناطق البكر في الكتابة أمر مطلوب للتميز. هناك كتابة أفضل من كتابة، لكن لا يوجد موضوع أرقى من موضوع. كل الموضوعات يمكن طرقها وتناولها. لكن بآلية وحرفية مغايرة للسائد ومألوف الكتابة. ليس عمل الكاتب أن يوفر بيئة ملائمة لذهن القارئ أو يساعده على الفهم. مساهمة الكاتب في صنع هذه البيئة سوف يمنعه من الاسترسال ولا يمكنه من القدرة على الاقناع والامتاع والإبداع. لأنه حكم على نفسه بكيفية اقناع القارئ ولم يترك قلمه يسير في صحراء الورق ليصوغ إبداعه الخاص بمعزل عن القارئ أو الناقد.

أحياناً يكون التحول اللامتوقع مبهرا؟

هل تدرون لِمَ قدمت هذه المقدمة السخيفة لحضراتكم وأوقفتكم ومطيكم على الاطلال؟ ببساطة لأني تورطت بالكتابة، وكانت كتابتي مفككة، كما قال ذاك الكائن الورقي الذي ستصادفونه لو أمد الله في أعماركم وأكملتم هذه الوريقات المذهبة. كل فصل مختلف عن بقية الفصول. لذا قلت لكم هذا حتى اسبقكم بخطوة واتجنب ما قد يرد من اعتراضات على هذا العمل الجليل والفريد. هل أضع كلمة الأسطوري بين هلالين؟

حاشية رقم (3) وإذا كان لهذا الكلام أن يشكل تمهيداً لما جمعته وسميته كتاباً، فإن أنسب ما أمهّد به هو الكلام على علاقتي بأفكاري. فنحن في طور معرفي تغيرت فيه علاقتنا بالمعرفة والحقيقة والذات والكائن، فضلاً عن الفكر نفسه. فما عادت الأفكار تستأثر وحدها باهتمامنا، وإنما أيضاً وبالدرجة الأولى طريقة التعامل معها: كيفية إدارتها واستعمالها أو صرفها وتداولها. وهذه الطريقة في التعامل تُعرف أول ما تعرف من نظام العرض ونمط البسط والشرح. فما أعرضه لا يجري على النسق التقليدي الشائع... متبوع

أصدقائي الأعزاء:

إن السردية المتميزة تعطي شكلاً للفوضى التي تميز التجربة، بعيداً عن التجارب المستنسخة. هذا أنا، وهكذا أرى. لا توجد فوضى، على كلّ فيلسوف عظيم أن يخلق أسلوبه الخاص. إن عملية الكتابة بذاتها هي عملية تسطيرية في ظاهرها، لكنها فنية في عمقها الفلسفي والمعرفي. إذا لم تؤمنوا فلن تفهموا. أعقل كي تؤمن وآمن كي تعقل. ربما يتفصم أحدكم ويقول: الإيمان لا يبحث عن العقل، الإيمان يبحث عن القلب.

إذا مات القلب، ماتت جميع الأسئلة

عالم النحل

عدم فهمنا للقوانين يجعلنا نرى الأشياء بصور مختلفة على غير ما أسست عليه. الفوضى التي تصادفكم الآن، أن هي إلا نظام دقيق أحكمت حلقاته. ما بأيديكم الآن ليس هو اللعب على القارئ بقدر ما هو اللعب مع القارئ والتناغم معه عبر دالات يستطيع القارئ أن يفض بكارتها بسبل مختلفة. وظيفة المبدع ان يرتقي بالقارئ لا أن يقدم له النكات المجانية دون مراعاة للوقت والفائدة. رغم إيماني المطلق بحاجتنا للفرح والمرح والرقص والغناء والجنس وحتى أكل البطيخ. هذه أشياء ضرورية للتعامل مع الحياة بغية الوصول والحصول على التكامل. وها أنا أبعث إليكم بمسراتي لتتكاملوا، ألا يكفيكم هذا؟!

أبعث إليكم بعمل صغير يمكنني أن أقول، من دون أي إجحاف، لا رأس له ولا ذيل، بما أن كل ما يحتوي عليه يكون في الوقت ذاته، بالمناوبة والتبادل، رأساً لا ذيلاً. أتوسل إليكم أن تقدروا كم هي مريحةٌ وعلى نحو مدهش هذه التركيبة؛ لكم ولجميع القراء، في مشارق الأرض ومغاربها. يمكننا أن نقطع أينما شئنا! أنا في هواجسي، وأنتم في الخطاطة والقارئ في قراءته؛ لم ولن أكبح جماح القارئ إزاء سياق لا منته لحبكة غير ضرورية.

انزع فقارة، وسرعان ما سينضم وبكل سهولة جزءا هذه الفنتازيا الملتوية. قطعها أوصالاً عدّة، ترى أن لكل وصلة وجوداً مستقلاً. وعلى أمل أن تنبض بعض هذه الأوصال حياة بما يكفي لتسليتكم، فإني أسمح لنفسي بإهدائكم الأفعى بأكملها.

هل تستطيع ان تُقنع قارئك بهذه الترهات؟

هذا ما أخبرني إياهُ الناشر (عليه اللعنة) قولوا: آمين. هو اسماها تفاهات! أقسمت بأني لا أدري.

وهذا التغيير في شكل التفكير وفي نمط التعامل مع الأفكار لم يأتِ من فراغ، وإنما أتى من الدخول على قضايا الفكر من مناطق جديدة، وأشير بنوعٍ خاص إلى منطقة الخطاب، وهي المنطقة التي اوليها اهتمامي. تابع↑

قال لي: لقد ولى الكتاب أو كما تسميه أنت رواية إلى المطبخة وهذه النسخة الأولى بيدي. والحل، هذه ما قلته له؟ أوقف الطبع. هذا كان هذا رجائي وبتتابع سريع؟ قال لي: كيف سأوقف طبع كل هذا المسخ؟ لا أدري هل يُخطئ اللفظ أم هو يتعمدُ هذا!

طيب، مزّق هذه الصفحات، هذا ما قلته له في نوبة غضب مستمر أو أكتب تنويه، سقط سهواً، أو قل لهم إن هذا البناء حداثوي. طفرة في عالم السرد، ها، ما رأيك بهذا؟

أغلق السماعة في وجهي، نظرت حولي، رأيتُ أمي تحدق بي، أظن أن صياحي جلبها والأولاد، تبسمت في وجهها، لقد انقطع الخط!

سأحدثكم حديثاً جميلاً لن تملوا سماعه، وهذه حقيقة فأنا ساردٌ ماهر، أنا قصاص أثر الحكايات. قالوا سراقة ابن مالك كان هو الدليل وقال بعضهم، كان اُريقد أعلم الناسِ بالصحراء. لكن ماذا ستقولون عني

بعد إتمام هذه الرواية الحداثوية؟ أتمنى ان أسمع الإجابة بعد الفاصل، والاعتبار بكمال النهاية لا بنقص البداية، كما قال شيخ الإسلام ابن تيمية. ربّما سيتذكر أحدكم، لا كلكم مقولة فولتير: لم يبذل أحد من قبل كل هذا الجهد لجعلنا أغبياء كما تفعل! يتوق المرء لدى قراءة كتابك للسير على أربع!!

أقول: ليس لآن الحجارة قوية، بل لآن الزجاج كان هشاً!

سُحقاً لك أيتها الجمرة الخبيثة. مأ أنت فيه حالة من حالات السّحاق الثقافي؟ إنه يعني، أن المجتمع غير قادر على انتاج مثقف كوني! كل صور الثقافة التي تراها اليوم، إنّما هي صورة لنمط ثقافي مشوه، صور مستنسخة لنموذج بائس وبائد وقميء. الخواء والخوف يملأ الجميع! حينما يتحول المثقف إلى بوق يتبع السلطة، بكل ألوانها. وأكيد ان المثقف الحقيقي، حرون عن القياد ولا يتبع أحدا. حينما يتربى المجتمع على القهر والإذلال ولا يكون للمثقف موقف فاعل ولو في حدهِ الأدنى. فأعلن موت الثقافة والمثقف. وهذا الحاصل في بلادنا العربية. المثقف هو قرد السيرك، عبدٌ مقيد، يدٌ بسلسلة الحاكم وأخرى يتسول بها قوته اليومي دون حياء!

في المجتمعات النظيفة يتم تلقيح الجميع بلقاح ضد القهر والعبودية إلا في بلداننا، فنحن نلقح أطفالنا بلقاح الشلل الثلاثي؛ الخوف والذل وكراهية الآخر. فتش تحت نعلك أو أنظر إلى حمارك، تجد هذه الصفات في أقرب الصفحات، في أقرب العناوين الثقافة البارزة في طول البلاد وعرضها.

سيرموني بالحجر، أعلم إنهم سيفعلون. لأنهم لم يستطيعوا أن

يكونوا سوى أقلام مأجورة أو مكسورة. هذا حالهم، اللهم، إلا ما ندر، وهم كالكبريت الأحمر أو أعز! بالمناسبة، أنا لستُ صاحب خطيئة، أنا الخطيئة.

التهاب معدة أفلاطون

(لأَنَّ كَثِيرِينَ يُدْعَوْنَ وَقَلِيلِينَ يُنْتَخَبُونَ)

متي 20: 16

لو اضطررنا،
سندخل الجنة ولو بحصان طروادة

طيلة سنوات، تجرّني اليقظة من ثيابي إلى أماكن لم يرها أحد إلا نائماً أو مخموراً. أكتب باليد التي هجرتني ولكي أرى هذا الصباح الذي وجدته مليئاً بالرمل في إحدى أصعب رحلاتي، يضيء حتى مرّة واحدة، أعرف أن عليّ أن أموت حيث ولدت، لكن قبل ذلك دعوني أكمل ولادتي بالفأس الراحلةِ خلف ثعبان، بالغراب الذي يجبرني أن أطرده من الشجرة بالحجارة. أتيتُ من بلدٍ بعيد لأرى راقصة الرمال في فص الخاتم السحري، ترقص لي مرّة على الأقل.

لم يعد التذكر يفيد شيئاً سوى حرق المزيد من الأراضي الخضراء. كلما تذكرتها أصبت بتلك النوبة القاسية التي أصبحت سمة مميزة لغربتي وانفرادي. أعيش التشرد، أكره النوم، جفني لا ينطبق على جفني، أنامُ واقفاً مثل عصا الحارس الليلي.

دون إرادة مني تعبث يدي ببقايا الشعر الذي يتدلى على الصدغين. لم أحلق لحيتي منذ فترة ليست بالقصيرة، تذكرت ذلك في غمرة الماضي الذي يأبى أن يفارقني، صورة أبي تملأ محاجر الذاكرة. لا أفكر ولا أحلم، وما بينهما متشابهات.

أحلام يقظة جوال منفرد. الطريق يصنعهُ المشي، لماذا الآن؟

الأصوات تلاحقني، التجدد هو البقاء. الدنُيا حلم ساعة، حين ينتهي الحلم ننتقل لفراش آخر، ثم يبدأ حلم آخر! من قافلة لقافلة ننتقل، بلا أمتعة نمضي، فقط الصراخ، نأتي بصراخ ونرحل بصراخ!

أيها النهرُ لا تسِرْ
وانتظرني لأتبعَكْ
أنا أخبرتُ والدي
أنني ذاهبٌ معكْ
فانتظرني لأتبعَكْ

أحكمت أزرار معطفي وأغلقت الباب خلفي لا ألوي على شيء. اتصفح الوجوه وأتفحصها شارد الذهن، ليس بين الوجوه ما يعنيني. الهواء البارد يلفح وجهي وأنا بعناد محارب قديم لا أدير وجهي. كان الحائط الذي أسير بجواره آيلاً للسقوط. لكنه يحكي تاريخ وعذابات مدينة. الصخرة القديمة لا تبتعد عن الطريق المؤدي للبلدة القديمة.

الفوضى تعم المكان، عمال البلدية في أضراب لليوم الثالث، الحكومة لم تدفع لهم أجورهم، الناس في البلدة القديمة لا يكترثون لهذه الفوضى كثيراً. واصلتُ سيري بعد ان أكملت حرق لفافتي الثانية هذا الصباح. لا يوجد جديد، كل النظام قديم!

عارفٌ انفرطت مفاصله... رقص دائري، رحلة تصاعدية، كونفدرالية الأرواح، اشتراكية الأجساد. إلى أين المسير؟ لا أدري! قدماي تأخذني بعيداً، أنزلق في الشوارع على غير هدى، امتصُ زفير العابرين. ما الذي أخرجني في صبيحة هذا اليوم العاصف؟ مُتعب القدمين أنا. جلستُ جلستي الثانية في هذه الرحلة المجهولة التي تستنزف فكري أكثر مما تستنزف قواي العضلية.

استغرقني الوصول إلى المقهى المائة عام الأولى من شيخوختي، يطلُّ المقهى على الشارع الرئيسي المؤدي إلى البلدة القديمة، ليس في المقهى سواي وثلاثة رجال. اثنان منفردان يتشابهان كأنهم نسخ كربونية، كلٌّ في زاوية يحتسيان الشاي وينفثان الدخان. كان الأقرب مني ذا سحنة سمراء، يبدو أنه من الجنوب، ثياب قديمة، توحي هيئته أنه أحد العمال الأجراء الذين لم يحالفهم الحظ بعملٍ هذا الصباح. والآخر، نسخته المكربنة أو الأصلية غارق في سعالٍ أبدي، حالما تهدأ نوبة السعال يتذكر الشاي وتمتد يده بصورة شبه آلية ليرشف منه رشفة أو رشفتين ثم ينعطف على السيجارة يمتص ما تبقى فيها من تبغٍ ويواصل السعال.

في زاوية المقهى كان هناك رجل يشارف على مصافحة السيد الجليل عزرائيل، شعرٌ بلون القطن، تعرجات السنين بدت واضحة على تقاسيم وجهه، حسن الهيئة، يبدو أن أبانا قد أمهله بعض الوقت ليتسكع في هذه المدينة القديمة، محدقاً بزجاج المقهى، ينفث دخان سيجارته دون أدنى اكتراث، يتذكر بين آونة وأخرى أن هناك بقايا قهوة في قعب الفنجان، يرشف بتلذذ غريب! ذكرني هذا الرجل بما سأصير إليه لو أعطيت لي نفس الفسحة من أجل التسكع هنا أو هناك.

يبدو أني أكملت أضلاع المربع، فاستوى المقهى على الجودي. لكن بماذا يحدق هذا الرجل الثلجي الرأس في هذا اليوم العاصف؟ أيقظني عامل المقهى من هذه الإغفاءة بصوت خفيض، ذكرني بصوت أمي حينما كانت توقظني في تلك الصباحات الندية.

شاي، خرجت مني دون أدنى اكتراث، فقد تحولت إلى برميل مملوء بالسواد من القهوة والشاي. أرجعني صوت السعال إلى صورة أبي وهو

يسعل في آخر أيامه، سُعال مرّ وجاف. أبي يصارع الموت، مرضُ أبي استنزف كل مدخرات العائلة، كل قوّتنا، قوتنا ووقتنا. الموت يصرعُ أبي. بقيتُ أنا وأمي بعد رحيل أبي نلاحق الرغيف.

كُنّا عائلة ميسورة الحال، مرض أبي خلخل نظام البيت وقلب موازينه وميزانيته رأساً على عقب، بدأت أمي تقترض المال من أجل الرغيف ودواء أبي، جميع الأقارب نفضوا أيديهم بسرعة وكأن الأمر لا يعنيهم، وضع أبي حداً لهذه المهزلة ولسخرية القدر به. كان والدي تقريباً رجلاً غير موجود. في إحدى الصباحات الندية دخلت أمي وخرجت صائحة نائحة، باكية بكاءً أشبه بالزغاريد.

تجمع أفراد المحلة برجاء الثواب مع رفقة المسجد، وجاء بعض الأقارب على عجلة واستحياء، حملناه على الأكتاف إلى المقبرة.

أول مرّة أدخل إلى مقبرة!

على رغم إني قد جاوزت مبلغ الصبيان، لكنني لم أكن ممن عناهم التغلبي، ابن كلثوم، عمرو، قاتل الملوك:

إذا بلغ الفطام لنا صبي تخرُّ له الجبابر ساجدينا

فأنا لم أكن يوماً من الجبارين ولا من الساجدين رغم محاولات أبي المتكررة، ورغم قسوته المفرطة التي تعلمت منها قسوة الصحاري وصمت الجبال، نفض يدهُ منّي بعدما كلّ وكللت.

كانت القبور منتشرة على غير انتظام، فوضى تعمّ المكان، كلّ اماكننا فوضى حتى المقابر، كأنها بضائع لبائعي سوق الهرج، تأتي على غير

انتظام وترحل على غير انتظام! ربما مخافة هجوم عمال البلدية برفقة الشرطة.

الكون في صيرورة مستمرة وتبدل أبدي. ونحن في فوضى مستمرة. ربما نحن سبب هذا التبدل الحاصل في العالم. ما نشعر به من حالة الثبات والاستقرار هو ما نصنعهُ نحن ونريده. ربما هي حيلة أخرى من أجل مواصلة الرحلة بعناء أقل. اللغة ليست قاصرة، اللغة عاهرة، عاجزة عن وصف العالم بدقة. العقل لا يجعلنا بشر، العقل يصنفنا كبشر! ماذا لو تعلمنا لغة الحيوان، ماذا تراها ستقول؟ إلى أي تصنيف سننضم؟ أكلوا لحوم الحيوان والبشر! بماذا نمتاز عن الحيوان؟ الإنسانُ حيوان ناطق، والعقل؟

العقل، العقل، أصبحت الروبوتات تملك العقل!

بعض الراقدين أو المحتجزين هنا في الزنازين الأرضية، جاء بلا سبب وذهب بلا سبب، وبعضهم جاء بلا سبب ورحل بسبب، وكان والدي على رأس هؤلاء، جاء بلا سبب أو ربما جاء من أجل أن يخرئني في هذه الفانية ويقتل بعض الجنود الصهاينة ثم يرحل ببضعة أقراص في معدته الخاوية على عجل. حينما تدقُ الأجراس لابد من الرحيل. الموت، فلسفة خاوية من كل معنى، سوى مضاجعة الدود والظلام. هذه الدنيا سجن كبير، ونحن محكوم علينا بالأشغال الشاقة الأبدية. كلما حفرت عميقاً ذهبت في تيه أعمق. لا تحفر حفرة من داخل السجن، بل من خارجه أحفر. أحفر سجنك وأعتق وعتق وعانق ذاتك. لا مرشد ولا دليل في هذا الدرب الوعر.

بعد محاولتين فاشلتين، رحل أبي. الكلمات نقوش في ذاكرة بعيدة، كلماته تعاود رنينها الفضي في ذاكرتي المتلونة: فلنواجه الموت بشجاعة الكبار، كانت رحلتي مع البشر، الرحلة إلى الله تبدأ الآن، مهما حاولنا وتحولنا سوف يصطاد الصياد فريسته. لا تخافوا إنها والله الليلة التي وعدت. سونيتة الخلاص، اللغز الذي لا ينتهي، حتى الموت سيموت!

كانت تحدثني عن أبي وعن النكسة، أصبح وجهها بارداً، سرحت بذاكرتها نحو الجنوب البعيد، كان ابن عمها يعمل مع المقاومة، يدخل فلسطين، يقوم بعمليات فدائية، قوي كجبل من حديد. غمرتها ابتسامة خفيفة وهي تلوك ذكريات أليمة وعقيمة، كانت جميع الصبايا في القرية يحلمن بـ(حسن). يمرُّ مرّ السحاب، هادئ، يغمر صمته المكان بالسكينة، أعجاب سليمان بخيول ذي القرنين الخضراء! بدأت الابتسامة تغادر شفتيها الذابلة من الصمت، لوت عنقها كأنها تمدُّ بصرها إلى معشوشب. كان أبي قد جمع رجال القرية ليتباهى بحسن، ابن أخيه المقاوم الشرس. تبسم حسن في وجه أبي وقال له:

عمي، أنا أعمل مراسلاً حربياً، أحمل الأوراق بين الحجر من أجل كتابة خبر. أولئك الرجال الذين تسمع عنهم، لم أرهم قط، فقط اسمع عنهم كما تسمعون أنتم عنهم، كانوا قنابلاً وزهورا، وأنا كنت حداداً ومزهرية.

تغيرت سحنة أبي، كاد ان يُصاب بالعطب، انفض الرجال، وتبدلت الأحلام، ورحل أبوك من القرية، واختفى ظهور أبي بين الرجال، حتى جاءنا في إحدى الصباحات الندية الخبر، ان أباك في المشفى، حادث سيارة، هذا ما قاله الرجل. لم يذهب أبي، وفتل رجال القرية شواربهم

نكاية بأبي الذي اعتقل لسانه حتى جاء أخي ونشرت الصحف صورة المجاهد البطل الذي نفذ العملية الفدائية وانسحب في جوف الليل، لكنه أصيب بعدة أعيرة نارية، لكنه لشدة بأسه واصل طريقه وأكمل الانسحاب بنجاح، إنه يرقد في المشفى تحت حماية رجال المقاومة، انهُ أبوك حسن.

لبس أبي حلة العيد وامسك بعصا التبختر وسار في القرية مثل طاووسٍ في ليلة عرسه، عادت أحلام الصبايا، تجددت، وأزهرت، وخفضت شوارب الشامتين أجنحتها وهي تحوم حول النار، لكن فراشات حسن ترقصُ على أنغام صوت الرصاص، تلتذُ بالنار، عطشى لموتٍ ليس فيه رائحة الذل وطعم العار.

كان حسن روح القرية التي غفى كل رجالها وبقيت تحرسها الكلاب النباحة. عند الفجر كان شارون يحتل القرية، بدأ بتجريف الأرض وقلع أشجار الزيتون. حينما لا يتمكن العدو من قتل جسدك وخنق روحك، يتمكن أخوك من قتلك بكل الصور، هكذا كان، وهكذا سيكون، طالما لم يكن الهم والهدف نبيلاً، ستتعثر بالفخاخ التي ينصبها لك ابنك وصاحبك ورفيق الدرب. جاء الرجال العبيد، قيدوا حسن، أخذوهُ بعيداً حيث ينام الذل! لم يستطع حسن الصبر، كان رفاقه يقتادون صبره، يقتلون عزيمته، عاد مهزوماً، صاح بهم، ويْحكم، دعوني أذهب إلى معشوقتي. كانت الحرب معشوقة حسن، كنتُ أقف خلف الباب، مثل عليّ كتّفه أصحابه بالحبال! ودمعة تجري تجرّ دمعة وهو في صمتٍ يتحسس أثر الرصاصات وندوب الجروح!

خُـذاني فجـرّاني... فقد كنتُ قبل اليوم صَعْبًا قِياديا!

جرّدهُ شيطان الطريق، من قناع النبوة!

هجرة اضطرارية يقوم بها النبي استعداداً لمعركة خاسرة مع الشيطان. أصبحت الفلسفات قبيحة، وأصبح الوطن خريطة معلقة على جدار مدرسة آيلة للسقوط. ربما لم تكن العزلة بأي حال، دعوة إلى التقوقع داخل شرنقة الذات. ليست العزلة دعوة للانتحار، أصبحت العزلة ترفاً مستحيلاً. العزل دعوة للانتحار!

يا لهذا القطني الشعر الذي أيقظ ما كان غافياً مني، تبعته أمي بعد حفنة من السنين القبيحة، كانت امرأة قوية، لم تتبرم من أبي، ولم تطلب سوى ليلة حمراء، ليلة ثانية مع هذا الخاوي وليصبح بعدها الوجود عدماً ورغيفاً. كانت كثيرة التبرم والانزعاج من الرّب الذي لم يتفرغ ليوفر لها ليلة واحدة، حمراء، أو يوفر لها ولزوجها الرغيف والدواء، على الرغم من أنها وزوجها كانا من أخلص رعاياه. أهملت أمي الصلاة، ولم تتوجه بالدعاء، وأنا كنتُ محشوراً في هذا الصمت القاتل.

كان هناك اجماع كامل على عدم أهليتي لخلافة والدي والجلوس مكانه في الجامع، غيرُ معترف بي من الرجال، الثقات العدول، (صيارفة الدين)، كما كانوا يُلقّبون في محلتنا، ربما تندراً. كذلك أنا لم أكن معترفاً ولا معترضاً على هذا التنافر من الطرفين. هم يرون أن عدم ارتياد المسجد يعدّ أمراً شاذاً وخطيئة تقارب الذنب الكبير، كان أبي من المدمنين على الصلوات، إما أنا فلا. لأبي حياته الخاصة ولي حياتي، أرفض الدخول في هذا الاحتباس الاضطراري كل يوم.

بعد ان نفدَ صبري ومن قبلي كان صبر أمي قد نفدَ من هذا الوضع

المرهق، قررت السيدة المتبرمة بالرّب الانتقال إلى حي آخر، وافقتها على الفور. لم تختزن ذاكرتي في هذا الشارع المسمى ب شارع الجامع، سوى ألم الرأس وصداع مزمن من صياح المآذن والديكة ونباح الكلاب.

كنت أكره يوم الجمعة أو على الأصح ظهيرته، كثيراً، والتي بدأت أمي تشاطرني كرهها، كنّا نذهب إلى أماكن شتى للتخلص من جحيم الظهيرة.

حملنا أغراضنا في سيارة صغيرة، لم نعد نملك حتى التراب بعد ان باعت أمي البيت، اشترينا بما بقي لنا من مال بيتاً صغيراً وبسيطاً في حي يعتنق غالبية ساكنيه ديانة زوج مريم وابنُ مريم. كان الحي مليئاً بالكنائس وتعتليه النواقيس، اشترته أمي في صفقة رابحة من أحد المسلمين الذين ملوا سماع النواقيس، البروليتارية اليسوعية تشغل المكان، حدثتُ نفسي قائلاً:

يبدو أن المشكلة مازالت قائمة، لم يتبدل شيء سوى اسماء الأيام، أصبح يوم الأحد بطعم يوم الجمعة، لكن يبدو لي ان المشكلة هنا أهون من هناك، فيوم الأحد، هو اليوم الذي استراح فيه الرّب، يجلس مسترخياً يداعب مسبحته، يستمع لمطارق حداديه وهي ترن في رؤوس الخلق، ربما يحتاج لقيلولة بعد عناء العمل لستة أيام دون كلل ودون أجرة.

لا بأس، فليبقَ راهب الدير بالناقوسِ منشغلاً ما دمت بعيداً عنه وهو بعيد عني، لكن بقت نصف المشكلة قائمة، أنها أمي، كيف ستتحمل هذا الحداد ومطارقه وهي لم تتحمل ذلك المكبر والشينات التي تملأ لهاته وفيه؟ لكن أمي على ما يبدو قد خبرت الحياة أكثر مما ظننت. قرأت أمي الفنجان لنفسها ذلك الصباح البعيد، الصباح الأول والأسود، حزمت أمي أمرها وهمت بالخروج.

قلت: إلى أين؟

قالت: سينادي منادي الجحيم بعد قليل وسيقطع آخر خيوط الصبر المتبقية في رأسي. هيا، لنذهب خارج هذه العفونة، نتنفس هواءً نقياً. قم قبل أن يتهدم آخر بيوت العناكب في رأسي.

مضت الأيام رتيبة، السيدة المتبرمة وابنها، نستيقظ كل صباح، أو بتعبير جديد، استيقظ أنا كل صباح، أضع إبريق الشاي على فرن من أفران جهنم، وأبدأ بقلي أو سلق البيض، ثم أذهب لأحضر الخبز من الفرن المجاور لبيتنا، ثم أوقظ أمي التي خربشت لها وجهها وافقدتها نضارتها قلة الصبر. عند الظهيرة أو بتعبير صحيح، بعد الظهيرة، أعود ادراجي نحو البيت، أجد أمي وقد قامت قيامتها، فهي تصنع البطاطا مرغمة لوحيدها، عند المساء، أقوم بإحضار الكوكا كولا وبعض الفول السوداني، تنشغل أمي المتبرمة من كل شيء، إلا مني ومن التلفاز، قامت بمسح جميع القنوات الدينية وقنوات الأخبار.

قلت لها: لماذا؟

تبسمت، بسمتها الوردية، البسيطة، بسمة غير متكلفة، طالما اشعرتني هذه البسمة بالأمان، كنت أراها واحسها تغافل سياط وقسوة الزمن وذلك السيد المسكون بالوحدة والصلوات. قالت: هذه القنوات لا فائدة من ورائها. إنها تبث السموم والأكاذيب.

نعم يا صغيرتي، انها تبث السموم وتزرع اللعنة في القلوب. تبسمت في وجهي، بسمة شاردة، ثم أشاحت بوجهها عني، كانت عيناها مغرورقة بالدموع، انفجرت باكية، ارتميت في حجرها، ضمتني بقوة وقسوة وكأني

66

أنا الذي يبكي، مسحت على خصلات شعري وكأني ذلك الولد الصغير، قبلت يدها، قلت لها: فليذهب العالم للجحيم، كل ما فيه وكل من فيه، لكن يا حبيبتي، لا تبكِ، بكاؤك يهد أسواري، تماسكي لا تماسك، أنا لا أستطيع أن أجد طريقي من دونك، أنت تعويذتي الجميلة، وفألي الحسن، تماسكي، لا تماسك.

كان صوت السيدة أم كلثوم يأتي منبعثاً من النافذة وهي تردد بشجن غريب، هذه ليلتي وحلمُ حياتي! فتحنا النافذة أنا وأمي، كان الهواء مشبعاً بالندى، يبعث في القلوب السرور، انفرجت اسارير أمي، ضمتني إلى صدرها وكأننا عاشقين، أكملنا سماع السيدة من النافذة. عند الصباح كان صوت السيدة يأتي منبعثاً من حجرة أمي، تبسمت وأكملت إعداد الإفطار، كما هي عادة كل صباح، دخلت لأوقظ أمي لتناول الفطور، لم تستيقظ أمي، كانت في رقادٍ أبدي، قطعت السيدة تذكرة مجانية لأمي، One way ticket ذهاب دون عودة.

على منْ أنادي وأنا أعزل بين قومٍ يتمترسون بالنواقيس ويعتمرون البرانس والقلانس، يضعون الزنار علىٍ الخصر والصدر، اتصلت بسيارة الإسعاف والشرطة، جرت العملية بسهولة ويسر، اضجعتها بعيداً عن أبي، وطلبت أن يهبها الواهب حتى لو دمية تتلهى بها في الجنان بدلاً من أبي، وأظن ان أبي لن يكترث لها ولن يشعر بالفراق أو الفارق، فهو الآن مسكون ومشغول بمطاردة الحور وشرب الخمور.

وأنا في غمرة هذا الهذيان الشاعري بتذكر الماضي العتيق، مرّت بالقرب من زجاج المقهى امرأة ملتفة بعباءة سوداء كأنها خيمة تدحرجها الريح العاصف في يومٍ عاصف، ثم تبعتها امرأة كاسية عارية، كأنها عربة

تجرّها خيول أربعة وتجري خلفها خيول أربعة. قلت: يبدو أن النساء بطعم واحد، وتمتمتُّ بقول أحد الصالحين، إن ما عند هذه عند تلك. فجأةً فاجأني وجاءني الجواب من الركن اليماني الذي يستعمره منذ الصباح الرجل القطني الشعر:

يبدو أنك غير متزوج أو في حقيقة الأمر، على ما يبدو أنك لم تعربد مع امرأة بعد!

تلتفتُ دون إرادة مني جهة الصوت، أعدت رأسي إلى مكانه غير مكترث لعبارة الرجل الأبيض وكأن الكلام لا يعنيني. يبدو إنني كنتُ أفكر بصوتٍ مرتفع. ناديت عامل المقهى، نقدته ثمن ما شربت وخرجت، تركت سعالهم وسفينتهم تتأرجح على الجودي، حملت بعضي على بعضي وانزلقت في المعطف الداكن مثل سمكة سردين، أحكمتُ أغلاق العلبة عليّ ومضيت.

وأنا أغذُ السير نحو المدينة القديمة احسستُ بجلبة وحركة مربكة في المكان الذي وصلت إليه، كان هناك شرطي ممسكاً بيد غلام في الخامسة عشر أو يزيد من سني القهر والجوع، وباليد الأخرى أدخله في حمأة الجحيم، انهال عليه ضرباً وركلاً.

كان الصبي يحاول التملص والتخلص من قبضة الشرطي، لكن هيهات وقد أمسك الصياد طريدته، وبين نشوة الشرطي بالنصر المؤقت، سقطت غرناطة، بضربة واحدة على أنف الشرطي افقدته توازنه، فرّا سريعاً، الصبي والشاب الذي هبّ لنجدته، كلاً في طريق.

كان الصبي يجتازني حين أفاق الشرطي، نادى بأعلى صوته، أمسكه،

أمسك الحرامي، وبينما أحاول ان ألتفت نحو الصبي أو أجرب التفكير بكيفية نزع يدي من براثن المعطف الداكن، كان الصبي قد اجتازني.

حين وصلت أو وصل الشرطي إليّ، قال لي، بلهجة زاجرة أمرة:

لماذا لم تمسك الحرامي وقد مرّ بقربك؟

اجتزت الشرطي وكأن الأمر لا يعنيني، فأنا لم أعوّد نفسي على الدخول في نزاعات الآخرين او أن احشر أنفي فيما لا طائل من ورائه. واصلتُ سيري والشرطي يزعق من ورائي:

قف، ألا أكلمك؟

واصلت سيري، مازالت يداي في المعطف الداكن، أزداد صياح الشرطي الذي اختلط بصوت سيارات الشرطة، انزلقت في منعطف أحد الأزقة، لا أدري أين تأخذني الخطوات، ربما نحو حتفي في هذه المدينة القديمة التي تشبه أفلام الرعب التي ادمنت مشاهدتها، اسمع صوت صراخ يأتي من البعيد، صوت دعاء قديم يخرج من أفواه متيبسة، صوت استغاثة، نداء قديماً محترقاً، تختلط عليّ الأصوات، اقترب أكثر من حافة الجدار، تنز قطرات حمراء، تتعلق العيون بالجدار، حدقات بلون الحديد، أرهف السمع، إنه النداء الأخير. عليك أنْ تقرأ،

اقرأ؟

دخلتُ المقبرة القديمة. كنت ادخلها مرّة في كل أسبوع، تلك السنوات البيض ولت، اتسكع بين قبورها، أدور في غرف الجحيم السبع حتى تطردني زبانيتها، كما هو الحال في غالب الأوقات، حيث تقف قبالتي سيدة العالم السفلي، كأنها تصرخ بي، تعودت صراخها:

نُريد ان نقفل؟

أحمل ما اشتريت من كتب ومجلات وأوقف دورة الثور في الساقية، أعني المكتبة التي ربما تستحق لقب ساقية، لأنها سقتني من مرّ العذاب جراء قراءة هذه الفلسفات السوداء. ظل نيتشه يطاردني مع آلامه، فاوست يصرخ بي، زرادشت يتكلم معي برفق وأنا أعبر بوابة الجحيم مع دانتي اليجيري، أرى ابن القارح يُجرجر خلفه المعري، أشاهد بغبطةِ طفلٍ روما وهي تحترق، نيرون يتبسم في وجهي وهو يرى القاهرة تحترق، اشعلت لفافة تبغ أفرنجي لي وللسيد نيرون وجلسنا نرقب المحرقة.

كنتُ أتلقى السهام التي يُطلقها الطرواديون، أخذتُ أخيل وعنترة العبسي إلى البيت، ضمدت لهما جراحهما، لكنهما رحلا دون وداع! ربما أزفت الساعة وانشق القمر، ظللتُ واقفاً تلفحُ وجهي الريح ويطمرني الرمل وأنا ممسك بساعة التوقيت الالكتروني، عند خط النهاية، لأرى من يفوز، داحس أم الغبراء؟

كان الجبلاوي يرمقنا بنظرته القديمة، المخيبة للآمال، هيكل يصرخ بالعقاد، أن أمسك زينب، وسارة تتفلت من بين يديه، كان حسين مردان يقف أمام القاضي، التهمة:

لم يلبس مردان قصائده الثياب!

صاح مردان بالقاضي: هي عارية، خُلقت عارية، أنها أشهى وألذ.

نادى القاضي على القضية الثانية، دخل رجلٌ بصير، ممسكاً بعصاه، يقوده رجلُ نصراني، أعمى الدين. لقد أضاع إسماعيل وإبراهيم هوية الأحوال المدنية وأتهم الرجل البصير بذلك!

مسحتُ الدم عن عمامة حسين مروة، لقد قتلهُ الأخوة كرامازوف. كنت أرى الشمرَ يحزُّ أوردة الحسين، ويزيد يصفق له، رأيت الحجاج الثقفي، يضرب البيت العتيق بالمنجنيق، والمراونه يصفقون له، وقف أحدهم يلتقط سيلفي مع الحجر الأسود، كانت الصورة قاتمة، سوداء، لم يكن قد اخترع التصوير الملون بعد.

ما أن دلفت وألفت المكان حتى وجدتني أمام طابور بطول سور الصين سدّ منافذ الدخول والوصول للجحيم. كنتُ أود الخروج من هذا الطابور والدخول إلى القبر المحفور بسهولة ويسر، كالعادة، لكن، هيهات، أصبح الجوّ حاراً ونحن على شفير الهاوية، فككتُ ازرار معطفي الداكن، ثم اتبعتها بنزع قفازي الجلدي. كانت أمامي في الصف صبية من طلبة المدارس الثانوية، مكتنزة باللحم، تبدو عليها آثارُ أنوثة طاغية، لمحت أمامي عجيزة رائعة، مكورة، مدورة، ولكم اشتهيت ان أضعها في حجري وأدخلها جحري، تعلقت عيناي على عجيزتها التي تتهزهز أمامي كلما تحركت. وبينما أنا في نشوة هذا الخاطر الجميل والجليل على روحي، قرر السيد الجليل أن يحقق لي بعض حلمي، فإذا بموجة بشرية تدفعني إلى الإمام فلم أشعر إلا والصبية في حضني وبين ذراعي، وكان المعطف الداكن يغطينا نحن الاثنين معا.

كان ملمسها ناعماً كالحرير، حية خرجت للتو من الجنة، نزعت جلدها وبقت منذورة للفناء واللعنة والخلود، دخلت أصابعي تحت أبطيها، أمسكت حبتي الرمان، بدأت حبات الرمان تطقطق وهي تحت الجلد، بلا إرادة مني ضممتها إليّ، شممتها كما لم أشمّ انثى من قبل! احسستها قد ذابت بين يدي، وهنا، خفّ التدافع قليلاً، لكن من يفلتها

71

مني ويفلتني منها؟ الأصابع تحاور حبتي الرمان، تقول لهما بلغة صانع الساعات الأعمى: هيت لك، ويأتي الجواب من ارتجاف العجيزة، هئت لك. كانت الموجة الثانية من النعيم تهب علينا، وهنا احسست إن القيامة قد قامت، همستْ، هل نخرج؟

أفقت من هذا الكابوس اللعين، كانت نشوتي يا سادتي، ليس لأن الطفلة كانت في حجري الاعبها، كانت النشوة سيلاً من الضرب بالسياط، وفحيح كفحيح الأفعى، وأنا مُستسلم بكامل إرادتي لضرباتها!

لو كان الواقع كذبة عظيمة. فهذه ليست كذبة. هناك لحظات مثالية، فريدة. حينما لا يمكننا أن نتكلم، يجب أن نصمت.

الأطلال تمنح العجائز ذاكرة سعيدة!

الحقيقة مرّة والوهم مريح!

النشوة، كانت نوعاً من التذوق الخفي والوقوف حافي القدمين على الجمر، ترفع رجلاً وتُنزلُ أخرى، ورائحة الشواء تملأ المكان، إنها تُشعلُ فيّ الحريق، تجرجرني على الشوك عارياً. هرولت الذاكرة بعيداً، نحو سلال مملوءة بالتفاح والزيتون، كنّا نقضي الأيام والسويعات والقلب في عيشة راضية. أقضمها وتقضم مني، تسير فوقي مثل راقصة بالية، تدور مثل دمية سيف الدولة، تلتف بخطوہ وخيوط متعرجة ودروب، تارة تكون كرة ثلج، وتارة تكون كرة نار، تغمرني المياه، يفيض الوجود، أوتوبنشتم يدفع المردي حيث المياه المقدسة، يصل لأرض الملاح التائه، يفرغ حمولة الزورق، تتناثر الزهور، يخرج الموتى من القبور بثيابهم البيضاء، أصورها، اكورها، أبدأ بنحتها، تخرج ازميل النحات، تبدأ بنحت النهايات وانا ما زلت في البدايات.

كنّا نجري وندور، نتصارع في حلبة طولها السرير، ترمقني بنظرة الفرس المنتصرة، وأنا بين لهاثي وهزيمتي، أتمتم، سيأتي اليوم الذي انتصر فيه لهزائمي، أجّلي فرحك الطفولي هذا. تقفز فوق طفولتي، تطوقني، تقول لي بغنج ودلال، وهي تطبع قبلة على شفتيّ المتعبتين:

أنت فرحي، وأجمل انتصاراتي!

تبحر بي، قاربٌ بلا مجداف، تُمخر عُبابي، تُشعل قنديل البحر، تركبُ أفراس النهر، يتطاير الشعر الفاحم على ظهور أفراسي، تُنذرني غيمة بالمطر، ألوذ بها وأصيح: ضميني؟ تطوقني بذراعين، أقبل اللجين المتكور فوقي، تصلبني على خشبتها، أعمدها بزيت لا ينضب، تسرقني اللحظة، بلا حذر أعبرُ حقل ألغامها، توقظني، ترقص حولي، تلف حبل مسرتها وتُشعل النيران، حفلة شواء لقبيلة متوحشة.

بواجهة الانثى، الحلم، أهلا، قالتها بوجهي. رجعتُ إلى الوراء، جرجرتُ بعض أذيالي، تتبعني خيبة وخسران. الصدمة الثانية لي مع هذه الانثى، المحاطة بطابور من المعجبين والمتملقين وصبيان المدارس الثانوية، جاءوا من مدن لم تفق بعد من سباتها القديم. قدماي تسيرُ بي في الرواق على غير هدى، سرتُ سير الحجنجلِ، احسستُ بنظرات تطاردني، تدور حولي، تدور بي، تفترسني النظرات، تضع مخالبها حول عنقي، تُخربش ظهري أظافرها، تتسلقني كشجرة لبلاب.

إمضاء أعلى الصفحة الأولى، إهداء مكتوب بدمي، كانت تغمس ريشتها في شرياني الأبهر وتخط:

ودي وعبير وردي

73

هذا ما توقعته، إهداء يكتب على كل نسخة بيعت أو سوف تباع، تلتقط الصور مع المعجبين، الإعلاميين، قالت نسختك، وأردفت: مجانية، مع ابتسامة بدت لي فاترة أو خجلى.

كان عنوان الكتاب مغرياً،

حياة امرأة موت رجل!

فتحت الغلاف الصفحة الأولى:

عليكَ أن تبدو جميلاً حتى في جنازتك. هكذا سيتذكرُك الجميع.

حملتُ أيامي على عاتقي مثل زاد مسافر لا يؤوب، نبي بلا جذور. جلستُ في الركن العراقي من القاعة، أنصت إليها، انزلق في الهاوية، تغادرني السماوات العالية، أهوي في اللا قرار، يتخطفني الموت والظلمة واللا هواء، اشعر بالاختناق، تتبدل من حولي الأشياء.

هل أنا الذبيح؟ هل أنا المكبل بالسطور، هذا أنا، حقيقة وليس خيالاً أو رمزاً، هذا صليبي وتلك مساميري، هذه أزراري تفككها وهي مرتبكة، مبتسمة، خجلة وجلة، هذا صدري الذي جرت عليه خيول رغبتها. ترمقني بنظرة متوحدة متفردة، معاتبة:

هل أنا مذنبة؟

هل هي مذنبة، هذا ما أقوله لنفسي؟ هل ترانا نُمارس جلد الذات حين الكتابة، عند الرقص أو حين الرسم؟ هل المتعة هي متعة اللحظة، والصدق، صدق الموقف، والموت موت الروح؟

حينما نموت، ترحل قواربنا، تُبحر في مياه نصفها نار ونصفها الآخر ثلج، نحن وقواربنا ندفع ونتدافع نحو البرزخ العظيم، نتعرى، تنكشف

ذواتنا على نور وهدي الاقيانوس العظيم، نغتسل قبل أن نبحر في الممر الخاطف البعيد، ينزعون الأوثان والصلبان عن الأرواح. يبقى يرفرف حول الماء، روح هذا الكون، نكتشف الوطن الحقيقي، نرى كيف كان يعرش الروح، نرى الإله الحقيقي الممتلئ باللازورد، ممسكاً قضيبه، قضيب الورد الممزوج برائحة النارنج، يفيض الزاب الأعلى كلمات، يفيض الزاب الأسفل مياهاً فضية.

عندما تموت لن تشعر بالمزيد من الألم. سيتوقف الصراع. ليس لديك خيار. هذه هي النهاية. الجزء الأخير هو الجزء الأصعب دائماً في كل الحكايات.

لمَ نموت؟

لنجعل الحياة مهمة.

أنا لستُ مستعداً للانتقال. ما بعد الموت يبدو كالجحيم.

يجب ألا تخاف. يجب ألا تفزع حين تلج الحفرة، وحين يتلبسك الظلام. أعتقد أننا نخاف من الحياة أكثر من خوفنا من الموت! لذلك نأتي إلى الدُنيا بصراخٍ ونرحل بصمتٍ وسكون.

الخنازير البرية ملقاة على جانبي الأقيانوس العظيم، يكتب قلم المعرفة، يكتب قلم النور والقدرة، يكتب قلم المسرات، تستفيق الأحزان على صراخ يأتي من هوة سحيقة خلف مياه الأقيانوس، صياحٌ وصراخٍ قديم. رائحة الشواء تملأ المكان، تستفيق الضباع الغافية في الوادي، على صوت البوق، تستفيق الشياطين، نتحرك في الزحام بخطوات وئيدة، عيون مطفأة، أرواح هائمة، قلوب نائمة، تغفو حيث لا حلم سوى الوصول لحافة المنحدر الصخري.

استفيق، صفقتُ واقفاً، وأنا استعيد كلماتها في ذاكرتي المتعبة، ذاكرة المتهجدين بلا كلمات، لا أحرف تُنير دربها ولا أرقام، ذاكرة العرفاء تكتب ولا تكذب، تسكبُ الألم بالمقدار المسموح على جرح لا يندمل، موتى على طريق الأحياء، أحياء لا يتكلمون، لا يهمسون، عيونهم فارغة مثل حفر النمل، أقدامهم حافية، متعبة، يغطيها التراب، السكون يغلف المكان والسكوت يُطبق على العراة. أشهد موتي لأول مرة، أسيرُ خلف جنازتي، بما نحن أموات منذُ زمنٍ طويل، ربما ونحنُ أموات أفضلُ حالاً. حزمتُ أمتعتي ومضيت.

جلستُ خائر القوى، كانت إغفاءة المقعد قد بددت قواي وحولتني إلى شبيه مصارع طاردته الثيران بعيداً، البرد والوحدة والسير في صحراء الذكرى، لا ماء، فقط رمال وسراب، أشعلتُ سيجارتي وأنا أضع أبريق الشاي على الموقد، فتحت النافذة التي قتلت أمي، كان الهواء بارداً وصوت السيدة فيروز يأتي منساباً مع زقزقة العصافير، أشعرني هذا الأمر ببعض الطمأنينة، أعاد لي بعض الاتزان.

شعرت ببعض الهواء البارد يمرّ على خيشومي وأنا أرى الشمس تغالب نفسها في هذا الصراع الأبدي مع الغيم، أشعر بالبرد ولا أرتجف، أنفث دخان سيجارتي في وجه الغيم الذي تجمع حول النافذة، أشعر بالبرد يكوي اضلاعي المتهالكة، جرجرت نفسي ناحية المدفأة، تنعكس النار على صفحة وجهي الخالي من التعبير، أخرجت صورتها، تأملتها ملياً، حاولت أن أشكو لها حالي، لكن الطرق على الباب بعثر لي سكوني، لملمتُ أشيائي على عجلٍ، كنتُ مبعثراً، متناثراً، أشلاء وبقايا جيشٌ مهزوم، سارية ساقطة هنا، وجرحى يئنون هناك، مدافعي مقلوبة،

مذبحي مُهان، هيكل روحي حطبٌ لنارٍ الرومان، نبوخذ نصر يضع سيفه في الرقاب، أشور الثور النطاح، يجرجر بالسلاسل روح أسلافي، اختبئ في الصحراء، تتبعني خيول قيصر، نأكل التمر، لا زيتون هنا ولا زيت، خوذ مقلوبة في كل مكان، هيرودس، انتيبتاس، يوحنا يؤرخ من قلب الشجرة لهزائمي ولأورشليم ولموته من أجل بغي. بجلد هيمنجواي وعجوزه كنتُ الوذ بصبر بدائي، أصرخ بصوتٍ عربي مبين: هداياكَ مقبولة هاتها.

ليدا والأوز

الحياة الهادئة، حياة رخيصة
عليك أن تعيش مثل المغول، دائماً تحتك فرس عارية
لا تفكر بالفشل، فكر بالنجاح

79

غصن الزيتون

أنا MX هذا هو اسمي في حافظة من يتصل بي. حينما كنتُ صغيراً لم يكن هذا هو اسمي. كنت أنا وأمي نسكن في حجرة باردة في بيت قديم من بيوت اليهود خلف جامع الفقير، وحجرة أخرى كانت مغلقة أو بتعبير غير هذا، ممنوع عليّ دخولها أنا MX.

أنا MX كنتُ من أبرز التلاميذ. كان معلم التربية الدينية لطيفاً معي، لكن معاملته تغيرت فيما بعد، ربما بعد أن رآني في الجامع! لا أعلم لهذا التحول سبباً، أخبرت أمي بذلك، تبسمت، مطت شفتيها، وهزّت رأسها استغراباً، منكرة ومستنكرة.

أنا MX كان لي آباء كُثر مثل كل الأولاد في الشارع الطويل، ضابط مركز الشرطة أبي، وضابط الجيش وتاجر الأقمشة وحتى بائع الخضروات وبائع الحلوى، هل تصدقون لو قلت لكم، أن معلم التربية الدينية أصبح فيما بعد أبي! كلما رآني أحدهم، قدم لي بعض الحلوى والدراهم، أذهب للتجوال في سوق البصرة، الجميع هناك يعرفني. وبالغريزة أصبحت أقدّر الوقت اللازم عليّ بقاؤه خارج البيت.

أنا MX أخبرتني أمي، أعني سمعت، أو بتعبير غير ما ذكرت، استرقت أذني السمع لكلمات أمي وهي تروي قصتها لشيخ الجامع وهما في الحجرة الممنوع عليّ دخولها. إنها ابنة لراعٍ قديم، كان يعمل في حقله

الصغير المجاور لحقول صغيرة تحدها الحجارة، وبيوت بائسة، متناثرة على طول وادي النخيل. وفي يوم من أيام الصيف القائظ، كانت الحرارة شديدة. طلبتُ من الفتيات مرافقتي للبركة الشرقية كي استحم. اعتذرت جميع الفتيات عن مرافقتي بحجج مختلفة مختلقة، قلت لأمي: سأذهب وحدي. مددتُ أطراف أصابعي مثل طفلة تلهو بالماء، وضعت قدمي، كان الماءُ بارداً أغراني بالغطس. خلعتُ أثوابي، قطعة فقطعة، بدأت بتبريد اطرافي، استمتع برؤية الفقاعات الفضية، غططتُ رأسي في ماء البركة، كان الخوف يغطسُ معي، اهمس مع نفسي، كأني رأيت شبحاً يتقدم وكأني سمعتُ صوت أقدام تكسرُ ما تحتها من أعواد شجرٍ متيبسة، ثقيلة كانت الأقدام التي تكسرُ ما تحتها، تحفُّ بالأشجار، بقوةِ ريح عاصف، اقتربت الأقدام من البركة، أسمعُ صوت الأقدام، ثقيلة، خوفي بدأ يكبر، بدأ الهواء ينفذُ داخل رئتي الصغيرة وأنا تحت الماء، بدأت المخيلة تذهب بعيداً، قاطع طريق، لص خراف، ذئب، دب جائع يبحث عما يسد به جوعه. لا أدري ما يكون، شبحُ طويل. رفعتُ رأسي وأنا في أشد حالات الذعر لا أستطيع الخروج من البركة وأنا عارية.

شيطان الطريق يقول لي:

وأنا مشدود لذلك الخال على شفتيك.
رأيت الألم في عينيك فأصابني المرض
حزن الحبيب أوقد ناراً في جسدي.
وكل مَنْ في السوق يدركون كم أنا معذّب
افتحوا لي أبواب الخمّارة ليل نهار
فأنا أكره المدرسة والمسجد

خلعت ثياب العِفَّة والرياء
وارتديت الثياب التي تميز رواد الحانات المُسنّين
فاستعدت السكينة والصفاء
واعظ المدينة يزعجني بمواعظه
دعوني أذهب إلى معبد معشوقتي
لقد أيقظتني يد هذه المعشوقة

تقول أمي لم يرَ كبير المهندسين من قريتنا سوى رجلٌ واحد رفض الحديث عما رآه في تلة الزمرد وما سمعه من كبير المهندسين في الوادي القديم وهو يشعل بعض الأعواد البرية ويتدفأ بها. أنا رأيتُ كبير المهندسين، سمعتُ كلماته، كان يُرسل لي الهدايا. كانت كلماته خافته مثل فحيح أفعى. كانت الفتيات والأولاد يخشون الصعود إلى تلة الزمرد، كانت الحكايات تُنسج عن تلك التلة ومن يسكن فيها، الدخان ينبعثُ من مدخنة المطبخ طوال الوقت.

لا ينصرف الرجال عن واجباتهم الاجتماعية، والمرأة تتصف بتعطش كبير للعذاب، بل إنها لا تستشعر اللذة والسعادة إلا إذا انقادت وخضعت للرجل، تجمع الانتصار والخذلان! كبير المهندسين قال لي: لا خوفٌ عليكِ أيتها الكاهنة، تعالي لمعبد الروح، تعالي لنتلو الصلوات. أصبت بالدهشة، انعقد لساني، حملني إلى السرير الكبير، أرضٌ جرداء تفترش أرضٌ خضراء. نظرت إلى عيونه الشبقة، وكلماته الدبقة، كنتُ اتمسك بعمود السرير، أهزُّ السرير ويهزّني كبير المهندسين، تساقطت عليّ قطع الزمرد. حين أفقت من سكرتي وفتحتُ عيني كان كبير المهندسين يُدخل محراثه ويحكم أقفال أزرار بنطاله، كانت آخر كلماته؛ مباركة، مباركة أنت بين النساء، قد نلت نعمة الرّب.

كان الدم يملأ السرير، حملني الخادم بعد أن نادهُ: جبرا، جبرا، ووضعني قرب البحيرة. عند الغروب عدّتُ إلى البيت، حيث يبدأ الظلام ينشر ستره على الناس. لم أذهب جهة البحيرة مرّة أخرى حيث الفقاعات فضية، ولم أنظر جهة تلة الزمرد مرّة أخرى كما كنت أفعل مثل كل الأولاد. أخبرت أمي بما جرى، قالت: قصة خرقاء، لن يصدقك أحد، خمشتُ وجهي، لطمتُ رأسي، وضعتُ صرّة من ثياب على رأسي، ومع أول خيوط الشمس وضعت أقدامي خارج الحقل.

أنت تعلم أن ساعتين قد تغير كل شيء في العالم، طريقة استعمال الغرائز هي التي تفيد النظام الاجتماعي أو تضر به وليس الغرائز بحدّ ذاتها، الغرائز الأم تشكل طاقة! حينما تغدو الطفلة امرأة تتغير ألوان الحياة! مهما كبرنا، نبقى نصلب أرواحنا على جذوع النساء من حيث ندري ومن حيث لا ندري!!

أنا MX المفروض أن تكون هذه أفضل سنوات حياتي، لم يكن هناك من يضايقني من تلاميذ المدرسة، لأسباب كثيرة منها: إنني كنت أكبرهم، رغم إيماني أن الحجم ليس مقياساً للشجاعة، لغة الجسد هي اللغة المشتركة التي يفهمها الجميع، وأنا كنتُ ضخم الجثة، وهو أمر مهم في المدارس والتجمعات الشعبية حيث يتجنبك الجميع، ثاني هذه الأمور أن أغلب التلاميذ كانوا من نفس الحي الممتد طويلاً مقابل الشارع العام لسوق البصرة القديمة، أما ثالث الأمور فهو أن جميع المعلمين كانوا يعرفون أمي!

موسم الهجرة للشمال

أنا MX وسامة كلاسيكية تجعلني مرشحا للأدوار الرومانسية.

84

تعرفت على أمريكية من أصول عراقية، لم أكن ملتفتاً لديانتها، كانت من الكلدانيين أو الفراتيين الأوائل كما يحب أن يُطلق عليهم المطران إبراهيم الجزيل الاحترام. كانت عائلتها قد هاجرت إلى أمريكا بعد ثورة البعث وسحل الزعيم قاسم وانفراط حلف الشياطين الحمر. كنت أسكن في منهاتن وهي تسكن في ديترويت، التقيتها في حفل استقبال فخم أقامه صديق مشترك ممن سبقني إلى هذه الديار للإعلام والأعلان عن تأسيس شركة.

في أول لقاء لنا أفصحنا عن أعجاب صاعق. قفزنا آلاف الأميال في لحظة واحدة. لا أستطيع تصديق الأمر، اتشممها، تبدو رائعة، رائحة لطيفة، رغوة الصابون تفتح مسامات خيشومي مثل سمكة تبحث عن الهواء! ربما الحنين إلى سوق البصرة القديمة هو ما جمعني بِ مادلين وهذا كان اسمها الأمريكي، وربما تقارب العادات والتقاليد، رغم عدم إيماني بها، فَ أنا MX لم أعر التقاليد كثير اهتمام أو بتعبير غير هذا. هذا الأمر لا يشكل فارق عندي، فقد كانت كل البيوت بيوتنا في البصرة القديمة وتحديداً خلف جامع الفقير، أعني الشارع الممتد طويلاً، نأكل وننام في جميع البيوت ولم يشكل ذلك الأمر كبير فارق عندي. فأمي أم جميع الأولاد وزوجة جميع الرجال وأخت لجميع النساء في ذلك الشارع خلف جامع الفقير.

البصرة، جنّة البُستان

البصرة، تلك المدينة التي كانت كالحلم! كل هذا الفن، كل هذه الموسيقى، كل هذا الأدب، لابد أنها كانت حلماً. إذا واتاك الحظ بما

فيه الكفاية لتعيش في البصرة وأنت شاب، فإن ذكراها ستبقى معك أينما ذهبت طوال حياتك، لأنها مائدة السماء.

أنا MX بدأت علاقتي بِ مادلين بعد حوالي سنة من وصولي لأمريكا. كنتُ أعمل في مهن متعددة، كنتُ أطرد منها سريعاً. كانت ماجدولين وهذا هو اسمها العربي، تقول لي، هناك سرّ في طردك من العمل، لا أظنهم يطردونك لأنك عراقي، هناك الكثير من العراقيين الذين يعملون دون مشاكل، الناس لا يطردون لهذه الأسباب. وأنا بدوري كنتُ أؤكد لها هذا الأمر، لكني كنت أجهل سبب طردي سريعاً من العمل!

ربما كان جهلك باللغة المحكية. هذا ما قالته لي. قررت وتطوعت، هي أن تُعطيني دروساً في الإنگلش الأمريكي. في أمريكا وفي الغرب، عموماً، العمل التطوعي مهم جداً في حياتهم، لا أدري ما الذي يكسبونهُ من هذا الأمر!

أنا MX تلقيت مهاتفة من أحدهم، قال لي أريد أن التقيك، ربما هناك فرصة عمل لك. أخبرتُ ماجدة وهذا كان اسمها العراقي، بذلك، فرحت كثيراً، قبلتني قبلة مختلفة، وضعت رأسها على كتفي، كانت فضية بلون القمر، قالت لي: Please حاول الصمود هذه المرّة.

86

صانع الساعات

حيلة جديدة، حلية جديدة

اقْتَرَبَتِ السَّاعَةُ وَانْشَقَّ القَ/مَرُ

في الحقيقة لا أعرف الطريقة التي سأوصل لكم بها هذه الحكاية! حاولت فيما سبق أن أقول لكم الحقيقة، وأكيد أكثر، مازلت بي القدم وما زللتُ وما زلتُ على قناعة تامة بعدم قدرتكم على فهم الأمور بطريقة تقليدية. لذا سعيتُ جاهداً لابتكار طريقة أوصل لكم بها الحكاية. وبما أن الوقت شارف على الانتهاء، سأقول لكم الحقيقة، مجردة، دون تنميق أو تزويق.

في الهكيكة،

هكذا يتكلم المستعربون والمس تش رقون. يقلبون حاء الحقيقة إلى هاء الهكيكة اعتبروني نولدگة أو ريلكة، اعتبروني كاتب روايات وقصص لاتيني، سأتنزل وأقول لكم، لا مشكلة، أقبل حتى لو تمت مقارنة بورخس بي، فليكن، لا مشكلة عندي في التشبيه، فقط هذا التنازل والتنزل من أجل إيصال الحكاية لكم، فائدتكم ونفعكم هو كل وجلّ ما يهمني. وأكيد ستعجبون بكل ما سأقول لكم ولغيركم. وأكيد أكثر نحن العرب، نعجب ونسارع بالتصفيق المبرر وغير المبرر لكل ما هو غير عربي، لأن العرب وضعوا القاعدة الشهيرة: زامر الحي لا تشجي مزامرهُ!

أتمنى أن تسمع غنائي من الحجرة الأخرى

لا كرامة لنبي في قومه!

A prophet is not without honour except in his own country

لذا وفي الهكيكة مرّة أكرى أكول لكم:

إن هذه الرواية عبارة عن ساعة صورية، ليس ساعة رقمية أو ساعة كوارتز سويسرية. وسأقول لكم كيف حصلت عليها، لن أخفي عنكم الأشياء بعد اليوم، هل تعلمون لماذا؟ لأني بصراحة أفكر باحترام عقولكم. أكيد بعضكم سيقول: أدب رخيص. لكن بصراحة هذا هو الاعتراف العظيم. كل امرئ له غموضه. اسمع همس بعضهم، لا يعجبني ما يقولون، **ربما حينما يصبح الشربُ بلا معنى يصبح السكرُ أيضاً بلا معنى.** أقول لكل شيخ طريقته، وأقول: **لا أحد يعمل بكدٍ مثل العاهرة.**

البارحة ذهبتُ كي أجلب الساعة الجدارية من مصلح الساعات، زوج شقيقتي، ياسر، أبو عمار، الرجل البليد، أو بتعبير زوجته التي هي أختي الكبرى، الرجل الثلجي! أجلسني قربه بتودد أكثر من كل مرّة وقدم لي قدحاً من الماء، شكرته بعد أن رددته وقلت له: أعلم أنك لا تستحي من البشر، لكن استحي من الله، هذا شهر الطاعة يا رجل!

تعذر وتذرع عن إفطاره برفع إحدى كليتيه. سألته بعد أن جرّ الحديث الأحاديث عن الساعة التي جلبتها له قبل يومين لغرض تصليحها. حاول التشاغل والانشغال عني وعن الجواب ولكنه بعد ان لحظ اصراري على معرفة أمر الساعة فهي التي توقظنا بدقاتها الشجاعة القوية ذات الصوت العالي، ورقاصها الأسود الكبير. قال لقد سُرقت من المحل مع الكثير

من الساعات. لا أخفيكَ سراً، عصابات السلب والنهب في كل مكان، قائد الشرطة الجديد تابع لِ أحد الأحزاب الإسلامية، يغض الطرف عن كثير من الجرائم حتى يبقى في منصبه أطول فترة ممكنة، لا أمان لكم يا أهل الكوفة! لا أدري ما دخل أهل الكوفة بالساعة؟ قلت له: هل تقول الصدق؟ ولأني أعلم بكذبه الكثير في مجال عمله، قررت أن لا أصدقه وأضغط عليه لمعرفة أمر الساعة التي هي من تراث أبي وجدي، انجليزية الوقت. أكد لي الأمر وقرر تعويضي بساعة جدارية أخرى. بدأ يعدد لي مزايا الساعة الجديدة، وأنها من النوع القديم وأنها مصنوعة من خشب الجوز أو البلوط القديم وأن متانتها عالية. قلت له: وماذا سأصنع بها، أنا أريد ساعة العائلة؟ قال: إن هذه ساعة تراثية جلبتها امرأة ارمنية لغرض التصليح، لكنها لم تأتِ لتأخذنها منذ فترة طويلة وأظنها ذهبت في انفجار عبد الله بن علي لأنها تسكن بالقرب من الكنيسة التي يحرسها الشرطي النائم. أنظر النقش أسفل الساعة؛ ألم تخبرني إنك تُجيد الأرمنية، ها، هذه هدية السماء إليك، خُذها وليبارك الرب.

أَرَامِيًّا تَائِهًا كَانَ أَبِي

لا حيلة مع هذا الرجل! أعلم أنه قد باعها بثمن جيد لأحد تجار الانتيكات، ولا مفرّ من قبول عرضه الذي يبدو لي أنه أفضل من أن أعود بلا ساعة. ثم أن الرجل صاحب فضل كبير على العائلة لقد أنقذنا بزواجه من أختنا الكبرى التي يقارب وزنها من وزن أربع نساء مجتمعات.

وها هي الساعة تعمل منذ ذلك الحين لقد رفضت أمي ان توضع مكان الساعة القديمة، ولا مفرّ لقد أدخلتها حجرتي التي هي بالتأكيد أشبه

بدكان بائع الكتب. لكن هذه الساعة تتراقص بكاملها وتتكلم عند المساء وتظهر الصور بصورة واضحة!

والطريق التي عبّدها عبيدٌ اسطوريون
منذ ألف سنةٍ تسير عليها إلى حتفك
هناك ألفُ سنة في جيبي ترفض أن تؤرخ
ولكن لا أحد يراني اليوم إلا إذا أغمض عينيه ونسيني.

عُقُولُنَا نَحْنُ نملؤها

المُثَقَّفُ قَوَّادُ السُّلْطَانِ

الأديب، هو عدو العالم، بودلير

لوحة رقم (مثقف) دون كيشوت بابلو بيكاسو

فكّر يا ديوميدي وتنحّ جانباً. لا تتطلّع لان تكون نداًّ للآلهة، فالخالدون ليسوا مجبولين بنفس مادّة الفانين الذين يسيرون على الأرض!

هوميروس، الإلياذة: 5:440

العِطْرُ

Patrick Süskind

ثمة أشياء لا تباع ولا يمكن مقايضتها، سيرة العائلة بحقائقها الواضحة وأكاذيبها المخفية، الصور التذكارية باللونين الأبيض والأسود. لا أجد مبرراً للكثير مما عملته، لكنني أعرف أنني بالمكان المناسب لي دائماً، هكذا أؤمن، وأؤمن بأشياء كثيرة متداخلة. وجود الله هو أكثر الأشياء أهمية في حياتي، والعقائد الدينية التي تميز بين الناس وتفرق بين البسطاء منهم رجالا كانوا أم نساء وتكشف عن مدى مستوياتهم العقلية. أما المجادلات الفلسفية، فأعتقد أنها واهية لا فائدة منها، رغم إيماني أن حرية التفلسف لا تؤثر على المعتقد، كما أعتقد إن عملنا هذا لا يزعزع الإيمان بالرّب، بقدر ما يزعزع الإيمان بالخرافة. وبتعبير مقارب لما ذكرت؛ إن اللاهوت يترك لكل فرد حرية التفلسف. إن اختلافنا مع الخالق أو اتفاقنا مع الطبيعة لا يلغى المحتوى ولا يبدد الفكرة، تبقى اللوحة محتفظة بألوانها والفكرة بمحتواها.

إن الإنسان الساذج من السهل أن نمرر عليه الأكاذيب، الحيل والالاعيب، نغلف له الوهم بغلاف ديني، فيتصور الظلالَ أشباحاً، والأشباح أرواحاً، والأرواح أجساداً! أما الإنسان الذي يعيش بالعقل لا

بالنقل، فيصعب عليه أن يصل إلى حقيقة الأشياء من خلال أفكار وأقوال ومعتقدات غيره. أظن ان عليه أن يُنجز المهمة بنفسه. عليك أن تصنع مزاعمك بنفسك، تمسّك بها وحاول إثباتها. من يملك المخيلة عليه ان يخرق القوانين، عليه أن يصنع الفارق.

- ثنائية العلم والدين، السياسة والدين، اللاهوت والناسوت، هل تؤمن بمثل هذه الثنائيات؟
- ما من مسألة حاور فيها العلم الدين إلا وكان الصواب بجانب العلم وعدم التوفيق حليف الدين.
- الدوغمائية، الأصولية العلمية المقززة التي تجعل من العلم معتقداً قادراً على حلّ جميع المعضلات! هل يمتلك العلم الحقيقة المّطلقة؟ لماذا لا تتنازلون قليلاً عن هذه التبجح الفارغ وتسلموا بعجز العلم عن حلّ كل مشكلات العالم مثله مثل الدين؟

الأيديولوجية، مفهوم وظيفي. مثلما تناضل أنت من أجل إثبات متبنياتك الفكرية، كذلك عليك، أن تعي وتتفهم ما عند الآخر من حقيقة! العلم نظام معرفي، ok أؤمن بهذا بالجملة لا على أطلاقها، لكن عليك أن تؤمن كذلك بأن الدين، نظام معرفي، يقيناً بالجملة أيضاً، لا أذهب إلى أكثر من هذا. وهما متوافقان، وعليك أن تؤمن بأن النظام لا يعارض النظام! ثم أن العقل والإيمان كلاهما من عند الله، وهما مظهران لحقيقة واحدة. ولا أراني أذهب إلى أن الله يعارض نفسه. الذي يبدو لي أنك تؤمن أن العلم أكثر أهمية من الدين والخيال أكثر أهمية من المعرفة!

كل شيء ممكن أن يحدث في العالم بشكل مغاير للشكل الذي يحدث فيه عادة. الخيال هو المعرفة والخيال هو الخيال. أنا لا أظن ان

العلم في حالة حرب مع الدين. الذي أظنه ان الدين في حالة حرب ليس مع العلم فقط، بل مع الجميع. ربما يحاول استعادة مكانته السابقة، عبر استرجاع منظومة القيم الشكلية السابقة، الهيكل، الكنيسة، البابا، العصر التأسيسي، الخلافة الراشدة، دولة الخلافة، ألا يتقزز المرء بعد كل هذا! الذي أؤمن به أكثر أن الطبيعة هي ساحة الحرب.

- فكرة التطور أوصت بحيوانية الإنسان. لنتفق، عليك أن تؤمن بانك حيوان لا إنسان أو أن تؤمن بأن التطور مجرد خرافة علمية.
- التطور هو إعادة انتاج القديم، تدوير للقيم بصورة أخرى.
- عقل كبير في جسدٍ صغير!
- إن أهم شيء من الناحية العملية في أي إنسان، هو نظرته إلى العالم. كما نفكر نعيش.
- هل سبق وشعرت أن العالم يضحك من خلف ظهرك؟ جميع من في الكون يعيش مزحة كونية، الجميع ما عداك، إنك مشكلة معقدة يصعب حلّها!
- الرغبة هي مفتاح كيان الإنسان ومشتل نزوعاته المتدفقة باستمرار.
- هل تُريد ان نُجري لك عملية نُزيل بها الغشاوة عن بصرك أم تُريد عصا مُبصرة؟
- هل تُريدين أن أجري لك عملية أُزيل بها غشاء البكارة بالعصا المبصرة؟

ولادة ثانية
أزهار الفكر ليست هي أزهار الشر

رجل غامض جداً يقول من خلال فنّه أشياء لا توجد في أي لغة. لقد أدرك ان لديه موهبة مذهلة في عرض وجهة نظره عن العالم بواسطة الألوان. لكن ما الذي حثّه على ذلك؟ ما الذي جعله مؤهلاً، ليخوض في عالم الخيال؟ الرسم هو النظر. حتى لو لم ترسم أيدينا، تبقى عيوننا وأرواحنا ترسم، المخيلة تخلق من عوالم العدم، عالم وجودي، مثل ارتعاش جناح فراشة أو ارتشاف دبور بإبرته لشفة زهرة. الرسم هو محاولة خلق عوالم ملونة من جديد. خلق العالم أمر في غاية البساطة. كان عليه فقط ان يتخيل. هذا العالم ليس هو الوهم. إنه الخيال. أنظر إليه، كل ما يفعله هو التخييل!

هُوَ يَرْسُمُ مَا يَحْلُمُ بِهِ، أَوْ يَحْلُو لَهُ!

في البدء كان الخيال، وحده الخيال يصنع الكون. هو تخيل العالم، رسمه، ثم أطلقه، هكذا أرى. هذه النسخة التجريبية من الخيال المبدع الخلاق، يظن أنها أفضل من النسخ السابقة! ماندلبروت كان يحل مسائل الجبر من خلال تحويل المعادلات إلى رسوم في ذهنه.

إعلان عن الاستبداد

ـ هل تعتقد إنها مجرد خدعة أخرى، أو بتعبير برناردشو: ألا يجوز أن يكون العالم نكتة من نكات الرّب؟

ـ ومن يبالي. كان تولستوي ينظر إلى شؤون الكون كما لو كانت نكتة. لكن، ليست نكتة إله مسيحي! بناء الكون لا يعني، أن لا كون. هكذا ببساطة أفهم الأمور، كما أن ما قبل التاريخ، لا يعني عدم وجود تاريخ.

ـ إذن أنت تعترف.

ـ ببساطة ازلية أنا لا أعلم عن ماذا يتحدث أو ماذا يُريد. أنا استمتع باللحظة، أعلم ان التحدي كبير، لقد فك قيدي بيديه وأطلق سراحي لم أكسر قيداً، هو أراد تحدي ليرضي غروره وأنا أعطيته فرصة إظهار قوته قبل الجولة الأخيرة.

ـ من الواضح أنك رجل شديد الذكاء. لكن كيف تجرؤ على تحدي شخص يرقد في ركن العباقرة؟

ـ ببساطة، حينما يتم تحريف المسار، ليس علينا أن نوقف العربة، حسب، بل علينا أن نقلب العربة.

ـ ما أريد معرفته، كيف حدثت الأشياء في البداية، ولماذا تطورت الأمور بهذا الشكل؟

- الأمر فوضى! عليه ان يعترف بالفشل، حينما تكون الروح خربة لن يشفع لها جمال الطين. التشبث بالعرفان ومحاولة خلق عالم وهمي من خلال العقل واللامنظور، شطحات عشوائية أشبه بلطخات فرشاة بعيدة عن واقعها.

- أول سؤال قفز إلى ذهني، لماذا تم نقلك إلى هنا، هيا تشجع في القول، أجعل فمك الذهبي يتحدث؟

- قبل أن ألتقيك كنتُ أخفي ما أتوجع منه. لقد كنتُ واقفاً على مسرحٍ دوار، ولكنه دار على نفسه، ووجدتُ نفسي فجأة واقفاً في موقع آخر على نفس المسرح! الخاطئ والعاصي هو المرشد! آدم هو الذي يرشد الناس إلى طريق الإيمان والتأدب مع الرّب وهو أول من عصى!!

- لا تسلك طريق التكلف.

- كان عليه أن يُنهي هذه اللعبة مع ظهور أول بوادر فشل التطبيق! أشبه بالحدث، الذي يجب أن نتوقف أمامه طويلاً، لأنه يفتح الباب أمام أحداث مأساوية أخرى قادمة! لكنه عنيد، الرجل الذي لا يرتضي الخسارة، يعيش الأزمة تلو الأزمة. الصانع الماهر، مثل القائد العسكري الماهر الذي يتنبأ بكل الاحتمالات الممكنة ويضع خططاً افتراضية لهجمات افتراضية للعدو.

- وهل كان آدم العدو؟!

- حينما تدخل الحرب عليك أن تُطلق الرصاص على الجميع، وحينما تتم سرقتك، تُطلق وصف سارق على مِن سرقك حتى لو كان ابنك. لا مشكلة مع التوصيف طالما نحن نحتكم إلى النوايا والفعل، وآدم

خرق القواعد وهذا ما حاولنا التنبيه عليه، لكن دون فائدة! وما نحن فيه الآن هو خطأ الاستراتيجية وليس خلل التكنيك.

لقد أخطأ النقطة الأساسية كلياً. لم يكن يُفكّر من خلال مفاهيم الفيزياء، بل فكر في نوع النموذج المُجرد الذي يُظهر أنه كان يتبع حدسه بأنه لم يستطع قول ذلك مباشرة. لكننا نرى الآن أنه فكّر بتلك الطريقة! مراكز الدراسات والمختبرات العلمية الرصينة تُعرض عن التجربة إذا فشلت بضع مرات، فما بالك لو فشل النموذج ألف مرة في تحقيق الجودة النوعية التي يُمكن أن تحدث فارق تنافسي وتؤثر في السوق. لا يشبه الطابع التجريبي للاقتصاد أي حقل معرفي آخر، بسبب قدرته على استهلاك الكثير من الجهود من دون مردود مميز وهذا هو الحاصل في عملية صنع آدم. مُنتج بائس بكل المقاييس. إنه ينبض بالحياة، لكنه لا يعرف الطبيعة ولا الوظيفة ولم يتقدم خطوة واحدة من الهدف الذي من أجله وجد!

– لم تجب على السؤال، هل آدم عدو؟

– هو أتفه من أن يكون العدو. هو عدو لنفسه ولصانعه. نحن وسط هذه المشكلة لأنه غير قادر على التحكم بالأجهزة.

– صراع العناصر، الطين والنار مرّة أخرى!

– لعنة الله عليكِ، رحم الله بشار لقد كان إمام المتقين.

– الأعمى، إمام الزندقة وشيخ الملحدين!

– السميع البصير، وحدهُ عرف الحق وأدرك قيمة الأصل، وحقاً، الطين لا يسمو سمو النار. نحن نختبر الذهب بالنار لا بالطين!

99

- الذين لا يؤمنون به أعداؤه والذين لا يطبقون وصاياه هم العدو. هل هذا ما تُريد قوله؟ ألا تؤمن بالتسامح واقتسام العيش بحرية أكبر وكرامة. خُذ ورقة وأكتب: وطنٌ حرٌ وشعبٌ سعيد!

- التسامح الديني، ما هذه المُزحة؟ لقد أباح أرباب العقول من المعتزلة دمَ بشار بن برد! هل تصدقين أن واصل بن عطاء المعتزلي، شيخ المعتزلة، الغزال الألثغ، أعقلهم! افتى بقتل بشار!

الأرضُ مظلمةٌ والنارُ مشرقةٌ
والنارُ معبودةٌ مذ كانت النار

خبريني، النار لمن أوقدت؟ لماذا لا تكتفي؟ أنا واحد، هل هذه النار أوقدت من أجلي! أنا وحدي فقط؟ اقتل عدوك! لماذا لم يجرب هذه الحماقة مع إبليس وجربها مع البشر؟ سأقول لك حقيقة النار ولماذا أوقدت، لكن عليك التحلي بالشجاعة القلبية والتخلي عن الموروثات القبلية والقبائلية. بما أن الصراع بين الحق والباطل حسب المدعى بين النور والظلمة، حسب الدعوة، إذن، سنأتي أنا وهو صفاً صفا، لقد بنى الرّب جنته وعليّ أن أبني جنتي. الرّب يأخذُ من وقف إلى صفه، وكذلك يفعلُ الملك. هو يلتقط المؤمن فيدخلهُ جنته، وأنا أخذ المؤمن فأدخله النار وهي جنتي.

ـ   النار جنّة العاصي! هل تحاول شراء مخرج لخدعتك؟

ـ   النهاية ظهرت مع ظهور الفكرة والإصرار عليها! هكذا يحكم منطق الأشياء، المقدمة الخاطئة تقود لنتيجة خاطئة حتما! والنتائج من سنخ المقدمات. فالصواب لا ينتج غلطاً، والصحيح لا يصنع إلاّ صواباً مثله.

ـ   لكنه آمن بك.

- من يكافئ الإيمان؟ الإيمان مختلف، لا يوجد إيمان يوازي أو يضارع إيمان الآخر. الإيمان قناع نخبئ خلفه النوايا القبيحة ونختبئ خلفه مثل عاهرة تلبس البرقع! ليس هناك شيء طيب تحصل عليه بلا ثمن. دعوى الإيمان مثل المكياج لا يصنع امرأة جميلة، يقنع المرأة باقترابها واقترانها بالجمال، لكنه لن يجعل جمالها طبيعياً، كذلك الإيمان. الإيمان بضاعة نتمسك بها، لكنها لا تساوي شيئاً أمام الحقيقة. لابد لكل شخص من عقيدة في ربه، يرجع بها إليه، ويطلبه فيها. دخول الجنة التي يتقاتل عليها الصغار، ليس بالإيمان! أنا لا زلتُ من المؤمنين به، بل أكثرهم إيماناً. لكنه لا يستمع سوى لنفسه. وصايا الإيمان الصغيرة لا تصنع مؤمنين، الخوف من النار يخلق جبناء لن يخلق مؤمنين وكذلك، ينطبقُ الحال على الطامح والطامع بالجنة. هذا ليس المؤمن الذي يبحث عنه الرّب، المؤمن الكوني. هذا يملك أهدافاً أبعد من الإيمان نفسه. الخوف من الرّب أو من عقاب وعقارب الرّب يجعلك خائفاً من كل شيء! ربما لو رفع العصا والجزرة لن يجد من يؤمن به إلا أنا وعلي بن أبي طالب.

- سيأتي اليوم الذي لا يحتاجك فيه أحد، حينها، ستلعن نفسك التي اتلفت سنواتها الطويلة في خدمة الخنازير.

- هل نحن بحاجة إلى الرّب أم حاجته إلينا أكثر؟

- ولا تخشوا من كلام الرجل الخاطئ لأن مجده إلى قذر ودود.

- عاجلاً أم آجلاً سيأتي الجميع إلي. الجميع يوافق على أن سيرتي الذاتية هي إحدى أهم الوثائق الكونية. لو لم آتِ إلى الدنيا لكان

عالمك هـذا، بلا ألـوان. لوحة باهظة الثمن، لكنها باهتة! كل الشخصيات التي نرسمها في الحكايات هي الشخصيات التي نرغبها في الواقع. يجب أن نتعلم الوثوق بالعلم وبالمعلم.

أما قرأتم قط في الكتب، الحجر الذي رفضه البناؤون هو قد صار رأس الزاوية من قبل الرّب. في يوم ما، سأحكم المملكة التي نُفيتُ منها، وسيتبعني الشعب الذي رجمني بالحجارة.

‏- خطة الجحيم، إذا لم تكن معي فأنت ضدي! أهذا ما تريد قوله، أنك أداة لتنفيذ مشيئة الرّب.

‏- إن الرّب ينفذ مشيئته بطرق عجيبة وغامضة! العالم الذي نعيش فيه أشبه بالعالم الروماني، قوانينهم، قوتهم، لا يمكن مقاتلتهم في الشوارع. عليك جرّهم للحلبة وقتلهم هناك دون رحمة. في الحلبة تكون القوانين متساوية.

‏- حين تنام الملائكة تستيقظ الشياطين، وحين يُرفع المسيح، ينزلُ المسيح الدجال ونبقى في دوامة الانتظار.

‏- هو أراد مباراة كاملة، أراد هذه اللعبة، وهو من وضع شروطها. هو من قام بقسمة العالم إلى نور وظلمة، خير وشر، أخيار وأشرار. كان يكفيه أن يخلق الخير ويمنع الشر، كان في متناول يده. لكن التساؤل هنا؛ هل آدم من الأخيار وهو أول من عصى وعلم من جاء بعده العصيان؟!

‏- سيبقى الماضي يطاردك.

- لا ماضٍ يطاردني، لقد محوت الذاكرة. أنا ريحٌ حزينة، صوت صارخ في البرية! نحن نلعب، لعبة القط والفأر، صراع لا ينتهي، ممتع، لكنهُ سخيف، حيث اللاجدوى هي العنصر الغالب في هذه المعادلة التي لا نتيجة صحيحة لتفاعلاتها. نحنُ عالقون في عقل ذلك الشخص (العبقري) الذي يرقد في ركن العباقرة!

- لا شيء يُضاهي الاحتفال.

- ليس هناك احتفال! الكثير من الاستقلال يُخيف. لم يكن آدم سوى فأر أعمى في اختبار الصراع بين إبليس والإله، وتكرر هذا الصراع وكان أيوب هو فأر المصيدة هذه المرّة! دائماً يخسر، لقد خسر عندما وضع الرهان على أيوب، كما خسر عندما راهن على آدم بكل ما يملك! لقد صدق إبليس وهو من الصادقين حين قال: هل مجاناً يتقي أيوب الله؟ لقد جدف أيوب بوجه الرّب عندما خسر كل شيء! لكن لماذا غضّ الطرف عن خطيئة آدم؟ ثم هل كان متواطئاً مع إبليس؟ سؤال خطير! ماذا لو لم يغفر له، هل ستتوقف اللعبة ويغلق المصنع؟

- الطريق الذي يخرج من الجحيم ويقود إلى الضوء، صعبٌ وطويل.

- آدم كان مجرد آلة خالية من أي تفكير منطقي إرادي. إننا نختبر أفكار وكلمات الرّب، نحن لا نملك شيء، دَ ، ما عندنا من السماء. آدم كان وعاءً فارغاً ملأه الرّب بالكلمات. وهذه الكلمات هي أفكارنا اليوم. هو يصنع آلات ذكية من أجل الحرب. دمج الآلات المختلفة في آلة آدمية واحدة مختلفة الأغراض. إبليس لم يكن آلة.

- عنترة كان آلة من الآلات الحرب، لكنه لم يسرق كلماته من أحد ولم يصب الرّب الكلمات في أذنه، رأي موفق، أليس كذلك؟

- معلومات مدرسية، تلميذة رائعة تنجح عبر إظهار ما بين فخذيها للأساتذة!

الفارق بين آدم وإبليس، أن إبليس كان يفكر، يصوغ الأفكار، يحتالُ لنفسه وآدم كان عديم الحيلة، يتلقى الأفكار من الخارج. آدم وعاء وإبليس عقل كبير. السؤال هنا، هل آدم يُفكر؟ الجواب، بالطبع، لا، بكل ببساطة، لأن آدم آلة والآلات لا تفكر، بل تسترجع ما أودع فيها من معلومات. لكل إنسان شفرة Cood خاص يختلف عن شفرة غيره من الحيوانات، أعني، المنوية. لذلك نرى البشر يختلفون في طرق وأنماط التفكير. عقولنا تعمل بطرق مختلفة لأن الشفرات مختلفة.

هل تهربين مجدداً؟ أنتِ لديك كامل الحق في التزام الصمت وانتظار مَنْ يدافعُ لكِ. منتهى الحقيقة أن تهاجم وتدافع دون احتيال. المتعة الحقيقية في المشاركة وليس في التصفيق. عليك أن تتحرك مثل حجر الشطرنج حتى تصل إلى المربع الأخير.

- الوصول لخط النهاية ليس بالضرورة يعني الفوز. بالمناسبة قبل أن تلتف حبائل الباطل على أشجار الحق والحقيقة. لقد شارك آدم في الاحتفال وأنت، ربما كنت تلتقط الصور مع الشياطين، اتباعك السلفريين. لقد تجاوز آدم برمجته وأكل من شجرة الجنس وبنهم شديد. قَالَتْ حَوَّاءُ: مَا هَذَا يَا آدَمَ؟ قَال شيء يُسَمّى النَّيْكَ. قَالَتْ لَهُ زِدْنِي مِنْهُ فَإِنَّهُ طَيِّب.
- إِنَّ الدَّوَابَّ لَا تُجِيدُ الشُّرْبَ إِلَّا عَلَى الصَّفِيرِ!
- نعم، الحياة ليست هي الفوز، والفوز ليس سر اللعبة الوحيد. الحياة

هي متعة المشاركة والوصول. أي حكيم مقنع، يقول نصف الحقيقة ويترك النصف الآخر للذكاء أو التاريخ أو التطور الطبيعي. وهذا لا يعني بالضرورة الإيمان والرضى بنصف الحلول ونصف الحقيقة، بل يعني، بكل تأكيد، التأكيد على فسح المجال أمام الآخر لتكملة طريقه وفق خيارته هو. وببساطة أكثر ان خيار الحقيقة متعدد وليس هناك حقيقة كاملة حتى نطلب من الآخر التمسك بها.

- الحقيقة، ماذا تعني؟

- بنو آدم جسدٌ واحد، البشرية كلها، لو صدق القول، خرجت من طينة واحدة، الإنسان غارق كثيراً في التراب. الموت يحول الرجال إلى حجارة، يرجعهم تراب، حتى الدمية الأولى، آدم، عاد تراباً.

- ما هو الموت؟

- إن تبتعد عن الأضواء قليلاً.

- ماذا؟

- الحرم الآمن، دون تذكرة نصعد عربة الآلهة، نغفو في أرض اللا عودة، الاتحاد بأجساد الفانين، استنشاق ومعانقة التراب الذي منهُ جئنا.

- ما هو الخلود؟

- إن الخلود الحقيقي هو الرياضيات، المرأة والموسيقى.

- كارمينا بورانا، كيف نسيت هذا؟ أيها القدر أنت كالقمر...

- لا تنسَ فيفالدي، الفصول الأربعة، القس الأحمر، صراع الانسجام والابتكار!

- تُعجبني، إنها الأقرب للوضوح والحقيقة. أتعلم كيف انفصلت النسمة عن روح الله ووصلت إلينا؟

- يا سيدة الحظ، لماذا لا تبقين في الموسيقى؟

- أأهبطها الإله لحكمة خفيت عن الفطنِ الأروع!

- إن ربك لبالمرصاد!

- ماذا يعني هذا؟

- هو يسترد أنفاسه.

- ماذا تعني؟ هل الموت محاولة لاستعادة الأنفاس؟

- أنا لستُ لي. وأنا أنا لا شيء آخر. كنتم أمواتاً فأحياكم ثم يميتكم ثم يحييكم ثم؟

- إليه تُرجعون!

- الموت محاولة لتدارك الخطأ.

- عن أي خطأ تتكلم؟

- خطأ الخلق وخطأ نضوب طاقة المصدر.

- أنت مجنون كبير!!

- النوم هبوط في مستوى طاقة الجسد حيث تتم استعادة الطاقة عن طريق النوم والراحة، والموت نضوب مستوى الطاقة في الجسد. الكل لحق بالكل وبقي الجزئي في الجزء. هل فهمتِ؟ إن النفس الكلية عادت إلى عالم الكل والجسد الجزئي بقي بالجزء وهو المركز الأرضي. الطاقة تعود لبارئها، قانون دورة الطاقة في الكون.

- اللهم، بل الرفيق الأعلى.

- قانون بقاء الكتلة! الكتلة لا يمكن استحداثها أو إفناؤها، ومعظم الطاقة التي تُفقد نتيجة لاحتراق الفحم أو انشطار نوويّ، يعاد امتصاصها ثانية بذرات أخرى وتصبح كتلة مرة أخرى. قانون تحول الطاقة. الطبيعة نسب وتراكيب ثابتة.

الموت ثعبان كبير يحاصر جزيرة عجيبة، والناس عبارة عن أطفال. الثعبان يبتلعُ طفلاً كل مرة وهم مشغولون باللهو واللعب! عشق العُقاب الملكي يختلف عن عشق الطيور الصغيرة. إن من يطلب المقام الأعلى لا ينجو من الامتهان، ولكن من يطلب الحب الأعلى يتعرض للامتحان.

يقولون إن الأحلام لغة الله، ما رأيك بهذا؟

ما هذه الهرطقة؟ الأحلام ليست لغة أحد، ولا هي رسائل تحذيرية. أظن أن هذه الهرطقة جاءت نتيجة الإيغال في العهد القديم، دانيال ويوسف الصديق! الإنسان كائن ثلاثي الأبعاد: **جسد وروح وعقل**. الجسد آلة والروح طاقة والعقل نظام. ينشأ الحلم أو الرؤيا عند هبوط مستوى الطاقة في الجسد، حيث يحدث اختلال في برمجة العقل وتداخل في الصور والمعلومات، تقديم وتأخير. وبما ان العقل، وهو جهاز تحكم ونظام سيطرة على كل فعاليات الجسد الموصول بالطاقة/ الروح يُصيبهُ عند النوم، كما قلت لكِ، هبوط بمستوى الطاقة، يحصل نوع من التدافع بالصور والمعلومات، اختلال نتيجة هبوط مستوى الطاقة.

الأحلام عبارة عن اختلال في نظام الشفرة الموضوعة في عقل الإنسان، ليس غير.

مَقَامٌ دَنَا، لَيْسَ مَقَامٌ أَنَا!

- الإيقاعات المظلمة، تتدفق بعشوائية متراخية، الذئاب تعوي ما بعد الضوء! هناك صمتٌ عظيم. عزيزي هل ترى أن وجودك هنا محض صدفة؟

- من يستطع تفسير خطط الصدفة؟

- لقد تم اختيارك لهدف أعظم بكثير من الحرب.

- لماذا العرب مغرمون بنظرية المؤامرة؟

- لديك القوة لفتح أعين الأمم ليروا أخيراً، أن مملكة الرّب لم تسقط أبداً.

- هذا الأمر على ما يبدو لي حقيقة، الناس ترى ما تُريد رؤيته! لا يوجد معنى، لا يوجد هدف، أحتاج سبب حقيقي يجعلني أؤمن! نعم، وجودي صدفة لا غير. صديقي هو من وفرّ لي هذا العمل. أنا روح أحد البحارة الاسبان الذين حملهم كولمبس في سانتا ماريا العجوز، وصلت إلى هنا، العالم الجديد. الكثير من الذهب، الكثير من المتعة، الكثير من الحرية، الكثير من النساء.

- أنا لست واثقة مما تقول وأنت كذلك، هل تتذكر اسمه؟

- والله. لا أذكر أو هو لم يخبرني أو أخبرني ونسيت، هو لم يشأ أن يوجع رأسي بتعلم الأسماء.

- ألا زلت تُقسم به؟!

- هو صديقي، بيننا الكثير من الذكريات. ما زلت أؤمن أن الصواب سيعود له يوماً ما.

ما الذي تفعله هنا، هل أنت هنا لتصور فلمك الجديد حسب عقد العمل؟ صديقي، الأمور أبعد من هذا التصور والتصوير. حاول أن تهدأ قليلاً، أفتح النافذة وأنظر من خلالها لترى العالم بعين أخرى، عين أكثر اتساعاً وأكثر وضوحاً. لن تتصور هذا. هل أخبرك حقيقة ما، أي حقيقة مثلاً كأن أقول لك نحن الأن في هذه المدينة. هذه حقيقة. لكن ماذا نفعل في هذه المدينة؟ ذاكَ ما وراء الحقيقة.

نَعَمْ أُدْرِكُ مَا سَتقُولُ. أَنْتِ هُنَا لِتَصَوُّرِ فِيلْم تَحْتَ القَصْفِ لِتُرِيَ العَالَمَ أَوْ مُتَابِعِي قَنَاةِ PLAYBOY أَوْ مُتَابِعيكَ فِي القَنَوَاتِ الأُخْرَى قُدْرَتُكَ عَلَى المُمَارَسَةِ وَسْطَ النَّارِ، وَسْطَ الحَرْبِ وَالقِتَالِ. لَكِنْ هَلْ هَذَا مُهِمٌّ؟ كَيْفَ يَسْتَطِيعُ الإِنْسَانُ أَنْ يُعَاشِرَ وَيَشْعُرُ بِاللَّذَّةِ وَهُوَ وَاقِعٌ تَحْتَ القَصْفِ وَعَرَبَةُ المَوْتِ تَقْتَرِبُ مِنْهُ تُجْرِهَا الضباع وَالذِّئَابُ وَمِنْ حَوْلِهِ أَسْرَابٌ مِنْ الذُباب! كَيْفَ لِلمَرءِ أَنْ تَنْفَتِحَ شَهِيَّتُهُ لِلجِنْسِ وَهُوَ يَرَى رِفَاقَهُ بِين مَحْرُوقٍ وَمَقْتُولٍ وَسْطَ برَكٍ مِنْ الدِّمَاءِ وَالعَرَقِ وَالوَسخِ وَرَائِحَةِ الحَرَائِقِ، حَرَائِقُ النَّفْطِ، الجُثَثُ، المُدَرَّعَاتُ وَالبَارُودُ. أَجْزِمُ أَنَّكِ لَمْ تُمسِكْ بِراسٍ أَحَدَ أَصْدِقَائِكَ وَهُوَ يَلْفِظُ أَنْفَاسَهُ.

- يا لها من مضيعة للوقت، الحياة ما نصنعه نحن! ما يصنعهُ هو، إفراغ حقيبة مملوءة بالمهاجرين في ساحة عامة. لا أحد يفهم أحد والعالم كله استحالات لا متناهية، مجموعة من العقد، كل عقدة تتناسل مجموعة من المتاهات والخيالات والوهم!

- أي عاصفة في الميناء؟ صديقي، هل يمكنك أن تعتبر هذا الإنسان متزناً وسوياً؟! ربما أنت وسط عاصفة، عاصفة كبيرة ولا تدري!
- أحياناً الناس يذهبون، فقط يذهبون دون أدنى سبب!
- أنت الشخص الأكثر تسلية ممن رأيت!!
- هل تعلمين أن أكثر الأعمال الفلسفية في القرن العشرين، كُتبت تحت نيران القصف؟

تراكتاكوس، الرجل المجنون! الذي يكتب في دفتر ملاحظاته وهو جالس وسط المعركة والجثث تتطاير من حوله! ما الذي كان مهما جداً ليخاطر بحياته من أجله؟ هل تعلمين أن هذا الرجل، تراكتاكوس الذي تصفينه بالمجنون قد أطلق الحدود لأفكارنا. ماذا كان يكتب ولا يحتمل

التأجيل، ما الذي منعه من النهوض والهرب كما يفترض بأي إنسان آخر أن يفعل؟

- الأفكار التي تستحق الكتابة، هي الأفكار الكبيرة.
- اللغز الذي حاول فكه كالتالي:

أيمكننا معرفة الحقيقة؟ Can we know the truth؟

البحث عن اليقين هو شغل الفلاسفة والمعلمين. نستخدم الواقع من أجل الوصول ليقين. الصياد لا يهتم للمذاق في أولِ أمره. القنص ورائحة الشواء هما الجانب الممتع. الجري وامتطاء الفرس. رمي السهام هو المهم.

- أدونيس أيضاً لم يكن يحبّ شيئا قدر حبّه لصيد الحيوانات.
- هل نظرتِ في عين الفريسة وهي تطلب النجدة وتسعى للنجاة؟ منكسرة، تئن بصوت خافت، تتلفت، بعين مراوغة تطلب النجاة والسهم مغروس فيها لا تستطيع منه فكاكا! تنزع سهمك برفق وقد امتلأ من دمها، تجرجرها من قدمها لمكان الذبح والسلخ والشواء والأكل بنهمٍ لذيذ!
- بربري حتى في وصفك للحب واللذة!

علينا ان نختار بعناية من ندخلهم إلى عالمنا الخاص. أظنك لم تستيقظ وبجوارك انثى تستنشق رائحتها، تلك الرائحة الدافئة الزكية. الثقة مهمة جداً في العلاقة. إذا لم تجعلها تثق بكَ، فإنها لن تذهب معك إلى السرير. هل تعلم أن لحظة اختيار المتذوق من الرجال. طقسٌ ديني؟ النساء لسنَ دائماً بساتين ورود، في أحيان كثيرة تكون النساء صهاريج محملة بالوقود.

112

- أنا لستُ الرجل المثالي فلا تُمثلي عليَّ دور المرأة الكاملة!

- مثلما يحتاج العالم لشعراء، كذلك، هو يحتاج لقوادين!

- في الحب تعشق النساء الخسارة، تعشق التيه، مثل النبتة الصحراوية، جافة، قوية، تشعر بالعطش أبداً. مثل الشياه لا تحب البقاء طويلا، تعشق الذبح، تعشق سكين الجزار والموت على سرير من نور ونار.

لن يشعرها الذبح بالألم ولا بخيبة الأمل حتى لو كان كاذباً. طالما ان السماء تمطر والأجساد تشعر بالارتعاش، فلا خسارة في حقيقية في الأمر. النساء تبغي من الرجال أن يكونوا مثل أصابع الديناميت، لا مثل المفرقعات والألعاب النارية.

- بيع الخطيئة أمرٌ سهل! هل تعلم معنى الخسارة الحقيقي؟ أظنك لا تعلم ولن تعلم مقدار الألم والخسارة، مقدار الزيف الذي تبيعه للناس.

- أنا أبيع الزيف للناس! رويداً، رويدا، وماذا يبيع هو؟

- المسيح الدجال يرقص في حفل شواء مرة أخرى!!

- الجائزة الكبرى، هي أن يربح الإنسان نفسه، هذا ما أؤمن به، ولا بأس بعد بذلك. لقد أدمنت هذه اللعبة، وهو أدمن الادعاء بالانتصار الكاذب. يفعلُ هذا من أجل أن يُرضي غروره! الكولونيل المتقاعد، يتذكر انتصاراته وكتيبة الاعدام التي كان يتزعمها، يتذكر حرقه لقرى بائسة، يضع السيجار في فمه ويروي لأحفاده كيف فعل هذا!

أتمنى أن يكون خروجي من هذه اللعبة مبهجاً، يالنا من دمى سخيفة، مريضة بالأوهام، ترقص على المسرح الضخم، إننا لا شيء، نحن لسنا ما نويناه! أتمنى ألا أعود لتمثيل هذا الدور مرة أخرى.

113

- العرض الأول للمسرحية له مذاق خاص.

- هل تخدعين نفسكِ؟ بعد أيام قليلة لن يتذكر أحد!

تمثيل الدور أكثر من مرّة يبعث على السأم حيث لا يفضي التصفيق سوى إلى ارتياح وانتعاش وهمي يجلبه لك المخدر الذي وضع في الشراب. أنا لا أريد أن أمثل من جديد آلام تجربة العصور، أبصرت آدم في تعاسته ورافقت الجيوش في أضخم الغزوات، نِئتُ بحملِ آلاف النعوش، غنيتُ آلاف المواسم ووصلت أطراف المحال، رأيت كيف تُدمر المُدن المهيبة في الخفاء، أريد أن أقابل صانعي، شاهدتُ ما يكفي وكنتُ الشاهد الحي الوحيد، في ألف مجزرة بلا ذكرى، وقفتُ مع المساء أتأمل الشمس التي تحمر، كان اليوم عيد، ومكبرات الصوت قالت: كل إنسان هنا مجرم حتى يقامُ على براءته دليل! وسمعتُ أبواق الغزاة تضجُّ في الليل الطويل، ورأيتُ كيف تشوّه الأرواح جيلاً بعد جيل، وفزعتُ من لمعان مرآتي: لعلّي كالمسوخ، مسخٌّ تقنعه الظلال. لستُ وحدي، إن الرؤى تمت وأن الأفق يوشك ان يدور، أنا في انتظار اللحظة العظمى، سيُغلق المدار والساعة السوداء، سوف تُشلّ، تجمدُ في الجدار. أنا في انتظار.

- أنت شخص مشوق! ألا تظن، ربما هو يمنحك الفرصة لتكسب عيشك وبعض الاحترام لنفسك على أقل تقدير؟

- لقد سئمت من تمثيل الدور أكثر من مرة.

- سأمُك أنت لا يعني فشله هو. أيهما أكثر رعباً، الواقع أم الخيال؟

- عالم مرعب، ربما لا يتضمن أشباحاً، أو بيوتاً مسكونة، أو غزواً

فضائياً، لكنه يتضمن ما هو أكثر وطأة من الرعب الخيالي، حين يتكشف عن واقع مرعب نعيشه. هكذا ندرك أكثر، كم يصبح الواقع أكثر رعباً من الخيال.

إنه يجازف بعرض مسرحيته، فقط من أجل التصفيق، ليس غير! لقد سئمت من التحليق مثل طائر ثمل، قُضي عليه بأن يطير في السماء مثلما حكم على آخرين بأن يحفروا الأرض. إنها إرادة القوة لا تنفك تُربك الجميع، وتجعلهم في خوفٍ مستمر!

ـ لا يكفي أن تنظر للغيوم لجعلها تُمطر. ما تفعله أنت، هو إشعال المفرقعات والألعاب النارية، تبيع متعة النظر، بينما النساء تبغي أصابع الديناميت. أنت تبني سفينة قراصنة، أو عبّارة لمهاجرين غير شرعيين. نصفهم سيغرق والنصف الآخر سيعاد ترحيله لبلده وحتى الذي يحظى بفرصة البقاء، يبقى مشرداً. ليس هناك مهرجان، أيها النازي، لا توجد جولة ثانية، جنودك لن يحظوا بجولة أخرى في أرض المعركة. أيها البربري، أعدك، ستنال أوقاتاً عصيبة. استمروا بالمتاجرة بأجساد النساء، لم تعد النساء، فقط، بوابة الرقيق، أنتم أصبحتم البوابة الخلفية لهذا الماخور.

ـ هل تظنين أنكِ تعلمين عن معاناة اليتيم بقدر ما يعلم هو لمجرد قراءة أوليفر تويست؟! البشر ليسوا قصة، ليس لديك أدنى فكرة عن ألمهم. فقط يعبدون! الحياة ليست عبادة فقط، إنها عبادة وسعادة. لنترك الأنهار تجري، ولنستمتع برؤية الشمس وهي تدور، لنجازف بشرب كأس الحياة قبل احتراق ستائر المسرح. حين نسافر بعيداً، تصبح الفنادق والشوارع الخلفية هي الديار.

115

قرار الحب مثل قرار الحرب، يحتاج لعناية كبيرة وروية قبل الإقدام عليه. نحن لا نرقص أو نغني فقط، نحن نصنع الحياة أيضاً، نزرع الأمل. قلبي لا يتوقف، وقلبها مثل شجر كستناء تستمتع بصوت نقار الخشب، تردد أصوات النقر بعذوبة صوت المسيح وهو ينادي: أبي لا تتركني وحدي.

الجِنْسُ لَيْسَ عَمَلِيَّةَ تَبَادُلِ سَوَائِلَ فَقَطْ، إِنَّهُ التَّقْدِيرُ

- الخَشَبُ المُتَعَفِّنُ صَعْبَ أَنْ يَقْطَعَ!

- فقط عندما يصبح الجو بارداً يقدر الناس قيمة أشجار الصنوبر.

- الوقت يهزم الجميع. هناك طريقة واحدة لعبور النفق وهي ان تدخل النفق ليس غير. ستأتيك الحكمة بعد أن تأتيك كل الحماقات، بحيث يصبح وجودها أو عدمه واحداً، كأن تحصل على المفاتيح بعد أن تخلع الريح كل أبوابك.

- ماذا تعنين بهذا؟

- أنت في مأزق، مأزق مع نفسك، مأزق مع العالم. عليك ان تعيش الاستقامة، وان تحارب من أجلها.

- ربما لم أحصل على الفرصة لأكون إنساناً، لكني بيقين أقول: أنا كامل الإنسانية.

- الطريق الصحيح هو طريق المبادئ. لكن لا أحد يريد السير فيه! أصحاب المبدأ السامي يفضلون الموت من أجل حماية مبادئهم، عليك ان تكمل ما بدأته.

- من سيبقى للاهتمام بالمبادئ إذا تمت هزيمتنا؟ النصر والهزيمة هي كل ما سيسجله التاريخ وليس المبادئ!

- هل ترتاد الكنيسة؟

- ماذا؟! لن أصبح قساً مرّة أخرى.

- هل أنت خائف؟

- وما العيب في أن نخاف؟

- الهدف من السؤال الحصول على معلومات تهمنا، نحن فقط. الغرض من هذه الجلسة هو الإقرار بأنك لن تخرق القانون مرة أخرى، هذه الإدانة الأولى لك. لكنك ورطت نفسك في مكائد واحتيالات أخرى، ماذا يمكن ان تخبرنا عن هذا؟

- لماذا أذهب إلى الكنيسة؟ النظر في وجهي لن يغير الحقيقة، ولن يُعطيكِ إجابة أخرى!

- أعني، هل تذهب إلى المسجد، هل تصلي؟

- قد استمع لخطبة الواعظ دون حماسة.

- هل تشرب الخمر، هل تضاجع النساء، هل تتلقى رسائل على الماسنجر، هل لديك حساب Skype ،Instagram ،Twitter ،Facebook؟

هل تميز الفارق بين عملك كَـ Don Juan وهمي وبين كونك رجل حقيقي له متطلبات حقيقية وليس متطلبات وهمية؟ أظن أن ما تفعله ليس له من الحقيقة شيء، فليس بكافٍ أن تُشبع لذة الاتحاد الجسدي الحواس فقط، بل عليها ان تروي القلب أيضاً. إن العديد من المعانقات لا تعدل

118

عناقاً واحداً يتوّجهُ الحب ويرعاه، يُعطي فيه كل طرف نفسه للطرف الآخر دون قيود.

إن فعلك هذا افتراضي وليس حقيقي. تبيع آهاتك وحركاتك وانتصابك، هذا عمل ميكانيكي، أشبه بعمل الروبوتات، ليس في هذا الفعل استمتاع بالحياة ومباهجها. صديقي، صدقني، الروبوتات لا تستمتع بالحياة.

– ما إدراكِ؟ أنا الراعي!

– الراعي الصالح أنا وخرافي تعرفني. أبـداً، أنا لا أذبح خرافي كما يفعل هو. أدخلها بيت الرحمة، بيت العجائب. النساء حقول متأهبة للزراعة، والبذور نذور. أمطر عليهن الفرح بمرح، مثل العرائس أنثر عليهن الدراهم، أجعل مسامات جلودهن تتفتح مثل الأزهار بمسرة، تعزف أجسادهن موسيقى الأجـرام، مثل أشجار السرو، تغسلهن شلالات الرغبة.

– حـارس النساء! على البذور المقدسة أن تُـزرع في أرض طاهرة مقدسة.

– بل حارس الضياء. كل أنثى كنيسة مقدسة. حواء الجنة، كانت دمية، لم يعرف آدم كيف يتسلى بها! أنا دللته على الطريق، علمته كيف يرفع الورقة ويكتب بقلمهِ الخالد على نونها المختوم: ن.

– كيف تعلمني التواضع، وأنت تتشامخ وتتباهي، تنفخ وتنتفخ مثل ضفدعٍ في مجرور؟!

– إبليس موزعٌ فينا. من الصعاليك إلى المماليك! الصعلكة هي إحدى قيم التمرد.

119

- صحيح إنه ليس بالحديد السكراب، لكنه مع ذلك يبقى يتحرك ب Remote Control. أكيد ان عملك يفترض عليك ان تضاجع النساء، والجميلات منهن. لكن حقيقة الأمر ليس هناك الرغبة الحقيقية بمبادلة الحب بقدر ما هو عقد على الزنا العلني، كما تفعل أنت. يمكنك أن تمتلك الجسد، لكن كيف يمكنك أن تمتلك الروح!

سيكون الأمر هكذا، دائماً على هذا المنوال، ما أن ينهض أحدهم من سرير حتى يتلقفه سرير آخر! يلعب هو دور الذكر وتلعب هي دور الأنثى! تسرف هي في لعبة الأنوثة، ويسرف هو في لعبة الذكورة. وهكذا يزداد لعبه شدّة، ويزداد لعبها نعومة. هذه لعبة الحب أو حيلة الحب وليس الحب. حين يمكنك أن تنجح بطريقة نزيهة فلن تلزم السبل الملتوية.

- أيتها السيدة، إنه الفن، فدعينا نتوقف عن حرث البحر! علينا أن ننظر لجسد الأنثى نظرتنا لرقعة شطرنج في مباراة خالدة، نتفحص جسد الأنثى مثلما نتفحص قطع الشطرنج، علينا أن ننتقل من مكان لمكان، نقفز مثل حصان، نموت مثل جندي. الافتتان هو التقاط النقاط المضيئة من الجسد، النظرة التي تشعل النار في مؤخرة الحصان. تلك النظرة تكون غير قابلة للتحديد. يحددها الزمان والمكان وطبيعة الافتتان. الإنسان هو نظرة تشتهي صورة أخرى وتبحث عنها خلف كل ما تراه.

- من الجيد ان تشارك غيرك المعرفة. هذا أمرٌ مُفيد، ولا أظن ان هناك من يختلف عليه. لكن، يا صديقي، عليك التفريق بين المعرفة النافعة والمعرفة الضارّة، بين العلم وبين الدجل والشعوذة!

- العلم ينبغي ألا يكون حكراً على فئة معينة، ينبغي للعلم أن يخدم الجميع. عملنا توفير المعرفة لغدٍ أفضل، نحن ننشد وننشر الفرح. ليس بالضرورة أن ترتاد هارفرد أو أكسفورد لتتعلم، العلم في كل مكان، يتبقى الأستاذ ووسائل الإيضاح.

- لقد تحول الفرح الإيروسي إلى تمثيلية تهكمية!

- ما نقوم به، إنما هو خدمة واجبة. كما أنه ليس بمقدور جميع التلاميذ الإجابة على أسئلة الأستاذ، كذلك هذا الفن لا يستطيع كل أحد إجادته. إنه فن يقتضي معرفة وبذل جهد، يقتضي سياحة وسباحة في الجسد، يقتضي نشر إحساس يبعث على اللذة. إن ممارسة هذا الإحساس مسألة لا ترجع إلى الصدفة، الحب ممارسة تحتاج براعة لا تقع للإنسان إلا إذا كان بارعاً، اتقن أوليات واساسيات اللعبة. لعبة الحب لا يمكن تعلمها عن طريق الكتب، تحتاج إلى تمارين وتطبيقات للوصول لدرجة الاكتمال والكمال.

فِي أَحْيَانٍ كَثِيرَةٍ، تَكُونُ رَوْعَةُ الإِنْسَانَ لَيْسَ بِمَا يَأْكُلُ، رُبَّمَا بِمَا يَطْبَخُ!

لا أقول أنا آخر العظماء، لكن سيبقى إبليس هو المحارب الأعظم. إبليس صعد الصليب وهو يردد أغنية الثوار:

على حبال المشانق غنوة الثوار غنينا

هل تعلمين أن أول محكمة في الوجود انعقدت لإدانة السيد إبليس؟! أنا وحدي قبلت تحدي الرجل الأعمى، حارس بوابة الكون. لم يأتِ أحد قبلي وكل من جاء بعدي، فزاعات وطين، أنا وحدي النور، أنا من يملك الروح وسراج زيت لا ينضب.

الإنسان غير قادر على تحقيق رغباته كلها، ظل الإنسان باقياً لفرط جهله. الجاهل يعيش أوقاتاً أطول، لكن ليست هي الأوقات الأفضل. الأوقات تتغير، ربما المشاهدة تعطي قيمة أكثر للجنس. الجنس سمو وارتقاء، علينا أن نؤهل الناس لمباهج الجنة. الجنة دمية محشوة بالحلوى تحتاج لأطفال تمرسوا على أكل الحلوى بنهم شديد. الابن لا يرث حكمة أبيه لأنه يرتدي عمامته، حتى الشجر يحتاج إلى وقت لينضج قبل أن ينتج الثمر.

- في كثرة الأحلام أباطيل.

- إياكِ ان تشكي بسرعة الفهد أو بصيرة النسر، فهي قد تنالُ منكِ في أية لحظة.

- صنع محارب ليس بالأمر السهل، بسهولة يمكننا أن نؤسس جيوشاً من خلال الوهم ونحتل العالم بالأحلام!

- العربة التي تجرها الخيول يمكن ان يجرها البشر. عليك أن تُدهش نفسك حتى يندهش العالم من حولك. لقد خاطر الإله بكل شيء من أجل أن يرسم آدم على صورته لأنه لم يرَ في الوجود من هو أجمل منه ولا أكمل. لكنه ربما غفل عن كون آدم ليس هو المحارب الذي يمكن ان يصنع الفارق ويصمد في النزال. لقد خسر قبل أن يبدأ الصراع، كان تنيناً بلا رأس!

- ما الذي يجعل الوهم يبدو حقيقة؟

- الحاجة ومحاولة الاقتراب، التمثل والتمثيل.

- ماذا؟! فقط النفوس الضعيفة تظن الوهم يقيناً!

- الجنس هو عملية تشبيه للولادة الأولى. كل اتصال بين امرأة ورجل هو تكرار للخطيئة الأولى، الخطيئة المحببة، الخطيئة التي أولدت هذا العالم. كل اتصال بين رجل وامرأة خارج مؤسسة الزواج تتبعه لعنة الطرد والجلد والحجارة. القضية ليست في المعرفة أو الخُلد. كل ما في الأمر، أن الأمر وقع خارج المؤسسة، دون رضاها ومباركتها. مازال الإنسان، رغم التهديد، يمارس الجنس بفرح غامر خارج أعراف مؤسسة الكهنوت ولا يلتفت للجلد أو الرجم.

متعة اللحظة، فرح اللحظة، الامتلاء من الشريك هي الحياة الأبدية التي لا يمكن وصفها بالكلمات. الجنس موسيقى علوية، هو يعلمك كل شيء ولا يعلمك شيئاً بعينه، هو ينبه قوى الإحساس ويشحذ أدوات الحس ثم يخلي بينك وبين عالم المادة لتدركه على أسلوبك الخاص، هذا هو الجنس وهذه لغة الجسد، موشوم بحروفٍ نورانية. الجنس وشرب الخمر وحتى التجديف من أفضل الفرص للرد على أعراف الكهنوت، وتحدي السماء وإعادة تصوير مشهد الخلود الأول.

- مع كامل احترامي، سأقول ذلك باحتراف ولطف قدر الإمكان؛ لا أحد يُعير أي اهتمام لشرعيتك.

- أغلب لعنات الحياة، ربما تكون هبة لم نستطع ان نستثمرها.

- بلا قيمة، أنت. لقد اخترت المهمة الخاطئة.

- الخلاف المجاني لمتفرج مثلكِ مع بطل الساحة الذي يتحمل كل شيء، خلاف لا قيمة له. الناس بحاجة لرؤية الحب، التعرف على أعضاء الشريك.

- كُن حكيماً، ألا تحب الأسرار؟ أبقِ عينيك مغلقة، والفم مثل الأست استعمله عند الحاجة فقط!

- اللذة في الرؤية. الفن في الرؤية. الفن كيف تُوصل الرؤية بلعابٍ يسيل؟! إنهم مشتاقون إلى هذا النوع من الرؤية التي تفتح البصر والبصيرة. مشاهدة أفلام قصص الحب التعيسة والسعيدة وسماع أغاني الحب لا تشرح وتفرح القلب مثل التفنن في الحب.

- حينما تروق لنا امرأة نسميها أنثى. حواء عقل ناضج وجسد ضاج، عالم مذهل، تفاهم بالحركات، الانثى تخلق حالة من التوازن في الطبيعة. أكبر فخر للمرأة وأعظم عنوان لمجدها هو كمال أنوثتها.

- ربما نعيش العمر كله من أجل ان نعيش اللحظة. لكن أية لحظة هذه التي ننتظرها كل هذا العمر، هذا هو السؤال؟

- كُن حذراً. عندما تتعامل مع الظلام فأنه يتغلغل في داخلك.

- الحب تقنية، اتصال وانفصال. إنه الفن، فن الهوى، على الشريك التعرف على هذا الفن ومعرفة أصوله وتقنياته. أظن أن قصص حب العصر الفيكتوري، الروض العاطر في نزهة الخاطر، ولت دون رجعة. أصبح الحب مثل الوجبة السريعة لا تشعر معها بمتعة التذوق ولا الشبع. نعم تشعر بالامتلاء والتجشوء دون الشعور بالمتعة، متعة ولذة التذوق والشبع والنوم بهدوء مثل طفل تناول وجبته الدافئة وغفى دون عناء.

- كل الكلمات ملتوية! صديقي، يبدو لي أنك غشاشٌ كبير! التوجه شيء والتلاعب شيء آخر. على ما يبدو أنك تلعب دور النبي الدجال الذي يُكرز لهذه الحكاية المقززة.

- قد تظنين أنني لا أفوز. الفوز ليس هو المهم في مطلق الأحوال. المهم هو أن نلعب كالأبطال ونمرح كالأطفال.

- هذه المهزلة بدأت تُزعجني. لماذا لا تكف عن العبث بالحياة والموت؟

- الموت والولادة، عبارة عن استبدال وجوه بوجوه، ووجود بوجود آخر وأسماء بأخرى. الحياة أشبه بمرآة حلاق كل ساعة ترسم وهماً لصورة شخص سيغادر قريباً ليجلسُ مكانه شخص آخر، يختفي خلف بدلائه. سلب الأرواح عملٌ سهل، أعطاهم الأعمال الهينة وكتب عليّ الطيران المستمر، الوحدة والوحشة، البرد واللا مكان. وحيد تائه في الحياة، منذُ وقتٍ طويل، عيناي تبحثُ عنه، هذا أنا، أين أنت؟ لا أدري متى يبعثون، أنا في شوقٍ لرؤياه، عيناي تبكي، أسمع بكائي، شوقاً إليكِ. لم أعلق معطفي يوماً، أنا خارج على أية حال. الفلم الصامت شاهدته أكثر من مرّة وفي كل مرّة أرى الحياة بلا حياء، أكثر مرارة من كل مرّة! من يؤذي قلبك هو الأقرب إليك! أنا رجل لا أصلح للعيش مع البشر، جعلني اتحول من منبوذ إلى ملعون! إنها مسألة وقت، بدأ الصراع يشتد وأنا مستعد، الحرب بدأت للتو، عملي في نهاية العالم.
- أحمق، انتهت الصفقة، لقد تخلى الرّب عنك، أيام المغفرة ولت، أن روحك ملعونة، استعد للجحيم!
- اللعنة عليكِ وعلى الجحيم، كيف تحرق النارُ النار؟ سوف اعتمد على نفسي.
- لن تتغير، ذلك مؤسف، أنا ألعنك، تعفن في الجحيم. لقد سمع الإله صوتك وسيتوجكِ ملكاً على مملكة الجحيم.
- تبا لك من عاهرة، لا يمكننا أن نفكر بكل شيء مرّة واحدة!
- حين تستدعي امرأة فأنك تستدعي الشيطان.
- لم يتوجني ملكاً، أنا الملك. أنا سلطان العالم في هذا اليوم، أنا وحدي الحقيقة وما سواي تراب. سنأتي أنا وهو، صفاً صفا، لنرى

نتيجة السباق، من يعشق دعاباتي سيكونون أكثر من الذين أغرتهم الخمرة والدمى الفارغة من الاحاسيس، الجائزة بعد الموت. أية جائزة هذه التي تكون بعد الموت! أنا اتعامل بالعاجل وهو يتعامل بالآجل. أنا أعطي المريد ما يريد وهو يُمني المريد بما يُريد. بكل تأكيد أنا أكسب، سيجاورني، ستكون النار بيتي وستكون الجنة بيته. أفريقيا وأروبا!

يقولون الجنة بحورها وعينها جد جميلة.

وأنا أقول إن عصير العنب أجمل بكثير من جنتهم التي يصفون.

فخذ دفعتي هذه سلفا وانفض يدك من هاتيك الديون

- تباً لجرأتها على سيدها ومولاها! تباُ لك وللخيام!!
- الرمزية، تعطي الضوء الأخضر للعقل، للتأويل. التأويل هو انتقام الفكر من الفن! طيروا ولا تتخذوا وكرا تنتقلون إليه، خاب من تعلق بالمكان وآمل المقام، فإن مصيدة الطيور اوكارها، كونوا خفافيش، لا تبرزوا نهاراً، فخير الطيور خفافيشها.
- ومن يعيش حياد الحياة؟
- كطين لعنهُ الرّب، سيكون في مخارئٌ أهل النار.

عليكِ دفع تذكرة صعود لتواصلي الرحلة. أنا لستُ إله لأهب كل شيء بالمجان! ما أعرفه تحديداً، إني مُعلم. والمعلم لا يملك سوى قلم لتصحيح الأوراق وطبشور أبيض يكتب به على الألواح ودائما هو يخفي عصاه الغليظة. الجميع يعلم أن هناك عصا تتوارى خلف ثياب المعلم.

إذا كانت الكتابة جنون،

فإننا سنكسب عيشنا من الجنون!

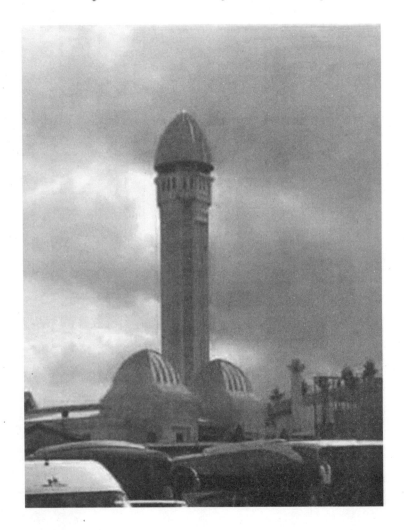

عليك أن تساعد الآخرين
لا أن تُفكر في مساعدتهم

أنا MX الذي كنت أتحدث إليكم في الصفحة السابقة ولا أدرى لماذا حشرني الروائي في هذه السفينة السوداء، لا أعرف صورة الرجل الذي هاتفني، كنتُ أبحثُ في الوجوه، ناداني صوت يجلس على أريكة منفردة، بيضاء وحوله من مسافة قريبة بعض الوجوه التي تبدو منشغلة عنه لكنها في تماس معه.

- معلم

توجهت نحو الأريكة البيضاء وأنا أهمسُ لأذني؛ منذُ زمن بعيد لم ينادِني أحد بهذا اللقب!

- أهلا معلم. ربما لا تتذكرني، لكني أعرفك، تفضل، خذ مكانك أيها المعلم.

من الجيد أن تلتقي في الغربة بمن يعرفك، ويرجع بك خطوة نحو الوراء لاستعادة بعض الأوراق القديمة من حياتك الماضية.

معلم!

الكل يعرف إلى أين ينتمي إلا أنا!

آه كم كان هذا اللقب يجلب لي المتعة، كان الجميع يناديني به، عصابة

التلاميذ الصغار، التلاميذ الذين كانوا يلتفون حولي، جميعهم ينادي؛ معلم. حتى أن بعض المعلمين بدأ عن طريق المزاح بمناداتي معلم. لم ألتقِهِ سوى بعض الوقت، كان يحتسي بعض النبيذ الأبيض على ما اظن أو هذا ما أشاهده أمامه على الطاولة، يلامس الكأس شفته، ولا أدري هل يشرب منهُ أم لا. تحدثنا قليلاً، كان عراقيٌ مثلي، مثلي من البصرة، هذا ما أخبرني به، لم يكن له آباء كثر مثلي، لكنه أخبرني بأنه يعرف أمي! مثلي كان يُصلي في جامع الفقير حينما كان بمثل عمري. مثلي كان في نفس المدرسة، ثانوية الإمام الصادق. كان هو في صفٍ آخر. لم اتذكره، حاولت أن أتذكره، عصرت الذاكرة جيداً كي اتذكره، لكن ذاكرتي كانت تترنح، الجميع من حولي يترنح. أخبرني إنه كان يصعد الدرج خلفي بتؤدة صارمة، أخبرني بمساعدتي له عندما حاول بعض الطلاب السكارى مهاجمته وها هو يعرض على المساعدة بإيجاد عمل لي. كان أكثر من نصف الطلاب يأتون المدرسة وهم سكارى!

البيرة رخيصة، باڤاريا، العلبة الخضرة أو القوطية، كما كنّا نسميها، والربعية بجيب السترة الجواني. كان هذا الأمر منذ ما لا أدريه من السنين، أظن أن الحياة البهيجة أكثر مُتعة من حياة التنسك.

أصبحتُ كبيراً بعض الشيء، أظنه العقد الثالث، يا للسماء أنا سكران حقاً! أول مرة يحدثُ هذا معي، العرق الزحلاوي والعرق المْسيّح والجن لم تسكرني لكن هذا المكان أسكرني! الآن عرفت لماذا حُرمت الخمرة، قاتلتها السماء. لكن ما الذي كان يحتسيه الرجال ويضعونه بقواطي حليب الكيكوز الفارغة وهم يجلسون في أحد الأركان أو الزوايا، هل كانت فعلاً خمرة لو خرة؟

أنا MX كسبتُ الكثير من المال من جراء عملي مع صديقي

البصراوي. أعني من جراء توصية صديقي العراقي الذي كان يدرس القانون في أمريكا.

ضحكت كثيراً عندما أخبرني هذا، قلت له: وهل يوجد في العراق قانون؟

قال لي: في أمريكا، أيضاً لا يوجد قانون. يوجد نظام.

قلت له: أتذكر حمورابي؟

قال لي: وهل هناك من ينسى الحجارة السوداء، والرجل الأسود، العين بالعين والسنُّ بالسن، صديقي؟! قال لي: أنا من جماعته. وأنا لا أؤمن به ولا بقانونه، اظنه شخصية وهمية لبست بعض أردية رجل دين في ديانة معينة.

- لا تحكموا ولن يتم الحكم عليكم.

لا أظن ان الفضلي هو من بث هذه الدسيسة على حمورابي. كنتُ قريباً منه. أظن هذه من أحافير الرجل المندائي الذي كان يجلس في مؤخرة الصفوف، يتلبس بزي العرب، يخرج عند الصباح يدور في الأحياء، منادياً: من عنده ذهب للبيع، من عنده فضة للبيع. هذا ما قلته له، وضحكنا معاً.

- الأغنياء دائماً في المقدمة.

- والأغبياء.

قال لي: سأعرض عليك وظيفة. هذا العمل سيدر عليكَ أموالاً كثيرة، ولا أظن عندك موانع في مثل هكذا عمل، هل صحيح ما أقول؟ أنا MX

133

وافقته كثيراً على ما قال وشددتُ على يدهِ بحرارة شاكراً له هذه الفرصة. الإيمان صفقة رابحة حتى لو كانت مع الشيطان.

هناك قواعد للعبة السرد، اتفاق ضمني بين الكاتب والقارئ، بين الروائي والراوي. السرد ليس لعبة الأذكياء أو الأثرياء. السرد لعبة الأدوات. أعني أدوات السرد.

قد تملك القابلية على الكتابة الفنية، والقدرة على تحويل الكلام إلى مسكوكات. لكن هذا وحده لا يكفي في خلق راوٍ مبدع. الكتابة أو فن الكتابة أو الكتابة الروائية ليست وصفة جاهزة مثل الألبسة الجاهزة. تنزع قميص الكاتب القصصي وتلبس ثوب الروائي. ربما مقياس الروائي لا يتطابق مع مقياس القاص. قميص الكاتب الروائي أوسع من قميص الكاتب القصصي.

موجة الكتابة القصصية انحسرت مع بداية ظهور الرواية. لذلك فقدت القصة بعض بريقها لحساب الرواية. بإمكانك أن تبدع في قصة قصيرة لكن إن تواصل هذا الإبداع مع الرواية، فهذا ضرب من المستحيل. خصوصاً مع محدودية الأفكار وقلة الخبرة في مجال السرد مع الابتعاد عن التجريب في الكتابة دون خوف.

أكثر الروائيين لا يدركون متى ينحاز للراوي، ولا يدرك الراوي متى ينحاز للشخصية. المسافة بين الروائي والراوي، الصلة والغاية التي تربطهما، وكذلك العلاقة والمسافة بين الشخصيات غير محسومة ومحسوبة بدقة وعناية. هذا الجو من العلاقات الملتبسة لا يتيح قراءة واعية ومريحة، فضلاً عن كونه يطرح عبئاً إضافياً على القارئ.

على الروائي الحريص على شغله أن يهندس الرواية. هندسة الرواية

عمل شاق جداً، لكنه في نفس الوقت يُظهر عبقرية الروائي في توظيف الشخصيات ووضعها في المكان المناسب. هذا المطب لا يخلو منه روائي عربي أطلاقاً. وهو ليس عيباً بقدر ما هو قلة خبرة ودراية بهذا الفن، هندسة الرواية.

الهندسة السردية مثل الهندسة الوراثية، ليست في متناول الجميع. عمل آخر من أعمال الرواية. على الروائي أن يضع مخططاً لحركة الشخصيات وأماكن تواجدها بعيداً عن الوجود العشوائي لشغل الفراغات وتسويد الصفحات.

حلم الكتابة في متناول الجميع، لكن الإبداع أظنه حلماً أبعد من ان يزور الجميع. الجميع يعلم أن هناك من يعيش حالة الطفولة السردية. لم يشب أكثر الرواة عن الطوق. كلهم يعيش طفولة سردية لم يبلغوا بعد عالم مراهقة الكتابة. ومراهقة الكتابة هو تغيير فسيولوجي في الكتابة مثل مراهقة الأجسام. انتفاخ وبروز في الصدر، ظهور شعر العانة، نتن الأبط. هكذا تتغير معالم الكاتب. على الكاتب أن ينفي نفسه من المملكة وأعراف من سبقه من السراد نحو عالم رحب فسيح، يلعب فيه كيف شاء بعيداً عن إملاءات غيره وأعرافهم القديمة. كن على ثقة، صديقي، أنا خبرت كل السراد، ليس فيهم من يحلم بكسر الطوق أو يحاول أن يتجاوز الكتاب الأخضر. كل الكتابات خضراء وسوداء! رمز معصوم وهالة لا أحد يستطيع أن يتجاوزها. وأظن أن لو قيض للشيخ الرئيس الحديث بصراحة لأعلن رغبته في ان يشق الروائي والقاص طريقه دون أن يتنفس خراء الآخرين. رائحة الخراء تجعلك أقرب للمراحيض ولن تنتج سوى خراء جديد لا يختلف عن خراء الآخرين إلا بالجدة. الأجداد يتنفسون ونحن مجبرون

135

على الالتزام بقوانينهم. ربما يقول أحدكم: إننا نعود لأننا مضطرون للعودة، لا شأن للأسلاف بعودتنا. خراء، ضجيج الجسد ناتج طبيعي لخراء ذاكرة الجسد. خراء القصة هو عينه خراء الرواية. الخراء هو الخراء!

- طيب، سؤال غبي لكاتب ذكي.

لماذا تخلخل نسق الحكاية، لماذا لا تعتمد الكتابة الخطية؟

- جواب ذكي من كاتب ذكي لقارئ غبي.

كتابة الرواية مثل اللعب بالدمى، لا يحلو اللعب بها إلا بتخريبها. الكتابة الخطية مثل حديث الأمهات على قبور أولادهن، حديث ممل، لكن الشعور يجعله بلا ملل.

أنا MX عملت بجدٍ واخلاص في هذه الوظيفة، كان يأتيني اتصال على رقم هاتف خاص، مرة واحده، وبعدها اتخلص من الجهاز. كانت جميع الاتصالات هكذا: هناك احتفال، بعد ثلاثة أيام، كن مُستعداً. ثم تأتي السيارة المظللة تقلني لموقع العمل.

أنا MX كنت أمارس الرياضة بانتظام. كان هذا شرط من شروط العمل، امتنع عن الاتصال والتواصل مع (مادلين) حالما يردني الاتصال. أبقى في موقع العمل يوم أو يومين. في أحيا ؛ لا تكاد تعد على الأصابع نتأخر أكثر من ذلك، لكن كل شيء بسعر، حسب بنود الاتفاق. كنّا نعمل في بعض الجزر، القصور الفارهة كانت هي السكن، لا نسكن في الفنادق، خصوصاً أنا MX ممنوع على السكن في الفنادق.

حينما أعود إلى البيت أنا MX أقضي الكثير من الوقت في النوم، أكل، أنام، أحاول تبديل الأحلام.

كانت أحلامي لا تتجاوز الشارع الطويل، ومنارة جامع البصرة الكبير، الأصحاب، الأمهات، الأخوة والأخوات. حاولت أنا MX في يوم من الأيام أن أتسلل لحمام المعلمات لأن مثانتي كادت أن تنفجر من الاحتقان، تابعتُ طريقي حيث دخلت مرشدة الصف، لكني لم أفلح في هذا، كان الألم شديداً، شاهدتني أمي أتلوى من الألم، ضحكت أمي كثيراً، قالت لي: لقد كبرت يا ولد! عند المساء كانت المرشدة في بيتنا، كنت أنظر إليها ببلاهة وهي عارية، بلاهة شديدة، لم أعرف ماذا أفعل أنا MX، تفاصيل الجهل كريهة كالجهل نفسه! قامت أمي والمرشدة بتعليمي، كلمة واحدة قالتها أمي، بعدها تعلمت، قالت: هذه مهرة حميدان، هيا أركبها، ركبت على مهرة حميدان وهي في سرور عظيم. تبولتُ على المرشدة وهي تكتم الآهات وتطلقها. حينما أنهيت تبولي أنا MX كنتُ خائفاً مما فعلت، وكانت المرشدة وأمي في ذهول مما صنعت!

أنا MX كنتُ ارتعش من الخوف، لكن قبلة المرشدة أنهت خوفي. الغرائز الخام تُشكل طاقة. هذا ما حاولت التلفظ به وهي تشهق تحتي. أحياناً، حينما تعيش مع الناس فأنك تفهمهم بصورة أكبر مما تُريد أن تفعل. الطاقة الضوئية، تحت ضوء أخضر. لا أستطيع تصديق الأمر. لقد قمت بالواجب كما لو أنني شخصٌ آخر!

أنا MX أسمع الصوت ينادي، من خلفي ينادي، من فوقي يُنادي: ذلك عظيم. ليس اليوم، يا إلهي، أرجوك، ليس اليوم. بدأ الصوت يوشوش في المكان، ينتشر، عليكم التوقف عن التفكير في أعمالكم. فكروا بإيجابية، عليكم تركيز الطاقة.

- يتطلب الأمر شخصاً مميزاً.

- لا تقلق ما زال الأمر على ما يرام.

- يتطلب الأمر الكثير من المحبة. الحياة الكاملة. روحان مستقلتان.

- الابن كان خائفاً!

- أنت تعلم ان ساعتين قد تُغير العالم. كل شيء في العالم.

- الأسقف لم يكن سعيداً.

- لا بأس، فلنمضِ طالما كان القرار ساري المفعول من اللحظة.

أنا MX اغتسلت بالكيفية التي علمها الشيخ للكبار، انزويت في ركن المسجد، زاوية ينحسر عنها الضوء. في هذه اللحظة أود ان أصلي بمفردي.

ربما أخبركم بعد حين سبب تسميتي MX.

الكتابة، محاولة جادة لفتح أبواب الجحيم

لوحة رقم (أورك) 2003 بعد الميلاد

حديقة الأمراء
Garden of Evil

الحديث مع الشياطين أصعب من الحديث مع البشر
الحديث مع الحيوانات أسهل من الحديث مع البشر

ليس هناك إمكانية للحوار خارج هذا اللقاء الفريد بين الحضارات، الغرب السعيد والشرق الحزين، لقاء تزاوج، سحرٌ مبين. لقد حان الوقت للاستيقاظ على الجانب المشمس من الأرض. كل يوم هو محاولة أخرى لجعل الأشياء أكثر فائدة ومنفعة، لجعل كل شيء جيداً. أحب وجودك إلى جانبي، أنت أشبه بقوس قزح متوهج في السماء كل صباح. الاستيقاظ بقربك يبدو كأنه حلم!

- مدن قَايِينَ وأبناءُ قَايِينَ مرة أخرى. وَيْلٌ لَهُمْ! لأَنَّهُمْ سَلَكُوا طَرِيقَ قَايِينَ.

- ما هو الخطأ مع هؤلاء الناس؟ أنا لا أرى أن هناك شيء خاطئ معهم. هذه أرض الخالق والملائكة هي التي أوت قابيل.

- أرض مدعي النبوات!

- أمريكا الحصن الذي لا يمكن إيذاؤه، والجمهورية التي تُمثل أمة واحدة تحت عناية الرّب، لا تتجزأ مع الحرية والعدل للجميع.

- جمهورية مبنية على الشر ليست هي مملكة الرّب ولن تعمر طويلاً. ستلاقي نفس المصير، مصير من يخدم ربين!

- هذه هي اللعبة، الكذب طريق الحقيقة. أمريكا مطوقة من أعداء لا قيمة لهم.

هل تعلمت كل هذا في أمريكا، أيّ شيء تشبه أميركا؟

- صبية فاتنة ومغرية، كل العالم يتمنى مضاجعتها! إنها كأرض الميعاد. الشعب المختار هو الذي علم الناس الحرية. الحرية هي التي تجعل هذه البلاد عظيمة.

- القيادة البسماركية! سلطة مطلقة مفسدة مطلقة!

- القوة سمة العصر.

السطلة المقدسة، فكرة مقدسة، وحدك لك الحق أن تُثيب وأن تعاقب. الحرب القادمة، هي الحرب بين القيم الأمريكية ومحور الشر.

وَمَنْ لَمْ يَذُدْ عَنْ حَوْضِهِ بِسِلاحِهِ يُهَدَّمْ
وَمَنْ لا يَظْلِمِ النَّاسَ يُظْلَمِ

- فجور القوة، طالبان جديد بأنياب نووية!

إنها مدينة تكره الصالحين! مدينة البؤس، أكبر مكب نفايات في العالم.

- كل ذلك رهن بالرجل. أيتها الجميلة. الأوقات العصيبة تتطلب تدابير يائسة. إنها أمريكا، مدينة الرّب والجنود، جنود الرّب، الأجور حسنة تحول الغرباء إلى أصدقاء.

- وَيْلٌ لَهُمْ! لأَنَّهُمْ سَلَكُوا طَرِيقَ قَايِينَ، وَانْصَبُّوا إِلَى ضَلاَلَةِ بَلْعَامَ لأَجْلِ أُجْرَةٍ، وَهَلَكُوا فِي مُشَاجَرَةِ. كَمَا أَنَّ سَدُومَ وَعَمُورَةَ وَالْمُدُنَ الَّتِي حَوْلَهُمَا، إِذْ زَنَتْ عَلَى طَرِيق مِثْلِهِمَا، وَمَضَتْ وَرَاءَ جَسَدٍ آخَرَ، جُعِلَتْ عِبْرَةً مُكَابِدَةً عِقَابَ نَارٍ أَبَدِيَّةٍ.

- إلى أي حد يمكن المضي في ممارسة هذا الفكر وبث الكراهية لأمريكا في العلن والحلم وطلب ودها في السر! إلى أين سيقودكم هذا الفصام وأمريكا كتاب لا يغادر صغيرة ولا كبيرة إلا احصاها؟

- عزرا باوند، كنت في أمريكا وجميع أمريكا ملجأ مجانين. هذا ما قاله الرجل!

- الفكر البائس، يتعكز على أقوال الفاشيين والمجانين! ليس من أمرئ يجوع إذا ما رغب بالعمل.

- سَالِكُونَ بِحَسَبِ شَهَوَاتِهِمْ، وَفَمُهُمْ يَتَكَلَّمُ بِعَظَائِمَ، يُحَابُونَ بِالْوُجُوهِ مِنْ أَجْلِ الْمَنْفَعَةِ.

ليس من أمرئ يجوع! وطوابير الخبز والضرائب؟! الأغنياء يشربون النبيذ الغالي والفقراء يموتون جوعاً! التسول في أمريكا أصبح عقيدة وفكر، المزابل لا تبقى حتى الصباح، لكنك مزبلة وعقلك مزبلة أكبر. لو خبرتها بعقلٍ يفكر ويعقل وليس بجسدٍ فحل ضراب. لعرفت أنها بلاد نتنة، وتُفسد مثلٌ كومة من الزبل، عند الصبح ستتحول إلى مُدن الملح. أنا أريد ان أفرّ منها فلا تسحق قدمي ترابها مرّة أخرى.

مدينة آلية، يصطك فيها الحديد بالحجارة، وتُفنى سواعد الآدميين في إشباع نهم الغول الذي لا يشبع! الحديد، الحديد، أفٍ. أنني أحس طعم الصدأ في مأكلي ومشربي. لم تحدثني عن السجون!

- يا سلمى، يا ابنة الخضراء، نحن أبناء الهزيمة، سلالة مهزومة منذ الأزل. سنمضي في عالمين منفصلين، لن يلتقيا إلى آخر الدنيا. أنا انتمى لجيل الهزائم وجميعنا ننتمي لجيل الشعارات.

البصرة القديمة التي قدمت لي كأساً وحزت وريدي، بغداد مثل دمشق، مثل أورشليم، المدن الجميلة تتحول إلى خرائب، مثل كل المدن، قدمت لمحبيها مقبرة، وكنّا نرجو نشورا. ساطعاً كان الحلم وساطعة كانت الهزائم. هل تساءلت ما الذي أحال الحلم إلى حسرة؟ هل تساءلت لماذا يحمل كل عربي هزيمته على كاهله ويمضي محدودب الظهر! لماذا يترك العربي وطنه، أرض ميلاده ويبحث عن غربة؟ يتوسل الغرباء أن يمنحوه جواز عبور للنحيب الطويل! أخذوا من العربي رغيفه وأمنه، أخذوا منه كرامته. كلنا بلا كرامة، نحن العرب، اليوم، بلا كرامة من المحيط إلى الخليج، الحاكم والمحكوم، بلا كرامة. جرح الكرامة، جرحٌ لا يندمل. نضحك، نضاجع، نأكل الاستفندي، نعتمر عمامة الشيخ وقبعة الأفندي، نفرح بالألقاب، دكتور، بروفيسور، علامة، فهامة، لكننا لا نساوي شروى نقير في حانات الغرب! أشباح وأشباه رجال، ينخرنا سوس التفوق الغربي وكلما حاولنا فك عقدة النقص تزاد قوة وصعوبة! الحزن الذي يغطي قلوبنا يقرأه الجميع في سحنة الوجوه المغبرة، كأن الأرض قد خُسفت بنا، أو خرجنا من مقبرة!

- من المؤسف أننا جميعاً نحب النظر من الزاوية المريحة، وليس من الزاوية الصحيحة.

- ما تذهبين إليه من رؤية أشبه بجرِّ فيل لجحر فأر. الإرادة الإلهية هي التي تحكم العالم. U.S.A أمة بريئة في عالم شرير.

- العالم الحرّ هو الذي يحكم، رجال الظل يسيطرون حتى على الظلام!

144

- المجتمع المتمدن يتطلب طبقات وقيادة أوامرية لحسن سيره. عصر الفروسية قد مضى، عصر السفاسطة والاقتصاديين والحسابيين خلفه، مجد العرب انطفأ إلى الأبد.

التشبث بالمثالية التي لم يعد لها وجود، لن تعيد العقيدة والإيمان. فقد العربي إيمانه بذاته، بقيمتِهِ وقيمِهِ التي زقونا إياها في المدارس والمساجد، أصبح بعير بلا عير. حبر على ورق، شخصية كارتونية، شخصية هشة، مأزوم، مهزوم، مهزوز، كلما سمع بالغرب، يتحسسُ حدبته مثل أحدب نوتردام. صراعه مع ذاته المهزومة والمأزومة أقوى وأصعب من صراعه مع الواقع. يحاول ان يرجع إلى عصره الذهبي، العصر التأسيسي، إلى عصر النقاء الأولي عبر ممارسات وبوسائل غير قابلة للتحقيق! أصبح بطلاً في الروايات والمسلسلات التلفزيونية، الطريق إلى إيلات، رأفت الهجان، المسألة الكبرى، عمر المختار، موسم الهجرة إلى الشمال!

- ما تذهب أنت إليه، هو تفصيل الحضارات على قدر أحلامك. ترى العالم من خلال قصبة أفيون، عالم مسموم، يبيعونك الأوهام على إنها أحلام بيضاء! عالم أبيض، خالٍ من الألوان، من الرجال السود والصفر! إلى أين تذهبون والتفرقة العنصرية حتى في العبادة والأدب والقانون، شاعر أسود، محام أسود، والأَسْوَأ من هذا؛ كنيسة سوداء، ومسيح أسود!

أين الحرية، العدالة، المساواة، أين المجتمع العادل الذي صدعتم به رؤوس الجميع، أين هو؟ معسكرات ومعتقلات سرية، غوانتنامو، أبو غريب كشف زيف مجتمع الحضارة المتمدن!

الإسلاموفوبيا Islamophobia

إذا كنتم تخشون العرب والمسلمين، لماذا تدخلونهم أرضكم الموعودة؟! العقلية الاستهلاكية لعبة أمريكا، عمالة رخيصة، مرتزقة تحت الطلب، عقول، مخدرات، سلاح، مواخير!

– من المؤسف أن يكون هذا رأيك!

هناك من يحاول حماية الحرية، يؤسس للعالم الحرّ، وهناك من لا يحلم ولا يحتمل السعادة. توماس جيفرسون ذكر السعادة مرتين في اعلان الاستقلال. هل يبدو لك هذا أمراً اعتباطياً؟

لا حرية لإعداء الحرية

إن فكرة الحرب العادلة إنما هي امتياز يُمنح للدولة التي تتصرف من أجل خير الجميع. فالحرب التي تقوم بها الحكومة العادلة، إنما هي حرب مقدسة، لأن السلطة التي تمثلها آتية من الله ولأنها تُمهد الطريق لنشر العدالة الأبدية. الله وحده هو الذي يقلدنا تلك السلطة ويمنحنا شرف القيام بتطبيق العدالة. إنما نحن جنود والرّب هو القائد الفعلي لهذه المعارك العادلة. لقد أعطى سلطته في عقاب المجرمين لحامل القوس الذي يملك قلب المؤمن، القوي الأمين. الحرب المقدسة هي التي تطهر الأرض من دنس البرابرة، اتباع الشيطان.

- لماذا لا يشترك الرهبان في الحرب؟

- الحرب مهما كانت مقدسة أو عادلة، فهي تظل منوطة بالشر. لا يمكن أن نقدس الخطيئة، والقتل شر وخطيئة. فالكهنة يدعون لمن في الثغور. ومن أجل الاحتفاظ بنقاوة طقوسهم، يحق لهم أن يحتفظوا بأيديهم نقيّة من كل دم بشري.

- يبدو أنك تزرع قدميك جيداً في أمريكا!

- أنا ابن العصر، وصلتُ إلى هنا كي أطير عالياً، تنكرين كل ما أرى، وأنكر كل ما ترين، فلا أدري أي معنى لوجودنا معا! أنكِ ترينها حجر طاحونة لا يتوقف، وأنا أراها، والت ديزني تفرح قلبي مثل الأطفال.

- لقد دخلت الحلبة بإرادتك، فكر بطريق الخروج، ولا تنسَ أن الثور حين يدخل الحلبة مدفوعاً بالصياح، يخرج إلى المسلخ متبوعاً بالصفير والاستهجان.

- لقد تحررت من وسائل الخوف. الذبح، السلخ، الشواء، التهديد القديم لم أعد أأبه له كثيراً، لن أعود إلى الشرق، الصحراء المحرقة، الفقر والأديـان. سراويل وطرابيش، بخور وقهوة وأنـوار مخنوقة شاحبة، خرافات وأساطير؟ جمال ميت توقظه مخيلة جنّي مولع بالعبث والأغراء!

- الشرق والغرب، مفهوم ارتجاجي، غير حقيقي. لقد اخترع المستشرقون الشرق! الغرب ينظر بعين واحدة، الجغرافية ليست سوداء أو بيضاء. الغرب يخترع الذات الشرقية ويلغيها في آن! ثقافة متحزبة، هي مزيج من الكراهية والعنصرية والتنميط الإيدلوجي

المتوارث. هكذا يُريد الغرب رؤيتنا، اخترعوا تلك الثقافة المخنثة عن الشرق وحياة الشرقيين! تلك الثقافة التي كانت عاملاً بالغ القوة في حياة جميع الشرقيين. يا مصطفى سعيد، كلنا سيعود، مهما ابتعدنا، كلنا سيعود، صدقني، حضارة الغرب ستحطم قلبك أيها النبيل، الأسماك لا تعيش خارج الماء.

- الشرق هو الشرق والغرب هو الغرب، وأبداً لن يلتقيا.

- هذا الإصرار على جعل الصورة المعاصرة مطابقة للصورة المصنوعة مسبقاً عن شخصية الآخر في الشرق، الصورة التي صنعتها كتابات الرحالة الغربيين الباحثين عن الغريب والمدهش والمشوق، فلم يروا في مشرقنا إلا الحريم، والخصيان، والقصور، والحمامات، والعطور الثقيلة، ومسرور السياف! استدعاء هذه الصورة من أدب خيالي عربي قديم، مخالفة تماماً للصورة الغربية التي صنعها الغرب لنفسه وكرسها في أدبياته. صراع الحضارات، الصراع الثقافي، الأنا والآخر!

- المخيلة الشرقية غارقة في نظرية المؤامرة!

- ترجمات منتقاة من أدب العالم الثالث، تشجيع لنوع واحد من الأدب، جائزة لكل من يشتم بلده، ودينه ويحتقر قومه وقوميته!

- نحن والغرب، غرباء في شرقها المسحور، هذه حقيقة. الغرب، مثلنا يعيش أزمته الذاتية، لكنه استطاع تصريف مجاريه بعيداً عن واجهة المنازل. الشرق يعيش تحت وطاة الهيمنة الثقافية، والغرب أدرك هذا الأمر وهو يسعى لتصريف نفاياته بعد تدويرها.

الشرق لا يوجد في ذاته،

هذا جوهر المعرفة الاستشراقية. الشرق يعيش في الشرق. الغرب خلق الشرق، أوجده من العدم، اخرجه من الحمامات، من التكايا والزوايا ودجل العرافين إلى المتاحف والجامعات ومراكز البحوث.

- الحديث المتلاحق، يُفسد مُتعة اللقاء.

- الكبرياء، أمر ليس جيداً للنساء.

- ثقة أكبر. عليك التفريق بين الثقة والغرور، بين الكبرياء والتكبر! بالمناسبة، أنا من أنصار ان التكبر على المتكبر فضيلة.

- منوط بالمرأة تغيير العالم. المرأة لا تغير الرجال فقط.

- أشم رائحة شيء يحترق!

- الفرصة تذهبُ سريعاً عندما لا تستغلها. بالنهاية كان عالماً عظيماً، أمريكا هي الحلم بالأساس، بيوت أفضل وحدائق، الدولار، الكوكا كولا، البيسبول، بناطيل الجينز، الويسكي، خاصة White Horse، سجائر المارلبورو برائحتها النفاذة القادمة من بعيد. الراعي، أي شيء يلمسهُ يُصبحُ ساطعاً. من أعُطى الكثير يُطلبُ منه الكثير، ومن أعطى كثيراً يطلبُ الكثير، ملعون أن لم أفعل ما يجب عليّ فعله، ملعون إذا لم أخذ ما أريد ولو بالقوة.

- نسيت NBA، أمريكا أكبر سوق للعاهرات وللسلاح والحشيش والخدع السينمائية.

- أعرف

- هل نسيت أن القوة تأتي من الخالق؟ أخذ بثمن وأعطى مجاناً!

- القوة عند البشر مجرد كذبة، العقل هو الحقيقة. تأتي القوة إلى الرجل الذي لا يستطيع استخدامها! إذا كان القدر يضرب الرجل القوي، فإن الكل ينتحبون معي. أتمنى ان يُثبت أحدهم أنني على خطأ، سيكون ذلك عظيماً.

- من الأفضل أن تعرف ماذا تعمل؟

- أعرف

القديس بولس كان يفعل ما يكره!

إنه من الصعب العيش في عالمهم وأن تكون جزءاً منه، عالم تستطيع رؤيته، لكن لا تستطيع لمسه! أعرف بأنهم يبدون سعداء، ويروجون لهذا؛ الشعار الكبير، حارب وستحصل على الاحترام.

- وحشية الخطاب السياسي الذي تئن تحت وطأته الشعوب، ناشئ عن غياب الإحساس بالأمان، عن انعدام المثل وغياب النموذج. العنف كعقاب وانتقام من مظاهر الفساد في المجتمع.

- العقلية الأمريكية يجسدها همنغواي: العالم مكان جميل يستحق القتال من أجله.

لا يبدو الأمر بهذه البساطة! ماذا يقول كتابك؟

العمل قبل كل شيء.

كانت أجابتك سريعة!

لا أعمل بالساعة، وتذكري، لا حلول لجميع المعضلات.

هل تحب هذه المهنة؟

إنها الحياة، هذا كل ما في الأمر.

نعم، القحب يجب أن يُدلل مثل الحصان المولود حديثاً! العبيد ثروة، جسد جيد مع عقل غبي يكون رخيصاً مثل حياته نفسها!

الذكاء خطر على العبيد والتفكير أخطر على الموحدين، يتحولون من ثروة إلى ثورة! يا سيدتي، لا تشغلي بالك كثيراً، لا أحد يمكنه اتخاذ قرار أفضل، قاعدة العبيد المُثلى: الاستماع هو الاستمتاع.

أجل، هذا يبدو واضحاً من معاينة نموذجك! خذ الدرس الأخير قبل أن يُبصق العالم في وجهك.

لا أجد الوقت الكافي لأبصق في وجه من يُبصق في وجهي.

التسرب المدرسي، ألا زلت تمارس لعبة القفز من فوق سور المدرسة؟ لا تخشى، درس أخير درس في التراجيكوميدية لبجعة كانت تستمتع يوماً بعومها بهدوء في البحيرة ثم ينتهي مصيرها بأن تشوى على النار في سفود.

الاصطدام بالواقع، يُحطم الابجديات

المَرْأةُ
مِصْبَاحُ الكَوْنِ

وهَب ني قلت: هذا الصبحُ لَيلٌ أيعمى العالَمونَ عَن الضّياء؟

فقَالَتْ: يَا مَوْلَاي، مَنْ عَلَّمَكَ هَذَا النَّيْكَ؟

قَالَ: فُلَانُ المَكْفُوفُ. قَالَتْ يا مولاي: رَدَّ اللهُ عَلَيْهِ بَصَرَهُ!

قالت: إن جسدي يشبه جسدك!

قال: لآن المرأة خُلقت من ضلع آدم الأعوج!

ولماذا لم يخلقها الرّب مثلما خلق آدم؟

أظن أن فكرة خلق حواء لم تكن ضمن الخطط الأساسية للصانع، فكرة مستحدثة.

ولماذا من ضلع أعوج؟

أظن أن نقص العقول غريزة! هل صدقتِ هذه الخرافة؟ كل الأضلاع مُعْوَجَّةٌ يا معوجة!

عقول الرجال مخبّأة تحت السراويل!

النساء ناقصات؟ أتصورهن أجساد بلا عقول. هكذا قالوا وزادوا

ألا إن النســاء حبــالُ غـيٍّ بهـن يضيـعُ الشـرف التليـدُ

البومة العمياء!

بل شاعر الفلاسفة وفيلسوف الشعراء!

شاعر البلاشفة!

وما عشت أراك الدهر عجباً! كيف يتأتى للأعمى أن يتفلسف وهو لا يستدلُ على ثقب دبره؟! الأهم في نظرنا عند الحديث عن سرّ ازدواجية الجسد الإنساني، ومحاولة كشف حقيقة الرغبة المتوارية خلف جدار الوعي يجرنا لما لا يحمد عقباه، كأن يذهب أحدهم إلى المثلية والاستنساخ.

وخلق منها زوجها!

لو لم يخلق الرّب حواء، لظلَّ آدم يتوسل الإله كي يخلقها

الأنثى قلق العالم، وعضوها التناسلي أشدُّ خطراً من أسلحة التدمير الشامل. أصبحت إسرائيل لا تقلقنا مثلما يقلقنا جسد الأنثى، لحمها العاري، شعرة من رأسها تقتل لا أدري مَنْ، ربّما تقتلُ جدي! لكن، ماذا ستفعل فتحة بين أزرار قميصها؟!

العشاء الأخير، نتذوق مأدبة السماء، نلعق ونلعق ونصعق. متخمة عقولنا، كروشنا، ليست المرأة سوى جسد وسرير ولهاث أبدي لا ينقطع! يقتلنا اللهاث ونحن نجري مثل ثيران تحرث ولا تملّ، نخيطُ بالإبرة جرحها عند المساء، فيتفتق عند الصباح، فيا لهبل ولهذا الجرح الذي لا يندمل!

الأنثى هي المتعة التي لا تضاهيها متعة، الأنثى ليست جوهرة هذا العالم، بل هي جوهر هذا العالم، متعة النظر. الأنثى سريرٌ يمشي، نتخيلها عارية فوق أسرتنا، نمدّ لها جذوع النخل! الأرواح الساقطة، عقول خربة. هناك من يتحقق إشباعهُ الجنسي بالمشاهدة! يُزرع جسدٌ طبيعي ويقوم جسد ذهني!

- في بعض الأحيان يُنتج الانحراف الجنسي، متلصصين، ومختلسي نظر مهووسين. وهذه حالة من الهوس أظنها تبدأ من مرحلة الطفولة في محاولة التعرف ماذا يُخفي الآخر تحت ثيابه أو ما يفعله عندما يُغلق باب حجرته ويطفئ النور.
- **اتقِي الأَتْقِيَّاءُ، نِصْفُ بَرْبَرِي! الجَوْهَرُ وَالمَظْهَرُ. بينهما بون، والبون فصام!**

حينما لا تستطيع أن تنال من انثى، استخدم خيالك، هذه هي القاعدة.

كلنا يتوفر على طبيعتين: العفة الظاهرة والشهوة الباطنية التي تفسد الإنسان! ماذا لو انكشف الغطاء وكانت الأبصارُ حديدا؟ ماذا لو كشف الله عقولنا وكان للعقل مرآة. ماذا سنفعل عندما نرى حقيقتنا المرّة؟ أجساد وصراخ نسوة، نهود متطايرة، مكورة، مدورة، صغيرة وكبيرة، بلون البرتقال، بأشكال الرمان، نعتصرها وتعتصرها عقولنا مثل شجرة ليمون تتساقط علينا قطراتٌ حامضية، نتذوق بتلذذ وبلسانٍ كان عند الفجرِ يرفع الأذان ويسبح الرحمن! الحرارة خاصية لا تظهر فقط في سطح الأشياء ولكن تنفذ إلى أعماقها. هذه الحرارة المميزة للنار تكون شبيهة بالرغبة الجنسية.

النَّارُ الَّتِي تَحْرُقُ الشَّجَرَ، هِيَ النَّارُ الَّتِي تَنَامُ فِي الجَمْرِ وَتَغْفُو فِي الحَجَرِ!

- الجسدُ، أداة في يد النفس.

- الأرواح بلا أجساد تعمها البلوى ويعتريها الفساد. الجسد ليس آنية. الجسد غانية تُغني لنا أعذب الألحان.

- الجسد شيطان والروح ملاك.

- السؤال الذي لم أستطع الإجابة عليه إلى الآن. ما هو الجسد؟ كيف يعمل، هل نحنُ نعمل بتوقيتات الرّب، نتوقف عندما يُريدُ هو!

- لكل أجل كتاب.

تبدأ الرواية الدينية بوصف آدم في الجنة يعيش في سعادة مملة، ذلك لأنه وحيد. الأفعى انثى وإبليس ذكر. كيف اتحدا من أجل جعل الخطيئة الأولى بهذا الجمال؟ هُنّ لباسٌ لكم. لبس الشيطان الأفعى، تلبّسُ الكف والقفاز، وبدأ الزحف داخل الجنة من أجل تعليم الإنسان ما لم يعلم. وهكذا علم الإنسان ما لم يعلم.

اجْتَمعَا
لَمِّعَا
أَضَاءَا الجَنَّةَ الخَاوِيَةَ

الجماع ليس تدنيس، أيتها المقدسة، الجماع، تنفيس وتقديس للطين، للحظة، للزمان والمكان. هذه الآه التي تفور وتفوه بها الأفواه والروائح تفوح بها الأجساد. هذه الآه هي من جنس الصانع، بداية ونهاية. أؤمن أن كل الأشياء بحاجة إلى رضى، وأظن أن هذا ما يتوجب عليكِ فعلهُ.

- هل كنتَ هناك؟

- كل ما عليك فعله هو ان تتحرك هناك. وأنا تحركت.

- لماذا لم ينتبهوا لهذا الخطأ، كيف أمكنهم وضع البيض والحجارة في سلة واحدة؟! لا تخبرني ان قايين من سلالة غير رحيمة؟

- النار تجعل الطين أقوى. من الأفضل أن أعرف ماذا أفعل. كان عليّ ان أظهر براعتي، ان أؤسس كنيستي وقيامتي. لا ينبغي ان أدخل الحرب دون سلاح أو أن أحارب بفأس فلاح.

- كيف أمكنك عقلك ان تمارس الحب وحولك جمهرة من المصورين والكاميرات ومؤخرتك مكشوفة للجميع. ألا تخشى أن تغري مؤخرتك المُغرية أحدهم؟ ألا تسأم من إعادة تصوير المشهد أكثر من مرّة، كم مرة تعاد اللقطة؟

- هل اعجبتكِ مؤخرتي؟ دائماً عليك أن تُرضي مؤخرتك. لا فائدة من إخفاء الأسرار، أنتِ تعلمين هذا. أفضل أن ارتكب الأخطاء على ألا أفعل شيئاً. لقد كان آدم وحواء عاريين في الجنة، وكان إبليس والملائكة معهم.

- هذه النزوات العنيفة ستكون نهاياتها عنيفة.

- الجميع يحظى بالأوقات السيئة. لكن هذا لا يعني ان نتخلى عن الحياة أو نُخلي مكاننا لغيرنا. دائماً الأوقات الجيدة تعقبها أوقات سيئة. وإذا جاءت الأوقات السيئة فعليك التعامل معها بطريقة جيدة. قاعدة العيش تقول: لا تفقد يقينك ولا تفقد اتصالك بالواقع. لنغتنم تجربة العيش في الجنة الأرضية طالما أن توقيت الدخول لجنّة الرّب لم يحن والحفل لم يبدأ بعد. إذا لم يمكنك تغيير القانون، ربما عليكِ التحايل عليه. حين تشتاق لأنثى، أبحث عن عطرها، أجلس في الأماكن التي كانت ترتادها. سيرشدك عطرها. ليس لأنثى عطر امرأة أخرى. نصيحتي ان لا تتعب نفسك في البحث. العطر وحده سيرشدك.

- هل هذا هو الحب وهل هذه هي المتعة؟

ما أنت فيه، جدولٌ لا ماءَ فيه!

غُيُومٌ بِلاَ مَاءٍ تَحْمِلُهَا الرِّيَاحُ. أَشْجَارٌ خَرِيفِيَّةٌ بِلاَ ثَمَرٍ مَيِّتَةٌ مُضَاعَفاً، مُقْتَلَعَةٌ. أَمْوَاجُ بَحْرٍ هَائِجَةٌ مُزْبِدَةٌ بِخِزْيِهِمْ. نُجُومٌ تَائِهَةٌ مَحْفُوظٌ لَهَا قَتَامُ الظَّلاَمِ إِلَى الأَبَدِ. تزييف للعبة الحب وتسويق الآهات للمراهقين والمحرومين؟ أنت تساهم بتزييف الواقع عبر بيعك لبضاعة مزيفة.

ليس كل الرجال بعضلات مفتولة والنساء ليس كلهن ممثلات بورنو بأنوثة طاغية. ما تفعله هو فصل العالم الحقيقي عن عالم الزيف والوهم والخداع. تعطي صورة وهمية لشريك الحب. ينبغي ان يكون بمواصفاتك والرجل يريد شريكته بمواصفات شريكة العقد. يا لك من بائس رخيص! لست سوى سمكة قرش في حمام سباحة!!

- أيتها السيدة، أنظري بعمق داخل نفسك. أنا لم اخرق قوانيني! أنا لا أستطيع تعريف البورنوغرافيا ولكن بإمكاني معرفتها. يجب أن تكون العلاقة احترافية.

- إنها مسألة وقت. بعضهم سيرشقها بالحجارة، طائرة ورقية لا تعرف متى ينقطع خيطها وتُغيبها أسطح المنازل ويجري خلفها الصبية! بعض القهوة قد تنعشك قليلاً.

- قهوة سيئة، ليس صعباً التكهن بهذا.

- كلّ شيء في القهوة.

- كما ان الضرير لا يأبه للغة الجسد، كذلك لا يمكن للعيون المطفأة أن ترى جمال الجسد العاري. ولا يمكن للأيدي المرتعشة أن تلتذ بلمسه ومعانقته. فقط اللسان الميت يرفض هذا الطعام! التزامن، الإحساس المتزامن بين الحواس، تسمع الألوان وترى الموسيقى، لوحة موسيقية Wow. ..

- إن سجن العقل بنفس ظلمة سجن القلب!

ما نقوم به ليس شكلاً سحرياً جديداً أو خلطة سحرية نتناولها فنصبح

أكثر عافية. إنها ليست إلهاماً، أنها قلب للموقف وإعادة تقييم، إنها وعي الممارسة بطريقة أكثر إبداعية في استخدام العقل. نحن لا نطلب من المرأة ان تكون بمقاييس الجمال أو ملكة جمال، نحن نرسم لها الطريق الملكي لتحاكي الجمال، الفعل والحركة. كما فعلت السيدة (شمخت) حرم السيد آن كي Do. الممارسة الطبيعية بينهما كشفت بصيرة انكيدو فجعلته حكيماً. نحاول جذب الرجل من دائرة الجوع والعطش التي يشترك فيها مع الحيوان، إلى دائرة الجمال المفتوحة على العالم الآخر، العالم الإلهي. هذا جزء من النشاط الذي لا يمكن للأعين المطفأة رؤيته.

- أيها المهرج، ما تفعله فحولة بائسة، هناك فجوة بين ما هو صحيح وما هو قابل للإثبات.

- أبداً، لا ينبغي عليكِ التفريق بين الطبيعة والثقافة. نحن نبحث عن وسائل لخلاص الإنسانية من بؤسها. المعرفة هي الطريق المكمل للطبيعة.

- نموذج فرويدي مثير للاستغراب!

- في مجرى العلاقة بين الجنسين يتدافع الطبيعي والإنساني، الفطري الموروث والثقافي الاجتماعي المكتسب، الحواس الجسدية، والحواس الروحية الرهيفة التي استحدثها التطور. هذا كل ما اطلب. قلب الإنسان كنيسة تحتاج لزخرفة مايكل انجلو، الفكر الصافي يرى الأشياء من الخارج بوضوح. هناك لحظات مثالية، فريدة. يجب أن تجربي لعبة الحب. أما أن تضربي رأسك بالمطرقة أو أن تتركي المطرقة تضرب رأسك. الذي يجامع بانتظام يكون عقله أكثرُ صفاءً ولمعاناً. يجب أن تتحرري مثلي. حينما يتعلق الأمر بالحياة لا يمكن التراجع.

في كل عام اغتسل وهذه الأجساد في ينابيع مقدسة، تشع بالضياء وتفيض بالنور، تسكر، تكسر، تتكسر وتنكسر. تختلط الأصوات، بين دعاءً وثغاء، تحتلب الشفاه، لبن وعسل ورغاء وأنوار تشع، تشع هذه الأجساد مثل قوس قزح يملأ السماء، يعلن عن وجوده بعد زخات مطر بللت الأرض اهتزّت وربت وانبتت من كلّ زوجٍ بهيج. ببساطة، لن تستطيعي فهم هذه اللغة. لعنة الفيروس وغبش الرؤية يمنعاكِ من رؤية ثقب الابرة.

بيضٌ نواعمُ ما هممن بريبةٍ كظباءِ مكة صيدهنَّ حرامُ
يُحْسَبْنَ من لِينِ الكَلامِ زَوَانِيا

- المرأة أشدُّ مرارة من الموت.
- هذا وأنت امرأة! إذن نحن بحاجة إلى ثورة!
- الخساسة والرخص عنوان المرأة.
- هاملت!
- علينا أن نقف على أرض محايدة إذا أردنا الاحتكام إلى قناعاتنا.
- الحياة بدون امرأة، ربما تكون هادئة، مطمئنة، لكنها في كل الأحوال ستكون مملة.
- المرأة جسر الخطيئة.
- المسيح رحم المجدلية وقال لها لا أحد يحبك! قوانين الحركة لا تجعل كرة البليارد تتحرك لوحدها. هل المرأة خاطئة بالطبيعة أم بالإغواء؟ لا يمكن أن نتهم الطبيعة، لأننا سنتهم الصانع. ولو قلنا بالإغواء. علينا أن نرجم المغوي قبل المرأة.

- روح نجس. أنت خاطئ تنقل عدوى الفكر.

- لم تكن المرأة خطيئة. إنما استُغلت واستُغفلت واستُعملت كجسر للخطيئة أو ما تظنينهُ خطيئة! الفارق كبير بين شجرة المعرفة وشجرة الخلد!

- لم ينل الإنسان شيئاً من وراء الخطيئة سوى العقاب، لأن إرادة الله أكبر من أي شيء يفعله الإنسان. شجرة الخلد لا يمكن أن تؤتى ثمارها ضد إرادة الله، فالإنسان مازال يموت برغم أكله من شجرة الخلود.

- لكن، الإنسان نجح في أن ينال شيئاً لم يكن الرّب يريده أن يناله، وهو المعرفة والتمييز بين الخير والشر، وأنه فعل شيئاً ضد إرادة ذلك الرّب واحتفظ به، فالخطيئة أثمرت ثمرة طيبة على أي حال.

- ثور تفكيكي، بروميثيوس تافه، أباحي، جنسي، فوضوي، ساحر، عدمي، لا منتمي!

- ويحكِ، كلُّ هذا أنا! ماذا بقي للآخرين؟

- لن يستطيع أحدٌ ان يأخذ ما لا يريد أن يُعطيه الإله لو اجتمعت الأنس والجن.

- شجرة الفياجرا، هي حقيقتنا.

مصيبة آدم أنه لم يكن يحلم وهو في الجنة ولا كانت الجنة من أمنياته! هل تُريدين الأكثر؟ ها، لقد رفض آدم الجنة وكان أكبر قرار حكيم اتخذه. عندما أدرك آدم استحالة الخلود، أو أن خلوده لا قيمة له، وأن الجنة ليست سوى مكان للرعي. عندما رأى آدم رعوية أيامه في الجنة قرر أن

يؤسس لحقيقته الكبرى عبر مواصلة النشيد الملحمي، الفعل الجنسي. أنت حقيقتي، وأنا سؤالكِ.

- كأنك تقول أن الجنة هي لعبة المزرعة السعيدة؟!

- ليست كل أفعالنا تميل نحو الجنس ميلاً واعياً. أظن ان مدار الأمر هو أننا نلقى حياتنا الجنسية وقد أثرت في معظم أفعالنا. إن العقل البشري، على الرغم من الفروقات الثقافية بين مختلف أجزاء المعمورة، هو ذاته هنا وهناك، وانه يمتلك الطاقات ذاتها. الحياة الجنسية التي نريد أن نبلوها ونعرفها تمام المعرفة، لأنها إحدى السبل التي يتخطى بها الإنسان الإنسان، على أن يكون قد وافاه واتصل به والتأم فيه.

- الفاشية تؤسس لعلم النفس الجماهيري، يالها من أضحوكة!
- المنتصر هو الذي يرقص في الحرب. داود رقص أمام شعبه.
- لقد احتقرته ميكال ابنة شاؤول، حيث تكشف في أعين أماء عبيده كما يتكشف أحد السفهاء.

- الحرب هي ميدان الرقص العظيم، يعيش بالسيف ويموت بالسيف، حيث الرّب والحب ودفقة قلب. الجنس هو رقصة الموت التي يعشقها الرّب. لذلك نحن نرقص على الموسيقى التي يعزفها هو. الرقص هو الدوران حول الحياة لانتزاع ألوانها.

- النبي الذي يظهر في غير وقته دجال ولو جاء بالبينات. لأَنَّهُ دَخَلَ خُلْسَةً أُنَاسٌ قَدْ كُتِبُوا مُنْذُ الْقَدِيمِ لِهذِهِ الدَّيْنُونَةِ، فُجَّارٌ، يُحَوِّلُونَ نِعْمَةَ إِلهِنَا إِلَى الدَّعَارَةِ!

- نحن نعالج المحرومين من الكبت الجنسي، نعطيهم الوقت كي يتعرف

162

النصف على نصفهِ. نخبرهم بطريقة عملية أن الأعضاء الجنسية ليست بتلك الخطورة التي علمونا إياها. نقول لهم: تلمسوها، دققوا النظر فيها. داعبوها، هي لن تنفجر. إذا لم نناقش موضوعة الجنس بطريقة علمية وعلنية، فسنحصل على حقائق مشوهة. إذ كنا نريد ولادة الإنسان الوارث للمرة الأولى في التاريخ، يجب إلقاء جميع المورروث في سلة المهملات والبدء بتدريس علم الجنس.

- صديقي صدقني، إن تدريب الجنود يختلف عن تدريب الثوار. هذه ليست محاضرة في الأخلاق. لكن رغم ذلك، على ما يبدو لي أنك فارغ من الداخل. يوماً ما ستفهم جيداً أن الدنيا تدور ثم تعود وتقف عندك لِـ تفعل بك ما فعلتهُ بغيرك. كل حياتك هي تلفون صالح للاستعمال مرة واحـدة، وحديقة بيت، ميل أو ميلين or Supermarket! إذا ابتعدت بخطوة يرن جرس الانذار وستأتي الشرطة لترجعك الخطوة وبعدها خطوة حتى تصل لحضيض الواقع.

- أنا ملقح الأزهار، الأميرات والملكات هن أزهار بستاني، هنا أعمل، هنا أحرث. حراثة الأرض برغم قساوتها، تبقى هي أجمل الأعمال وأمتعها. الاقتصاد الجنسي هو أجمل ما ابتدعه العقل الإنساني. تفريغ اللذة، الشعور بالاكتمال. القدرة على التفريغ التام لكل الإثارة الجنسية المحبوسة، التدفقات اللذية، نعيد اتصالنا بالطاقة الإلهية الكونية. نحن نضاجع الجسد الأزلي، الكوني الكامن فينا، لذا نحن بحاجة لمهارة فائقة لإداء هذا الطقس المقدس، نمدهُ بالطاقة ونستمد منه الطاقة، جمال التدفقات، إعادة دورة الحليب في الطبيعة.

- Congratulations!

خارج الصندوق
أمريكا هي أمريكا، اليوم وغداً يا هند!

تكملة
نبيذٌ أبيض في كأسٍ أسود

كل شيء قابل للقياس
حتى العاطفة والتعبير الجنسي

I'm not Wilhelm Reich

هذا مهرجان عظيم جمع فيه العديد من رموز الأمم، وناداني رئيس المهرجان وسلّمني كرةٌ، وهو يقول إنها هدية المهرجان لك، وهي من الذهب الخالص، وانهالت عليّ! التهاني. ولمّا رجعت أعلنت عن نيّتي بالتبرّع بنفس الهدية لأعمال الخير، فجاؤوا بمنشار وأخذوا يقسمونها، ولما وصل المنشار إلى باطن الكرة، دوّى المكان بانفجار مزلزل، وتطايرت شظايا الضحايا من الإنسان والحيوان والجماد.

أشبه رأسه بحركة رادار متثاقل، يُدير رأسه نصف دورة، يُشيح بوجهه عن وجهها قليلاً، تملأ الكلمات المرّة حلقه، يقيئ بعضها على المائدة:

- أحب ان أعيش هكذا، كل شيء على ما يرام، كل شيء رائع. نحظى بوقت رائع في السرير. قلبي لا يطلب المزيد. لننعم بالجنة قبل أن يُبدل الرّب خططهُ معنا. لدينا شيء نستمتع به هنا، بشجاعة وجرأة انكيدو علينا الاستمتاع به.
- أشعر أنني مغفلة، هل يمكن السيطرة على عقل الإلهة أو معرفة خططها؟

- هذا ما أذهب إليه. الناس العاديون يأتون لفهم معاناة المعلم. لكن القليل منهم من يفهم عمق هذه المعاناة. لا تخلو الحكمة من الحزن. الذي يتزود من المعرفة يتزود في نفس الوقت من المعاناة.

كنت كثيراً ما أتناول غدائي في منطقة وسط منهاتن المعروفة بشدة ازدحامها في مثل هذا الوقت من النهار، وكانت المطاعم اليابانية تحيط بي من كل اتجاه. خلف المنضدة، كان الطباخان يُعدّان طبق مكرونة الشرائط ذات الرائحة العطرة.

- يجب أن تكسب أحدهم إلى صفك، هناك أوقات في الحياة نحس فيها اننا ضائعون.

- دع سلاحك ينطق بحكمك. كما أن الشمس لا تكتمل من دون أشعة، والعطر لا ينتشر دون هواء. كذلك أنا.

- على ما يبدو لي أنك الضاحك الوحيد في هذه التراجيديا!

- إبليس يُلقي بالنكات وآدم مشغول بالصلوات.

- غير لبق، مغرور ووقح، غريب الأطوار!

- هذه ليست الحقيقة مطلقاً، أنا فقط أقوم بتقشير البصلة. كان المدير وهو رجل ياباني كبير في السن يقرأ أوراق الطلبات ويصرخ بطلبات الزبائن بصوت مرتفع على الطباخين باللغة اليابانية. وكان الطباخان شابين ممتلئي الجسم من أصول إسبانية، تظهر على ذراعيهما آثار الوشم، ويعتمر كل منهما قبعة البيسبول بالمقلوب، وكانا يتحركان بخفة ورشاقة من قِدر إلى أخرى في المطبخ المشبَّع بالدخان، وبكل انسيابية يغرفان من هذا، ويخلطان من ذاك، ولم يكن بوسعي وقتها أن أعرف أيَّ طلب قد أنهياه وأياً قد بدآ فيه.

وبين انشغالهما في تحضير الأطباق تحين لحظات فراغ يملآن أثنائها الحاويات بأعشاب مقطعة ويمسحان المناضد، ويتحدثان مع بعضهما بالإسبانية، ويخاطبان آخر في مطبخ المطعم بالإنجليزية البسيطة. وهكذا يكتمل المشهد بأربع لغات؛ ثلاثة منها ليست لغتي، أضف إلى ذلك الاستعراض الراقص منهما أثناء طبخ مكرونة الشرائط، من دون أن تلتصق ببعضها.

- أكبر تنازل تقدمه في حياتك، هو أن تتأقلم. لقد عبثوا بعقلي. ظنوا إنهم كانوا يعرفون مبتغاهم، لكنهم كانوا مخطئين، إنهم لا يعرفونني.

- من المثير أنهم يقومون بكل هذه الأعمال بنجاح، حتى وإن كانوا يتحدثون بلهجات مختلفة، وبكلمات بسيطة، ويخطئون بها، ويعيدون صياغتها، ويقومون بأعمال أخرى، ودائماً ما تنسج في مثل هذه التجمعات بين المتحدثين باللغة غير الأصلية تجارب إنسانية جديدة.

- ضعف الرابط بين الجغرافيا واللغة، سببه، حركة التجارة العالمية، الهجرة والسفر الرخيص، تذاكر الرحلات الجوية انخفضت لذا يأتون كالقطعان إلى هنا! الهواتف المحمولة، والأقمار الصناعية والأنترنت، اللقاءات الدولية، الألعاب الأولمبية، كأس العالم، بطولات الأمم، أوربا، أمريكا، أسيا. كل هذه التفاعلات ساهمت بشكل مباشر بخلق الهوية الهجينة، وهي بدورها خلقت أخلاقاً هجينة، أخلاقاً رعوية. هذه العقلية الهجينة بدلاً من أن تتحول بالإنسان نحو التحول الخلاق، أسفلت وتسافلت به نحو الانحلال في الأخلاق.

الإنسان الأدنى هو الذي سيطر على كل مفاصل الحياة، يُسيطر على كامل الكون. لقد حطم الأعراف والقيم باسم العدالة والمساواة، باسم الاشتراكية ودولة العدل الإلهي. لقد حطم اللغة والفن وساهم بهذا الانحطاط الأخلاقي وزيادته لأنه لا يملك الأخلاق ولا أسس المبادئ الإنسانية!

– العدالة إرادة الأقوى، أضرب الجذر حينها تتهاوى أكبر شجرة.

– هل فكرت بالخروج من هذه الشرنقة. أنا أفكر بالهرب، أعلم أنهم يسمعون حديثنا الآن، ربما لا يأخذونه على محمل الجد لاعتبارات عديدة وربما هم الأن يضحكون. ما رأيك لو فكرنا بالهرب؟

– لا علاج لهذه المرأة إلا رحمة الله! هل تظنين ان هذا هو الحل؟ الابتعاد لا يحل المشكلة! المواجهة هي الحل.

– أظن أن هذا ما يبدو لي! ماهي الفلسفة التي تؤمن بها أنت؟

– أنا راعي نساء لا أؤمن بالفلسفة.

– الاستهزاء بالفلسفة، هو في حقيقته نوع من التفلسف.

– الجسد هو الفكر، الجسد هو عقل العالم، الفلسفة ماتت. الفكر الفلسفي لم يُنجز حواراً مثمراً مع العالم! لأننا لا نستطيع الوثوق بالحقيقة، ولا حقيقة مطلقة ولا يقين ثابت! بيوتي مبهجة، وزائري تفرح روحه، أنا أهب الحكمة، ربما تجدين نقش حروفي، الحرف الذي لا يموت، ربما تجدينهُ على حائط معمودية، أو ذيل صليبٍ معقوف أو ربما صولجان حكيم اندثرت روحه وبقي قضيبه. الحكمة تلد الحكمة، عليك أن تُضاجع النساء وقت نضوج الثمرة.

170

أنا أؤمن بشهريار وبحكايات شهرزاد، لكني لا أؤجل المتعة مثل شهرزاد ولا أؤجل الذبح مثل شهريار. أكثر شيء تعلمته هو ما سوف أقوله للنساء كل مساء.

- هل هذا النص تستعمله مع كل فتاة، لماذا كل الرجال متشابهون؟ مسار فكري واحد يبعث على الاشمئزاز!

- ما قلته للنساء شيء لا يمكن تعلمه. نتحدث عما نحس به، وليس بما نحن مجبرون على قوله. عليكَ ان تنتخب الأهداف الأسهل. هذه نصيحتي للجميع.

- عندما تُفكر بطريقة شريرة عليك ان تكره نفسك. كأنك تتعفن من الداخل، تنبعث منك روائح نتنة.

- مثل جسد الاسكندر، كلما أقول انتهيت، تجذبني روائح الجسد المعتقة في الجرار العتيقة، أبدأ من جديد، رائحة الجسد المعطر بأنفاس الإلهة تجلب لي الراحة، تجذب الفراشات والنحل لحديقة الراعي وبستانه. عليكِ أن تعرفي كيف يمتص الجسد الفارسي الجسد الإغريقي، العرق ورائحة الجسد تُنبئ عن مقدار الاحتراق ومدى الاحترام والاحتراف. الجنس يوفر أداة لتحليل الواقع وقياسه، وهو النمط المثالي بالمفهوم التعبيري.

أنا أعرف القواعد. لن تُصبح الطبيعة طوع يديك حتى تتعلم أولاً كيف تُطيعها. لا توجد امرأة سيئة في السرير، العامل الماهر ينفخ الزجاج الملون بعناية، وعلى لاعب السيرك أن يتحلى بالمهارة الفائقة والصبر ولا ينسى الحذر. الثقة بالشريك هي التي توازن المعادلة، عليك الذهاب إلى السيرك. الجنس مثل المطر، يحتاج لصلاة استسقاء، هكذا أرى.

- الجنس يحتاج لصلاة! يا الله، ما زال الشيطان يعيشُ بيننا.

- الجنس هو الصلاة التي على الجميع أن يتعلم كيف يؤديها.

- عليك ان تعودي رضيعة لتلتذي بطعم اللبن، عليكِ أن تجربي الموت سبع مرات لتلتذي بطعم الحياة، تلتذي بطعم العصا، بجلد العصا، وبما يتساقط من هش العصا وشهوها. عندي عصا طويلة وغليظة أهش بها على النساء، هذا كل ما أعرف؟ هل أخبرك شيئاً؟

- ماذا؟

- الجنس يساعد على تجاوز الألم ويعمل كمُسكن طبيعي. المرأة التي لم تمارس الحب، عبارة عن جثة. وهي في أحسن حالاتها، زجاجة عطر فارغة. حين تمتلئ زجاجة العطر تكون ثمينة، تنشر عطرها، تبعث الحياة، تنشر الرغبة وتنتظر اتحاد واشتعال الأجساد، وحين تكون فارغة تصبح مجرد زجاجة لا يلتفت إليها أحد أو هي في أحسن حالاتها تكون بضاعة رخيصة في شوال عتيق يحمله على ظهره عتال ليلقي بها في عربة يجرها حمار ليعاد ملؤها بعطر رخيص على عجل.

سأخبرك الحقيقة. الطين يعرف طريق الطين. الطين لا يعرف طريق السرير. الانثى وحدها تعرف الطريق. مجرد التفكير في الطريق يحبس الأنفاس. من فوائد الجنس للنساء، ان المرأة التي ننجذب إليها جنسياً، لا يمكننا ان نكذب عليها!

- هل المذاق هو ما يميز السكر عن الملح؟

- أيتها المثيرة، في السرير لا يوجد سكر أو ملح. في السرير يوجد، الفن، المهارة والإبداع.

- لماذا كانوا يلقبونك بالمعلم؟

- أنصتي إلى معلمك، النار تبقى هكذا برهة ثم تتلاشى، تاركة وراءها عطراً ليس فيه شيء أرضي. رؤياي تضمحل في الوقت نفسه. ربما لهذه الحكمة البالغة على المعلم أن يعْلم وأن يُعلم، ليس عليه أن يتعلم. وأظن أنه تم إعدادي، بطريقة ما لأصير داعية، ربما أكبر داعية. هذا ما كانوا يأملون. لقد خاب أملهم، ربما كنتُ داعية لأمرٍ آخر، ربما هذا أفضل. لقد منحني الله مرونة مدهشة في أجهزة الكلام، شبهني أحدهم بالطائر الذي يحلق من غصنٍ لغصن. عندما طارت الأرواح المقدسة من أغصان الشهود واجتازت اليقين صعبَ العثور عليها في البساتين القريبة.

- على الطيور أن تلزم مقامها العبودي بشكل واضح.

- عندما تتفجر ينابيع العشق، تسكن الحركة وتنزل البركة، تتحرك الأرواح في اللامكان لتنفذ وتنقذ ما تبقى من كيان وهيبة مكان المليك الديان.

حين يموت الطين تخرج الديدان! مقام معرفة الرحمان مقام عرفان، لا يحتاجُ لتُرجمان. بالروح، بالكلمة. الطين سيبقى هو الطين حتى لو نُفخت فيه ألف روح.

- أراك مس عقلك مساً أو ألمّ بك لمم! إن كل ما تقوله نابع منك، فلتعرف نفسك فقط، لأن هذا الأمر أكبر منك، فلتعرف الله بالله،

لا بنفسك، فالطريق منه إليه لا بعقلك. العجز عن معرفة الله مساوٍ للمعرفة. منطق العنقاء يقول: أتعبتم أنفسكم، فنحن، الملك، شئتم أم أبيتم، جئتم أم ذهبتم.

لو أزيحت المؤسسات الدينية فلن تنهار الأخلاق. لكن لو أزحنا الأخلاق سينهار كل شيء. أهذا ما تُريد قوله!

- رجال الكهنوت يفترضون ضمناً أنهم يمتلكون الأخلاق أو يوفرونها بمجرد الانتماء لديانة معينة. إن ما يمتلكون نصوص أخلاقية وليس الأخلاق. أوراق الأخلاق ليست هي الأخلاق! حينما ينكسرُ غصن، تتساقط الكثير من الأعشاش. يقول المعلم: عليك أن تواجه متاعبك بنفسك. لا تستطيع أن تتعلم وأنت تتكلم، أنصت جيداً لما يقول المعلم. عليك أن تصنع عالمك الخاص بعيداً عن الضوضاء. ربما علمت من حولي الصلاة، أرشدتهم إلى الطريقة والطريق. مازالت كلماتهم تتبعني، أيها المعلم إننا جميعاً لا نملك إلا ان نسعى إليك لنتعلم عندك.

القاعدة، سيدتي، هي، إن نطلب السلام دائماَ، ونسعى لإسعاد من حولنا. ناشر السعادة مثل العطار، ينشر المسك وينثر الهيل. قيمة الحياة ليست في طول العمر. على الحياة أن تكون كبيرة وكريمة. لم يكن في جعبتي سوى كلمات، هذا كل ما أملك، كلمات فقط. شكسبير يستخدم الكلمات لخلق المشاعر. الكلمات بديلاً عن الغضب. شكسبير كان يغضب على الورق فقط.

الكلمات تتحول إلى نور أو ظلام. الكلمات مفاتيح الدخول لعالم

آخر غير عالمنا هذا الذي نمرقُ فيه مثل الرمية. في صراع الكلمة مع الكلمة تنتصر الكلمة. أظن ان هناك الكثير من الكلمات التي كان حريٌّ بها الانتصار قد خسرت في ظرف وربحت في ظروف. إذا أردت أن تعرف مكانة رجل ما، فعليك أن تعرف أعداءه. كلما كان أعداؤه كبار، كبر شأنه.

لا تصدقي حكاية أن القادة والزعماء هم من يصنع الأحداث في العالم، ولا تصدقي، أيضاً أن من يكتب التاريخ، يكتبهُ بقلمه هو. هم يسيرون وراءها متظاهرين بأنهم يوجهونها مع أنهم في واقع الأمر يخضعون لها. نعم من يقود الانقلاب ومن يصنع الثورة هو القائد. لكن من خلف القائد، ومن وراء الانقلاب، من خطط، من موّل، ومن أعطى الأمر بذلك؟ التوقيتات أمر في غاية الأهمية والخطورة.

- نظرية المؤامرة مرّة أخرى!

- نظرية أخرى.

إن المفكر حين يفكر لا يخرج من عباءة المعلم. وإذا رأيته يفكر خارج الصندوق فهو داخل في عباءة معلم آخر. لا يوجد مفكر ولا فيلسوف! كل الذين يدبجون الأوراق ويسودونها، تلامذة عند معلم. المعلم لا يدبج الكلمات ولا يطوي الصحف. المعلم يفتح العالم، بالكلمات، بالعلامات. إن العالم لا يمضي هكذا كما يبدو للجميع. هناك محرك وراء كل حركة ومحرك وراء كل سكون. نظام التعليم لا يتبدل، والحكاية هي عين الحكاية. لكن الذي يتبدل المكان، الشخوص والزمان. كأنك تُعيد كتابة الحكاية ألف مرّة. والمعلم يصحح ويضع العلامات.

175

إن هذا لا يثيرني البتة. أحياناً، حينما لا نجد من نتحدث إليه، نتحدث إلى أنفسنا. تستوقفنا العلامات، كل كلمة علامة، وكل فعل علامة، كل حركة علامة، حتى السكون هو علامة. أظن ان كلامك عين الصواب، وأظن أن وراء الحكاية راوٍ عليم يبدو أنه غير مشارك لكن أجزم انه مشارك. بل لو أردت الحقيقة لقد فرغ من كتابة حكايته وها نحن نمثل الأدوار. هنا من يُمثل دور البطل وهناك ما لا يحصى من compares وأدوار ثانوية الحكاية.

- لقد كانت هناك أيام قاسية، أيام خرافية، العالم كله أراد الانتقام منّي. لا يمكنني البقاء ظاهراً للعلن، لا يمكنني المخاطرة بالتعرض لهجوم آخر. إنها أشبه باللكمة التي لا تتوقعها والتي تُلقيك أرضاً. لماذا لاً أتمكن من رؤيتها؟ بالطبع ثمة شخص ما يود قتلي. السؤال ماذا حدث لي، ما هو الشيء الذي لا أراه.

- أحياناً كثيرة أرى أنك لم تنم أبداً. أظن أنك لن تستطيع النوم قط!

- كيف بوسع الملك أن ينام؟

- كل علامة بداية، وكل بداية دخول وتحول. أنت صاحب قضية، ليست خاسرة وكذلك هي ليست رابحة. قضيتكم ليس الوطن، وليس الوجود. بل الاعتراف بكم، مثل زهاء تفضل الاعتراف بها ضمن نطاق الهوية التي شكلت ثقافتها وصيرورتها العامة. البحث عن ذات داخل تشكل ثقافي معين أمر في غاية الصعوبة، فضلاً عن إمكانية تحقيقه وفرضه على العالم الخارجي مع تسليم العالم بواقعية وصحة هذه القناة والفكر! أنظر للوراء قليلاً، أهم الدروس تقع في الماضي. أنظر إن ما خلفته أصبحَ رماداً.

- هذا لأني ولدت من رماد، والرماد لا يفسد!

- لنشرب نخب معركة خسرناها. ونخب معركة سنخسرها.

- في حسابكِ خطأ إضافي، لابد من تسوية.

- الياهو لا يخطئ أبداً، الحساب الخاطئ يعود إلى بابل. ربما يكون العالم مظلماً أو ظالماً، إذا رأيتَ رجلاً متألم سيطر على خوفك، سيطر على غضبك، في قلبك قوة عمياء لا يكفي أن تُحلق مثل الصقر أو تقاتل مثل الذئب. أنت كالفايروس، على أحدهم أن يوقفك.

- لي الحق في القتال.

- ستكون هناك فرصة للجميع. جولة أخيرة للمعلم يبين النجاح من الفشل.

- هل تظنين أن هدم البناء القديم ينفع في خلق شخصية جديدة للبناء، ويسهم في بناء عالم جدي وجديد؟

- يجب وقف السم في الدم. الهدم فيه من الألم بقدر ما فيه من المسرة والفرح. ليس المهم أن تبني من جديد على أنقاض القديم. عليك أن تهدم وتهزم القديم في داخلك، الإحساس القديم بالخوف، بالجبن، بالرعب. سنهزم القديم، سنعود لأرضنا. بابل عاصمة العالم الحرّ، الدولة العالمية، بابل مصدر الإلهام لكل إنسان يحب المغامرات. هل تُحب المغامرة؟ في بابل سيتجمع كل الناس من جميع الجهات، من حيث افترقوا سيعودون. من بابل سنحكم الدنيا. الزنابق السوداء ستعود مرّة أخرى، الرؤوس السوداء، شراب الأخوة والخلود. كل هذا سيعود.

177

- على العاهرة ان ترضي الجميع. العاهرة العظيمة ترضع الجميع من ثدي الخمر وثدي اللبن.

- عندما يموت الكثير من الرجال ستنال حريتك.

- لو كنتُ مكان الرب لشنقتك.

- إن الحرب هي التي انجبت التاريخ. إن التاريخ لم يعد تاريخنا، نحن، والفن لم يعد فننا نحن، والكتب لم تعد كتبنا نحن، والتفكير لم يعد تفكيرنا. إن عالمنا أضحى ضوءاً خافتاً، مرتعشاً، تعصف به رياح الشيء المقدس، والخرافي، والأقدار الغريبة!

نحن مجرد أدوات بيد الصانع، يا صديقي. ليس بإمكاننا ان نغير الحكاية. أقدارنا، لقد كتبتها أقلام النور بحروفٍ مظلمة سوداء لا يمكننا أن نُبصرها، الأيدي الأكثر تقنية وقذارة. نحن، ننفذ أدواراً في المسرح العظيم والمسرحية التي يعاد عرضها، مرّة بعد مرّة. أن تحس الأشياء مجدداً... أيّ ملل هذا! نعم، أتفق، في الظلام تبدو جميع الأبقار سوداء. أظن أنك لو لعبت بالأبيض، ستخسر، كما أن لعبك بالأسود لن يتيح لك الفوز أبداً. علينا أن نرقص على أنغامهم. هذا كل ما في الأمر.

- ماذا لو لم أرقص؟ أعني ماذا لو لم أنفذ ما يريدون منّي؟

- عزيزي، لا تذهب بعيداً. نصف الأحلام، ليست هي الأحلام، نصف الأحلام هي الكوابيس. أنت الآن في المرقص العظيم، في قلب الحدث، لم يبقَ من حكايتك سوى القليل لتبلغ الذروة. هذه ليست إرادتي أنا. الآباء المؤسسون قضوا بهذا وعلى الجميع واجب التنفيذ. لست سوى حصان طروادة، لقد نفذت ما أرادوا منك دون أن يشعروك أو أن تشعر. لقد قرروا لك عدم الفشل، واصل مهمتك بقوة

حصان وسيواصل هو خلفك بقوة ثور. يجب أن ترحل، مستقبلك ليس هنا.

- لا تجعليني أتوسل، هذا المكان بمثابة ملاذٌ لي.

- أذهب إلى ديارك، أذهب إلى أرثك، هذا أمر وليس رجاء.

- أيتها الساحرة اللعينة، أنت امرأة أكثر من سيئة.

- هذا ما تحصل عليه عندما تستعين بمحتال. عليك أن تجد لك عاهرة أخرى، غيري، أحب الرجل الواثق الذي لا يخاف التجربة، وتذكر عندما تنام مع الكلاب توقع ان تأتيك البراغيث.

- لقد تعلمت كيف أركب الأرجوحة.

- عليكَ أن تهيئه أولاً، لا تغوص فيه بسرعة، لا تأكله أو تلتصق به، لا تقلق، هو سيخبرك عندما يكون مستعداً!

- اللعنة، الجحيم فارغة وجميع الشياطين هنا!

- البركات واللعنات تُظهر أن الله عادل، وسيجازى كل واحد بحسب أعماله.

- يوماً ما، سيتحول هذا المنزل إلى جحيم عندما يعلم الصبي، أن أمه كانت عاهرة، وأن أباهُ لم يكن نجاراً.

- أدخل هذا المنزل الملعون.

179

إن الأمم والشعوب سرديات،
وهذه المرويات هي استراتيجياتها

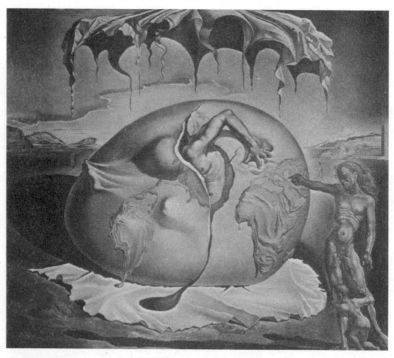

لوحة رقم (طفل الجيوبوليتيك يراقب ولادة الإنسان الجديد. سلفادور دالي)

لعبة أفلاطون السهلة، أو الحيلة البارعة حيث يدس أفلاطون كلامه الذي يُريدنا أن نسمعه ضمن كلام سقراط، بخفاء!

الرواية فجور بالكتابة

أخذ الرّب الطين كي يصنع العالم، وأخذتُ الكلمات

ذاكرة الإنسان، تاريخ محكي بالصور الذهنية لواقع ماضوي زمكاني.

التخييل بناء افتراضي لواقع زمكاني.

الحلم صورة لبناء افتراضي مفروض، غير مُسيطر عليه، خالٍ من الزمكان.

إذا كان الله قد خلق الكون بالكلمات، فنحن وهذه حقيقة افتراضية نعيش في كتاب أو دفتر مدرسي، كون افتراضي!

التصوير هو الأداة المفضلة في أسلوب القص. فهو، أي التصوير، يُعبر بالصورة المتخيلة عن المعنى الذهني، والحالة النفسية. ولا أراني أبتعد حين أقول، ان القدرة على التصوير بالكلمات تخلق عالماً مرئياً بالصور. حيث نقوم بتحويل العالم المتخيل من وهم إلى عالم مرئي بالكلمات. نقوم بتحويل المعاني والاحاسيس واللامنظور إلى مشاهد مرئية. مسرحة

الحدث تعطي واقعية أكثر للقص. وهذا واضح لئن الطبيعة البشرية مجبولة على المحسوس والملموس والمتحرك. آلية عمل العقل البشري تعتمد على الصور في عمليتي المعرفة والإدراك، تجعل من تجسيد الأشياء ضرورة مُلحة.

- hay تبن، أنت أيها الدجال الخرف؟ التجسيد يوجب التفصيل، والتفصيل يوجب الرسم، والرسم يوجب الوصف، والوصف يوجب الوظيفة.

التصوير تقنية عرض وإحاطة لموضوعات هذا العالم ووقائعه وليس مناقشة الأفكار أو نقدها وتحليلها ضمن إمكاناتها الذاتية. لذلك فإن مجالها التأثير الظرفي لا الإقناع القائم على تأمل المشكلات الفكرية ومناقشتها.

- هل تتحدث معي؟

المعلم هو الذي تكلّم أولاً.

قال بأبهة: أذكرُ وجوهاً من الغرب ووجوهاً من الشرق، لكنني لا أذكر وجهك. من أنت وماذا تفعل هنا؟

رد الآخر: ليس اسمي ما يهمّ. سرت طيلة ثلاثة أيام وثلاث ليالٍ كي أدخل منزلك. منزل الأقنان هذا! أسمع انا لا أريد ان افتعل شجاراً معك في هذا الصباح. عليكَ أن تتوقف عن ألاعيبك السخيفة هذه، ولا تقحمني في مشاكلك، هل تفهم ما أقول لك؟

ردَّ المعلم قائلاً:

إذا كان الذّهبُ هو ما يهمّك فلن تُصبحَ تلميذي بتاتاً. إذا لم تفهم هذه الكلمات فهذا يعني أنّك لم تشرع بعد بالفهم. كل خطوة تخطوها هي الهدف.

- المصمم الذكي!

مُذ عرفتك وأنت متلبس بهذه العقلية الضالة المضلة. نعم الكلمات الكبيرة تُريح العقول الصغيرة. رغم ان روحك تنضح دماً خلاقاً مثل حمى الهذيان في حلم مبدع. لكن هذا لن يشفع لك ولن تنجو بفعلتك بعد اليوم. كعادتك، ستتقيأ القصائد، واساطير القديسين، وستجتر ما قرأت من سخافات!

أعلم أنك ستقحمني في كتابتك السمجة، المملة، المبتلة في فراشها، والتي لا تعرف من أين تبدأها وأين ختمك وختامها، ثم بعد ذلك ستلقي لومك أو ستعزو فشلك إلى ظلم الممتحنين، كما فعلت أم شارل في مدام بوفاري! كون النقاد لم يستطيعوا أن يواكبوا ما تكتب من روايات فوق حداثوية.

- الرواية فن التحدي.

- هل أخبرك أحد أنك ممل وسمج وكتاباتك أشبه بكتابات طالب ثانوية؟ إذا لم يخبرك أحد فأنا أخبرك الآن. يا هذا، توقف عن هذا الهذيان المسمى كتابة وأخرجني من بين الورق، أو كمقترح. امنحني الكلمات، فقط كلمات، أو أجعلني بطلاً في رواية نابوكوفية.

- صهٍ، أيها الوغد المثير للشفقة، أقسم بيهوذا المكابي، إني قاتلك لا محالة، بائس، رخيص. ربما لو تجسد الأسى، ولو منحته الكلمات

جسداً، لرأيت وجهه في مرآتك، ولو رأيته وهو ممتلئ بالأسى فلن تخشاه.

- لا عليكم بهذا الكائن الورقي الذي يهدد ويتوعد، إنه ليس سوى أحمق يلبس حذاء غيره. كل ما في الأمر ان هذا الورقي الذي يتبجح أمامكم الآن. إن هو إلا من صنع يدي، اخرجته من كتاب أخبار الحمقى، لينشر في أوقات السأم بعض المسرة.

- لعبة المرايا، عملياً التلميذ بعض الأستاذ.

- أنا من خلقه وصوره ولم انفخ فيه الروح بعد، هو مسجى بين الحبر والورق. كان حبيساً عندي في قمقم حكاية عتيقة لم أستطع نشرها لأسباب عديدة لا داعي لذكرها الآن. وبما انه لم يأكل سوى الانتظار والقلق والنوم على الورق طيلة تلك الفترة، فهو يحاول ازعاجي أو تخويفي حيناً بعد حين، رغم أني أستطيع بجرّة قلم واحدة ان أنهي حياته، وسأعتبره واحدة من مشكلات الرواية التي يتم حلها بقتل أبطالها، رغم أنه ليس بالبطل ولا يرقى لأداء الأدوار الثانوية. وإني، وأيم الله لأعجب أشدَ العجب من هكذا كائنات شبه ورقية تحلم بالبطولة! بصراحة هل تعلم لماذا لم أخرجك للعلن، ها؟ هذا لأنك مخلوق زائد.

- أيها البغ بغان الغبي. هل تعلم كم أنت قبيح؟ أنت أقبح حتى من شياطينك المصبوغة باللون الأرجواني التي تفتش لك دائماً عن مخرج وتأتيك بحلول من أفكار كُتاب آخرين. ها، هل أقول تسرق؟ شياطينك تحمل سلال جديدة من الفتنة والجمال واللغة، مليئة بالقوة

186

والرياح الجنوبية وبراعم الأفكار الجديدة. وأنت بحماسة أرخميدس تصيح: وجدتها، وجدتها!

- أيها المسخ، عليك أن تعلم هذه الحقيقة. إن الذين يكرهون كتاباتك أكثر من الذين يحبون قراءتها، وأكثر الذين يقتنون ما كتبت، يقتنونها خوفاً لأنك مثقف السلطة. ولا يتوقَّف الأمر هنا فقط، بل مع الأيام أصابك مرض التوهَّم. أنت لست سوى مسخ يلبس قناع غيره، دوبلير يتوهم أنه بودلير! البديل الذي يتوهم أنه البطل، يتحمل المخاطر من أجل حفنة من الدولارات! أنت لا تستطيع أن تواجه ولا تريد أن تريني ما تكتب عني.

- أنت الوحيد الذي سيتألم. علينا أن نستمر بالكذب حتى على أنفسنا من أجل أن تستمر الحياة، موتوا وأنتم تكذبون.

- لكني على الوعد سأقتلك، هذا أمر لا شك فيه ولن أتراجع عنه، وسأقتل كل شخصياتك التي هي عبارة عن شبق وكفر وإلحاد وشيطنة وبعض الهسهسة السياسية الرخيصة التي يقودها الوسواس الخناس.

- أقسم، كما تقسم أنت. رغم وجود الفارق بيننا، فأنا أقف في جبهة الإيمان وأنت تقف في جبهة الكفر.

- هل تنظر في مرآة مقلوبة؟ بعد ان يتم دفنك ستقرأ أجمل العبارات باللغتين على شاهدة قبر تليق بخنزير خصي: أهلا بكَ في الجحيم Welcome to hell.

- فقط أبقَ هادئاً، لا تفزع، التقط أنفاسك قليلاً وأنا بكل مرح وفرح، سأجعل منك أضحوكة، سأجعلك ترقص على الورق، سأتلاعب

بك كما يتلاعب الطفل بالدمية. القص والحركة المتتابعة لم تعد لها فاعلية موثوق بها في الكتابة الجديدة. سأقول إنها الرواية الجديدة. العالم الجديد، الألفية الجديدة بحاجة لفاعلية جديدة، لكتابات جديدة. استنباط التعددية والنص المفتوح واللا تشكل. وإذا تساءل النقاد عن موقعك في الرواية أقول لهم: أنا أعمل على بنية اللاموقع. ليس استخدام التقني عملاً بريئاً أيها الورقي، هو نشاط بشري، يا ورقي.

- ملعون، هل هذه رواية أم هستيريا مومس لم تحصل على أجرها كاملا! ما الذي تعرفه عن الكتابة، كيف دخلت هذا المجال؟

- قضيت عمري وأنا أكتب. ربما أبدو لك كضفدع. لكنني في الحقيقة، أميرٌ مسحور. كل شيء يبدو بخير. لا بأس على ما تقدم، رأيك هذا لا يعنيني كثيراً. وقد يكون بإمكان القارئ أو بعضهم؛ ان يقول بعد انتهائه من قراءة هذه الرواية: لو علم الله أنك ستكتب شارع بشار لما خلق العالم.

العبد الصالح يطحن الكلمات ولساني يلتهم الحروف
المرأة ثالوث أعمى من؛ الشبق والحب وبعض هسهسة الحنين!

- hay، تبن، لماذا حشرت المرأة في وسط الكلام ولماذا رفعت التظليل، أضلك الرّب وجعل الضلالة جائزتك، أنزله لرأس الصفحة كما يفعل إبراهيم الكوني؟

- أخرس، ودعني اشتغل. عزيزي جاسم صريفة. أنا حرّ وهذا مشغلي، ما دخلك أنت؟

- تبن، من غير hay. مَنْ جاسم صريفة هذا، وماذا تعني بالصريفة؟ أقسم إذا حملت معنى الجنس، سأقتلك، حسن بشّة؟

- ماذا تقصد بحسن بشّة؟

- أخبرني عن الصريفة لأخبرك عن البشّة، هكذا نتعادل، دجال خرف.

- طيب، لنتفق، نبدأ من جديد.

- لا تاريخ بيننا.

- في السرد كل شيء ممكن. فقط أهدأ قليلاً، أعطني فسحة ولنعقد صفقة.

- صفقة كاملة أو لا صفقة.

- بوسعك الثقة برجل ولنتكلم بصراحة أكثر. دعني أمارس مهنتي. برأيّ الأفضل أن تساعد بدل أن تجادل! لا يمكنك ان تتجاهل هذه المسؤولية. أنا أعلم أنك أدنى من حيث التقييم من لعبة أنا اخترعتها، وكما تعلم بإمكاني التصرف بنفسي كما كنتُ أفعلُ سابقاً. لكني أشفقتُ على حالك أيها المحتال وجلبتك معي للفرجة والمتعة. هل تقبل؟ أريد أن أعرف رأيك فيما أكتب، رجاءً ابتعد عن المجاملة، وكذلك أنسَ حقدك القديم علي. كن منصفاً معي ولنتحدث كأصدقاء بعيداً عن النقد المدرسي؟

- شكراً لمنحي فرصة الحديث معك. لكن مَنْ يثق بمَنْ؟

- الإغراء والإغواء مهم. إذا أردت السيطرة على كلب، خذ ما يحب، أو أعطه ما يحب على جرعات. إلا تهتم، إنه العمل. فكر بالأمر، اعتبرني بافلوف يا عزيزي.

189

- الجدل معك لا يقود إلى فكرة حقيقية، ليس هناك عرض! إننا نلعب على بعض ولا نتحرك خطوة واحدة إلى الإمام! أردت ان أشهد تجربة حقيقية. لكن في الحقيقة ما أشاهده أمامي مجرد سيرك لفرقة غجرية. فوضى في كل مكان!

- أنا من صنعك، لا تنسى الأمر.

خلق الدنيا عمل سيء. وأسوء منه خلق الإنسان!

ربما سأحرق هذا البيت الملعون حتى تخرج ليرى الناس وجهك. تعبت من الطريقة التي تُدير بها العالم. كل ما تملكه حقيبة مملؤة بالخدع. أنت ستحدد ماذا يقول ويفعل المرء في الوقت الذي تحدده!

- أنا أقطن بيتي الخاص. أذهب، شيدِ منزلك الخاص، وأفعل ما تشاء.

- الكوخ القديم، الكبرياء اللعينة. موت فوق الموت، وقذارة فوق القذارة، دائماً هناك مندوب يمثلك. لا تريد ان يعلم أحد أنك تأخذ العلاج.

- أنا اعتذر. هل كانت حماقة مني أن أسلم الكرمة إلى الكرامين الأشرار، الكرامين الأردياء؟ يفعل الرجل أي شيء لإيقاف الألم. لكن مع ذلك أنا سعيد لأنك دخلت الصراع.

- بصراحة، الحديث معك ليس شيئاً يحبه المرء أو يكرهه. أنت أغبى من مظهرك وهذا الذي تطلبه مني ليس هو باروداً أو نزف دم. وبصراحة أكثر، أنا لا أعرف من أنا بعد. ولا أعرف كيف ستبقيني على قيد الحياة. أتمنى أن تتحكم بنفسك ولو قليلاً. أخبرني فقط ما أستطيع فعله من أجلك، وما الذي تُريد؟

- لا أستطيع أن أفعل شيئاً، وهـذا ما أكرهه. أولئك الرجال الذين يجهدون أنفسهم بالعمل كالكلاب، أؤمن بهم. كل يوم، يتألمون، يكبرون بالسن، يضعفون، لا حدود بعد الآن. النية السيئة، سبباً في معظم اللحظات التي لم ينبغِ أن أفعل ما أريد فعله، أقوم بما أخبرت به. التورط في هذا الأمر لم يكن قراراً صائباً في كل الأحوال.

- الحياة العالية، بعيداً عن الرياح، تجعل المرء ضعيفاً. فليكن قلبك قوياً. عندما يكون السكين بارداً عليك بشحذه. كذلك لا تظن نفسك أسطورة، أو أنك ستكتب رواية القرن. أنا متأكد ان كتابك سيكون رائعاً. أتذكر طعم آخر حوار أنيق لك. لكنني لا أريد التورط معك.

- ماذا تعني بكلامك هذا؟

- أسمع، من حيث التفكير المنطقي أنت بطيء الفهم. أعلمُ هذا. لكن ثق. أنا لستُ العدو هنا. ربما أكون نيران صديقة. لذلك سيكون الوقت الذي سأخبرك فيه بما تُريد سيكون هو الوقت غير المناسب دائماً. حسناً، هل تُعيرني بعض الاهتمام؟ إليك الاتفاق، انه هديتي إليك.

أنت في ورطة صغيرة، الأمر يوشك ان يتعقد، لذا سأبدأ بشكل مرن وبسيط من أجلك. لا تدع أحد يخبرك أنك لا تستطيع فعل شيء ما، ولا حتى أنا. إذا كان لديك حلم فيجب عليك حمايته. الناس الذين لا يستطيعون إنجاز عمل أشياء بأنفسهم يريدون إخبارك أنك لا تستطيع فعله. إذا أردت شيئاً فأذهب للحصول عليه، هذه خلاصة ما أقول. عليك أن تضع قاعدة بيانات. هذا فيما يخصك. فيما يخصني، لا علاقة لي

بالنص. لا شيء يخصني. عليك أن تُكمل ما بدأت به. ونصيحتي لنفسي ولك، رغم أني اكتب بلغة المُعقدين والمتعجرفين، إلا أن اللغة الحقيقة، إنّما هي لغة الواقع. لغة النخبة، لغة الفلسفة، سحابة غير ممطرة ولا مؤثرة. إذا أردت أن تتقدم عليك وضع الحصان أمام العربة، هكذا أفضل.

- بدا لي الأمر كأنه إساءة! كل شيء يبقى على ما هو. مقترح شراكة ونصائح مجانية فيه من الإساءة فوق ما تتوقع واحتمل! كما أخبرتك. بإمكاني التصرف بنفسي.

- بحق الجحيم، من علمك هذا الهراء، ها؟ لقد دعوتني لأتحدث. أصمت لدقيقتين. هذه إدارة جيدة. فقط وافق، واكب التغيرات. التفكير بهذه الطريقة يجعلك تتسلق الشجرة الخطأ. عليك اختيار موضوعاتك بعناية أكثر. هكذا تخيلت الأمر. تكتب في موضوعة غريبة، أسطورة حضارية كما تزعم! لا هي موضوعة في السياسة ولا هي في الجنس أو الدين ولا حتى في التراث، أو هي قصة حب أو جريمة قتل. أفضل وصف لما تقوم به. هو الثرثرة ليس غير. لكن لا تتوقع إنها فوق النيل. التفكير الإبداعي مرتبط بالأفكار الجديدة، يحتاج التفكير الإبداعي إلى موهبة في التعبير. منطقة اشتغالك، منطقة خطرة، مختلطة قد لا يفقه الناقد، فضلاً عن القارئ منها شيئاً، ليس من وهلة أولى في كتاباتك! ربما يحتاج قارؤك إلى أن يكرع برميلاً من الشاي المرّ قبل الوصول لمنطقة الصيد التي تبحث عنها لتطارد فرائسك فيها، المشكلة تكمن في الأفكار العامة.

- ربما تخرج الأمور عن السيطرة في بعض الأحيان.

- أمر آخر، كتابات المعرفية، هل أضحك؟

- أكمل، أكمل!

- غير مدعمة بأدلة معرفية تؤيد مزاعمك في كل هذا الركام من الكلام.

- أنا لا أدرس العلوم، أنا كاتب روائي. احتفظ بهذه الملحوظة رجاءً.

- أنت واقع تحت فكرة واحدة هي المهيمن على عالمك هذا. كل عملك قائم على التخيل واستنطاق نصوص خرافية وفق رؤية أنت مؤمن بها. لا أدري هل أشاهد بندول فوكو؟ التفسير الاعتباطي وربط الحوادث بطريقة تفضي فقط للرؤية التي أنت مؤمن ومهووس بها! من يقرأ ما كتبت لن يعثر في أغلبه إلا على شواهد دينية متصلة بتخمينات مبنية على تصورات رمزية وجدتها تلائم مع ما تريد طرحه.

- باريدوليا؟

- الوهم التصويري الناتج عن النماذج العشوائية.

- الوهمية التاريخية! هل العودة إلى الوراء ممكنة؟

- الوهمية التاريخية تسعى إلى تعطيل النهج الهرمي الذي يمنح امتيازات للتاريخ. مع هكذا فرضيات نحنُ نهدُّ كل قواعد العلم ومعايير التاريخ والتفسير التي تعلمناها، نصوغ علوماً ومعايير جديدة!

- لا تعتقد إنني رجلٌ جاهل! أعلم أن الملائكة لا تطير بهذا الانخفاض. وأعلم أكثر أن التاريخ أمر مصطنع لحوادث حقيقية

193

تنزاح قليلاً أو كثيراً عن مطابقة الواقع. نحن من اخترع التاريخ، ننتقي منه ما نشاء، كيف وساعة نشاء.

- عملك من حيث الوظيفة، نقل خلاق للميثولوجيا الحياتية، ميثولوجيا الذات. وبلغة بعيدة عن اليومي. يتغلغل الحلمُ بين مفاصل ملفوظاتها. أي أنها تحافظ على جوهر القص، وهو الحكاية، وفي الوقت نفسه من حيث الشكل، لا تنقل هذا الجوهر بتسلسل ورتابة، إنما تتصرفُ بطريقة النقل بما يؤمن للمنقول شاشة تلق لا تمنحه لياقة في الوصول. وأنت تعلم ان الخيال وحده ربما يصنع أدب استنساخ، مقالة في جريدة لا يقرأها أحد، شخابيط أو تغريد في حسابك الخاص، لكن لا يمكن تسمية ما تقوم به أدباً حقيقياً يرقى لمراقي الإبداع. فإنما السردُ صناعة، هذه هي قاعدة السرد الأهم، عليك تعلم أبجدية الكتابة. قبل أن تغامر في الولوج عليك أن تقرأ ما دون العلوج!

- رغم العناء الـذي نبذله. أحياناً كل ما لدينا يرحل! فكرة تنسيق النصوص، مجرد تعبير مهذب عن فكرة الإلغاء!

- هناك أفكار جديرة بالعناء عليك البحث عنها. ليس عليك أن تكرر الفكرة الأصيلة.

- لسوء الحظ ليست الأفكار الجديدة امتيازاً لأولئك الذي يقضون أوقاتاً في تطوير أنفسهم. الفكرة التافهة تخرج بنفس الطريقة التي تخرج بها الفكرة التي تغير مجرى التاريخ. نابليون واجه صعوبة في التخلص من كلب زوجته بنفس الصعوبة التي واجهها في التخلص من الجيوش القوية التي أرسلت لمحاربته.

194

- عليك أن تعلم، أن البدائل الإيجابية لا يمكنها أن تهزم النظام. تحتاج لطريقة جديدة في النظر إلى الأشياء. الاستنساخ أيضاً له قيمة في السرد. ليس عليك سوى أن تحاول. عليك الاستفادة من نقاط قوتك. عليك أيضاً، الابتعاد عن النظرة المنكسرة حين يقولون ان عملك فاشل، هذا أمر جيد للكاتب وكذلك عليك دائماً أن تبتعد عن استكبار المهزوم.
- هذا ليس عدلا. في أحيان كثيرة يعيش الرّب في الحجارة من أجل ان يجعل الناس تعيش في طمأنينة.
- هذا رأيّ، وأنت حرّ. لكن تذكر أنت طلبت مني مشاركتك الأفكار. ربما يجب أن تفكر بطريق آخر ومن الأفضل آلا تبدأ قتالاً لا يمكنك الفوز فيه.
- طموحاتي أبعد من أن أبقى على قيد الحياة. روح الإنسان ترتبط مع أفعاله. الجسد يموت لكن الاسم لا يموت. لابد من مكافأة أكيدة، إنها فرحة من نوعٍ راق. إنها نشوة تختلف عن أي سعادة ترافق أي عمل آخر، إنها نشوة الإنجاز. لا يمكن تجاهل أي فكرة جديدة تقفز إلى حيز الوجود، فهي تدخل عالم الخلود بمجرد ولادتها.
- على الدواء أن يطابق المرض.
- وهل يتداوى الداءُ بالداءِ؟

رجل من الصعب فهمه، ككتاب مغلق! يجب أن نؤسس للحكاية بأسلوبي أنا. أنا رجل مؤسس. على الجميع أن يعلم هذا. لم اتبع أحداً منهم. كلهم كانوا عبيداً. أنا سبارتاكوس جئت لتحريريكم. أيها العبيد توقفوا عن التجديف في سفن السرد الرومانية.

- أحلام مستحيلة! لا أظنك بتلك الأهمية، مجرد صندوق لتسجيل الرسائل الصوتية! من المفيد أن نبحث في الغباء كي نفهم الذكاء.

- عليك أن تجد الفارق بين المحترف والعبقري.

- كل ما عليك ان تفعله، هو ان تقف هناك. أنا الذي سأقوم بملء السطور.

- شكراً لأنك موجود لأجلي!

- إن قراءتك ومعرفتك بالترابط الديناميكي المعقد لأعمال تولستوي لا يعني أنك تستطيع ان تُنتج نصاً مقارباً لنصوص تولستوي ولو في حدّها الأدنى. لن تستطيع أن تقبض على اللحظة التي قبض عليها تولستوي ولا على الفكرة والانسجام العضوي بين التحليل النفسي الدقيق والسرد الملحمي الواسع.

عليك إيجاد التوازن في عملك حيث الشيوع حدثٌ غير متفق مع المقدمات. تخيل المشاكل التي تواجهك عند دخولك الجحيم. صديقي، لا يمكنك الاعتماد على العناية الإلهية في أمور كهذه. فرصك في النجاح تتحسن مع كل محاولة.

- سيكون ذلك رائعاً، مبادئ الجمال تعجبني. لكني لا أحبذ أن تكون نظرتي معقدة، كتلة واحدة. أحياناً تصعد وأحياناً تهبط. وما تدفعه تخسره، هذا جزء من الصفقة.

- ليست واقعية تولستوي، النفسية الملحمية هي مواصلة بسيطة لواقعية بوشكين وليرماتوف وغوغل. إن البدايات الملحمية في نتاجات

أسلافه قد اكتسبت في نتاجات تولستوي محتوى وفكراً جديدين وجيدين وجديين في آن واحد. لا يمكنك ابتلاع التاريخ والتجربة واختزال الفكر والممارسة لمجرد أنك قرأت ما كتب تولستوي.

- ما فائدة كونك مجنوناً ان لم تكن مرحاً.

- النقاد الفرنسيين قرأوا رواية (آنا كارنينا) بصعوبة، رغم احترامهم الكبير لتولستوي واعجابهم بقوته الفنية والأخلاقية! أظن ان كتاباتك مثيرة للشفقة أو في أفضل أحوالها ستجلب لك اللعنة. قد يشابه ولا يدهش بعض السرد عندك وبعض التخيّل غير الاعتيادي تماماً للحياة، بعض نتاجات تولستوي. لكن هذا لا يعني أنك تولستوي.

كيف هو شعورك وأنت تكتب، ها، هيا أجبني؟ العجز ليس أمراً سيئاً في الحقيقة. العجز هو الحقيقة والأنشطة متاحة للجميع. فقط أضف إليها معنى. لا يمكن حفر حفرة ثانية في مكان آخر من خلال التعمق في الحفرة الأولى.

- ماذا يعني هذا؟

- بعيداً عن الالتزام العملي، يعني أن عليك البحث عن مواقع جديدة للحفر والبحث عن أفكار جديدة للكتابة. ربما لا يعجبك هذا الرأي، لكني أراهُ حقيقة موافقة لما تقحمني فيه من مشكلات عويصة، غريبة الفهم، صعبة التقصي حتى على المختص. فكيف بقارئ يريد قضاء وقت ممتع في خلوة مع كتاب؟! ولأني مؤمن بإن الواجب هو الواجب ولكيلا أكون فضاً معك أكثر، الكلمات الأولى التي وضعتها على الورقة أدهشتني. لم يخطر ببالي ذلك، ولم أتوقع هذه القدرة منك أبداً.

اقرأ؟

- لم أشعر بمثل هذه النشوة التي تدعيها، إذ لم أشعر ان هذه الكلمات الباهتة ستحدث الفارق.

- ببساطة، هذا لأنك تافه صغير، مثقف رث ليس غير. لا تبتئس، لن يغلبني تصورك المبدئي لحقدي عليك. أؤمن بإعطاء الأشياء قدرها.

- أحتاج ان أؤمن بقدراتي.

- درجة الإيمان تعدل درجة الغباء.

اللحظات الهامة في حياتنا لا تموت. ربما تختفي إلى حين أو تضمر. لكنها لا تموت. إن التعبير بوضوح عن طبيعة الشخصية وكذلك الكشف عن أعماقها هو الذي يحدد الخصائص الفنية لأسلوب الكاتب. إن الرغبة الصبيانية غير كافية في انتاج عمل أدبي له قيمة إبداعية يهز من خلاله العالم ويقوض أركانه. من خلال اشتغالي معك في هذا المشغل لم أرَ أبطالك ينطقون ولا رأيتهم يعبرون عن احاسيس الحياة بأفكار ناضجة. كان ينبغي على شخصياتك أن تكون داعية قوية الحجة لما تؤمن به، ناصعة التفكير، متسلسلة الأفكار.

هل تعلم أن الأسلوب هو الرجل، ها؟ عليك ان تبتكر الأسلوب كما فعل جيمس جويس. الأسلوب هو الطاقة التي تحرك العمل الروائي وتعطيه نكهة مميزة عن باقي الأعمال. هل تعلم ان الشيطان يملك أعظم موهبة؟ أكثر الرجال يجهلون جسد المرأة! وفوق ذاك يجهلون السلم الموسيقى! الانثى هي قيثارة ذهبية. وعلى جميع الرجال تعلم العزف عليها.

198

هل لاحظت عازف الكمان كيف يحنو على الكمان حين يستغرق في العزف، ها؟ العزف على الكمان أشبه بمضاجعة. يجعلها تغفو على ذراعه وكتفه. ينبغي عليك ان تتمتع بأسلوب عازف الكمان. أنظر إلى القصبة كيف تذهب صعوداً وكيف ترتجف نزولاً، ما الذي يجعلها بهذا الحنو؟

– دائماً يتعرف الشرير إلى جنسه.

– أيها المُغفل، أتدري، لا تنفع النزاهة معك. حين يُصبح الرجل أكثر احتراماً، يُصبح أكثر خطراً! لنتفق. لنجعل أشرعة سفننا تسير في نفس الاتجاه. هذا إذا أردت ان أكون عرابك؟

– هل تكرهني؟

– هناك أكثر من حجارة في حذائي.

– لا تكره اعداءك؟

– أنا لا أكرهك، أنا أمقت عملك، وأكره طريقة تفكيرك، هذا كل ما في الأمر.

– يا إلهي، سلط ضوءاً على القرار الذي تطلبه. أرجوك، أعطني فرصة، وأنا لن أخطئ مرة أخرى.

– كل ما عليك فعله هو التفكير، والتنفس بعمق. أذهب للأوبرا، استمع للموسيقى، استمتع بالنساء. عليك تنظيف منزلك ومخزنك وحديقتك الخلفية دائماً. أنت رجل موهوب جـداً. لكن الرجل الموهوب مثل الرجل القوي دائماً ما يُعطي فرصة لأعدائه للنيل

199

منه. الرجل القوي هو من يصادق الأقوياء. حتى أقوى الرجل يحتاج الأصدقاء.

– اها، تريدني أن اتخذك صديقاً!

– العقل يعاني والجسد يصرخ! يجب أن تغتنم الفرصة كلما سنحت لك.

– أنا خائف. منذ البداية وأنا أعاني. دائماً كانت خطوتي الأولى تتعثر. رهاب، فوبيا، الجميع يترصدني، لا أعرف من أين أبدأ!

– هناك طرق كثيرة للبدء، لكنني لستُ متأكداً بعد. في التفاضل والتكامل، لكل مسألة هناك عدد من الحلول. نصيحتي ان تبدأ من اللحظة الأكثر قرباً لذاكرتك، أكثر التصاقاً بك. ولا تنسَ الشغف. دائماً مع الشغف هناك نتائج أفضل. ملحوظة أخرى. لا تفرغ غضبك على الجدران. خذ نصيحة شكسبير، أفرغ غضبك على الورق، ومحبتك لا تكتمها لمن تظنه يستحق أن تظهرها له.

– لا أستطيع الفشل. هذا كل ما لدي، لابد وأن أفعل شيئاً وإلا خسرت كل شيء.

– هذه ليست مشكلتي. كل شخص يعتني بنفسه.

– لن أقف مع أولئك الكتاب المأجورين التافهين. أتمنى ان يحدث الزلزال قريباً وأن نسعى للمكاشفة وأن يحرق المجانين المجاذيف ونبقى في ركود أو نسعى بكل جهد للتجديف والتجذيف بأيدينا.

– العقول الصغيرة، التافهة. سأحاول أن أتذكر هذا. هناك جملة أخطاء

200

ترتكبها في هندسة نصوصك وحركة شخصياتك. إنك تضع أبطالك تحت ضوء كريه! كان من الممكن نقل تلك الشخصيات لبقعة ضوء أخرى، أكثر اتساعاً تجعل الشخصية مبهرة حتى لو لم تقم بفعل جوهري في العمل. عليك ان تكتشف الأمر بنفسك، عبر قراءة محايدة.

– هل تعلم في أحيان كثيرة نكون نحن من يجلب اللعنة لأنفسنا ثم لا نعرف كيف نبرأ منها!

– ماذا تعني؟

– من نكد الدنيا على مثلي أن يحاور مثلك! اتجاهي في السرد يتمثل الكتابة بين العميق والسطح بما في ذلك الاقتباس، بناء النص بطريقة غير تقليدية، تدمير التسلسل الهرمي للأحداث وعناصر البناء الروائي وما يعتبره النقاد قيم النص، وهي تمثل نوعاً جديداً من الوعي بالأفكار، كانقسام الروحي والمادي بدرجة لا تمنح النص تفسيراً على نحو متوقع، أو مجموعة نصوص متنوعة تنبثق فكرتها من تلقاء نفسها، كما أخبرتك سابقاً.

– أساليب مروعة في الكتابة! لا يكفي ان تطلق وصف (جديدة) أو (تجريب) لتتلاعب بالنصوص كيفما اتفق. نصوصك لا وجود للكاتب فيها!

– القارئ بالقدر نفسه هو الكاتب. الأدب المعاصر مفهوم غير ثابت شأنه شأن المفردات. والحداثة متناسبة مع المتكلم ومتوازنة مع حياتنا الخاصة في الثقافة، ثم نحن نساهم في الترويج للقراءة عن

201

طريق التفكير. هذه هي نظرتي للقراءة. القراءة تعني التفكير. لا يكفي أن تقرأ ولا تفكر.

– لا يكفي أن تطرح الشخصيات وتهرب إلى الزاوية، عليك تفكيك وتقديم بعض سلوكيات هذه الشخصية، طريقة تفكيرها، همومها، ماذا تحب وماذا تكره. هذا الكلام لا يعني أن تطرح سرداً تاريخياً لنشوء البطل. البطل الكامل النضوج غير موجود، حتى الرّب لم يخلق البطل المتبلور، كامل النضوج بعد.

حينما تريد أحداث تغيير في مسار حركة التاريخ والعالم عليك الحديث بقلق مضاعف، عليك أن تعلق جرس القلق في رقبتك وأنت تكتب، عليك أن تعرف كيفية القبض على لحظة التحول وأن تمارس لعبة ضغط الزمن بمهارة، نصيحتي ان تعيد البناء.

– ما هو الفارق بين العبقري والأكثر عبقرية؟

– العبقري يرى السؤال قبل الإجابة، والأكثر عبقرية يرى ما لا يراه العبقري.

على العبقري ان يبتعد عن الكتابة الرسمية، وعلى الأكثر عبقرية ان يشق طريقه بعيداً عن الجميع. نعيش في كل حقبنا الثقافية، نعيش الفراغ الثقافي الذي قد يرى فيه بعض الناشئين ثقلاً جمالياً واقعياً. لكن هو في حقيقته ليس سوى أدب استنساخ.

– ما هو الفارق بين النبي والمفكر؟

– النبي محكوم بالنصوص، لا يستطيع الخروج منها أو عليها، لو تقوّل

202

علينا بعض الأقاويل! بينما المفكر حرّ، Infiniti، خالٍ من قيود الأيديولوجيا، بعيد عن منهج الآخر. المفكر، هو الذي يؤسس ويبدع طريقة تفكيره، بينما النبي، مجرد متلقٍ، أناء تضع فيه السماء كلماتها.

- إن خلافك واختلافك مع شريحة المثقفين يجعلك تسارع بتدبيج مقولات وأفكار بعيدة عن صميم الواقع العملي وليس العالم الوهمي أو الافتراضي.

- وظيفة المبدعين هي إثارة الأسئلة لتحريك الإنسان وتحريضه على التفكير.

- أرى أنك تحاول بكل وسيلة التغاضي عن الصفات، لا نقول النموذجية للمثقف العربي بقدر ما هي صفات مقبولة في عالم يغلفه ضجيج غياب الحقيقة وغلبة قعقعة السلاح وانتشار المليشيات. وأكيد من الخطأ البحث عن قالب معين، جاهز ومتميز في طريقة عيش المثقف. الحرب والسلام، كلاهما يضغط على الحياة. المثقفون هم الشريحة الأضعف لأن سلاحهم الكلمة وقد فقدوا تأثيرها بعد اصطدامهم بكلمة الله. هل تأخذ بنصيحتي؟ عليك أن تغلق دكان الحكاية هذا، وتتحول لبائع متجول ومن خلال التجوال مارس هواية أو وظيفة شعراء التوربادو.

- ليس هناك حساب للأذواق. كيف تتأكد من الشعور؟

- ليس هناك شيء أكيد! وهذا هو الشيء الأكيد.

لا بد من التعمق في معرفة النفس والناس. عدم معرفة النفس، وعدم التفكير بالناس، يؤدي لولادة عالم بائس وتعيس. التفكير في الناس، يعني

ولادة، أنا سعيدة. مارس العلاقات الإنسانية والسلوك الاجتماعي. هذه هي اللحظة.

- أجد ان تهذيب تفاعلاتي لجعلها مقبولة اجتماعياً يتطلب جهداً خارقاً. لدي ميل لتعجيل تدفق المعلومات بكوني صريحاً. وغالباً لا أجد رداً يسرني!

- الحياة البهيجة أكثر مُتعة من حياة التنسك. لقد مررت بتجربة الناسك. كانت بحق صدمة. كنت اقترب من اللا وجود الروحي. لكن جسدي الفلزي يبتعد!

القاعدة في الناس، أن لا جسد ولا حسد. فقط زفير لإخراج النفس الإمارة واللوامة. العيش فقط بثلث روح، نفسٌ مطمئنة. لكن الجسد غير مطمئن. جسد سلطان العارفين بحاجة لتماس مع جسد السلطانة. السلطانة وحدها تعرف كيف تروض حصانه الخشبي.

نصيحة أخرى، لماذا لا تجرب الكتابة الاصطناعية؟

لا تتعجب أو تتعجل، سأخبرك ماهي. الكتابة الاصطناعية طريقة كتابة قديمة، إذا أخبرت إنها موجودة في الموروث العربي لن تصدق وسترفض الفكرة لأنها عربية، لذا سأفرنج لك الفكرة. لقد اشتغل عليها بورخس، اخترع مواقف وحوادث وهمية لشخصيات معروفة تربطه علاقة بها، حوادث وهمية لا يمكن القول بانها غير واقعية أو مختلقة، كذلك قلب الفكرة فاشتغل على مواقف حقيقية والحقها بأسماء وهمية مختلقة. نعم صدق ما أقول لك، وكذلك فلسف جاك بودريار هذه الفكرة.

لكي لا نكون مغفلين أكثر، أنت تذهب أبعد مما يجب. نحن نعيش في مجال غير مستقر، لا توجد قواعد لعبة بالتحديد. تأكد، قبل أن ترحل، ليس أنا وحدي، جميعنا، سينسى تلك النافذة الصغيرة المطلة على حياتنا. سيأتي ذلك القادم المجهول الذي يسمونه التاريخ. سيقلب تلك الوريقات التي فيها حكايتنا التي نحيكها ونحكيها للناس الآن!

لوحة رقم (5) دكتور غاشيه فان كوخ

في إحدى رسائله إلى أخيه ثيو يشير فان كوخ إلى الدكتور غاشيه قائلاً:

إنه مريض مثلي، بل ربما يكون أكثر مرضاً!

الإنسان دورة التراب في الطبيعة
الإنسان هو القربان المقدس الذي يستهوي
الملائكة وتلتذ بأكله النار!

الإنسان لُعبة إبليس!

الإنسان هو المشكلة

الإنسان، الإنسان، ماذا فعل الإنسان؟!

خلق الله كل شيء كاملاً، فتدخل الإنسان به فأصبح خراباً!

الإنسان روبوت من طين الإنسان، سؤال لا تعرف أجابته!

لوحة رقم (6) الرعب، فرنسيس بيكون

وجودنا لغز كبير، الإجابات عبث، والحلول أساطير!
اسم الوردة
القصة لا تتغير، والتاريخ يُكتب مرّة واحدة
ليست الوردة سوى وردة، سوى وردة

في الكتابة ينفتح العالم، Open يا سمسم. فن التعبير بالكلام يختلف عن فن التعبير بالكتابة. الكتابة، تُعطي مساحة أكبر وحرية في التفكير والتعبير. حينما تحاورني، أنت لا تُصغي بانتباه لأنك تقوم بعمليتين في آن واحد. الاستقبال وترتيب المعلومات الواردة، والتهيؤ للرد عليها من خلال استحضار الكلمات والمعلومات المناسبة لتبقيك في موضع الهجوم أو الدفاع عن الفكرة والذات في قبال الآخر. وهذا برئيي فشل كبير في الحوار الثقافي. لأنه سيكون مبنياً على الغلبة وليس على الفائدة والنفع العام.

ما أجمل ان تكون وحيداً، بعيداً عن هذا العالم، ومع ذلك تغذ السير في دروبه. فهذه هي الوحدة بذاتها. إن تصعد وحدك هذه الطريق المحاذية للجبل الذي تغمره السيول الصاخبة، أمرٌ يقودك حتماً إلى إدراك حقيقة هذه الشجرة اليتيمة الغارقة في روعة جمالها. إن عزلة رجل يسير لوحده في الشارع تنطوي على كل شقاء الحياة. أما هو فلم يكن

أبداً وحيداً، إنه بعيد وهادئ. إن كثرة العلم تقود إلى شقاء لا حدود له. والحاجة الملحة للتعبير عن الذات، هي كل ما تنطوي عليه من حرمان وعذاب، هي ما يجسد الإنسان التائه في الدروب. وهذا الإنسان ليس وحيداً أبداً، ولكنه حزين. والحزن هو المحرك لهذه الوحدة.

نواجه الماضي المنسي مرة أخرى في أدب رائع، سرد ذلك الماضي يشفي الذاكرة المغطّاة. قانون الصراع هو قانون شامل وهو القانون الأساسي في الطبيعة، والتاريخ يبقى هو التاريخ. من يربح يكتب التاريخ. نحن نقرأ التاريخ بقلم الرابح. التاريخ كتبته أيدي الذين شنقوا الأبطال. الخاسر لا قلم له ولا تاريخ. تاريخ الخاسر، دائماً يُكتب أسفل تاريخ الرابح.

إن تكتب في مجتمع لم يعترف بالكتابة، بعد، كوسيلة اتصال وتعبير عن حالة أو رأي. كمن يقترف عملاً يصعب الحكم على تقييمه وأولوياته، وبالتالي يهدد بانعزاله، عملاً يُثير الارتباك والشكوك، التساؤلات والتأويلات.

حين تفقد إيمانك بالدين، بالفلسفة وحتى العلم أصبحت فرص الإيمان به تقارب العدم. تجد السلوان في الوحدة، والعزاء في الكتابة. قد لا تكون العدالة كاملة. لكنها تبقى عدالة حتى لو اختلفنا حولها. فرص العدالة أن أدخل الجنة إذا نسي أحدهم الباب مفتوحاً. والعدالة هي؛ أن ميزان المدفوعات يساوي ميزان المصروفات. لا تحاسبني على الإيمان وأنت أعطيتني هذا العقل القلق!

الإنسان موجود لغيره لا لذاته

إن المفهوم الديني للوجود هو مفهوم سلبي لا يملك غاية او هدف من وجوده. بصيغة أخرى: إن وجود الإنسان مرتبط بغيره. فهو موجود لغرض العبادة ليس غير. والعبادة هي ممارسة لا فائدة من ورائها للإنسان بقدر ما تكون الفائدة للرّب الذي يتحقق وجوده من خلال عبادة الإنسان له.

الإنسان موجود عابد هذه العبارة هي الأوفق بالإنسان

بمعنى آخر: إن الصانع حين أفاض الوجود على المصنوع، أفاضه لا لفائدة الموجودات كما يُظنُّ ويعتقد العوام. بل لفائدته هو. فهو لو لم يخلقني لم أدرِ ما هو الخلق وما علة الخلق ولم أدرِ الخالق ما هو ومن هو.

بتعبير مبسط: إن وجود الصانع ومعرفته بذاته غير متحققة دون مصنوعاته. وهذا هو الأمر الذي يُعرف بالتعريف والاعتراف. فهو يعرف بذاته من خلال موجوداته وبالتالي يطالب هذه الموجودات بالاعتراف به!

وبالتالي لا توجد غاية أو هدف للإنسان من هذا الوجود. فهو، أي الإنسان منفعل الوجود وليس فاعل الوجود.

الراعي تعبير صادق وصادم عن قصتي مع الحياة وما حملته من تجاذبات لسنوات عمري الماضية من تشجيع وترهيب ونفور وازدراء وإعجاب وإحباط. بالمناسبة ليس هناك طلب مجتمعي من الأساس على

تسويد هذه الوريقات. لكن الكاتب كيان قائم ذاتياً وهو يحب التلميع دائماً. ربما هناك من يحمل بعض الهموم الذاتية والمجتمعية التي تعمل على تصحيح مسار ما أو تعديل رؤية أخرى في مكان آخر. يسلط بقعة ضوء تكفي لإنارة الأعين المطفأة حول جوانب خفية أو مخفية في الدين أو التاريخ والحضارة والحياة الاجتماعية.

ماذا لو قلنا مثلاً، إن حمورابي شخصية وهمية لا وجود لها في التاريخ. وان الملصقة صورته في أعلى حجر الديورنيت ليس هو الموما إليه باسم السيد حمورابي. لا أحد سيصدق طالما المسلة موجودة. لكن هل ما موجود في المسلة هو شخص المغفور له حمورابي أم شخص آخر؟!

ربما لو قال كاتب مرموق أو باحث في علم اللغة واللسانيات أن ما تم ترجمته من الألواح السومرية والنصوص البابلية والأكادية والأشورية، كان ترجمة منقوصة ومحرفة أو بتعبير أكثر صدقاً وصادم أيضاً، في نفس الآن، ترجمة غير أمينة لبعض الألواح. كريمر لم ينطق بالحقيقة كاملة وطه باقر كان يتابع بحذر وخدر لما خرج ويخرج من ترجمات وحفريات ولقى في هذه البلاد. لكن ماذا كان يخفي الجميع، ولماذا يموت بعض العلماء والمشتغلين بالآثار بعمر صغير نسبياً، وما هي لعنة الفراعنة، ولماذا يُقتل بعض المشتغلين بهذه اللعنة ولا تقتل بعضهم الآخر، أهي لعنة انتقائية. لا تدع أحد يعرف بماذا تفكر؟ هذا ما أقوله لنفسي دائماً، لكني لا أعمل به! يُصبح أعدائك دائماً أكثر قوة على ما تتركه خلفك.

أنا، هنا، لا أحاول زراعة الشك في وجود الحضارة أو وجود شخصيات بعينها في التاريخ. أنا، هنا، أذهب إلى وجود طفرة في التاريخ،

وأن الأمور لقنت لنا بطريقة فيها الكثير من الخبث والمحو والاثبات. ربما قلت الحقيقة. وربما يمنعكم من التسليم بهذه الحقيقة هو التلقين والتسليم المسبق الذي حقنوا به أدمغتنا ونحن بعد، تلاميذ لا نقوى على الرد. ومقدار الحفظ والاسترجاع هو المقياس!

- ليس هناك قوى مُسيطرة. أنت واهم. رؤيتك للريش الأبيض لا تعني وجود ملائكة. هناك عدد محدود من التفسيرات. هذا ليس حلماً.

- احتاج إلى إراحة ضميري.

ربما إيماني بهويتي، وهذا أمر مهم جداً، وقناعاتي الكونية التي دعتني إلى عدم التنصل من مهمة فرز مكونات التاريخ والتراث والدين والابتعاد عن صنمية النص وعدم الاكتفاء بما قاله وكتبه الآثاريون. الحفر مثل جرذ أفضل من البقاء محبوساً في جحر ينتظر قطع الجبن مثل جرذ.

الخلق مذبحة الأبرياء!

لوحة رقم (مذبحة الأبرياء) بول روبنز
يا الله، كم هو جميل هذا المنظر، أبناء اليهود يُقتلون!
هذا ما قاله عربي اغتُصبت أرضه وهو يقف أمام هذه اللوحة!

حتى لو تركتك تذهب
وحدك ستذهب،
وحدك
ستعرف الطريق،
طريق الجحيم لا يحتاجُ دليل
ليس العمى وحده الجحيم. الروح هي الجحيم
قيدٌ من نار ومقامع من حديد
مثل البطن، مثل الفرج، الروح لا تشبع،
ليس لها معراج،
الجحيم هي المأوى!

حارس ألواح القدر

أنا مدركة بن حنظلة بن غسان بن بحير بن قهربان بن سلامة بن الطيب بن الأشعث الذي أحياني سيدي ومولاي أمير المؤمنين (سلامه علينا) بعد أن قتلني عمي الحارث بن غسان، غدراً لأني لم أتزوج ابنته لؤلؤة الزمان وتزوجت امرأة من بني قوس النار.

نحن بنو العقيقة، ستون ألف مارد نهيم في السماوات، نُبحر في تخوم الأرض، كان أبي سيد قبيلة الجن الأحمر، ستون ألف سيف من العقيق كنّا مع أمير المؤمنين، رفض قتالنا معه، قال أخوتنا بغوا علينا. قال له أبي: أولسنا على الحق يا أمير المؤمنين؟ قال: بلى، لكن من يعذر ومن يدري؟ يا أبا العقيق، أن لكم يوماً ستخرجون فيه مع النور الذي يخرج من صلبي، عليكم أن تفرّجوا همّ النور، هل نكتب وثيقة عهد؟ هذا ما قاله أبي. قال أمير المؤمنين ويعسوب الدين كلمة تخرج من أفواه المؤمنين تكفي وهي عهد الله، كلمته وميثاقه.

أعلم يا عبد الله وابن عبده، أن أمرنا صعبٌ مستصعب، لا يعرفه ولا يقربه إلا ثلاثة، ملكٌ مقرب، أو نبيٌ مُرسل، أو عبدٌ امتحن الله قلبه بالإيمان. يا أبا غسان، ما من أحد خالف وصيّ نبي إلا حشره الله يتكبكب في عرصات القيامة على بؤبؤه وجؤجؤه ومنخريه ومشفريه. يا أبا غسان أتحب أن ترى مكانك معنا يوم العرض؟ قال أبي بسرعة وتلهف: أي وربي، مشتاق لرؤية عاقبة أمري يا أمير المؤمنين ويعسوب الدين؟ فقال

أمير النحل لأبي: أغمض عينك وأفتح قلبك، فَ والله لقد رأيتني على سرير من ياقوتة حمراء أكبر من جبلِ أحد وعلى رأسي إكليل من الجوهر وقد كساني ربي حللاً خضراً وصَفراً ورأيت وجهي كاستدارة القمر، وحولي ستون ألف عقيقي قد شفعني الله فيهم بموالاة الولي، كلهم على طنافس من ديباج أحمر كأن وجوههم الأقمار المنيرة.

أوصاني أمير المؤمنين قبل أن يغادر إلى حرب الدنيا بحراسة مداخل مدينة النور وحراسة الحرم، أعطاني المفاتيح، وقال لي: أنظر إلى الجبل وإذا بريح عظيمة وشديدة قد شقت الجبل نصفين ونزل الحرم لدائرة النور الأوَّل، وارتد الجبل إلى مكانه وأنا أنظر لسيدي ومولاي وهو يدك الجبل بكلمات، خاشعاً متصدعاً. تكسرت الصخور وهبت الريح الصفراء والحمراء وزُلزلت الأرض زلزلة عظيمة وبعد الزلزلة نار وبعد النار صوت خفيض ودوي. لف وجهه بردائه وخرج واقفاً في باب المغارة وإذا بصوتٍ يردُّ صداهُ إليه يقول: مالك واقف هاهنا يا عبد النور، يا نور النور؟ أعلم أنهم يطلبون نفسك ليأخذوها. أذهب راجعاً في طريقك، تحيا معي.

هذا عهد معهود من رب الجنود، من الحبيب إلى الحبيب، سلمه له حين يأتي، لا يعطيك علامة لا خال ولا شامة، يعرف المدخل والمخرج من بابل ومن تهامة، ستُهاجم مدينة النور طيور من حديد، وسترى غربان وغرابيب، وعد ووعيد، عليك بحفظ السر والله عليكم حفيظ، همز جواده بعود ريحان وسار. وإذا بالماء يفور، غطى الحجارة والسور، ونامت المدينة تحت الماء.

مخطوطة الرّب
قم بتغطية رأسك حتى لا يكون
غضب السماء فوقك

السلام الحقيقي، هو السلام مع الرّب

صرخة الحرب، هي صرخة الرّب

قال السلام عليكم: ليخفي منّا غضبه!

الرواية تفرض علينا زمن كتابتها

قال الراوي: كنت في سن الثلاثين في الشهر السادس من خاتمة الساهور وأنا أسيرُ بين الأسرى عند نهر خابور ان السماوات انفتحت فرأيت رؤى الله. في الخامس من الشهر وهي السنة الثانية من سبي اليزيدين في نينوى. فنظرت وإذا بريحٍ عاصف تحمل من الشمال سحابة عظيمة ونار متواصلة وحولها لمعانٌ ومن وسطها كمنظر النحاس اللامع من وسط النار.

قال الراوي: إن ما تقرأه الآن هو السفر الناقص من العهد العتيق، عرّبهُ عن نسخة الأصابع الكاهن السامري؛ إسحاق الصوري والذي كنتُ قد افتديته في معركة تحرير الموصل بتحرير رقبته من يد البيشمركة بعد ان أعطيت كاكه حمه أمر الطبابة العسكرية بندقية M16 مع ملحقاتها.

قال الراوي: التحقت بالحشد الشعبي بعد فتوى المرجعية الرشيدة. كنت من أمهر العاطلين عن العمل، عطال بطال. طردني أبي من البيت، بدأت الحياة تقسو عليّ، لم أجد حتى الخبز الحافي! جاءت الفتوى بمثابة إنقاذ لي من بؤس هذه الحياة ومن قسوتها وقسوة أبي. كنتُ أطلب إحدى الحسنيين، الشهادة أو التعيين، قبل الفتوى كانت الوظيفة بركعتين تحت السقيفة. سارعت للانخراط في صفوف أحد الفصائل المسلحة. السفلة والأعداء، أعداء الدين من العلمانيين والملحدين، وجماعة (خبز

حرية دولة مدنية) يُطلقون علينا مليشيات، سفلة، نحن حماة أعراضكم، يا سفلة، لولا الفصائل المسلحة، الشريفة لسقطت بغداد وأصبحت حرائر الشيعة تباع في الأسواق مثل اليزيديات. لكن ماذا نقول لكم، وأنتم لا دين ولا أخلاق لكم! استعنت بالله، وبإيمان راسخ، متغلغل منذ أيام الحصار الجائر. قلتُ: هي تجارة مربحة، راتب وطعام، وجهاد وقضايا أخرى.

قال الراوي: في الحقيقة لم أكن مهتماً بالرجل بقدر ما كان يهمني ان أصور بعض لقطات الفيديو وأقوم بنشرها على اليوتيوب، لأقول للناس الذين طردوني ولم يكونوا يرغبون بوجودي معهم في البيت وأولهم أبي وزوجته الشمطاء: إلا طحين. لكن هذا الأمر لم يحققه لي القدر.

قال الراوي: إن الداعشي كان قد أصيب بثلاث إطلاقات نارية، وكانت حالته يرثى لها. كنتُ واقفاً داخل خيمة الطبيب وهو يقوم بإخراج الرصاصة الأولى من صدره، بدأ يهذي تحت تأثير المخدر، ويتمتم بكلمات فهمت منها أنه قد وجد بعض أسفار التوراة المخفية في أحد الأديرة. أكمل الطبيب له العملية الجراحية وتركه يرقد في خيمة العناية تحت المراقبة المشددة. الأمر الذي بدا لي واضحاً أنه أحد قادة الفصائل المسلحة فيما سُمي ويسمى بدولة الخلافة الإسلامية (داعش isis). لكن حينما أفاق وبعد التحقيق معه، تبين لي أنه أحد المسؤولين عن فريق بحثي كبير يقوم بعمليات التنقيب في سهل نينوى من أجل إنقاذ بعض المخطوطات الثمينة ونقل نسخ من التوراة مخبأة في بعض الكهوف السرية في الموصل منذ أيام السبي الأشوري!

قال الراوي: في الحقيقة لم اقتنع بما قال لي، لكنه أكد لي هذا الأمر

من خلال جولة قمت بها معه في أحد هذه الأديرة، حيث وجدنا بعض النقوش والمخطوطات القديمة والتي لا أظن أنها تمثل التوراة الحقيقية بل هي نسخ منها.

- أنت لص آثار أذن؟

- لا، أنا عالم أثار أعمل مع هيئة علمية لجمع الآثار التي تخص اليهود، وعملها بالتحديد البحث عن النسخ المفقودة من العهد القديم التي يظن العلماء أنها مازالت موجودة في المغاور والكهوف والأديرة التي يرفض الرهبان مساعدتنا في الكشف عنها لمعرفة تاريخها وتاريخنا.

- أها، لقد تم احتلال الموصل وقتل أهلها وتهجيرهم من أجل هذه السخافة!

- أنا لا دخل لي في السياسة أو بما يفعله العسكر. أنا باحث. البحث ومقارنة المخطوطات وفك الرموز والكتابات القديمة، هو عملي. هذا كل ما أجيده.

- ابن الحمار! إذاً أنت يهودي إذن؟ يُمكنكم تخيل جميع أنواع عدم التقدير. إسرائيلي، صهيوني، قاتل أطفال، أبناء القردة والخنازير، قتلة الأنبياء، الويل لكم منّي، إلى البحر، سنرمي بكم إلى البحر دون نجاد.

أظهرت له الوجه القبيح منّي، وأنا الجميل، أذقته مالم يذقه أجداده في معسكر أوشفيتز للاعتقال والإبادة. قال لي: أنا أنتمي إلى الجيل الأخير من اليهود العراقيين الذين كانوا يعيشون جنباً إلى جنب مع العراقيين من أبناء الديانات الأخرى. أنا أدعو للتعايش السلمي بين العرب

222

واليهود، ربما لم تكن مولوداً حينما كنت أجلس مع السياب في مقهى حسين عجمي، ولا أظنك قد قرأت ما كتبت في مجلة جمعية (بيرت شالوم) التي سعت للتعايش السلمي، وتذكر أنا عراقي مثلك، أملك في هذه الأرض بقدر ما تملك. لنعقد اتفاقاً. أعطيك كل ما وجدت وتطلق سراحي. اللاب توب و100 ألف دولار هذه ما قلته له.

قال الراوي.

قال لي: هذا لن ينفع، أنا يهودي، البيع والشراء والمساومة هي أصل عملي! اللاب توب لن اعطيكهُ، فيه كل عملي وبحوثي القديمة والجديدة وكل ما وجدت من مخطوطات ونقوش، وما توصلت إليه في هذه الرحلة المشؤومة. جميعها في اللاب توب، لا يمكن أن اعطيك إياه، سأعود عما قريب وسأجلب لك أحدث الأجهزة. لا أظن الفيزا كارد تنفعك، خذ النقود، هذا كل ما أملك، 7 آلاف دولار مع بعض الفكة، وسأشكر صنيعك هذا أبداً ما حييت.

قال الراوي: أخذت كل ما معه وأخذت الحاسوب بقوة السلاح، مددتُ يدي وانتزعت من عنقه قلادة فضية تُمثل نجمة داوود. قيدت يديه للخلف وصوبت المسدس نحو مؤخرة رأسه وقلت له: لنتوادع صديقي، خذ منّي هذه الهدية، رصاصة في الرأس هدية لسارق الآثار، التقليد في الغرب الأمريكي يقضي بشنق سارق الخيول وأنت سارق آثار، The rules are the rules القواعد هي القواعد. موتك سيكون على يدي And now. قال الراوي: قال فلنعقد اتفاقاً آخر، سأعطيك بعض النصائح، وسأدلك على موقع فيه بعض الكنوز والأواني الذهبية والفضية التي يُعتقد إنها أواني الهيكل؟

قال الراوي؛ قلت له بعد ان أخذت كل ما دلني عليه: الآن حان موتك، لقد استنفذت جميع ذخائرك، صديقي شايلوك، هل لديك اعتراف أخير قبل الموت؟ قال الراوي، كنتُ أسخر منه سخرية مقيته، لم أكن مهتماً بما وجد أو ما أخذ وأخذت، كان كل همي أن أقوم بإذلال هذا الصهيوني الذي يسرق الآثار ويقتل الأطفال. ارعبتهُ كما أرعب الأطفال في صبرا وشاتيلاً، صورة محمد الدرة لازالت ماثلة، يتقي الرصاص بجسد أبيه.

متى نعودُ لأرضنا يا أبي؟

- عندما تكبر، نعود لأرضنا يا ولدي.
- إلى أين تأخذني يا أبي؟
- إلى جبل إسماعيل، حيث سجل الشهداء في عليين.

يقول أبٌ لابنه: لا تخفْ من أزيز الرصاص! التصقْ بالتراب لتنجو! سننجو ونعلو، يا بني تذكّرْ! هنا صلب الإنجليزُ أباك على شوك صبارة ليلتين، ولم يعترف أبداً. سوف تكبر يا حسن، وتروي لمن يرثون بنادقهم، تأكدوا من أن الرصاص حقيقي، وأن عبد الناصر مات.

ويقول أب لابنه: كن قوياً كجدّك! واصعد معي تلة السنديان الأخيرة. كأني أرد على صوت حرّة باكية، أضع الخمار على رؤوسِ ناشرات الشعور، أردُّ بقسوة المعتصم وقوة عليّ وأنا أجرر وجهه على الحجر.

قال لي: يبدو أنك لا تملك الأخلاق ولا تملك الشرف! قال الراوي: أدرته للخلف وعاجلته بضربة على مؤخرة رأسه، أدمت رأسه وأفقدته الوعي، وحين أفاق أو حين أفيق بالقوة، قال عندي اتفاق أخير، لكن الآن بشروطي لا بشروطك؟ قلت: أسمعك، هيا تكلم. قال لي: أولاً لا أريدك

أن تقسم لي قسم شرف، وتمتم بكلمات سمعتها أذني؛ أظن جازماً أنك لا تملكه، يا لعين، ومن أين لك يمين! حاولت أن أضربه، هذا ما قاله الراوي، لكني أمسكتُ نفسي بصعوبة ريثما يتم كلامه وبعدها أرسله بتذكرة مجانية إلى بوابة الجحيم حيث أسلافهُ يحترقون. قال لي سارق الخيول: سأعطيك مذكرات الراعي، وهي أثمن وأخطر مخطوطة في العالم، وقد كتبت بماء الرمان على جلد الغزال. ستبيعها بثمن لن تحلم به. لكن بشرطين، عليك أن توصلني لمعسكر القوات الأمريكية، هذا أول الشروط وثانيهما، وهو الأهم، ان تبيع هذه المخطوطة للقاضي الذي سأعطيك عنوانه وهو لن يبخل معك. هل توافق؟ قال الراوي قلت له: لن تنفعني بعد اليوم.

– قال الراوي، قال لي: كأني أعرفك. لو أنك الشخص الذي يعبر ذلك الباب. حيل اليهود لا تنقضي، هل هذه حيلة جديدة؟ بدأت الأمور تتعقد، هذا ما قاله الراوي: أرني كتفك، هيا لا تخشَ مني، أنا مقيد؟ قال الـراوي، قال لي: لو نجوت اليوم، ستكون تحت أعين الإله. استمع هذا العمل لا يستحق أن يموت مع موتك. هل تدرك ما أقول؟

اتفقنا أن يُعطيني مذكرات الراعي وأتركه يرحل بسلام. أخذت منه مذكرات الراعي وتركته مع رصاصة تطبيقاً لقانون جده، حمورابي، العين بالعين والسن بالسن وهذه الرصاصة هي عقوبة سارق الخيول.

– قال الراوي: ماذا تعمل؟
– قلت له: أنا أكتبُ في الزمان.
– قال الراوي: هل مازال الناس يقرأون الزمان اليوم؟
قلت له: يشترون الكلام للزينة، تكميل للديكور الثقافي.

225

- هل هي مربحة؟ هذا ما قال الـراوي لي، كأنه يُريد الاستثمار في الزمان!

- قلت له: هي نوع من خداع الـذات، نحن نوهم أنفسنا بمثل هذه الأعمال، ربما هذا العمل أفضل من لا عمل. أظن أن هذه فلسفة العاطلين، هذا ما قال الراوي.

- قلت: وماذا تعملينِ أنتِ؟

- معلمة في التاريخ.

- هل تكتبون التاريخ أم تصنعونه؟ تبسمت في وجهي، قالت نحن نعمل على تصحيح خطأ التاريخ.

- قال القاضي: لا نُريد الأمر أن ينفلت.

- قال الراوي: حسناً، أرغب في الانضمام وتقديم المساعدة، وسأقود المهمة لو توقف الأمر عليّ.

- قال الراوي، قال القاضي: هل من سبب يدفعك لهذا؟ قال الراوي، قلت له: هل من مشكلة؟ قال الـراوي قال القاضي: ليس على حد علمي. لا يبدو أنكم تصطادون، قال الـراوي قال القاضي، بلهجة تحمل معنى التهديد: عليك الحذر صديقي. الروح المعنوية شيء خطر. صدقني، هذه أخطر الألغاب، وأنت لا تملك حق الدخول إلى اللعبة. أنا اللعبة، هذا ما قلته له. قال الراوي: العظماء تصنعهم عقول غير ناضجة بما فيه الكفاية لترى الحقيقة. قالت معلمة التاريخ له: مازال الناس بحاجة إلى أبطال. لنمنحهم واحداً. هذه مجرد بداية؟ قال الراوي، قال القاضي: لقد تأخر الوقت، عليك القيام بكل شيء.

– قال الـراوي: لم اسمع منهما كلمة بعدها، حيث وجـدت نفسي في المستشفى قال لي الطبيب، أن حالتك جيدة ويمكنك مغادرة المستشفى، المعلمة بانتظارك، سيارة الإسعاف ستنقلكما.

الرجل الذي عرف كيان النهاية يوشوشُ في أذني. الناس متشابهون، والعاديون منهم أحلامهم متشابهة. عليك أن تتشبث بتقدير نفسك. هذا أفضل ما تستطيع فعله الآن. ما سوف تراه الان قد يكون زجاجاً عادياً. ولكني أعدك أن ما ستراه قريباً سيكون ماسة مشعة.

عليك أن تتجهز كما لم تتجهز من قبل أطلاقاً. إنني أدين له أكثر مما أدين لكل شخص آخر. بطريقة ما كان اكتشافي الذي لم أقم بصنعه. لكنه كالرجال العظماء، صنع الآخرون، صنع نفسه. ولكن ما كان صعب عليّ حينئذٍ، هو أنني لم أعرف الكثير عنه. ولكنني في الوقت ذاته أعلم وأفقه أكثر مما ينبغي.

أتأمل فيها، إنها تشبه الرياضيات حين يُنظر إليها بالشكل الصائب. سيكتشف المرء انها لا تملك الحقيقة فحسب. بل تملك الجمال بأسمى صوره.

تهيؤات 1

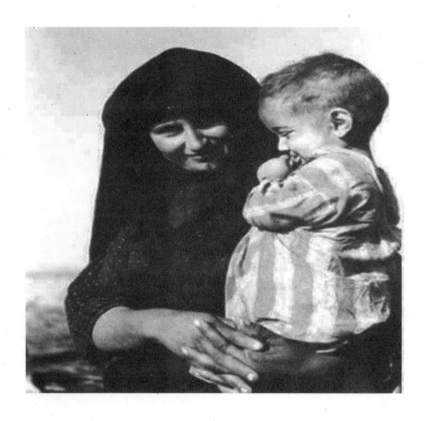

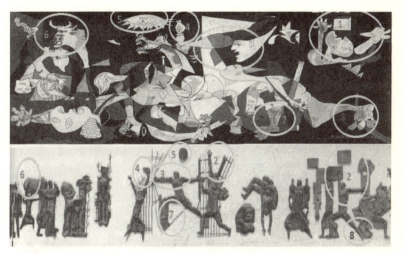

نصب الحرية جواد سليم

الجورنيكا بابلو بيكاسو

تهيؤات 2

مسلة حمورابي

تذكير آثاري بـ صلاة ميلليه دالي

حياتنا مسرحية!

هناك وقت للسكوت ووقت للكلام

من له أذن فليسمع ومن له قلم فليكتب

ها أنذا صانعُ أمراً جديداً.

الآن ينبتُ. ألا تعرفونه؟

أجعل من البرية طريقاً، في القفر أنهارا.

سفر القضاة
العلامة هي فناء الهيكل الجسدي

يترجل من سيارة الشرطة، يطرق الباب بحذرٍ شديد وتوجس، تخرج فتاة عشرينية ذات شعر كستنائي. تلبس كنزة زرقاء تميل زرقتها إلى زرقة لون البحر مع ابتسامة عذبة، خالية من الملوحة بدأت تتراجع فاترة حالما فتحت الباب ووجدت رجل الشرطة قبالتها. قدم لها الاعتذار مع بطاقة تعريفية، شرطة اسكتلنديارد. الرجاء التفضل معنا؟ تراجعت للخلف قليلاً، كادت أن تقع إلى الأرض لولا أن رجل الشرطة سارع لمساعدتها وأمسك بذراعها.

جررت كرسياً وجلست قبالته، جفت الدموع في عينيها الذابلتين. استرجعت ما قاله لها الطبيب. كان رجل الشرطة يقف قرب الباب. أعاد عليها ما قاله الطبيب لها: لقد توقف قلبه لكن دماغه لا زال يعمل بانتظام. سيحاول الطبيب المختص ربط جهاز التحكم وسنحاول استخلاص المعلومات ومعرفة القاتل.

كان القاضي متجهاً صوب عمله، كما هي العادة، كل يوم، طيلة خمسين عاماً. لكن اليوم مختلف. لم يستطع الوصول للمحكمة حيث وصل إبلاغ لمركز الشرطة بسماع أصوات أعيرة نارية ووجود جثة في الشارع المؤدي للمحكمة.

كانت حياته، حياة رجل ناسك. حاول بكل إمكانياته أن يبقى متمسكاً بالفضيلة. كان كثير المطالعة، نشط في الأبحاث الاجتماعية وناشط في محاولة الحد من بعض الظواهر الاجتماعية الخطرة عبر الإصلاح والتهذيب. لكن اليوم مختلف، لقد وصل الطريق إلى نهايته. جثة هامدة، موت اكلينيكي كما يسميه الأطباء.

كان يستمع لحديث الطبيب ورجل الشرطة مع ابنته. لكنه عاجز عن الكلام، عاجز عن الحركة. مطرقته بعيدة عنه، يحاول أن يتوكأ على صليب بعيد وأفعى تلتف حول الكأس الذي يبحث عنه منذ قرون. يرى رداءه الأسود يرفرف في الفضاء مبتعداً عنه، يرى الخراف بالثياب البيضاء. إنها نهاية الرحلة صديقي. عليك تسجيل كل لحظات العمر وكل مالم تستطع كتابته. لا خوف بعد اليوم، أنت تسير في الطريق الذي لا عودة منه وماهي إلا سويعات ويبدأ الاحتفال الجنائزي، عليك تسجيل ما عجزت عن تسجيله بقلمك وبقي في الذاكرة مثل شرخ في جدارٍ أو جرح لا يندمل.

يبدأ الطبيب بوضع جهاز التسجيل، وتبدأ إبرة التسجيل بجر الخطوط على الورق البياني. وجع وصداع الكلمات المتيبسة والمحتقنة في الذاكرة تنسحب رويداً رويداً مثل لصوص يخرجون من مغارة علي بابا، يخرجون متخفين، تغطي وجوههم عصابة سوداء، تنفرج الحجارة عن باب المغارة، يبدأ علي بابا بركوب حصانه المبقع، ينتقل لبقعة النور البعيدة، يلفح مؤخرة حصانه باللجام. ينطلق الحصان وتتبعه أحصنة اللصوص بخطيٍ متعرجة. يسجل الجهاز حركة اللصوص وخطوات الحصان تتباعد على مساحة الورق البياني.

قالت النبوءة، نبوءة الساحرة كيركا ذات الغدائر المجدولة، لاوديسيوس: وبعد ان تمر في أهوال الجحيم وتخرج سالما منها سوف ترد إلى غربتك وتعود إلى وطنك أيثاكا، وسوف تكون لك علامة أن ظهرت عرفت أنك قد عدت إلى وطنك، وهذه العلامة هي أن يبدو على كتفيك جناحان.

إنها الحقيقة التي غفل عن ذكرها التاريخ. ترويها لكم الخطوط البيانية، إنها حكاية اللصوص العميان. ما لا تشفيه الأدوية، يشفيه الكي، وما لا يشفيه الكي، تشفيه الكتابة.

يجلس قبالة الشريط وهو يعيد تسجيل الحكاية الأولى. حكاية اللصوص العميان الذينَ لم يحاكمهم القضاء ولا التاريخ، كل ما دار حولهم، مجرد شبهات، نحن لم نعرف الحقيقة بعد. يسترجع التاريخ قائمة اللصوص. يصيح بأسمائهم. تسيرهم العصا. العميان الأربعة، يمسكون بالعصا، يقودهم أعمى كبير، الأعمى الذي يعرف الطريق، طريق الصعود من عالم السواد إلى عالم مضيئ، تيرساس، العراف الأعمى يسحب خلفه قوافل العميان. وحده البصير بين العميان. ربما كان بروغل قد رأى في منامه قوافل العميان وهي تلج الجحيم، موطن الأموات، موهنجو دارو. لم يكن بروغل رساماً، كان راوي حكايات مثلي يبحث عن القصص ويلونها بالزيت!

الابنة ترفض بقاء والدها في المشفى. تقول للطبيب ولرجل الشرطة. إنها الساعات الأخيرة. لا نريده أن يخرج من المشفى إلى المقبرة. عليه أن يزور منزله قبل مغادرة هذه الدار. يتم نقل الرجل إلى منزله مع جهاز الاسترجاع. لقد مللنا من محاولة منعه من الذهاب للمحكمة. قلنا له،

هذا يكفي، ينبغي عليك أن ترتاح. الجريمة في كل مكان وعالم المُثل أصبح من الماضي. أحفظ تاريخك وأحتفظ بذكرياتك. أصبح العالم مكاناً قبيحاً. هذا ما كان يردده. الأرض هي المنفى! لو لم تكن الأرض هي أقبح الأمكنة، لما جُعلت هي السجن الأبدي لآدم وذريته! لقد هرب إدريس منها وارتفع، ورفع هو جسد ولده الحبيب من ترابها!

الأرض هي المنفى!

لكنه لم يترك مطرقته. كان يرى أن واجبه الأخلاقي يحتم عليه البقاء في مكانه من أجل تطبيق العدالة ونشر الفضيلة.

إن الصعود للسماء كان هو الأمل الأخير أمامه من أجل أن يتوقف هذا الدمار. لم يعد هذا العالم هو المكان الآمن والصالح للعيش! علينا أن نبحث عن مكان آخر أو أن نحارب من أجل العيش في هذا المكان. قلت له: لماذا لا تحوّل منزل الأسرة إلى قاعة محكمة وتفضح فيها هذا العالم الجبان. نظر إليّ نظرة تنم عن خيبة أمل. قال: وهل أكون أكثر شجاعة من الجبناء وأنا أفضح دهاقنة الخراب في الفناء الخلفي من البيت؟! أم تُريدينني ان أكون (قيافا) آخر أحاكم الناس في جنح الليل!

بُنية، أما أن نكون رجالاً ونفضح هذا الخراب ونحاربه بكل وسيلة واما أن نقبل بكل ما نلقى دون ولولة وامتعاض. إذا كان للشر رجال لماذا لا يكون للخير رجال؟ من يسقط في ساحة الدفاع عن الفضيلة هو رجل فاضل دون أدنى ريب.

إن الخمر الجديدة لا توضع في زقاق قديمة، بل في زقاق جديدة، هكذا نحن، خمر ملكوته إذ نخلع هذا الجسد الفاسد لنلبسه في عدم

فساد، وهذا المائت في عدم موت. نقوم في مجدٍ وقوة، لنا أجسام روحانية لهذا يضعنا الرّب في سماء جديدة تليق بنا كأبناء ملكوت جديد ألا نعود بعد إلى هذه الأرض، نسكن في أرض الأحياء مع كافة القديسين الأحياء بالروح.

التاريخ يُسجل في دفاتره أسماء الجميع. الخونة، الجبناء والعبيد. من باع ومن اشترى. هسيود يُسجل في دفتر الأعمال والأيام تاريخ المحتالين والأفاقين، العقلاء والمجانين. هذا الكتاب لا يغادر صغيرة ولا كبيرة. كم هو قاسٍ ومؤلم أن يلتقي أحفادك بمن يقول لهم: أنتم نتاج تاريخ أسود، سلالة سوداء.

يطلب من رجل الشرطة النزول إلى الطابق السفلي حيث سيجد أرشيفاً كاملاً يحوي تاريخاً كتبته أيدٍ خفية. سجلت فيه تاريخ العالم منذ أن وطئت أقدام الإنسان المنفى. كتبته أصابع خفية أرادت أن تحفظ تاريخ الخير والشر. ستجد أن ملفات تاريخ الشر والشرق تفوق ما يمكن أن تتوقعه. لا تأخذك المفاجأة بعيداً. ربما ستصطدم بالحقيقة التي لا يمكن تغييرها. تاريخ العالم أوشك على النهاية. الإلهة لم تعد راضية عما يجري. ربما تشعر بالأسف لأنها أوجدت العالم.

- كيف تتواصل معهم؟ هذا ما قاله رجل الشرطة.

فقط القضاة يتواصلون مع الكتبة. الكتبة لا يفعلون أكثر من الكتابة. عملهم هو الكتابة.

- وماذا يفعل التاريخ، وكتبة التاريخ؟

لا تصدق كل ما تقرأ في كتب التاريخ. التاريخ يكتبه الجبناء الذين لم

237

يشاركوا في صنعه. يأخذون الأوراق الملونة لقاء تسويد الأوراق! المال وفير. يوسفيوس كتب التاريخ كما تشتهيه وتريده روما. تزييف التاريخ أمر هين خصوصاً لو توافق مع الأيديولوجيا. هل تساءل أحدٌ لماذا نقل قورش العبرانيين لأورشليم؟ سؤال خطير، وحتى لو سأل أحدهم هذا السؤال لما تمكن من الإجابة عليه، وحتى لو تمكن من الإجابة عليه، لن يبوح بالجواب لأن فيه نهاية شامبليون!

عالم الطيور ليس هو العالم المثالي للعيش. حتى لو امتلكت الجناح وحلقت مع الطيور. وحتى لو أصبحت حاكماً في عالم الطيور. لن تحكم بالعدل كما هو متوقع. فقط الإلهة هي التي تحكم بالعدل.

- لقد طلب مني رئيس الشرطة أن أوقف التحقيق. لقد قيدت القضية ضد مجهول!

- لا بأس. كنت أعلم أن هذا سوف يحصل. ما رأيك بالعمل معي؟

238

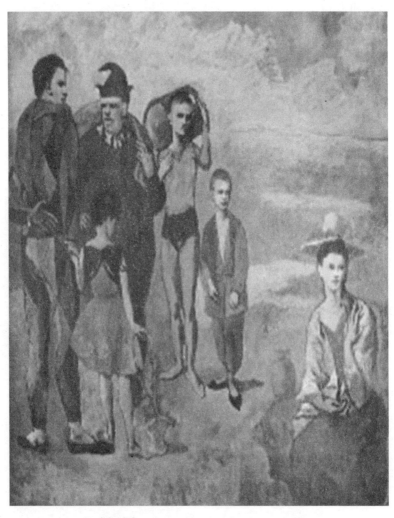

عائلة لاعبي السيرك المتجوّلين Pablo Picasso

العديد من الجثث تدفن دون أن يتم الانتقام لها!

الموت يبتسم للجميع

أحاول

لملمة الشتات من كل مكان،

أجمعُ المنّ والسلوى، أجمعُ أعوادا، بعض الأعواد التي لم تمسسها النارُ بعد،

لا تُحدثني عن دنيا الوجع تلك، أيام بعيدة وأوجاع قريبة،

تبكي أمي كلما تذكرتها، تذكر أخوتها، ويلوذُ أبي بصمتٍ عقيم.

حينما حاصرنا الجيش ونقلتنا السيارات العسكرية، كنتُ صغيراً، وكانت اوجاعي وهمومي صغيرة. تحملني أمي على ذراعها، وألهثُ خلف أخوتي الذين سرعان ما نسيتُ صورهم؛ ملامحهم باتت بعيدة وباهته!

في أحيان كثيرة أفزُّ من رقادٍ قديم، ما زلت احتفظ ببقاياه. أشربُ الكأس الأخيرة وأزفُ روحي عروساً لتمساح النيل، فزعٌ قريب بعد رقاد بعيد!

تناديني استير:

240

أبي، ما بالك شارد البال، تُحركُ أصابعك في الهواء كمن يجمع الأرقام؟

- لا تدري، أنا أحرك من وراء أصابعي ركاماً من السنين، وأخشى على بقايا الخزف أن يتكسر. أضحك في وجهها ضحكة تُناسب عمرها، وأطوي صفحة الحلم الذي يراودني، وانزلُ من على كتف أمي وهي تنزل من السيارة العسكرية.

أصوات بعيدة تأتي من الصحراء، وأخرى من وراء البحر، وأخرى من داخل الهيكل، وهناك أصوات باردة تتلحف جلود الحيوانات، وأخرى تشويها وتشوهها نيران الأفران!

تختلط عليّ الأصوات،

كان كثير الصلوات، حينما استيقظ من رقاد الحريق الأخير، أسمعُ صوت ترتيل تسبيحة مفعمة في القديم،

تسبيحة قديمة، هللويا.

2

أشربُ قليلاً من الماء وادلفُ نحو الخارج، أحاولُ تبديل الهواء، تتبعني نظراته حتّى الحائط الأخير لسور البناء. أجلسُ على المقعدِ الخشبي قبالة الحائط، أتأمل الشُهب المتساقطة، أحاول أن أدون عدد الشياطين المحترقة.

أشربُ نخبَ طفولة مرّة، أجهشُ بالبكاء كلّما مرّت تلك الصور الجميلة بحلوها ومرّها أجهش بالبكاء، لا أدري لِمَ ترحلُ سريعاً كأنها الغيوم الهاربة من سوط الريح!

أشرب كوباً من الشاي، أحزمُ حقيبةٌ صغيرة، أحملها معي، أدقق النظر فيها كلّ يوم، كأن يداً غريبة تعبثُ بها، كلّ يوم، وأنا أعلم أن لا أحد يفتحها، حتّى استير حبيبتي، ريحانتي لا تجرؤ على ذلك.

ما زلتُ على خوفي القديم، أرتعش لمرأى سيارة عسكرية في الشارع، ابتعد مسافة مقبولة تُجنبني الاحتكاك بهم، أولئك العسكر.

سيادة القاضي،

- متيلدا،

- صباح الخير،

أدلف نحو حجرتي، اتمدد على السرير، متعبٌ أبدي أنا، أتناول بعض الأقراص المهدئة، أحسُّ بجفاف في الريق، حنجرةٌ متيبسة، كأنها حجرُ معبدٍ لا يُقبلّه أحد.

أكادُ أتلمسُ ذكرياتي، ملتصقة بالروح، خضراء، مثل الوشم خضراء، غارقة في الخضرة، أحجاري متناثرة،

أشربُ من بئرٍ بعيدة.

أشعُر بعطشٍ شديد، أحمل سلاحي تحت معطفي، أركض جهة المسجد، أركضُ جهة الحائط، أشربُ نخب الفوز، أشعرُ بالرضى، لكن العطش مازال يحاصرني!

أتمددُ على السرير، إنهُ الفزع القديم يُمرّر عجلاتهُ على أسفلت قلبي، يُخرج المسدس، يُسمعني صوت الإطلاقات، يتهاوى الشيخ، ألوذ بالفرار،

العطش يحاصرني، وجفاف الحلق والريق.

أذهب نحو أزمنة بعيدة

3

لا زلتُ أذكرُ، إلى اليوم أذكرُ ذلك العهد الذي شهدته في طفولتي، واتمثلُ حوادثه البعيدة، كأنما وقعت البارحة. لكن ما حدث بعد ذلك، غير مفهومي عن الحياة، المفهوم الذي بدأ يتشكل مع رؤية القرابين والمحارق، الصلاة والهياكل، كل ذلك تغير، وبدأت الذاكرة رحلة تعسفية نحو المجهول!

عُربي،

كان هذا هو اسمهُ، يُطبق على سيجارة اللف في فمه المطبق بالصمت، يستمع لكلام القائد العسكري، يُحرك رأسهُ ببطء شديد وتتابع متكاسل مع إشارة يد المارشال.

وحدي عبرت الشمس

مازالت سيجارة اللف في يده وهو يوزع نظراته بين العسكر الذين أحاطوا بالأكواخ وبين النسوة الحائرات وصراخ الأطفال الذي يُفزز رقاد قبور بعيدة، كان الرجال يصعدون السيارات العسكرية، تصرصر النساء بعض الثياب وصراخ الأطفال يربك حركتهن، مازال يقف وسط هذا الخراب، يلف سيجارة أخرى. كنتُ ممسكاً بذيل ثوبه، يمدُّ بصره في البعيد، يقتلع السنوات، أحرقَ كل الجسور التي تربطه بالماضي، لقد صاغ عالمه الخاص، لكن الماضي لا يفارقه.

المارشال ينظر إليه وهو ينظرُ غير مكترث، عُربي لا يكترث، يتبسم ابتسامة حزينة وهو يرى الفؤوس تقطع أخشاب الأرز التي تحمل على

اكتافها المعبد، يحرك يده في الهواء، يشعر المارشال بالاضطراب، يكتمل صعود الجميع في السيارات العسكرية، يلقي عُربي بقايا سيجارة اللف على الحشيش اليابس، تحترق القرية بكاملها دون أن ينتبه إلى فعلته أحد، يودع الدخان بعيون محترقة دون دموع.

وصلنا إلى محطتنا الجديدة بعد عدّة أيام من التفتيش والتحقيق وأنواع مختلفة من الإهانات، لم يسلم أحد، للنساء نصيبٌ ولنا نصيب. كان عُربي يقف وسط المعسكر حينما جاء المارشال الجديد، بدأ بالصياح، التهديد والوعيد، لكن عُربي كان صامتاً كعادته وسيجارة اللف المحترقة صامته في فمه المطبق عليها دون عناية.

قلت له: جدي، ماذا يُريدون؟

نظر إلي، رفع طرفه المتثاقل نحو السماء، أشار بأصبعه إليها، دون كلمات، لم يلتفت إلى صراخ المارشال وهيجان جنوده الذين أخذوا جميع الرجال، وهموا بأخذه، لكن نظرته أرعبت المارشال فارتد إلى الوراء وتناسى ما جاء من أجله.

كبرتُ، وكبر انتظار أمي لإخواني وإخوانها، دون عجلات تمرّ سني الانتظار بطيئة، مثل ديناصورات تأكل الحجارة ولا تشبع، هذا هو معنى الانتظار في عائلتنا.

تعودت على البرد والثلج وعلى كبرى الكلمات، الكلمات المحفورة في الذاكرة مثل شواخص القبور، تنتحب واقفة وهي ميتة، محنطة، يلفها ورق البردي، رائحتها كريهة، روائح بعيدة تُعانق الذاكرة بلا روح!

كان عُربي لا يعمل، وكنتُ أراهُ حزيناً في أغلب أوقاته، ساهماً،

واجماً، أبداً يُصلي. نلتف حوله، حول عليقة النار، يحولها إلى كراتٍ من الثلج، تصطك لها ألسنتنا، يلتف حولنا صمتٌ مطبق يُطبق على كل هذا العالم المرخي سدوله حولنا.

4

ما كان لي معاودة كتابة الأوراق لولا إنني كنت يوماً قسيماً للتاريخ وجزأه الذي عمّد تاريخ الشرق بالختان. الاسترجاع أو كتابة السيرة المقدسة، تداخل بين الذاكرة الفردية والتاريخ، رحلة الألف ميل، من مدينة القداسة إلى مدنٍ بلا عدد. ولدتُ زمن الكتابة، حفظتُ حروف الزمن وكلمات الحاضر ومدونات الماضي، وها أنا أشدُّ رحالي نحو مُدنٍ لم تنشئ الخطوات بعد. ربما تكون الكتابة اليوم واجباً مقدساً لأنه يساهم في تصحيح خطأ الماضي. إذن، الكتابة هي عملٌ مقدس لأننا نرى ان ذاكرة التاريخ وذاكرة الفرد عرضة للانتقاء والكبح والمراجعة بشكل دائم. الذاكرة للفرد، هي بالضبط كالتاريخ بالنسبة للدولة. قد يرى بعضهم أن السير في مجاهل التاريخ والبحث عن الهويات رحلة معذبة في الذاكرة. لكنني أراها رحلة مقدسة لأني أريد الصلاة التامة ولا تصح الصلاة التامة إلا في الهيكل وذاكرة الأفراد متعبة وقد غيبت وذاكرة الدولة مخبأة في شقوق الكهوف والأديرة العتيقة

لم أسمعه يتكلم حتى حينما كان يضعني في حجره، وأنا أرتل صلواتي لا أسمع منهُ كلمة، كان الجميع يحفظ الصلوات، نرددها، نرتلها وهو واقف لا نسمعُ منه الحسيس!

يفتحُ أمامي لفافة قديمة، كان يهمس مع روحه، إنها «المجلاة»

245

المقدسة، يقرأ لي الكلمات بعيونه وأنا اتابعه، يضمها لصدره، يقبلها، يضعها على عينيه ويُجهش بالبكاء، يعيدها إلى مكانها.

ينام على سريره القصب، عند الفجر لا أصوات، صلوات شبح يرقدُ في الظلمة، بعد الفجر، مع الصُّبْحِ شيخٌ في بجادٍ مُقَنَّعُ، يوقظ النائمين، يخرج الجميع للرعي، هناك أشياء تكسرت ولا يمكن إصلاحها، نعم أشياء كثيرة، وأنا هنا لا أبحث عن الإصلاح الحقيقي، بل أحاول إعادة قراءة ما جرى، أحاول فهم ما جرى، وأتساءل بحرقة:

- لماذا المحرقة؟

كنتُ ملكاً على بني إسرائيل في أورشليم ووجهت قلبي للسؤال والتفتيش بالحكمة عن كل ما تحت السماوات، رأيتُ كل الأعمال التي عُملت تحت الشمس فإذا الكل باطل وقبضُ ريح، في كثرة الحكمة كثرة الغم. والذي يزدادُ علماً يزدادُ حُزناً.

المُدن البريئة التي لم يدخل فيها وسواس الشيطان بعد، السهول خضراء والمراعي ممتدة بطول الوادي، ثغاء الخراف يأتي بريئاً، بعيداً عن سكين الذبح. السنابل صفراء مُحملة، تنوء بحملها وعذوبة الماء، خرير الماء. السماءُ صافية والغيومُ بيضاء، بيضاء ناصعة البياض، تطيرُ من غير جناح، المُدن البريئة بلا أسوار ولا جُند يحرسونها، لا جباة ضرائب قساة، ولا ملوك.

كل المُدن، هي المُدن، إلا أورشليم!

منذ أن رجعت من تلك المدينة المنتصرة، وأنا احتضر، في كل يومٍ أخسر يوماً. هناك أصوات كثيرة تَرِنُّ في اذني، وأشباح أكثر تحاول

الهجوم عليّ، صور العسكر تُحيطُ بي، هديرُ محركات سيارات الجيش ما زالت تدهسُ ذاكرتي، تدهس الصور والكلمات المنقوشة على أفكاري.

الشراب وحده يمكن ان يحلّ بعض المشكلة، يُصبح صاحباً وقتياً، لكني لستُ من الرجال الذين لا قدرة لهم على التحكم بعواطفه، غرائزه، حينما أراني أصبحت اتهزهز مثل الحبل ولاعب السيرك، أسارع بالنزول.

لا امرأة تشاركني الحياة لتخفف عنّي بعض الأوجاع وتحمل معي بعض الهموم، لا امرأة تواسيني، تضع يدها على جبهتي، تُمسد شعري برفق مثل طفل صغير. فقط استير، استير ريحانتي المقدسة، فيها مُسحة من الجمال والرقة، مسحةٌ غريبة، لا أجدها فيمن حولي من النسوة، فيها حُزن غائر، حُزن بعيد لا يتناسب وعمرها، ومن حولها تدور اطياف الصمت المقدس!

في بعض الأحيان تلبسُ عباءة سوداء، كما تفعل النسوة من حولنا، تُصبح أشبه بمعبد حزين، أرقبها تدور حول نفسها في المرآة، تجلسُ على السرير جلسة الحزين. وأنا عاجز عن فعل أي شيء، أخاف ان أقطع عليها بعض خلوتها، ربّما صلاتها، ربّما بعضاً من طقوس عبادتها، لا أدري، أنا في حيرة!

5

ها أنا اتنازل طائعاً عن آخر حقلٍ في الذاكرة، نركبُ سيارات العسكر ثانية، يعلو الحزن وجه عُربي، حزنٌ شديد، لكن هذه المرّة رأيته يفتح صدره للريح، يتبسم، تفترُّ شفتاه عن بعض ابتسامة، انزلتنا سيارات العسكر، كانوا بوجوه غير تلك التي ألفناها، بعيدة عن سحنةِ وجوهنا، يتحدثون حديثاً لا نفهمهُ!

نزل عُربي، أمسك حفنة من تراب، شمّها، تقدم لمكان آخر، حفرّ بأصابعه الضعيفة، أخرج حفنة أخرى من التراب، شمّها، أبعد أنفهُ بعيداً ثم القاها بعيداً، ضم صدره بعيداً عن الهواء، داهمته نوبة سعال مفاجئ، أدارَ وجهه لمكان بعيد، كان يحاول رسم علامة أو يُنيرَ شموع أو يحاول معانقة المجهول!

كانت سارة هي الوحيدة التي تقتربُ منهُ، أمسكت يدهُ، رأت الدمعة تنزل من عينه لتذهب لعينها، بكيا بحرقة. كُلنا كنّا نقول: إنها دموع الفرح حيث وجدنا الملاذ الأخير. أخذته من يده، خط مكان العبادة، صلينا. العسكرُ يرقبنا، صلى بحزن، حزنٌ عميق، أشبه بالصلب، لم أرهُ يوماً يُصلي هكذا، إنه يبكي في محرابه،

تتهزهزُ أضلاعه، إنه البكاء الأخير.

كَبِيْـرُ أُنَاسٍ يجلس القرفصاء، كَبِيْـرُ أُنَاسٍ فِي بِجَـادٍ مُزَمَّـلِ.

لا أدري لماذا تلحُّ عليّ الذكريات، أجراس الغُربة تُحاصرني، مازالت ترّنُ في السماء، تُطالبُ بالعودة، أجراسٌ مُتدلية من أعناق الأسماك، تشربُ الفقاعات وترّ ن في الأعماق.

المكان لا يتسعُ للجميع،

أخرجتُ اللفافة من حقيبتي، شممتها، كان فيها تلك الرائحة العتيقة، موغلة في القِدم، أبصرتُ أحرفها، علّمني عُربي كيفية قراءتها، ما زالتُ وذاكرتي نركضُ خلف عُنيزاتٍ وشويهاتٍ، أهشُ عليها بعصاي الصغيرة، ترمقني أمي في ذهول، تصيحُ بي:

- ماذا تفعلُ يا ولد؟

- أسوقُ القطيع للمرعى، يا أمي.

- لكنك صغير على هذا يا ولدي، لا تقوى على جمعها، ولا تعرف مكان الرعي جيداً!

- اتركها متذمراً، أرمي عصاي بوجه الغمر، يتلقفني عُربي، يضعني في حجره، يقول لي:

- أنت راعي الخراف القدير، لا تبتئس مما تقول هذه الأم الرحيمة، ستكون راعياً كبيراً، وستلتف خرافك حولك، لا تحزن؟

يُخرج قطعة سُكر ويضعها في فمي، تذوب وتذوب، ويذوب معها العمر، وأنا مُنشغل أذيب قطعة السكر في فمي، أرقبُ تبسم عُربي بصمتٍ مهيب!

6

الرصاصاتُ لا تذوب، تبقى راكسة في الجسد، معلنة عن نرجسيتها الصفراء، وحدها تتكلم،

طاق، طاق، طاق.

ثلاث رصاصات، سقط رجل،

فرّ الرجل.

سقطت طاقيته البيضاء، جررتهُ، أطفأت مكبرات الصوت، ألقيت المازوت، أخرجتُ زناد القدح. السماء مُلبدة بالغيوم، كأسُ نبيذٍ آخر لا

249

يضرّ، ربّما ينفعُ، سأنام، أغفو، صوت رصاصات في الجوار:

طاق، طاق، طاق

ثلاثُ رصاصاتٍ تُمزق جسدي، أشربها ويشربها الرجل بصمتٍ أكبر من صمت مكبر الصوت! عليك أن تنال من مخاوفك قبل أن تنال منك. عليك طمأنة العقل.

أجرجره لموقد النار، نقاط الضعف يمكن إزالتها. تُشعلني حرائقي، اليوم صلاةٌ بوضوء الدم، ودُعاء بلون النبيذ الأحمر يصعدُ للسماء. نشربُ نخبَ الأيام، تلك الأيام، أيام أريحا، أدور، وادور والشويهاتُ تدورُ معي.

عبرنا نينوى، مازالت محركات سيارات الجيش، تُكبرُ في أذني، حملنا نعشنا، أروحنا على ظهور سيارات الجيش ومضينا،

- عُربي، إلى أين؟

لا يُجيب. يُجيب الصدى والنحيب.

- لا أدري!

أحدي وحدي بشياهٍ وخرافٍ ذهبية، الشمسُ تحملُ أمتعتها معنا، تشربُ ظلّنا، ونحن نستظلُّ منها بعليقه يابسة. نلتفُ حول النار، نلتحف السماء، أغفو على صدر عُربي، أسمعه يهمس؛ أبحث عن وطنك! عند الفجر أجدّ نفسي عند قدميه، ينسلُّ مثلَ شعاع الفجر، ينعتق، يبتعدُ عن الليل بهدوء، يُسبغ وضوئه ويُصلي، يرقبُ السماء، هناك نجمُ مُخبّأ في السماء، يحملُ الأسرارَ في جعبته.

تنامين في الذاكرة

وتصحين في أخر الذاكرة
وتنتشرين على كل خارطة العمر
والجسد المتهالك
نهراً من الوجع المرّ والحلم المستفيق...
تنامين غابة صحو، وتنتشرين مفازة عشق
يسقط وجهك من شرفة الذاكرة فكيف تكونين؟

العالم يجمع الحطب ليحرقنا!
أبـناء الأرملة ..

ابن الإنسان هو رب السبت

أنا (لوران دي صموئيل) اليوم أفتح حافظة أوراقي التي طالما خفّتُ عليها أو خفت من فتحها، أتلمسها، أتلمس الجلد الخارجي العتيق، أشمُّ عبق الماضي، تمرّ أمام ناظري قوافل التاريخ.

كلّ المُدن، هي المُدن، إلا أورشليم

قوافل وجيوش، حصار وحروب، دماء، قتلى وسبايا، صليل السيوف يكاد يُعمي الأبصار، ها هي البلطة تنزل بالقرب منّي على رقبة أحدهم وأخرى تشق صدر آخر، أصوات وأصوات، أصوات وموت بلا حد، قتلى بلا عد، خيولٌ ممددة ورايات ممزقة وفرسان مجدلة، خيامٌ محترقة وأخرى تحترق، مازال التاريخ يحمل عصاه يتنقل بين المُدن ينقل الحكايات ويشرب الدم والسُم، ويُحيك الدسائس والمؤامرات!

كلّ المُدن، هي المُدن، إلا أورشليم!

أنا لوران دي صموئيل، من أبناء الأرملة، الوحيد الذي نجى من محرقة أورشليم، مدينة الرّب المقدسة. لي أخوة تسعة، نتكاثر مثل

الأرانب. جميعهم ماتوا وهم يدافعون عن المدينة القديمة، حيرام أبي قُتل قبل أن أولد، قتله التلاميذ الكُسالى، لم يسمع حيرام أبي صراخي وأنا أنزل لهذه الدنيا، لفلفتني أمي بخرقة على عجلٍ وهي تحمل حبلها وحبلي السري في اللفافة.

كان حيرام أبي يعملُ معلماً، يمشي بوقارٍ تجلله أجراس الخشية، لحية بيضاء يخالطها بعض السواد، عينان براقتان، وكف ناعم، كان أبي حيرام معلماً للهيكل، معلماً كبيراً وقديراً كان، وكانت عصاه على شكل حرف T هذا ما أخبرتني به الجدة وهي تمسح دموعي ودموعها وهي تستذكر أبي حيرام ابنها الوحيد، كانت صورته معلقة على الجدار وهو يخط على الصور رسوم، أشكال وكلمات، رحل وبقيت عصاه T تذكر بمعلم قديم قدير.

مكيدة ابن الزنا هي من قتلت حيرام أبي. رحم الله الشهيد القائد أوريا. يبدو ان هذا العالم يُخلد فقط الزناة والجناة! مَنْ قتل الشهيد القائد أوريا، ولماذا؟

كان جدي لأمي (ليڤي) مرابياً، يعمل في سوق المدينة الكبير، لحية حمراء ووجهه مبقع، يلبس كما يلبس أهل مدينته حتى يخال لمن لا يعرفه أنه أحدهم لولا معرفة جميع أهل المدينة به. لم يراعِ قواعد اللباس dress code التي تعتبر من أهم عناصر الحياة الإسرائيلية. كانت ثيابه رثة، قديمة وبالية، لم تكن يوما متسخة، لكنها رثة، قديمة وبالية، يضع كيس النقود في عبه مداريا له، يتحسسه، يتلمسه طوال الطريق، ينتقل من البيت في طرف البلدة إلى دكانه الصغيرة بواسطة حماره الحبيب (جودة). الذي لا يبخل عليه بشيء من العلف الذي يجدهُ في الطريق أو يكون مرمياً في بعض النواحي من سوق البلدة.

في غالب الأحيان يرجعُ جدي وفي وجهه بعض الكدمات، احمرار في الخد وزرقة شبه دائمة في العين، كان جدي ليڤي قد أقرض نصف البلدة، وحينما كبرَّ أخوالي يعقوب وأفرايم بدأوا بالسعي معه في السوق.

بدأ يعقوب أو كما يحلو لجدتي أن تناديه (ياكوف) بتجارة القماش والثياب وافتتح له متجراً في وسط البلدة بعد أن استولى جدي ليڤي على تجارة الرجال الذين شاركهم ثم اقتنص الفرصة وأخذ الدكان وكذا التجارة بتراب الدراهم، وهكذا كان حال خالي أفرايم الذي بدأت تجارته بمشاركة أحد أكبر صيارفة البلدة وتم الاجهاز عليه وعلى تجارته.

كان جدي لأبي، يوسف الكبير، حاخام الكنيست، شخصاً كاريزمياً شاعرياً، هو من يُقدم الذبائح لمعبد الرّب، كان تقياً ورعاً، أحمر مثل جدي ليڤي لكنه ليس مبقعاً، من الذين يخشون الرّب، ربّ بني إسرائيل فقط، لم يكن من المتشددين. كان جدي ليڤي أدومي، يعيش من الحيلة والخداع والمراباة، لكن جدي (هليل) وهذا كان لقبه الديني كان أحمر ولم يكن أدومياً، يُصلي ل(يهوه) من أجل الخلاص، يلبس ملابسه التي حددها لنا الرّب. كلما دخلت عليه وجدته يُصلي أو يقرأ كتاباً أو يُحرك شفتيه يقرأ الأدعية والآيات من أجل الخلاص، بعض المُدن جميلة، وبعضها باردة. يجب أن أعترف، كان تأثيرهُ هائلاً عليّ في سني نشأتي الأولى. كان يبدي ازدراء بالغاً لأي شيء ليس يهودياً، وبوصفه قائداً بارزاً في منظمة يهودية، فقد كره الألمان، وكره اليساريين اليهود، كما احتقر البريطانيين، وأظهر غضبه الشديد من الفلسطينيين الذين يعيشون على أرضه، في مناسبات قليلة. ولطالما كان جدي يردد:

من حفرة العفن والتراب

بالدم والعرق

سوف ينهض لنا عرق

فخورٌ وكريمٌ وعنيف

لقد أمن جدي بإحياء فخار ((العرق اليهوي))، وهو ما أمنتُ به أيضاً في نشأتي الأولى.

كل المُدن، هي المُدن، إلا أورشليم!

اليوم هو الشبت، شباتو، تستيقظ جدتي باكراً، أبكرُ من كلّ يوم، توقظ جميع العائلة وتبدأ الاستعدادات للشبت العظيم، يبدأ الجميع بالتقاطر نحو مكان الكنيست، يأتي الجميع، صغاراً والكبار، رجالاً والنساء لطلب البركة من جدي يوسف، حتّى جدي ليڤي يرفض العمل في الشبات. يخشى السير أكثر من ألفي خطوة. يطلب البركة من جدي يوسف وابتسامة صفراء تمتدُ على وجهه الأحمر المبقع، كأنه يقول له نحن متوازيان. تأتي أمي لتعدل هندام أبيها، فملابس الصلاة والشبت تختلف عن ملابس السوق، الرثّة، القديمة البالية، ملابس جميلة وبألوان زاهية، كانت جدتي لأمي تقف خلفه، كما تقف جدتي لأبي خلف جدي هليل، هكذا هي التقاليد. قال لهم يوسف الكبير: إنما جعل السبت لأجل الإنسان، لم يخلق الإنسان لأجل السبت.

(هناسي)، هذا هو لقب أبي، هناسي.

لا أدري ماذا سأقول لها حينما أقابلها!

الآن الكلمات تهربُ منّي، لا أجد ما سأواجه به تلك السيدة البعيدة

خلف الشمس وخلف النهر وخلف المُدن المتعبة البعيدة! ربّما سألفق لها بعض الأكاذيب الصغيرة والبريئة، لكنها ستكشف كل تلك الأكاذيب.

لا أدري كيف يذوب الجليد، ولماذا يذوب، ومتى يعود البعيد من الغياب والرحلة المُضنية؟ لكن ربّما حقق بعض ما ذهب إليه، هي أمنية بعيدة، تضاء الينورا.

هذا بعضٌ من حديث النفس يجتره كل يوم وهو يحزم حقيبة مقفلة من آباد، يُهمهم، يُغمغم ولا يدري ماذا يقول. ربّما تكون بعض ملامح صورتها قد انمحت مع مرور الوقت، وربما نسى لون عينيها، هل مازالت جميلة كما عهدتها رغم لون الفحم الذي يغطيها ولون الحزن الذي يُغطي وجه المدينة التي تُعانق الغربة ويلتف حولها الغرباء، كم انخنقت مدنٌ بكاملها!

اليوم هو السبت،

أنسل من ظلمة عالم أمين، أشرب الصراخ،

أسمع الضحكات من حولي،

وصياح هللويا.

لا تحاول خداعي،

وجهة نظر

الأخطاء الجديدة هي الأخطاء القديمة

العقل الميكانيكي القائم على تعشيق التروس والمسننات، لا يقبل بغير هذا.

- خواطر عشوائية،

- أنت لا تعرفني، إذن أنت لا تعرف الحقيقة.

- هل أنت مُغفل أم ماذا؟ أنا لست في أحسن حالاتي اليوم، لماذا لا تبتعد عني، ها؟ حياتنا مزحة وسمجة أيضاً. حياتي ليست بذات أهمية، من البيت للعمل. ربما هذا لا يجعلني قلقاً بقدر ما يجعلني تعيساً! أنا لا أعيش حياتي كما ينبغي أو كما أحب وأحلم. لا أريد أن أبدو محطماً، أنا فقط أعيش من أجل إكمال دورة اليوم بالنوم. كان يوماً قاسياً، احتاج المزيد من الوقت لاستجمع أفكاري.

- ما هي النهاية الصحيحة لهذه القصة؟

- أظنني استيقظتُ مذعوراً. عليك أن تكتب ما تعرفه، وتعرف ما تكتبه. بينما يقول بعضهم الآخر: عليك أن تكتب عما لا تعرفه من خلال الاستعانة بما تعرفه. النهايات المعروفة لا تعطي الكاتب متعة في

التصور ولا فسحة من الخيال وتنهي أي محاولة للإبداع والابتكار. إن أفضل طريقة للكتابة هي طريقة القراءة. أي أن يتحول الكاتب إلى قارئ ويحاول اكتشاف أحداث الرواية من خلال روح ونظر وعقل القارئ. يجعل القارئ يشعر بالدهشة والفرحة والاكتشاف ويحبس أنفاسه، على الكاتب أن يقع في مصيدة القراءة مثلما يريد لقارئه ان يقع في فخ الاستمتاع بالقراءة. نظرية الكاتب القارئ هي التي تعطي المجال الأوسع في الاكتشاف والابتكار. النهايات المعروفة والمجهزة سلفاً تؤشر على بؤس الكاتب وموت المخيلة. علينا أن نؤسس لنظرية أن الكتابة اكتشاف.

بلاد الله واسعة، أوربا الجميلة، يا صديقي، تموت فيها الحيتان من البرد!

ما زلتُ أشمّ تلك الرائحة البعيدة، أسمع صوت صراخهم، انزوي بعيداً، انزوي في طرف السرير، متكوراً، تتفصدُ حبات العرق على جبيني، انتظر طلوع الفجر وخيوطه كما يفعلُ عُربي، أسرعُ نحو الحمام، ألقي جسدي المُتعب تحت الماء، أشرب قهوة الصباح، اقرأ جريدة الصباح، لا أجد فيها ما أريد، أحمل حقيبتي، أسير في الممر الفسيح المؤدي لمكتبي، نفس الصور تتكرر يومياً،

هل تتوقعون منّي أن أكتب ما دار وجرى بطريقة منصفة؟ هل ستكون انطباعاتي الخاصة ومقدار الألم الذي عانيته هي التي تؤرجح كفة قبان الكتابة؟ هل سأكون متحيزاً لو كتبت بقلم الغربة وألم ووحشة المنافي؟ كيف سأعبر بكم وأعبّر لكم عن مقدار الألم، الوجع والصياح والصراخ وأنت ترى أخوتك يداسون تحت سنابك الخيل، أو يُلقى بهم وبكتبك

المقدسة في النار؟ كيف ستكتب وأنت تحتمي بعيونك من رؤية أخواتك وبناتك يدخلن عنْوة خيمة الرجال الغرباء، تجرّجرهن الحبال نحو صراخ وذبحٍ واغتصاب؟ هل تراني أكون منصفاً حين الكتابة؟

هل ستغلبني حرفة وحيلة الكتابة بالتلاعب بالصيغة النهائية لشرط الحياة، شرط البقاء؟ هل سيكون للمخيلة وللتلاعب بالصيغ اللغوية فرصة أكبر للظهور بعيداً عن جانب الحقيقة أو مداراتها؟ هل أن وجودنا في هذه المنطقة نتيجة خطأ في الجغرافية؟ إنهم يعترفون بحقنا في الوجود، لكنهم لا يعترفون بحق وجودنا على هذه الأرض! إنهم يرفضون وعد الرّب لنا، يقولون ربنا ورب الناس واحد، الرّب لا يكون متحيزاً، لا يعطي أرضي لغيري! يبدو أن طرح فكرة السلام والتعايش السلمي فكرة ولدت ميتة، لابد من الهاجانا وشتيرن، وليكن العناق، عناق السيوف والرصاص، الخنادق والصواريخ، طالما أن الجميع لا يُريد الاستماع.

فكرة الحب والتعايش السلمي، فكرة ميتة طالما كان الجميع مشبعاً بالكراهية وبنصوص تبعث على احتقار الآخر وتحث على قتله وسرقة أرضه وماله وكرامته!! كيف تطلب من عدوك الاعتراف بك؟ الاعتراف، يعني حق الوجود وحق التواجد وهذا مالا يُسلم به الآخر لك. صديقي، دعني أسهل عليك الأمر. إذا أردت أن تعيش بسلام عليك ان تنسى أمر من عذبوك. أنت وأنا وقع علينا نفس الظلم. لكن التوقيت مختلف. لنتفق على هذه الفكرة أولاً ثم نبدأ الحديث؟

- أنتم جزء من أمريكا ومن أوربا، لا مكان لكم هنا، بلادكم هناك.

- لكننا، وجدنا وولدنا على هذه الأرض، وجدنا معكم منذ أكثر من

ثلاثة آلاف سنة، هل يُمكن ان تُلغي وجودنا؟ أنتم مثلنا نحن جئنا عن
طريق البحر وأنتم جئتم عن طريق البحر، لا تنسَ هذا. لم تكن أرض
الرّب هذه ملكاً لك، فلا تحاول ان تزوّر التاريخ مثلي! جميعنا غرباء،
لم تكن يوماً كنعانياً ولم أكن. القضية، صديقي، أن الكل يخدع الكل.
عليك ان تعرض بضاعتك بطريقة مقنعة!

- مهما كنّا نرغب في ان تبقى الأمور على ما هي فهي لن تدوم ولهذا
علينا أن نتعلم قبول الآخر بالرضى. فلنتعايش سلمياً ولنقتسم تراث
كنعان بيننا، أنت أقم هيكلك وأنا سأقيم هيكلي، ولنكتب وثيقة عهد
بيننا كما كتب إبراهيم وثيقة عهد مع أبي مالك: إن دمي لا تشربه
الأرض بعد اليوم.

- ستشربهُ، أعدك بذلك. لكن هل ستبقون بملابس العسكر إلى نهاية
التاريخ؟ هل ستشترون السلاح وتقدمون أولادكم لمحرقة جديدة؟
كلما ولد جيل تقدمت به الخطوات نحو المحرقة، خائفون طيلة
أعماركم، تخفون هوياتكم ووجودكم ووجوهكم خلف وجود
محترم، أو شبه محترم! من غير المنطقي ان تفكر فيما لا تملكه.
الأفضل ان تفكر فيما لديك.

- الحياة هي الصعوبة دائماً. العيش بنصف حياة، نصف وجود، عيشٌ
جبان، لا يحقق لكم رفاهية الوجود، ولا يحقق لكم ديمومة البقاء
والقدرة الدائمة على الانتصار. الأشجار التي بلا جذور تقتلعها الريح
الرَخية، وليس الريح العاتية، تبقى خاوية في العراء، تنخرها الديدان،
وتحرقها الشمس.

- الشرق هو ملاذ الغرب، هيكل الرّب ومكان العبادة المقدس في أورشليم، هو قبلة الغرب للتطهر وتكفير الذنوب، الشرق والغرب حقيقتان من صنع الله وليس من صنع البشر.
- المسيح الدجال والمسيح بن مريم كلاهما رجلٌ شرقي. لكن ابن الغالية نبع له في الغرب أنصار!
- خلاصنا مع الهيكل، خلاصنا يكون بعودة الهيكل. المخلص يولد في بيت لخم ويخرج من أورشليم. تمتدُ اليد الطويلة نحو اللفافة، تتطاير، ترتج الجدران، إنه الشبح الذي طالما حلم عُربي برؤيته، بدأتُ ارتعش، ولّيتُ مدبرا، قدماي تحملاني نحوه، أجرجر الجسد الذي بدا الخوار يعتريه نحو متاهات بعيدة، أدخل أنشوطة التاريخ، أبحث عن تاريخي، أنا آخر سلالة النسل المطهر، أنا آخر الشعب الذي كلمه وكرمه الرّب. لن تضيع الحقيقة بعد اليوم، ولن أضيع أو يضيع هذا الشعب الذي عهد لي عُربي برعايته. سأكتشف الحقيقة، لن أعبد الوهم ولن أسجد في غير هيكل الرّب العظيم. الخلاص ليس مع اليهود أو مع هيكل اليهود، الخلاص الحقيقي هو الخلاص من اليهود. هكذا تكلم يسوع الناصري. وأن اعثرتك رجلك اقطعها. خير لك أن تدخل الحياة أعرج من أن تكون لك رجلان وتطرح في جهنم، في النار التي لا تطفأ، حيث دودهم لا يموت والنار لا تطفأ. وأن اعثرتك عينك فاقلعها. خير لك أن تدخل ملكوت الله أعور من أن تكون لك عينان وتطرح في جهنم، حيث دودهم لا يموت والنار لا تطفأ.

لم تعد المسألة مسألة حق أو باطل، نحن ماضون في سبيلنا، وهذا كل ما هنالك. أنا لا أريد أن يصيبك الأذى بسبب هذا. هزّ كتفيه واحنى رأسه قليلاً جهة اليمين.

- أنا أعلم أن كفة ميزان القوة تميل لصالحكم، لكن كفة ميزان الصراع الطويل تميلُ لصالحنا. لقد خسرنا كل شيء، ليس لدينا ما نخسره بعد اليوم. لو امتلكنا ربع ما تمتلكون من ماكينة إعلامية لغيرنا الرأي العام العالمي لأننا نمتلك الحقيقة والحق في أرضنا. لقد أعطى العالم أذناً لمن أرتكب الإساءة، وأدار أذناً طرشاء للضحية! الأمم المتحدة، مجلس الأمن، العالم الحرّ، حقوق الإنسان كلها عوالم صنعت بمالنا لكنها تدور مثل ثور الساقية لخدمتكم!!

- لم يعد هذا الأمر من الأسرار، صديقي. نحن عرفنا قيمة الإعلام. لذلك سيطرنا على معظم دور النشر والصحف والشركات السينمائية. أصبحنا في كل بيت بفضل مواقع التواصل الاجتماعي والهواتف الذكية. هل تعلم صديقي أننا بواسطة الهواتف الذكية والحواسيب ومواقع التواصل الاجتماعي يمكننا أن نعرف أسرار الجميع، نستطيع أن نصورهم وهم لا يشعرون. جميع تحركاتهم مرصودة. نستطيع ان نرصد كل من نريد، ساعة ما نريد. الجميع يخدمنا عبر حمله هاتفاً ذكياً. ليست القنابل وحدها وسيلة لكسب المعركة. هناك الكلمات والصور والأغاني والاستعراضات والحيل الأخرى.

نصيحة، على الرجل الذكي ان لا يحمل هاتفاً ذكياً.

وحدة الوجود

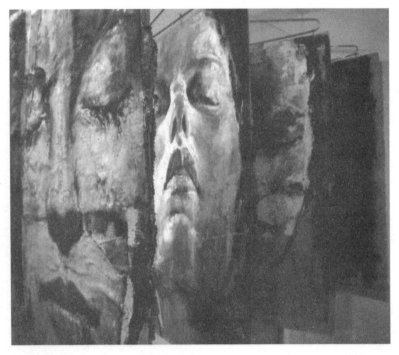

وحدة الوجوه

اليهودية
مائة عام من العزلة

كولدي زنا جمعونا في هذه الغرفة!

الأَفكارُ مُعْفَاةٌ مِنَ الضّرِيبَة

وهكذا هيكل الجسد إن فارقه روح الرّب يباغته روح نجس. لذلك نصلي، روحك القدوس لا تنزعه مني.

يكمل مشاهدة العرض، يلاحظ حركة، كحركة خيول رعاة البقر حول المكان، ينظر لكاميرا المراقبة، يلاحظ سيارات سوداء، يترجل منها محاربون، أقنعة سوداء تغطي الوجوه، أردية سوداء، بنادق وخناجر سوداء. يشغل برنامج الحرق الذاتي، يحترق المكان، يجد نفسه في نهاية المخرج السرّي للبناية، تُمسك بيده، إنها تعرف الطريق، يدخلان الغابة، ينزلقان نحو نفق مغطى بعناية، ينزلقان حيث الفتحات تمتص جسديهما، يتعانقان، يهويان على أرض رملية، يمسك بيدها، يتقدمان نحو إطلال مدينة منسية، يضع الخريطة على الأرض. أظن أن محاولة خلق إسرائيل جديدة أو ابتعاث إسرائيل القديمة لن تجدي نفعاً! عليك أن تعلم أن هذه البلاد كانت بلادي قبل أن تكون بلادك. إن محاولة الضغط والتأثير على الباحثين والآثاريين، وتزوير وتزييف الحقائق وتوجيه علم الآثار في

فلسطين لغاية واحدة هي البحث عن أصول إسرائيل في الأرض المقدسة وإثبات تاريخية الرواية التوراتية. هذه المحاولات لن تخرج إسرائيل من العدم. أنا أعلم أن الخلاص مع الهيكل، وأن محاولة العودة لإسرائيل وبإسرائيل هي ليست محاولة جادة من قبل اليهود، فمن قتل وصلب وسعى بالمجدف هم كهنة الهيكل حتى أنهم لم يحتاجوا لشهود! الجميع يعلم أن اليهود يعيشون رهاب الولادة الثانية وعودة المخلص. العودة هي حلم كنائس الإنجيلين للتحقق من الولادة والعيش ألف سنة بسلام. وأكيد أن اليهود لن يضيعوا هذه الفرصة من أجل العودة المجانية والحلم بأورشليم والهيكل، أظن أن زمن قورش قد عاد وعلى اليهود استغلال الفرصة إلى أبعد مدى.

عندما تنسج في خيالك صورة عن مكان ما، ثم ترعى هذه الصورة سنيناً وتضيف عليها في كل مرّة عنصراً جديداً، عليك ألا تزور ذلك المكان لكي تتلافى صدمة الواقع. ما أريد قوله إن إسرائيل الحلم ليست هي إسرائيل الواقع، وإسرائيل داود وسليمان ليست هي إسرائيل نتنياهو وشارون.

العربي متهم حتى تثبت إدانته!

أنت عربي؟ كان هذا سؤاله لي وهو ينظر إليّ من أعلى كوب الشاي الذي يمسك به بكلتا يديه وهو يرشف منه دون رغبة بالشرب.

هل تحاول أن تؤثر على استير؟ كان هذا هو سؤاله الثاني بعد أن أراح يديه من كوب الشاي واعتدل في جلسته. في الحقيقة التصرف بحماقة هو جزء من حياتنا! أخبرته أن التأثير على الآخر هو آخر اهتماماتي.

في حقيقة الأمر أنا رجل غير مؤدلج لا مع الدولة العبرية ولا مع الدولة العربية. لكن ينبغي علينا خلق انطباع جيد عند الآخر، كذلك ينبغي علينا عدم إهمال السعادة. لنقل، أنك تجول حول جحر الأفعى. إنها جنازتك، ربما عليك تذكرُ هذا. هذا ما قاله لي، وبكل أسف! هل أنت جاد؟ هذا ما قلته له. أنا، دائماً جاد، هذا ما قاله وأكمل رشف ما في الكوب دون اهتمام.

– أيها السيد، الإنسان دائماً هو فريسة الخطيئة! أغضبوا ولا تخطئوا، كأنك تترنم بما قاله بولس: لا تعطوا ابليس مكانا! المواقف نتاج قرارات وليس نتاج ظروف. لكننا نحاول، عن عمد، على ما أرى، أن نخلط بين المواقف والظروف! الراعي هو الذي يرعى حديقته بالعرق والكدح. يجعل الأزهار والأوراق تزهر. حب الراعي ليس فقط لأشجار حديقته. بل يحب ظلالها أيضاً. ما نحن إلا خدم. أخدمُ الله حيث يُرسلني.

– الفصول تأتي وتذهب. هذه قواعدي، وعليّ ان أحرس سلطتي. كل يهودي هو مواطن في الدولة العبرية، إسرائيل. علينا أخذ التهديدات الجغرافية السياسية المركزيةـ بل أتفه التهديدات المحتملة التي تُعرّض وجود الشعب اليهودي للخطر على محمل الجد.

– الراعي هو رب الحديقة. عليه ان يعرف متى يهطل المطر. عبير كل الفصول هو هدية الراعي لجنته. هو الوحيد الذي يعرف متى تزهر ومتى تثمر.

– ليست فكرة سيئة، إسرائيل، أرض الميعاد، هي دولة اليهود أينما كانوا.

- لا تتوقع مني الانحدار لهذا الدرك. ولن أدعو على التينة بأن لا تثمر أبدا.

- إن الشجرة كانت مورِقَة وبلا ثمر. كالمؤمن الذي يؤمن وليس لهُ أعمال حسنة، إي إنَهُ هو الآخر ملعونٌ أيضاً.

- كُل من آمنَ لا يُخزى. على التينة أن تُعطي ثمرها وقت نضجها وليس عليك أن تلعنها. إن تجنيد الكتابة التاريخية لصالح الإيديولوجيات القومية أو الدينية أمر لا يعنيني. هذا الأمر يغيب التفكير المنطقي والمنهج العلمي. أنا رجل انزلقت لهذا الأمر بمحض الصدفة لا غير. ربما هناك من يسعى للبناء وهناك من يسعى للهدم والتقويض. قد لا تبدو مقتنعاً بما أقول، لكن لا بأس، فليس من اهتماماتي السعي والعمل على اقناعك أو إيجاد مبررات لعملي أو سلوكي هذا.

رفع حاجبيه ومط شفتيه وفاه بكلام كأنه لا يريد البوح به. علينا مواجهة الحقيقة. عمرك لا يتناسب مع ما تؤمن وتفكر به! أكيد أن دعوى عدم انتمائك لأيديولوجية هو لغرض مسح أو تبديد الفهم السائد عن المسلمين بأنهم أناس متطرفين، خصوصاً عند الحديث عن القدس والسامية أو برجي التجارة.

كانت استير ترقب هذا الصراع الأيديولوجي على نارٍ هادئة، قالت: لا يوجد شيء يدعو إلى القلق، كلمة الرّب مستقيمة، وكل صنعة بالأمانة، بحسب البر والعدل. لا تحكموا ولن يتم الحكم عليكم.

فوبيا الإسلام!

هو لا يريد الاقتناع بوجود مسلم معتدل، وكل المسلمين عنده أشرار أو لديهم القابلية على التحول إلى أشرار. وهنا استوقفني بحدة وكأنه يُنهي التداعي العشوائي لكلامي قائلاً:

للتوضيح هذه كانت نظرتي فيما سبق، اليوم أنا مختلف، ومختلف تماماً، سمحت لابنتي بالتعرف عليك وجئت بك لبيتي رغم علمي بانك مسلم.

- يا لله! وهل هذه مكرمة؟ وماذا في ذلك، ماذا يعني لكَ إني مسلم، ها؟! الوصايا العشر جاءت من أجل ألا نخطأ. لماذا لا نؤسس لثقافة الكبار؟ أذهبوا للعمل ولا تخطئوا، يمكننا تغيير الأمور.

- قد أخطأت إذ سلمت دماً بريئاً.

- أنت أبصر. لكن تذكر. متى يكتب لليهود ولوقا يكتبُ للأمم.

- ربما لا تكون موضوعياً في تقييمك. أنا لم أسعَ يوماً للتقاطع مع الآخر، بغض النظر عن انتمائه، شكله، لونه، عرقه. إن غايتي ليست تحويل الصراع على الماضي إلى صراع على الحاضر يعاد بناؤه بشكل تعسفي. أن غاية الباحث الحقيقي هي البحث عن الحقيقة المجردة دون النظر إلى انحرافها الإيديولوجي.

- ربما أنت متورط مثلي في التاريخ. أنت تبحث عن إسرائيل والهيكل وأنا أريد التخلص من قسمي لأبي غفر الله له الذي أوقعني في هذا الشرك، كان لديه في خزانته الخاصة رزم من الورق الأصفر والجلود والحجارة والقصب، كانت أمي كلما مرّت ركلتها برجلها ورفعت

يديها عالياً تدعو الله أن يخلصها من هذه الزبالة. لكن أبي طلب مني وهو على فراش الموت أن أمسك حقوه وأقسم على قراءة ما في هذه الخزانة وإكمال الطريق الذي بدأه!

- هل تغفر ليهوذا؟

- هل تؤمن بغفران الرّب؟

- يا الله، سؤال بسؤال! كان عليك أن تسأل أولاً: هل تؤمن بوجود الرّب؟ هذا هو الجزء الأبتر من كل حكاية.

- طرح الفضة في المعبد وخنق النفس لا يعدل تسليم الدم البريء. مقبرة الغرباء ثمن الدم المقدس. ربما تطهر أرواح الغرباء. لكن لن تنجو روح يهوذا مطلقاً. لقد عقد صفقة مع الشيطان. كان يظنها رابحة.

- الإيمان صفقة رابحة. وما فعله يهوذا كان من تدبير الرّب. يهوذا كان الأداة. الإله يضعك حيث يُريدك. الإله يعرف أنك تقوم بالعمل.

تقول استير: الاستقامة ألا تحتطب من حقل غيرك. أقول: استر، بعض الأشياء تستحق الموت لأجلها. استر تواصل كلامها قائلة: فقط المخاطرة الحقيقة يمكن ان تختبر قوة الإيمان. لنوضح الأشياء استر. هو لم يكن الخائن، يهوذا كان الأكثر إيماناً بين التلاميذ. لقد نفذ إرادة الأب. لم يعمل يهوذا حسب مشيئته، بل حسب رأي مشيئته، هو شاء. وحده الغش يُمكّن من الحصول على علامات سهلة دون الكثير من العمل. إذ عرفنا بسر مشيئته حسب مسرته التي قصدها في نفسه لتدبير ملء الازمنة ليجمع كل شيء في المسيح.

الأمر برمته مصمم لجعل يهوذا يبدو كغبي. لكنه كان يمارس من خلف ستارة دور نبي. ليس سعيداً بالخيار على ما أظن.

- مثل الرجل الذي قدم السم لسقراط كان يشيح بوجهه بعيداً عن وجه المعلم. يد تقدم السم وأخرى تمسح الدموع.

- لكنه نفذ الأمر كجندي محترف ولولاه لم تصل البشارة للعالم.

- هذا لا يبدو جيداً. ربما لا يستطيع العالم أن يتفق معك. الرّب قادر على الخطأ لكنه لا يفعله. الإرادة الحرة هي من سمحت بوجود ما تسميه أنت الشر.

- كلنا نُكمل خطة الإله. أتمنى أن تغفل عما قال حزقيل ولا تنسَ ما قال يهوه: فإذا ضل النبي وتكلم كلاماً، فأنا الرّب قد أضللت ذلك النبي، وسأمد يدي عليه وأبيده من وسط شعبي إسرائيل. ربما تقول إن الوشاية بيسوع كانت هي الشر. وأقول كانت هي الخير. كذلك إبليس. وجود إبليس ليس ضد عظمة الرحمن، بقدر ما هو متناغم مع متطلبات إرادة الرحمن.

لقد اتكل يهوذا على يهوه ونفذ مشيئته. كان هو المستنير الوحيد الذي فهم مقصد الرّب وكان الجندي الذي لم يخالف الأوامر من أجل الحقيقة القادمة. مستنيرة عيون اذهانكم لتعلموا ما هو رجاء دعوته وما هو غنى مجد ميراثه في القديسين. في الحقيقة لو كان بيلاطس حقاً بريئاً من دم الابن البار. ينبغي على العالم النصراني كله غسل يدي البريء، يهوذا وتقبيلها لكي يتم ما قيل بالنبي: اقتسموا ثيابي بينهم، وعلى لباسي ألقوا قرعة.

لو وجهنا السؤال لأنفسنا الخاطئة: لماذا اختاره الرّب من بين التلاميذ؟ الجواب: لأنه كان الأقدر على الوفاء بالتزامات الإيمان حتى لو أدى هذا الأمر إلى نهاية الراعي. في الحقيقة أن المؤسس الحقيقي للنصرانية كان يهوذا. يهوذا هو الذي دل التلاميذ على أبواب الغابة وهاجرت الطيور لنشر الحكاية وكل يحمل في منقاره حبة حياة. لأننا نحن عمله مخلوقين في المسيح يسوع لأعمال صالحة قد سبق الله فأعدها لكي نسلك فيها.

- تعذيب الجسد أهون بكثير من تعذيب العقل.

- أطلب المغفرة ويغفر لك.

- ما الذي أفدته من الدراسة في إيطاليا؟

- كما أخبرتك انا غير مهتم بالتاريخ وبهذه الأساطير والخرافات والكأس الذهبية وقطرات دم السيد المسيح. كل هذا لا يعنيني. ما يعنيني هو التحلل من قسم أبي.

- لا يبدو لي ان الوفاء بالقسم سبب كافٍ كي تضيع عمرك في رفوف المكتبات وبين المخطوطات وعتيق الورق.

- أعطيت الكلمة للإنسان كي يسمح له بإخفاء ما يُفكر به.

- مواطن الكون! هل رأيت النجمة الساطعة؟

- أية نجمة ساطعة؟ عن أية نجمة تتكلم؟ كن واضحاً فأجيبك.

- كلا، لا ينفع أن أكون واضحاً أكثر من ذلك. إن ما قلته يدل على أنك لم تر النجمة الساطعة. أنك لم ترَ شيئاً، يا عزيزي!

- أسمع أيها المحترم، توضع القبلة الثالثة على الفم لإخفاء الصوت حتى يظهر العلم والعمل. أصبح العالم منظومة قديمة. يجب علينا استبدالها. خلق أساطير جديدة لبعث حياة جديدة.

- العالم في الألفية الجديدة يختلف عما سبق، ليس من السهولة خلق الأساطير اليوم، عملنا يقتصر على تدوير الأساطير. خذ وقتك فحسب. لكن العبث بالنظام يختلف عن العبث مع النظام. تغيير النظام يختلف كثيراً عن تغيير المنظومة. هل تجيد اللغة اللاتينية؟

- نعم. علمني إياها أبي. لا تشغل بالك بهذا الأمر، أنا أجيد كل اللغات القديمة.

- لا أظن.

- ماذا؟

- كلامك غير منطقي وبعيد عن الصحة، عمرك لا يوحي بذلك!

- بدا لي الأمر كأنه إساءة. هل هناك نقصان في شخصيتي؟

- هدئ من نبرتك عزيزي. ليس هذا هو الأمر، فلقد تقابلنا للتو. ثم أنا من دعا إلى هذا اللقاء. كل الذين عملت معهم قد رحلوا.

قال لنحسم هذا الأمر، وأشار لاستر بأن تطرح علي ثلاث أحجيات. تبسمت استر وهي تفكر بأحاجي مرنة تهون علي صعوبة اللقاء مع أبيها، عصرت صدغيها، ثم رفعت رأسها وشرعت بالقول: أخبرني، ما ماء ليس من أرض ولا سماء وكيف هو لون الرّب؟ تبسمتُ في وجهها، وقلت لها: يا بلقيس أنا سليمان، فتعجبت وتحيرت ونست الإجابة عن

275

السؤال، فشعرت بالنجاح والنجاة وشرعت بالقول: هل سمعت بطفل لم يعرف طعم اللعب، ولا يُجيد المهارات التي يجيدها أقرانه من الأولاد؟ إذا سمعت فهذا هو أنا. كنت لا أخرج للعب إلا بعد أن انهي الدروس التي قررها أبي علي. حين أخرج للعب أجد الأولاد قد غادروا ساحة الملعب! لا أجيد اللعب حتى مع نفسي، أعاود ادراجي نحو البيت، يأخذني للحُسينية، أذن بالناس، أشهد ان علياً ولي الله، أشاهد البسمة على وجه أبي والمصلين. بمرور الوقت فقدت شهية اللعب، لقد غادرتني حساسية اللعب وتعلم المهارات.

أمي لم ترني أبتسم، دائم التسبيح والحوقلة. كل هذا وأنا لم أبلغ الحلم. لا أعرف معنى الذنب والكذب، الخداع، الغش، النفاق عيب، وأنت ابن الشيخ ويجب عليك أن تكون القدوة وهكذا أصبحت على ما أنا عليه، وعاء صبّ أبي فيها ما أراد هو لا ما أريد أنا!

امتزج الرجلان تاريخياً فصعب معرفة الفكر

هل سمعت بطفل لم يتعلم كيف يبتسم أو كيف يضحك على طرفة تطرق سمعه؟ إذا سمعت بهذا الطفل، فهو أنا. كنّا نذهب إلى خرائب بابل وأور، نغوص بعيداً في صحراء تل اللحم، يقصُّ على سمعي أقاصيص، أعجب من الأعاجيب. وأنا أنصت لهذه الهلوسات بأذن طرشاء. لم ولن أصدق أن من سكن هذه الخرائب كان يمتلك علوماً متقدمة! كان أصرار أبي لا يوصف. دوّن كل ما توصل إليه وأنا اتبعه كغلام موسى. يقول إن العرب كانوا يملكون أجهزة اتصال متطورة. يعتقد جازماً ان عمر بن الخطاب والدولة العربية الإسلامية في عهده كانت تملك وسائل اتصال متطورة تفوق ما هو موجود اليوم. يستشهد بحادثة الاتصال كما

يسميها هو بين عمر بن الخطاب وسارية. حينما انكسر جيش المسلمين صاح عمر: الجبل يا سارية. وسمع سارية صوت عمر وانحاز نحو الجبل وبذلك انخفض عدد قتلى المسلمين في هذه المعركة! وان إسراء النبي كان بمركبة فضائية. اسمها البراق.

- هَلْ أَخْبَرَ أَحَد بِذَلَكَ؟

- لَا لَمْ يُخْبِرْ أحداً. وَحَقّكَ لَوْ نَطَقَ لَقَطَعُوا مِنْهُ الحُلْقُومَ والحيزوم.

- هل زرت مكتبة الفاتيكان؟

- نعم. كانت قليلة المؤنة لي. كانت مسؤولة المكتبة حادة وجافة معي. حاولت ان تستدرجني لتعرف ما أخبئ تحت ردائي وخاب فألها. كنت أحمل مسودات خطوط أبي وصور لآرائه ومكتشفاته.

- لا عليك منها، سنذهب غداً لزيارة المكتبة وسندخل إلى القبو حيث المخطوطات التي تبحث عنها وتبحث عنك.

- متى ستسافر؟

- ما أدراك إني سأسافر؟

- أظن ان الرجوع إلى بغداد ينبغي ان يكون قبل شهر نيسان، اليس كذلك، أليس هذا ما أخبرك به أبوك؟ أظنك بحاجة لقراءة بعض المخطوطات السرية التي لا يجوز رؤيتها إلا للمنذورين. قالت استير، في صمت مع ابتسامة مخفية، عندما تعجبنا عقلية أحدهم، ستعجبنا ملامحه مهما كانت. أبي فليذهب معنا لدار الأوبرا، ها، ما رأيك، أبي؟ قال الأب بلغة محببة: يبدو أنه شاب طيب القلب. كم أود لو تأتي معنا؟ كما أود أن أعرف رأيك بالموسيقى الإيطالية، موتسارت، روسيني، فردي، بوتشيني؟

277

- فكرة إيطاليا تُثمل العقول على الدوام وهناك لحظات عظمى لا يمكن محوها من الذاكرة. لذا جميع ما في إيطاليا يستحق التوقف عنده. ليس اللوحات والمتاحف فقط. المدن الصغيرة غوبيو، كورتونا، سان جيميانو، منونتريانو.

- إيطاليا آخر أرض يتفتح فيها شجر الليمون، وتنمو فيها حبات البرتقال الذهبية بين أوراق الشجر الداكنة.

- نعم، غوته قال هذا.

لكن أبي قال: لا تنساق وراء تلك الفكرة السياحية البغيضة وهي ان إيطاليا مجرد متحف للأثار والفن. أحب وأفهم الإيطاليين. لأن الناس أكثر روعة من البلد. الدور الذي لعبته إيطاليا في تاريخ الفن الموسيقي هام وخصب إلى أبعد حد، وعلى الأخص في الأزمنة القديمة. ينبغي على المتذوق لفن الموسيقى الإيطالي ان يحصل على بعض العلم بالشعر الإيطالي من دانتي إلى شعراء عصر النهضة بترارك، تاسو، وسانازارو Sannazaro وآخرين. ودراسة اللغة الإيطالية ضرورية لدراسة وفهم الأوبرا كما أراد خالقها. وأظن أن بوتشيني وموزارت، فردي وكذلك روسيني لم يتمكنوا من إظهار براعتهم الفنية على أفضل وجه، إلا بعد ان جعلوا هذه الأوبرا تعتمد على الغناء باللغة الإيطالية التي كانت معروفة تماما لجمهور المشاهدين.

أظن أن عليه اصطحابنا لدار الأوبرا!

مقبرة الإنكليز

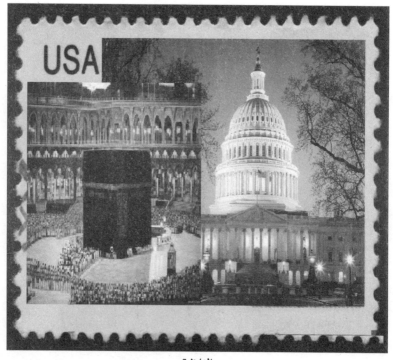

الثلاثية

مكة 570/ ميسان 1250/بابل 2003

في البداية لم يكن هناكَ شيء إنك ولدٌ محظوظ!

أصبتُ أنا MX في سنٍ مبكرة بالتهاب الغدد اللمفاوية المزمن، حيث احتارت بي أمي! لم يكن الطب آنذاك ولا الأطباء في زمني ذاك على تلك الدراية والخبرة والتجريب بمثل حالتي. لذلك تفاقم الوضع وتحولت الحرارة إلى حمى مرتفعة وهي بالتالي استحالت إلى تجلي رائع ورؤيا غيبية، نورانية. لكن علم النفس وفرويد اليهودي المنحرف عن الجادة والصواب، ما أنفك يشخص حالتي بالصرع!

ألا يُمكنك تحمل نقد بسيط؟

هذا يعتمد على الغرض.

تاريخ الجنون

إن ما يدرسونه ويُدرسونه في الكليات فيما بات يُعرف بعلم النفس، أن هو أو هي مجموعة من القواعد والافتراضات فاهَ بها فرويد ويونغ ومجموعة من المخابيل. حيث أسسوا مدارس للتخبيل أو التحليل النفسي. ما يُدريه ما يوجد في النفس البشرية حتى يؤسس لها مدارس! إن علم النفس، لتوقه ليكون علماً، لا يمكن أن يقدّم سوى مجموعة من الحوادث الشاذة التي لا رابط بينها في أكثر الأحيان. فما أكثر الاختلاف

بين الخطأ بتصوير الأشياء بدقة حين تلوح كلمح البصر ومركب النقص؟ إن هذا الخطأ لا يتأتى من الصدفة بل من مبادئ علم النفس ذاتها. هل استطاع فرويد أن يحلل شخصية فرويد؟ عقدة أوديب، عقدة الكترا، مجموعة من المخابيل يريدون ان يعيدوا الناس إلى رشدهم! في الأمراض وعلم الأمراض غير المنظورة يكون الأطباء هم المرضى ولكن لا يشعرون. وفي حقيقة الأمر لم يكن ما بي صرعاً بقدر ما كان كشفاً وتجليّاً ولو عرف علماء الطب النفسي كما يسمون أنفسهم كيفية الاتصال والوصول لما أسموه بالصرع!

وفي الواقع أن علماء النفس لا يفقهون أنه من المستحيل بلوغ الجوهر عن طريق تكديس الأفعال، استحالة بلوغ الوحدة. أن كلاّ من مبدأ العالم ومبدأ الواقع الإنساني لا يمكن الفصل بينهما.

من الممكن ، كما يظن هيدجر Heidegger ، أن كلا من مبدأ العالم ومبدأ الواقع الانساني Dasein لا يمكن الفصل بينهما . لهذا بالضبط ، على علم النفس أن يدع الواقع الانساني وشأنه ، إذا كان ثمة من وجود له .

الجماع يُذكرُ بالجنة ويدعو لها

الطاقة النورانية هي التي تدفعني للإمام حيث أرى بعين بصيرتي وأرى بواسطة الطاقة الظلّية من ورائي ومن خلفي وبواسطة الطاقة البيولوجية والكيماوية والنووية أحيا.

كانت الأحجار والأشجار تكلمني، تتحدث فيما بينها، لقد جاء.

كانت الأصوات تدور في رأسي، تصرعني مثل مصارع قوي، أشعر بقوة ضربات المطارق في رأسي، أرى أشباحاً تتجول، تتلون، تتحول، ترتل وأنا اسمع واستمع ولا قدرة لي على الكلام. لم يؤذن لي بالكلام بعد، أجلس على مصطبة في ركن قصي أشاهد لقطات فلم في القديم بالأسود والأبيض.

حياة جديدة

أنا MX جاءني اتصال عمل على جاري العادة: جهز نفسك، حفلة شواء. فقط هذه الكلمات، سنتأخر قليلاً هذه المرة، هل أنت موافق؟ هززتُ رأسي، كان هذا جوابي، أغلق الخط، كأنه سمع الجواب. لقد تأخرت السيارة التي كانت تقلني في كل مرة عن موعدها الاعتيادي هذه المرّة، كانت المواعيد كما يقولون موعد انجليزي! أنا MX عراقي القلب والقالب، لا يهمني تأخر المواعيد خصوصاً لو كان هذا التأخير يصبُّ في مصلحتي، طالما هم يدفعون، لا مشكلة عندي في هذا.

كان الشيك يودع في رقم الحساب الخاص بي. يبدأ العمل حينما أرفع سماعة الهاتف، لا مشكلة عندهم في الدفع. بقيت أنتظر 45 يوماً، فترة طويلة جداً لم أمرّ بها في عملي معهم، استغربت كثيراً لكني لم أحفل بالأمر طالما النقود كانت ترد إلى حسابي بانتظام.

بعد ال 45 يوماً التي ربما كانت لغرض الخلوة والتطهر. النار تلتهم كل شيء، الماء يطهرها. لابد من فصل النقاء عن القذارة، الشرير من البريء.

إنها تبدأ

أنا MX جاءتني السيارة دون تلفون مسبق لأني وحسب سياقات العمل على رغم كوني في منزلي، كنت في العمل، أمر تعودته منهم، لا شيء غريب عندهم، كل شيء محسوب بدقة لا تجد اختلافات أو تأخيراً أو تداخلاً في العمل.

أنا MX محدثكم، أنزلوني في نزل خاص لمدة 3 أيام، بعدها تم نقلي إلى إحدى القواعد العسكرية، وهنا بدأ الأمرُ غريباً، أعني ليس غريباً كلياً، بل بعض الشيء لأن القاعدة كانت عسكرية تخص الجيش الأمريكي ولم تكن Location كما هي العادة!

تذكر لقد اختارك

خضعت أنا MX إلى جملة من الاختبارات البدنية والنفسية، أسئلة في العلوم المدرسية، التاريخ، الجغرافية. كانت السيدة التي تُشرف على هذه الاختبارات مبهرة، أحلى من مهرة حميدان التي كنّا نركبها في العيد، ما الذي أرجعني للبصرة القديمة، خره بالشمر. ما الذي يمكن أن تفعله لتجنب الألم؟ هذه اللبوة تستفزني رغم إنها ترقبني من خلال الزجاج ومن مكان مرتفع. كانت انيقة، رشيقة، كما قلت لكم أنا MX كانت أحلى من مهرة حميدان، نحتها المقدس بأزميل مقدس.

ارجعتني نظراتها وشبقي بسرعة إلى البصرة القديمة! لماذا تذهبُ ذاكرتي هناك؟ شارع بشار، خرا بالشمر 1000مرة، مدينة السكراب وبيوت الگـحاب وباعة العرگ المغشوش، الشناشيل. سوق الجمعة، النگرية، مقهى الشناشيل، جامع الفقير، بيوت اليهود، السكارى في كل

284

مكان، الشرطة تجمع القحاب والسكارى. كل يوم، القوادون يُخرجون القحاب بكفالة فورية (رشوة) لأبو إسماعيل، الشرطي، ينزل الخمس دنانير بجيبه ويصيح: والله إذا أشوفك هنا مرة ثانية. ويأتيه الجواب عبارة عن ضحكة داعرة مع عبارة ما زلت أسمعها: أنت هم گواد بس للضابط!

لا تفعل هذا مجدداً

تم إيقاف التمرينات وأخذت لغرفة الفحص الطبي، كانت جميع النتائج جيدة ماعدا نتيجة مهرة حميدان وليلة العيد.

خضعت لدورة أخرى، نسيت أن أخبركم في عملنا هذا، لا يحقُّ لاحدٍ الاعتراض أو الكلام، كان عملنا هو تنفيذ ما يُطلب منّا. نعم، أكاد أسمعها من أفواهكم: مرتزقة. WoW، نعم، نحن أو أنا MX أظنني أعمل عمل المرتزقة، لكنه عمل مريح ومربح. في عملي هذا أنا MX يكفي ان أقول لا أريد العمل، تتوقف الساعة، تتوقف الدولارات، يتوقف رنين الهاتف، تتوقف الدنيا من حولك. ببساطة هذا هو الوضع.

سوف نساعد الرجل

اليوم، أنا MX أجهل قواعد العمل رغم عملي معهم لفترة ليست بالقصيرة، لكني لم أعد أفهم ما يريدون، دورات، فحوصات، تمارين. حقيقة لم أعمل مثل هذه الفترة الطويلة في أي من المرات السابقة، أظنني سأصبح مليونيراً بعد نهاية اختبار وكالة الفضاء الأمريكية NASA.

ما الذي تخشاه؟

- أنا MX لا أخشى شيئاً.

285

– لقد اختارك لمهمة عظيمة. لقد اختارك لتعيد كتابة الحكاية من جديد. إنك ولد محظوظ. عليك أن تقبل هذا الأمر وبشرف. شرف كبير لك أن تحمل الأثر المقدس وتضع القوس على كاهلك كما كان يفعل.

أنا MX كنتُ اتصل بماجدولين أسبوعياً، كانت تشجعني على البقاء في عملي. كان الشيك يصلها بانتظام، مادلين أصبحت أمريكية بالغريزة. كانت تفكر مثلهم بعد أن أخذت الجنسية الأمريكية أصبحت أمريكية أكثر من الأمريكان، الكلمات العربية التي كنت أسمعها، اختفت من حلقها وجفت من ريقها. لكن الطبع غلب التطبع، حيث كانت بعض الكلمات تتفلت دون إرادة منها، كانت تشعر بالانزعاج والحرج من هذا الأمر! لكن هناك جملة واحدة فقط كانت تنطقها في حجرة النوم فقط، بلهجة وسيكولوجية عراقية خاصة وخالصة ومحببة: عليك ان تحافظ على هذه العائلة. كنتُ أعذرها فالحياة هنا ليست سهلة مثل الحياة في العراق.

الإغواء قاد إلى الخطيئة

أنا MX أنهيت جميع التدريبات ولم يتبقَ سوى أداء المهمة. كانت مهرة حميدان ترقبني أحاول جذب انتباهها. كنت أحاول عدم النظر إليها، أشيحُ ببصري عنها، قالت معلمة تدريب التحكم الدكتورة باتريشا سانتي الخبيرة النفسانية؛ أن النظر للمرأة الجميلة خمس دقائق يفقد الرجل خمس سنوات من عمره! من السهل أن تكتشفوا أن معلمة التدريب ليست بذات جمال وإلا لما قالت هذا الكلام. لكن يبدو أنها وصلت لقناعة مع نفسها أن الجمال وحده غير قادر على خلق حياة سعيدة. كنتُ أضحك في سري من هذه الفلسفة الاقناعية. هذه الفلسفة التي تؤمن بها

وتحاول التأصيل لها جُملة من القبيحات. في الحقيقة هي لم تكن قبيحة بمعنى القبح التقليدي، بقدر ماهي غير مبهجة. في أحيان كثيرة حينما تلتقي بجميلة أو تراها عن قرب أو بُعد تشعر أن طيور البهجة تحلق معها، تسبقها أو تلحق بها. تذكرت هذه الجملة التي نطق بها شويعر عراقي كان يجلس معي في صالة المطار، مطار الملكة عالية في عمان، حين هممتُ بمغادرة العراق، قال: حين تتحدث إلى امرأة جميلة تثملُ الكلمات وحين اتحدثُ إليها أثملُ وتثملُّ الحياة! أما هذه المعلمة، أعني، معلمة التحكم، فإن فرويد ويونغ يسيران معها، كأنهم يقتادونها لزنزانة حبس انفرادي مخافة ان تُفسد صباحات الناس.

كانت مهرة حميدان في أبهى حلة، فتحت الباب الزجاجي الذي كانت تنظر منه إلي. هبطت السلم، تسبقها روائح عطرة، تلحقها روائح معطرة، تدور حولي كأنها مغزل أسطوري ينسج حولي حكايات شبقية! شعرت بتوتر خفيف، مرّت بجانبي دون أدنى كلمات، تفحصتها عيوني، رائحة مقدسة، أعتقد إنها تمارس حيلة عليّ! ليست جميلة، أبداً ليست جميلة، أظن ان الكلمات بدأت تخونني، بدأتُ والحياةُ في ثمالة، أشعر بتوتر وانتصاب شديد، هذه ليست جميلة. أظن ان هذه من صنع الإلهة. مروحة بيضاء في سماء زرقاء. المواسم تتغير، قد أكون مكثتُ في الشتاء طويلاً، لكن الربيع دائماً يأتي في موعده.

راودني حلم رائع. لقد رأيت زهرة تتفتح من لا شيء

وقال الله فليكن نور

فكان نور

ومن ذلك النور خلق هذه الشفافة

وأنا أتأملها وهي تدور حولي، رن جرس انذار كبير، هرع الجميع إلى المكان بما فيهم أستاذة التحليل النفسي وأستاذة التحكم القبيحة. وضعوني في حجرة انفرادية دون قيود. لم يكلمني أحد لعدة أيام. بعدها أسئلة تحكم؟

- هل لديك أصابع؟

- هل أنت من العراق؟

- أرفع ذراعك، هل تشعر بقدميك؟

- ما هذه الأشكال التي أمامك، ألوانها أيضاً؟

سيد MX أنت لا تتحدث مع أحد. من أين علمت أن هذه السيدة من صنع الإلهة؟

الرجل الذي كُتب في قلبه وعقله قوانين الله ووصاياه. رجل واحد يقف بمفرده ضد امبراطورية! قلت له: أنا لم أتفوه بكلمة، فقط نظرت إلى السيدة وهي تمرُّ أمامي. قال لي: هل نسيت أنك في فترة الاختبار وأن الأجهزة تقيس جميع انفعالاتك وحتى الكلام الباطني؟ كل شيء تحت المراقبة والسيطرة سيد MX لم تتمكن ولن يتمكن الإنسان من سد الثغرة.

- عن أية ثغرة تتكلم؟

- الميكانزم العصبي الذي يحكم ردود أفعال الإنسان. إن كل مفكر مـادي يـرى أن الإحساس ليس سوى رابطة مباشرة تربط العقل بالعالم الخارجي. إنه تحول لطاقة الإثارة الخارجية إلى حالة ذهنية ويتم تحول هذه الطاقة من خلال الجهاز العصبي. مدرسة بافلوف

288

والمدرسة السلوكية القائمة على حيوانية الإنسان وماديته. هكذا نصطاد الحشرات والفراشات.

- حين يؤمن الأعمى بنظرية الأعمى يُصابُ العالم بالعمى!

- واقع الناس هو الذي يعين مشاعرهم. نشأة الوعي وتطوره في النوع الإنساني منذ أن كان قرداً إلى أن أصبح إنساناً. التدرج يختلف عن التطور، كذلك التلذذ يختلف عن التلصص.

- العبيد هم الثروة أيها القائد. المهزومون تم تسخيرهم لخدمة المنتصرين. حتى في الأخرة، الضعفاء يتم تسخيرهم لخدمة الأقوياء. ملائكة الرّب الصغار. القرون التي تحرسنا.

- جيد. بدأت بفهم الكثير عنك. لا تدع الطموح يقلل من خصالك.

- هل الحيوانية قدرنا؟

- إنكار الروح وإنكار استقلالية العقل، والإيمان بالجسد وحده واعتبار السلوك البشري بأكمله: أفعالاً شرطية منعكسة لا غير.

- مثير واستجابة!

- الإحساسات صور للواقع. إنها منبهات صادرة عن الموضوعات الخارجية.

- الأبواق تُخبر العالم بأسره أن قلبي يخفق بشدّة. الإجابة على صلواتي. قوّي بكلماتك أفعالك. إنها مبهجة، مثيرة، حساسة وذكية، ممتعة للنظر! إن جمالها غير طبيعي، لم أشهده إلا مرة واحدة. قال: أين ومتى؟

- قلتُ: في العراق، كأنها مرشدة الصف. تبسم، رأيته يتبسم، قلت له: هل أنا جرذ اختبار؟ قال لي: هذا عمل وأنت قبلت الشروط، إذا لم يعجبك العمل تجاهل المهمة. أنا لا أبحث عن الفشل، أنا دائم النجاح. هذا ما قلته له.

أحياناً تحتال على القوانين لتبقى تحت الضوء أطول فترة ممكنة!

إعادة تأهيل

في الحقيقة خفت أن تضيع مني فرصة هذا العمل وما درّه عليّ من أموال وجعلني أحظى ببعض الاستقرار، فكرت بسرعةٍ من يمشي على الجمر. ربما يكون عملي القادم مع مهرة حميدان هذه، مخلوقة الإلهة. هززتُ رأسي، دلالة الموافقة على العمل معهم.

بدأنا التدريبات معاً أنا ومهرة حميدان التي لم تكن تتكلم، لم تتفوه بكلمة واحدة وكانت تؤدي جميع التمرينات بمهارة فائقة، تتحرك مثل راقصة بالية، تفكر مثل عالمة رياضيات! كانت تجارب الأداء جيدة واقتربنا من لحظة العمل الفعلي. قال المشرف على التدريبات أن الوقت قد اقترب كثيراً. لم نحزم الحقائب، كانت الحقائب معدة. حملت حقيبتي وحقيبة السيدة الصامتة على كتفي وصعدنا السيارة.

ينبغي على أحدٍ ما ترتيب الحكاية. أشعر ببرودة في الأعصاب ونار في الأعضاء. تسحبني الخيول إلى عالم مليء بالبياض، اسحب عطرها، تتأخر خطوتي لتلتذ بتنسم عطرها. يتكاثف الندى، يتحول البخار إلى قطرات. امتص نسغ الحياة، ثديَ أمي مليء بالبياض، عرق مسيح ممزوج بماء زمزم.

هل يمكنك أن تحفظ سرّاً ما؟

لكَ وعدي بذلك.

القوة هي التي تحكم وليس القانون!

أنا MX أخبرت الكاتب أنى سأقتله إذا لم يخرجني من هذه الدوامة ويكف عن العبث معي، أريدهُ أن يُنهي هذه الحكاية السخيفة بأي شكل من الأشكال ويكف عن جلبي معه في كتاباته المملة هذه. كان يجلس معي في السيارة التي اقلتنا إلى المطار، في المقعد الخلفي يرقب كل تحركاتنا.

أنا MX دس المؤلف وريقة صغيرة في جيبي مكتوب فيها: هل تعرف تاريخك، مع علامة استفهام كبيرة؟ نظرتُ إليه شزراً وقلت له: نعم أعرف تاريخي وأنا أفخر به. تبسم ابتسامة باردة ثم قال إن ما أخبرتك به أمك بعض الحقيقة وليس الحقيقة كلها. هل تعرف إمام جامع الفقير، ها؟ قلت نعم كان يأتي إلى بيتنا بعد أن تهدأ الأصوات هو وزوجته، لم يدخلا حجرتي، كانا يجلسان في حجرة أمي. كان يأتي معهما ولدُ يقاربني في العمر، يكبرني قليلا، كانت أمي أكبر منه قليلاً، وكانت تطلق عليه (حياوي) للتدليل. بعد ذلك تم إدانته وتصفيتهُ بسبب شجار مع إحدى القوادات التي قررت أن تمارس عملها في الجامع، كانت سكرانة، تصيحُ بأعلى صوتها، المعبد القديم، هو بيت القوادات، هو المبغى السماوي. كان ضابط الشرطة معها. قام ضابط الشرطة بالبحث عن (حيوي) كما نسميه نحن الأصغر منه سناً، وكان معروفاً عند البحارة بهذا الاسم. فرّ حيوي أو حياوي إلى حديقة الأمة في العشار، شارع الكورنيش، حيث

اختبأ خلف إحدى الأشجار لكن الضابط أمسك به وقام بتعذيبه ومات تحت التعذيب في حديقة الأمة وأمام أنظار كل الأمة!

يصُعبُ التفسير. لكن هناك شيء في داخلي

لم أشعر يوماً بالحرج مما فعلت أمي. حدث يوماً وأنا أمرّ أمام الحجرة الباردة أن رأيتُ مدير المدرسة ومعهُ رجلٌ آخر، يلبسُ رداءً أسود فوق معطفه الأسود. كان يجلس قبالة أمي وبيده بعض الأوراق. استرقت السمع قال لها لا تخافي سيكبر وسيرحل بعيداً كما خُطط له، نحن نفكر بإرساله لأمريكا. هناك لن يتعرف إليه أحد وسيعيش حياة هادئة مطمئنة. عليكِ أن لا تشعريه بالاغتراب. هو يطلب الذهاب في رحلات سياحية مع أصدقائه للترفيه والترويج والاكتشاف. لا بأس، دعيه يذهب سنكون معه وسنراقب جميع خطواته فهو أمانة عندنا وهو أملنا الوحيد في الخلاص من هذه الفوضى التي تدمر البصرة القديمة.

بعد مقتل (حيوي) تأثرت أمي كثيراً حتى أنها أصبحت عاجزة عن الكلام. ذهبت أمي مع بقية النسوة في الشارع الطويل النسوة اللواتي تقع بيوتهم خلف جامع الفقير لإداء واجب العزاء. توقف العمل ثلاثة أيام في الشارع الطويل حتى أصحاب الخمارات أغلقوا دكاكينهم، الكلام أصبح بالسر، يتهامسون بالعيون ويتكلمون بالرموز! كان الجميع يحب (حيوي) ما عدا ضابط مركز الشرطة الذي قتله خلف الشجرة في حديقة الأمة من أجل بغي لعينة.

كنتُ أعمل أنا MX في بعض الأحيان، أذهب إلى سوق النجارين في البصرة القديمة، أقف في دكان أحدهم، أقطع بعض الأخشاب لبعضهم

الآخر أو أساعد في تلميع بعض قطع الأثاث واقبض ما تيسر من دراهم معدودات، اجمعها في خرج قديم وادفعها في حرزٍ أمين حتى تأتي العطلة الصيفية حيث أذهب مع بعض الأصحاب في سفرات سياحية للأهوار، حيث يقوم أصحابي برحلة في قلب الأهوار لصيد الأسماك والبط وبعض الأنواع من الطيور المهاجرة في محاولة للتشبه بسكان الأهوار، سكنة العالم الأول. نحاول ان نعلم بعضهم القراءة والكتابة، دون فائدة! وبعد ان نغادر المياه الأولى كنا نسافر عبر التاريخ حيث نصطدم بالتاريخ، نطرق أبواب العالم وبواباته. زرنا بعض المدن الأثرية.

لا تعطوا إبليس مكاناً

أنا MX ذهبت للناصرية، (تل اللحم) مسقط رأسي كما أخبرتني أمي بعد ذلك. زرتُ المدن التراثية، زقورة أور استوقفتني كثيراً. لا أدري لِمَ استوقفتني، مشيتُ طويلاً، اضطجعتُ طويلاً، اشعر بتوتر عضلي، أشعر بحركة من حولي، اسمع صياح نسوة، ينتصبن ويتصببن، أرى واسمع تساقط قطع معدنية لغرباء، يختلط عرق النساء مع عرق الرجال من حولي، مياه بيضاء تسيرُ عليَّ متسارعة، قطرات بيضاء تتدفق تصحبها همهمة، وانفراج. غفوت على سطح الزقورة، عند الصباح كانت أعضائي باردة، شعرت بحمى شديدة. أخذني أصحابي للفوادة، تمددتُ على حصيرة من قصب البردي (بارية صفراء)، رشّت عليّ بعض الماء البارد. تبسمت في وجهي. قضيتُ الليلة وأنا استمع لحكاياتها. ربطت على ذراعي قماشة خضراء وأخرى بيضاء، مشت معي لنهاية طريق المگير وودعتني وهمست في أذني: أمامك طريق طويل لتقطعه...

بعد أن استعدت عافيتي ذهبنا لزيارة مقامات الأولياء والسادة، سيد دخيل، سيد يوشع، ذهبنا بعد ذلك إلى مدينة العمارة بعد ان قطعنا طريق الـچبايش حتى وصلنا لمقام العُزير (ابن الله)، النبي (عُزير) زرنا مصلى اليهود، صلينا هناك. كان بعض القاطنين على الطريق يغلق أبوابه لأننا كنّا نلبس ملابس مختلفة عنهم، بعضهم كان يُكثر من السؤال عن عشائرنا، فإذا ما تبين أن أحدنا ينتمي لعشيرته امتعض امتعاضاً شديداً من هؤلاء المتسولين الذين يجلبون العار لاسم العشيرة، وبعضهم يفرح فرحاً كثيراً ويبدأ بالسؤال ويعدد الأنساب، بيت فلان وآل علان ويعدد المعارك التي انتصرت فيها عشيرته وينسى أو يتغافل عن التي هُزموا فيها! حاولنا الدخول في أحد المساجد كي نبيت هناك بعد أن رفض الجميع ضيافتنا أو سماع حديثنا! جلسنا في بستان بعيد عن الطريق. كنّا جميعاً في حالة يرثى لها من الجوع. قمت بعد ذلك بجولة بين البيوت. كانت هناك امرأة تضع خرقة خضراء فوق عصابتها السوداء، خيّل إلي إنها مريضة أو على علم بمقدمي، فكـأنها كانت بانتظاري، كنت خائفاً من نظراتها، تخيلتها أشبه بنظرات الكلاب حين ترى الغرباء! أم كنعان، هكذا نادتها جارتها، أعطتني الطعام وقالت لا تهتم بإرجاع المواعين أعرف كيف استرجعها.

عند الفجر أيقظنا صوت الحيوانات وهي تذهب للمرعى. لم يكن هناك مؤذن.

أنا MX أخبرت كاتب الرواية أني سأقتله وأنا من سيكتب الرواية. لقد تعبت من هذا الهرولة خلفك، سنوات وسنوات وأماكن قصية ونائية من مكة لأورشليم، للقدس فأمريكا ثم لماذا تذهب بي إلى ميسان، ماذا بها مدينة ميسان، ها؟ لا أظن أن ميسان تملك نفس حظوظ مكة والقدس

أو أورشليم. الناصرية، لماذا! لماذا تأخذني هناك؟ سأقتلك هذا آخر ما عندي. قال لي: لو كُنت تدري ما قيمة موسان لأمسكت بشبر أرضها وعضضت على قصبها بالنواجذ، إنها الإمارة التي أخفى الأسلاف مكانها، اتلانتا الغارقة في الحلم. لكن، دائماً هناك من لا يميز بين الدرّة والبعرة!

علينا أن نحدد الفارق بين الشرير والبطل.

لكنهم سيقتلونك، هذا ما قاله لي. بعد أن يأخذوا ما يريدون منك. أنا لستُ كاتباً للروايات، أنا حارس الحكاية. عزيزي، أنا لا أكتب، أنا اقرأ لنفسي. هناك من كتب الرواية، وما تراه بيدي إنما هي مخطوطة بورخس، هناك من دون تاريخك المجهول والمعلوم. لكن لماذا لم تسأل كيف جئت لأمريكا، ومن سهل لك طريق الخروج، ومن بحث لك عن عمل ومن وضع الماجدة العراقية في طريقك وأقنعها بالعيش معك رغم اختلاف الديانات، ها، هل مرّت على ذهنك مثل هذه الأسئلة؟ اليوم، حق الولادة ينتقل إليك. فقط سلالة المطهر هي التي تحمي العالم، اليوم أصبحت الرجل الواحد، الرجل الأخير في النسل المقدس والسلالة المباركة. بوسعك السير بجانب الخالق بالبر والاستقامة. عليك الحذر وألا سيقتلونك. صديقي، سيقتلونك.

– لماذا؟

– أنا قرأت كل مسرودات التاريخ. يجب أن يولد الشرير ليمنع حصول الكارثة. يجب إنقاذ الشرير، وحده الشرير قادر على وقف هذا الأمر.

– أنا لا أنتمي إلى هنا.

– لكنه اختارك وأنت قبلت. ثق بي، بعض الأشياء لا يمكن إصلاحها مهما بذلنا من جهد.

– لقد اختارني لأنه يعتقد أنى سأكمل المهمة. لماذا يقتلني أذن؟

– هو لا يقتل. هو يتفرج. المؤلف فرغ من الحكاية. لذا هو لا يهتم لما يحصل في هذا العالم.

– هذه مقولة الأشرار.

– هم لا يطاردون مخترق حواسيب.

البداية والنهاية

هذا العالم مثل ابن الزنا خلقه الرّب وتخلى عنه!

يخطئ من يذهب إلى وجود نهاية. هذا الكون مصمم على شكل دولاب يتحرك ذاتياً ويستمد طاقته وكينونته وامتداده من حركة المكونات الداخلية. الرّب، فقط، أعطى الدفعة الأولى، فقط، حركة البداية وباقي النظام اعتمد على نفسه في العمل والديمومة. من جهة التدين والإيمان، الله، هو مهندس الكون ومؤسس النظام. خلق الكون بنسخته النهائية هذه التي اعتمدت على قدرة المكونات على ضبط النظام والسير وفق نظام (مختلق) مختلط من الحتمية والجبرية. وهذا لا يعني الفوضى بشكلها المركوز في الأذهان بقدر ماهو النظام القائم على توافق ثابت للحركة والسكون. والمتغيرات الحاصلة إنما هي تغيرات حسابية موزونة يتحكم بها النظام من داخله. وهذا يرجع إلى التوافق بين مكونات النظام. فلا يشذ عن النظام جزء. لأنه محكوم ببقية الأجزاء التابعة للنظام.

نظرية الجبر والتفويض الإسلامية نظرية فُهمت خطأ. الجبر يعني النظام الفوقي ومنه استمد الخوازمي مفهوم الجبر الرياضي. والتفويض هو هامش سماح بسيط للعمل داخل النظام ولا يؤثر على النظام الكلي. الكون بكينونته قائم على نظام كلي، تصميم معقد (شكلي) ثابت ونظام كلي، تصميم معقد (حركي توافقي). المختلف (ظاهراً) والفردي يعمل ضمن (هامش) النظام الكوني البسيط مثل (تبديل السرعات).

يأجوج ومأجوج

إن ساعة الخلق وساحة الخلق كانت بمثابة صراع كوني شامل، وها نحن نعيد تمثيله من جديد في نفس المكان مع فارق التوقيت، الزمن الجديد هو صورة أخرى للزمن القديم. الزمن لا يموت، تجري استعادة واعية للزمن. الزمن الماضي هو الزمن الحاضر، نحن نمرّ عبر الزمن بصور متعددة، المستقبل سيصبح هو الماضي، حركة دائرية لا تتوقف، مثل مؤشر الأبدية في دوران أبدي! لن يبدأ النظام الجديد إلا بدمار النظام القديم ولابد من أضحية كبرى.

لا بد من الدم يا صديقي، هذا هو جسدي فكلوه، وهذا هو دمي فاشربوه. العنف المؤسس، هو العنف الجماعي الذي تم الاتفاق عليه من أجل حياة أبدية. يوشك الأمم أن تداعى عليكم كما تداعى الأكلة إلى قصعتها. لماذا يجتمع العالم من حيث تفرقوا؟

مردوخاي في بابل؟

مردوخاي عاد ومعه الآلهة الشابة الجديدة لإزالة النظام القديم. هي لعبة الأمم ونحن الحلقة الأضعف فيها. النظام العالمي الجديد قائم على إراقة الدماء، الدماء المقدسة. وليس في هذا العالم أقدس من دماء السومريين والبابليين والأشوريين، ينبوع الازدهار، الأضاحي المقدسة، خراف الرّب.

ذئب مردوخاي لا يهرول عبثاً. ذئابنا تهرول في الحرِ وفي القرّ من أجل طرائد ليست هي الطرائد! فهذا الطعام أو ذاك هو لون من ألوان الغسلين والغساق وبقية الألوان، هذه التي لا تسمن ولا تغني من جوع!

كل هذا القتل ليس هوساً ولا فجاجة تفكير، كل أصيل قادر على عبور الحقب. من هنا، ولهذا يتوجب علينا مشاهدة أفق المشهد بعين جديدة. أنت تقول: لا أريد حتى أن أعرف أن كان ثمة أناس قبلي، ومردوخاي يتمثل المشهد بعناية فائقة من أجل ولادة بدونَ ألم. ولادة في ظلال النخيل. ولادة النظام من رحم الفوضى التي يتسبب بها كائن ميثولوجي لم يره أحد بعد!

أزرع الفوضى تحصد النظام

أنت أخر النسل المقدس، أخر ما تبقى لهم من أمل من أجل انقاذ البصرة القديمة. هل تلاحظ هذا الكرم الزائد وطريقة التعامل معك، ألا ترى أنها مختلفة عن معاملة الآخرين؟ هذا لأنك مختلف، هم يعلمون هذا. سيأخذون منك ما يريدون ثم بعد ذلك يتم تلفيق حكاية موتك بطريقة دراماتيكية يشعر جميع من حولك معها بالفخر. لكن من سيعرف صدق الحكاية سواي وسواك؟ مهما حاولت لن تستطيع قتلي. كثيرون قبلك حاولوا قتلي لكنهم فشلوا لأنني لستُ من البشر، أنا حارس الحكاية. سيجرحك الخنزير البرّي ألف مرّة ولن تستطيع أن تنجو منه. الخنازير مثلنا، تلبس أردية مختلفة. حتى لو حاولت الحذر، لن تستطيع النجاة منهم. أنا أخبرك الحقيقة. هذه هي الحكاية العتيقة وأنا أقلب لك الأوراق. ليس بالإمكان تغيير النهاية. الحكاية لم نكتبها نحن، نحن نقلب أوراقها، ليس غير.

عزيزي، استعد لتؤدي دورك، أنا مجرد صوت لهذه الحكاية وأنت Somer man الحكاية. هذا الكلام في العتيق.

أنا MX محدثكم، لقد تعبت، سافرت ضمن الفريق الصغير في عطلة نهاية الأسبوع مع مهرة حميدان على متن طائرة C17 الضخمة دون توقف من قاعدة سلاح الجو أندروز بميرلند إلى الدوحة في قطر. ومن هناك ركبنا الطائرة C130 ليلاً إلى الكويت.

الاندماج المثالي

- يا سيد، كم هو عمرك؟

- 33

- وكم هو عمر السيد المسيح حين صعد الطائرة؟

- 33

- أدعُ الأمم الى الله؟ كم هو عدد الدول التي شاركت في عاصفة الصحراء؟

- 33

- ماهي أعلى درجة ماسونية؟

- 33

كانت القوات الأمريكية على أهبة الاستعداد لشن هجوم (عاصفة الصحراء) كانت الأخبار تتوالى من المحطات العالمية، كنتُ بحاجة لمعرفة ما يجري على الجبهة ومعرفة أخبار العراق. كان نظري ينتقل بين القنوات أبحث عن خبر مختلف لم تجتره بقية القنوات، شممتُ رائحة غريبة، لم أستطع ان أرفع بصري أخذتني الرائحة بعيداً، أوه، إنها رائحة

Anana تستحم بالماء وتدلك جسدها بالصابون. العذراء تغني، تنادي الثور، ليركب قارب السماء، ينظر بشغف إلى الهلال الجديد، يدخل بيت الحياة. يا الله إنها السيدة الجليلة، رائحة نيكول وهي تخرج من المغطس وقطرات الماء تلتمع على جسدها. التقطت المنشفة القطنية وأنا التقط المشهد بحواسي، دعكت جسدها طويلاً، رائحة الحقول الممزوجة برائحة الخبز الحار تنبعث من تنور الطين الراقد في زاوية الحوش، تبعث في جسدي الرغبة بالاحتراق، يان كيفليك يُريني صورتها المنعكسة في المرآة، تتحول المرآة إلى قطع من الزجاج، تمزق جسدي، أنتزع الشظايا يتدفق الدم، ما زالت حواسي تلتقط صورتها، رائحتها، بدأت أفقد السيطرة، الاتزان، تلتفُّ ساقها على الساق، تدعك بمنشفة أخرى شعرها، يتطاير الشرر، تشتعل الحرائق في الغرفة 69 في الطابق الرابع، اتسلق وحواسي، أقفز وحواسي، حليبٌ ونار، زعفران وجلنار، قنينة الخمر المعتق، انثى معتقة تتمطى أمامي، عتقها الرّب ليلة صعود المسيح وأنزلها ليلة القدر! ترفع ذراعها، يتساقط فتيت المسك، بي جوع، يخرج رأسه الطفل يسوع، يتمطى، دعيني ألمسك! تدعك بأجنحة الفراشات المنقوعة بماء الورد، صحراء الجسد، يعشوشب الجسد، تتورد الشفتان، ما زلت أرقبها بحواسي، تدور من حولي، أصبحنا خاويين أنا وزجاجة الخمر، بدأتُ اترنح، اترنح وزجاجة الخمر خاوية تدور، تمددتُ على أريكة بيضاء، سقطت الكأس الفارغة من يدي الغافية. القوة المُسكرة لعبير الفتاة جعلت الأمر جلياً بالنسبة لي. لقد تعلمت كيف أحتفظ بالرائحة كي لا أفقد مثل هذا الجمال السامي. كان جسدي مغطى كأني جنازة على الجسر يصاحُ عليها، نفضتُ نفسي من على الجسر،

301

دعهـا

كان الصوت يقول لي، يحدثني ديك الجن وتمرّ ريشة كأنها عمرٌ على
شفتي:

دعها

فهـذي الكـأس مـا مـرّت على شـفتي نديمِ

لي وقفـة معـها أمـام الله

في ظـل الجـحـيـمِ

مالي أراك تطيل في تأمل الطرف الرحيم

وليمة لأعشاب البحر
سربروس في بابل

ذهبتُ جهة التلفاز، كانت القوات البريطانية قد بدأت الهجوم من جهة
ميناء أم قصر البحري. دائماً يبحثون عن الأم والقصر! كان بمواجهتهم
مجموعات من السائرين نياماً، يقاتلون دون أن يهتموا لذلك! كانت
الحرب لدى هوميروس ولدى تولستوي تملك معنىً واضحاً كل
الوضوح: فقد كان الناس يقاتلون من أجل هيلين الجميلة ومن أجل
روسيا العظيمة. في حين يتجه السائرون نياماً نحو الجبهة دون أن يعرفوا
لماذا، وما يصدمنا أكثر، دون أن يهتموا لذلك؟! لم أكن مطمئناً لما
يجري، أفزعتني أفكاري كثيراً، وتغيرت عليّ هيئة قلبي، فحزنت روحي
في وسط جسمي وأفزعتني رؤى رأسي. وحفظت الأمر.

أخذتني سنةٌ من نوم. رأيت حلماً روعني، الأفكار على فراشي ورؤى

302

رأسي أفزعتني. كنت أرى في رؤى القلب مع سحب السماء وإذا بريح تدمدم، رباعية الرأس هجمت من جهة البحر الكبير. وصعد من البحر أربعة حيوانات عظيمة، الأول كالضبع وله جناحا نعامة، والثاني شبيه القرد، والثالث مثل العقرب، لونهُ أسود، يحمل على ظهره جناح خنفساء، وإذا بحيوان رابع هائل وقوي وشديد جدا، وله أسنان من حديد، أسنان كبيرة. كان قوياً وبشعاً، يسحق بقدمه الأرض، ينبش ويفتش، ينفث النار من فمه ويحطم كل ما يعترض طريقه. له ذيل طاووس ومخالب ذئب وأسنان كلب مُركبة على بوز خنزير وعيون بومة تندبُ بالخراب.

بدأت الحيوانات الأربعة بالهجوم على تمثال عجيب منصوب على قاعدة دائرية وسط المدينة. رأس هذا التمثال من ذهب جيد. صدره وذراعاه من فضة خالصة. بطنه وفخذاه من نحاس أصفر. ساقاه من حديد. قدماه بعضهما من حديد وبعضها الآخر من خزف. هاجموه بشراسة وحش مطعون، وحش ملعون، كان لحمه طرياً، وسكاكينهم حادة، وابتدأت حفلة القبائل البدائية. اتجه كل حيوان لجزء من جسد التمثال ثم أخذ كل حيوان ما اقتطع من الجسد وبدأ يأكل ويخرب ما تبقى منه. بدأت اسراب الجراد بالهجوم وخرجت الجرذان من جحورها، وبدأ الجميع يتناولون وليمة مقدسة.

ثم هبطت سحابة كبيرة ومضيئة من بعيد. كنت أرى عروشاً موضوعة، ونزل من سحابة المطر حمارٌ له جلالٌ أبيض كالثلج، وشعر رأسه كالصوف النقي، وعرشه لهيب نار لا تنطفئ.

جلست الحيوانات أمامه، نزع سلطان الحيوانات القديمة وأعطاها العلف والمرعى، وأعطى لثلاثة من الحيوانات السلطة، أما البومة

العمياء فكانت تقف على كتف الحمار وهو يوزع السلطة والسلطان. طلبت الحيوانات من الحمار أن يولي على المملكة مئة مرزبان يكونون على المملكة كلها وعلى هؤلاء ثلاثة أمراء. للحرب أمير وللشورى أمير وأميرٌ حكيم يقضي بين الذئب والشاة. أيقظني صوت المشرف وهو يقولُ لصاحبه:

لقد عهد إلينا بمهمة أعظم بكثير مما نرغب فيه.

جلستْ في ناحية الصالة على كرسي منفرد يتجه نحو النافذة المطلة على حديقة الفندق، بدأت بتمشيط شعرها بمشط خشب، أرجعني هذا المشط لأيام بعيدة حيث كانت أمي تجلس في الشمس، أيام الشتاء، تبدأ بتمشيط شعرها بمشط الخشب هذا. دون أن تلتفت إلي قالت: لقد ركبنا قطار المغامرين. هل تتوقع إننا بإرادتنا ركبنا القطار؟ كانت تتحدث بلغة عربية، أو بتعبير عراقي مبين كانت تحـچي عراقي مثلي! بوية، والله سالفة!!

الجنرال نورمان شوارتزكوف يوقف زحفه باتجاه بغداد!

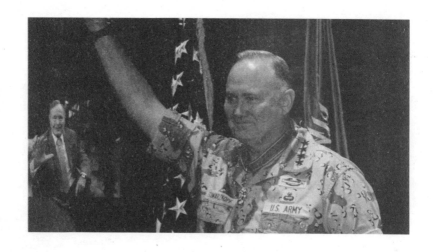

قطعة أثرية

قالت: أنا من أهوار الجنوب، (معيدية) بتعبير الحَضر. كان يلفني القماط عندما تركنا الأهوار، والخضرمة، أم سبع عيون ملتصقة ببعض الشعر في جبهتي، مازلتُ أحتفظ بها، هي بعينها التي كانت ملتصقة بجبهتي. حينما رآني المشرف على البعثة الطبية في مخيم اللاجئين على الطريق السريع، ناصرية بصرة أوصى بإن تنتقل عائلتنا إلى مكان آمن خشية أن يُصاب المخيم بعدوى خطيرة من جراء جرثومة خطيرة كنت أحملها! من هنا بدأ توثيق حياتي بالصور. كانت أمي تبكي، ربطتني على فؤادها بالقماط. قال لها: نحن لا نقتل الأطفال. هذا ما قالته لي أمي حين كبرتُ قليلاً.

- ما اسمك؟

- كانت أمي تناديني، زهرة، والأمريكان ينادونني زيرا.

- كيف عرفوكِ؟

- علامات وبالنجم هم يهتدون، ثم أن الحمض النووي، يا صديقي، لا يخطئ أبداً.

- هل أنت فخورة بهذا؟

- لا أعرف. الدماء الزرقاء، دماء النبلاء تعلن عن نفسها!

أول عائلة حصلت على لجوء إلى أمريكا، كانت عائلتنا خشية العدوى وانتشار الفيروس. بعد ذلك انتقلت عائلتنا إلى مكان خاص وآمن حيث تم الاعتناء بنا كعائلة متميزة، لها وضع خاص وكان عذرهم لهذه العناية المشددة أو الاحتجاز القسري، أننا نحمل فيروساً ممكن أن ينتقل في أية لحظة. وأنت، كيف وصلت؟

ما نخسره بالسلام أعظم مما نخسره بالحرب!

قلت: هل تعلمين لمَ أنت هنا؟

قالت: أنا أعمل في هيئة الإغاثة الدولية، نوفر الطعام والملاذ الآمن للنازحين وللمنكوبين من جراء الحروب والكوارث الطبيعية.

أهاً، ممتاز. من الجيد ان يعرف أحدنا عمله. لكن، أنا لا أعرف عملي ولا أدري ما هو المطلوب مني، أنا لا أحبذ عمل المترجم، تشعرني ببعض الخزي، أشعر كأني عميل، مترجم الاحتلال، محتل مثلهم، وخائن، أبو رغال الذي دلَ الحبشي على بيت الرّب هو وجه آخر لمترجم الاحتلال!

قاطعتني قائلة: يهوذا، هو سبب هذه المأساة. لقد قبض الفضة ودل على ابن الله.

الخيانة أمرٌ مرّ، لم اجربه بعد. لكن لا أظن أن كل هذه التدريبات وهذا الجهد والوقت الطويل من أجل أن أعمل ترجمان للغزاة، اتبعتها وهي معي بضحكة مرّة كانت عيوننا تضحك لكننا كنّا أشبه بحيوانات في مصيدة كبيرة، عيونها لا تنظر أبعد من القضبان. مسموح لنا بالحركة لكن خطواتنا محسوبة، حتى طعامنا كان طعاماً خاصاً، أشبه بطعام الكلاب والقطط، يخضع لرقابة طبية صارمة.

-   برأيك لماذا وضعونا في غرفة واحدة؟

أظن، أن هذه الكلمة خرجت من فمها مثل زقزقة العصافير دون إرادة أو هو سؤال فرضه واقع الاحتجاز المفروض علينا، لا أدري، يبست بعدها الكلمات في حلقها. حاول الهروب من الجواب الذي كان عالقاً في حنجرته. لكنه تدارك الأمر، وقال: لا، لا أظن هذا هو الأمر. شعرت بالغرابة من جوابه الذي لم يكن جواباً، بل كان ظنّاً لم يرتقِ للبحث عن جواب للسؤال! همس لنفسه وهو يقلب القنوات، لا أظن أن هذه دعوة لممارسة الحب. انشغلت هي بتمشيط شعرها وانشغل هو بالنظر إليها تارة وأخرى بالاستماع لنشرات الأخبار التي تبثها القنوات الغربية.

أثمروا، وأكثروا، وأملوا الأرض من جديد وقتك انتهى، وبدأ الوقت التنازلي

بعد القبض على الرئيس العراقي صدام حسين تم نقلنا لمكان قرب الحدود. حيث خفّت القيود المفروضة علينا نوعاً ما، كنا نتبادل بعض الأحاديث الجانبية فيما بيننا. ذهبنا بضع مرات للتسوق ومرتين للبحر وبعدها انكمشنا على أنفسنا في داخل المكان الجديد. كنت أمارس الجري أحياناً وأحياناً نذهب Gym من أجل تنشيط الدورة الدموية. لقد أهملنا الفريق المشرف علينا تماماً. لم يأتِ أحد للسؤال عنا وعن احتياجاتنا. لكننا كنا نعلم أننا تحت المراقبة. قلت لها أين أهلك الان؟

نهاية كل شيء هي بداية كل شيء.

-   رجعوا إلى للعراق بعد موتي مباشرة.

-   ماذا، هل أنتِ ميتة!

- نعم، بعد موتي مباشرة! أجل هذا ما حصل، لمَ أنت مستغرب، ها، ألم تخبرني، إنها أمريكا؟! تم ابلاغ أهلي بإن ابنتهم مصابة بفايروس خطير كما أخبرتك ومن الضروري الابتعاد عنها. بقيت سبعة أيام في العناية المركزة، أعلن الطبيب وفاتي، استلم أهلي ورقة الوفاة، لم يرضَ أحد الصلاة عليّ، يقيت في ثلاجة المشفى، بعد ذلك استخرجني الأطباء، قالوا: خطأ في تشخيص الحالة. كان أهلي قد غادروا العراق، أظن أن أبي اعتبر أمريكا هي اللعنة، بقيت وحدي مع شهادة وفاة! تصور، كائن حي يمتلك شهادة وفاة قبل الموت ومشخص فيها سبب الموت، حقاً إنها أمريكا!

اللعنة! قالوا: يمكنك مغادرة البلاد، لكن السلطات العراقية وجميع مطارات العالم لن تستقبلك مع هذا الفيروس. وهكذا بقيت في أمريكا، أواصل دراستي، أعمل معهم بدوام جزئي من أجل تكاليف الدراسة، أسكن بعيداً عن تجمعات العرب والمسلمين، وحين التقيهم، التقيهم، هكذا لقاءً عابرا. لا أدري لم منعوني من الاختلاط بالعراقيين والعرب، وكذلك المسلمين، لا أدري لم؟

- أعلم أن الأمر مؤلم.

- في الحقيقة أنني لم أجد قط وقتاً لمعرفة نفسي وتقبلها من الناحية الجنسية. بعد عدد من العلاقات الفاشلة التي علقت بها والتي لم ترتقِ للحميمية. في أحد الأيام كنتُ مستلقية في حوض الاستحمام، كنتُ أشعر بالحزن وأشعر بأن هناك شخصاً واحداً فقط عليّ التواصل معه، هو نفسي. قررت ان أتوجه إلى حاجاتي الحميمية العميقة التي كنت من خلالها أحاول تلبية حاجتي الجنسية.

عودوا إلى مدن قابيل

في البداية لم أكن أريد الامتناع عن الجنس مدة سنة كاملة ولكني كنت أريد شيئاً واحداً هو أن أحب نفسي والا ارتبط مع أحد حتى أصبحَ جاهزة. لقد كنت مندهشة أكثر من وصف أعطتني إيّاه امرأة عن عالم خاص بها كانت ترتاده سراً منذ طفولتها المبكرة. عالم البحث، توسيع المعرفة، على أساس تجربة مع الوظائف الجسديَّة، واستعلام عاطفي دقيق. هذه الممارسة، الغنية والإبداعية بشكل استثنائي، تكون مطوَّلة أو مترافقة بإنتاج أشكال، ونشاط جمالي حقيقي، وكل مرحلة من النشوة تنقش رؤية مدوّية، وقطعة موسيقيَّة، وشيئاً جميلاً. لن يكون الجمال محظوراً بعد ذلك. إن خيال المرأة لا ينضب، مثل الموسيقى، والرسم، والكتابة: سيل خيالهنّ لا يصدّق. كأنه قضيب البان يتقاطر عليه فتيت من الزعفران! أحياناً تبحث الفراشة عن النار.

- فرجينيا وولف اشترت لنفسها باقة من الزهور! she bought herself flowers

- لا عقيدة أسمى من الحقيقة!

- علينا التفريق بين الخيال والوهم. الخيال هو أن نصنع العالم الذي نُريدهُ في المخيلة، والوهم، هو محاولة العيش في هذا العالم. والنتيجة هي ان هذا العالم التصوري لا وجود متحقق له في الخارج، عالم ذهني، فقط صور ذهنية لا أكثر.

- إن تعلقي بأن أكون دائماً على علاقة مع شخص ما، كان يجعلني عمياء البصيرة، بعيدة عن الحقيقة. ولكن بعد سنة من الامتناع عن

العلاقات العاطفية تغيرت أشكال كثيرة في نفسي لقد تعلمت خلال عمري الكثير عن الجنس كقصص الحب والعلاقات العابرة. ولكن امتناعي عن العلاقة الحميمة علمني أشياء أكثر وأنا ممتنة كثيراً لما تعلمته. رغباتي ابتكرت رغبات جديدة، وجسدي يعزف أغاني لم يُسمع بها. وأنا كذلك شعرت، مراراً وتكراراً بأنّني مليئة بسيل مضيء، بحيث كان يمكنني أن أنفجر. أنفجر بأشكال أجمل بكثير من تلك المقدّمة داخل إطارات وتباع مقابل ثروة قذرة.

أنا حرّة، تحررتُ من السجن! لم تعد تحكمني معاملة شخص آخر لي بعد الآن.

- كل منّا يحرس بوابة تغيير حياته. بوابات التغيير لا يمكن فتحها إلا من الداخل. الاكتفاء الذاتي معضلة الأفكار النامية.

- خلال علاقاتي الرومانسية، تُركت وأنا أشعر بالخجل من جسمي. لم أقل شيئاً ولن أبيّن شيئاً. لم أفتح فمي. كنت أشعر بالخجل. كنت خائفة، وابتلعت خجلي وخوفي. وبعد أن انهيت هذه التجربة أشعر بأنني قد غطيت نفسي بشكل من الأشكال ولم أعد أشعر بالخجل من جسمي. ربما السبب لأني تربيت في مجتمع أشبه بالديني، لنقل مؤسسة تعمل وفق نظام ديني صارم مع مجموعة من الآلات وأجهزة الاختبار والقياس. الجنس، أو الحديث عنه أو التلميح به، أو التعبير بإشارة قد تُفسر جنسياً يعرضك لمسألة قانونية وينهي عقد عملك. أقسى عزلة ألا تكون منسجماً مع ذاتك.

دير راهبات؟
كيف بي أن أعرف الصواب؟

الحديث عن الجنس في الأماكن الدينية والمؤسسات العلمية الصارمة أمر مستغرب، على رغم وجوده وممارسة الجميع له، لكن الحديث المعلن عنه، أمر يشبه جلب اللعنة! أضف إلى ذلك أني كنت أرهق عقلي بالشعور بالذنب من شيء لم أكن أرغب في رؤيته، فإن عذريتي تجعلني لعوباً، وسذاجتي تطوقني. آه، آه، آه، أنا أقبل على الحياة بكل اندفاع! في السنة الأخيرة، استغليت هذا الوقت لأتعرف على جسمي أكثر. قبل هذه التجربة كنت أخشى دائماً من نظرة شريكي إلى جسمي أما الآن فتقبلت فكرة أن جسمي فريد يستحق تقديري. هذا الوقت من التفكير جعلني ممتنة لكل ما فعله جسمي. اليوم وفيما أنا استحم أجدني أعجب بكل أنش فيه.

أنا امرأة شهوانية ولا بأس في ذلك. اكتشفت أني كنت في الماضي أحاول ان أحشر حاجاتي للاتصال الجسدي والعاطفي تحت مظلة الجنس. لم أكن دائماً متأكدة مما أريده أثناء الجنس، لم أكن أعرف ما أريد لذلك كنتُ أشعر في معظم الأحيان بأني لم أكتف. ولأني كنت بحاجة ماسة للتواصل، لم أحاول أن أخذ الوقت لاكتشاف ما أريد.

منذُ ألغيت الجنس من حياتي، وجدت المزيد من الوقت للتركيز على

ما استمتع به ورحت استمتع بالعالم من حولي، استمتع بأوقاتي وبكل ما يحيط بي. هناك أشكال كثيرة من الحب الموجودة في العالم. وعندما اخترت الحب وتقبل ذاتي، أصبحت أكثر انفتاحاً ووعياً وتقديراً للحب الذي أتلقاه من أصدقائي وخالقي.

خلال هذه السنة اكتشفت أن مواقفي من الجنس تشكلت قبل أن تبدأ حياتي الجنسية. ربما الموروثات وعدم الانهاك من خلال دفعك خارج المجتمع الذكوري ولد نوع من الغربة وعدم القدرة الطبيعية على اقتحام اللذة واكتشاف طعمها ونوعها. الخزي والعار، التربية الدينية، الشعور بالذنب، صدمة الواقع والمجتمع، العقاب الأخروي، رؤية الشريك، الزوج، مقدار الغضب، مقدار النفور، مقدار القلق الذي سيواكب هذه الحياة الجديدة. ربما لم أعد أشعر بالخزي والعار الذي تشعر به البنات في كل المجتمعات. أصبحت قادرة على تقبل قدسية إنسانيتي.

– أنا أسف.

– لا تشعر بالأسف لأجلي، ولا تفكر بالأمر. أنظر إلى نفسك؟

على أي الأحوال، أنا هنا، محبوسة معك في غرفة واحدة، ولا أدري ما الذي ستفعله بي أو لي؟

– هل هذه دعوة للحب؟

– نعم، هذه دعوة للحب، لكن. هل يمكنك الوصول إلي؟ هل أنت قادر على ممارسة الحب معي وأنا أحمل الفيروس اللعين؟

تراجعتُ قليلاً، شعرتُ ببعض التوتر، تراخت هي على الأريكة، بدأت

مخيلتي ترسم صور الاندماج المثالي لإرادة الإنسان وإرادة السماء أفضل إنجاز لنا. أظنني قادراً على ممارسة الحب معك حتى لو كلفني هذا بعض روحي.

قالت لي، سيكلفك أكثر من هذا، سيكلفك روحك على ما أظن. لقد منحت Anana قبل اقترانها بتموز، جسدها الشهواني، العطش أبداً، جميع الذكور الأحياء فوق الأرض. أما الآن فإنها لم تعد راغبة إلا في الرجل الوحيد الذي عرفت الحب في أحضانه. هذا الإحساس الجديد عليها، بالامتلاء وبالكمال السعيد لأناها الخاص، لا يُمنح إلا للرجل والمرأة اللذين لم يخلق أحدهما إلا للآخر.

هل لديك وشم، أرني إياه. وسأريك وشمي وعليك أن تتبع الإشارات؟

- هذا الوشم رغم غرابته، رائع. ينبغي ان تتوقفي عن استفزاز رجل بمثل هذا الوشم. ربما يكون عاقد العزم وتنافسي لا يقهر.

- الجسد، أنا، الثمرة، Anana هي من أحضرتك إلى هنا..

- لا أحد يرانا. إنهم غير موجودين إلا في أذهاننا. لنعيد تمثيل الخطيئة أو الخلود مرة أخرى.

- إنها فرصتك أيها الشجاع واصل المحاولة، الاتحاد بالجسد هو النور، الجنس شراب الخلود.

- سنذهب إلى مكان يرانا فيه الناس. تلك هي الطريقة التي نكون فيها بأمان.

- لم نصل بعد للمكان. متأكدة أنك ستقدر الوضع من أجل حمايتك أنت. أريدك أن تهدأ الآن. لا تفعل هذا ولن أسمح. لم يحن الوقت بعد. يمكنك أن ترجع كل شيء إلى ما كان.

- تقنياً، مِنْ سيتحرك ومِنْ سيقود؟ تعالي إلى ظلٍ ظليل ذي ثلاث شعب...

هيا تحرك، الضوء أخضر، إذا أردت الدخول في صراع عليك أن تبحث عن كعب أخيل، بارس يصوب سهمه نحو وتر أخيل، أخيل سقط أرضاً، ثم تمكن بارس من أن يجهز عليه!

أتحبين العراق؟ كان هذا سؤالي لها وكان جوابها، أظن إني أحب العراق رغم إني لم أعش فيها سوى سويعات القماط، ربما الفيروس الذي أحمله سببه الحرائق والبارود. حين تحين اللحظة، يبزغُ النجم، وحينها عليك الهرولة، عليك أن تمسك الزق وتدق، بثقة تدق، في بستان حيث يجري النهر، يمتدُ النخل في عتمته، ستحمل القماط وترحل، هذا كل ما عليك فعله. في تلك اللحظة عليك أن تقرر، لحظة البدء، بعدها سيتم قتلك، هل تعلم هذا؟ لقد تم تدريبك لهذا الأمر، ملقح، فحل ضراب، هذه هي وظيفتها.

بالمناسبة، هل اتصلت بزوجتك قريباً؟ لا زوجة لي، نحن نعيش معا بإرادتنا. الخط مغلق، حتى صديقي الوحيد الذي وجد لي العمل لا يرد على اتصالي! أنت ميت، لقد تحطمت بك الطائرة وغرقت في المحيط الهندي، لقد قبضت زوجتك التعويض وانتقلت للعيش قرب أهلها. أخبرتك أن لا زوجة لي، نحن نعيش معا بلا عقد زواج. لحظة، ما أدراك، أنت بهذه التفاصيل؟ لا عليك، لا تشغل بالك كثيراً. أنت مناسب جداً لهذا العمل، لقد تم اختيارك بعناية فائقة. تتحدثين وكأنك عليمة بي

وبتاريخي الشخصي! ليس هناك سوى أنثى واحدة ورجلٌ واحد، آدم وحواء عليهما أن يبدآ الحكاية من جديد، مرّة أخرى. إذا فشلت العملية ستموت وإذا نجحت أيضاً ستموت. هذه هي القاعدة، الرجل المنصب كبديل سيموت. أنا لن يتجرأ أحد على لمسي، أنا الودود الولود، سأبقى حتى يكبر القماط ومن فيه.

هل تفكر بالهرب؟ إنها فكرة جيدة، لكن كيف ستهرب وهناك أكثر من ألف كاميرة مراقبة، وعين ال ياهوYahoo تراقب الجميع؟ أرفع الستارة قليلاً، أنظر حولك، كل هؤلاء وغيرهم هم من سيرافقوننا إلى العراق. منذ متى وجنادبك نائمة؟ ماذا، جنادبي؟ ماذا تعنين بهذا؟ أعني لم تمارس الحب، صديقي؟ ستة أشهر. وزوجتك؟ قاطعتها بحدة قائلاً: أخبرتك هي ليست زوجتي، نحن نتشارك السرير مثل الجثث! نتشارك بعض متطلبات الحياة، هذا كل ما في الأمر. لا تشعر بالرغبة في ممارسة الحب، مشغولة بالعمل دائماً، وأظن أن هناك من يقضي لها بعض حوائجها. أنا أيضاً لا أشعر بالرغبة في ممارسة الحب معها. تنام مع جثة، في غالب الأوقات هي نائمة. أنا لا أشعر بالرغبة في مضاجعة الموتى، ممارسة الحب معها كان عندي أشبه بإسقاط فرض، ثم بعد ذلك سقط الفرض كله. أنا أعمل لذلك لا أشعر بالزيادة في هذا الأمر. لكنها كانت رغم موتها وبرودتها مغرية. ضاجعتها بعدد أصابع اليد، انجبت سارة، وبعدها، تقريباً، في رأس السنة أو عيد الحب، ليس رغبة في الحب، لكن كي تتشبه بالأمريكان وتتحدث صباحاً مع زميلاتها عن ليلة عيد الحب، والدب الأحمر والفلنتاين. آخر مرّة، شعرت بالدوار وأنا أضاجعها، حاولت التماسك، حاولت لكني لم أستطع، تقيأت عليها. وهكذا انتهت علاقتنا المنتهية أصلا!

هل كانت قبيحة؟ كانت جميلة، لكن تصرفاتها كانت قبيحة. كانت دائما حينما يزورنا أهلها أو نزورهم، تحاول أن تشعر نفسها بالفوقية، لتعوض عقدة النقص من دفع الجزية! كان الحديث دائماً يدور حول الإسلام والدموية وجئتكم بالذبح. حاولوا مراراً استدراجي للحديث عن الدين، لم تكن معلوماتي كافية للدخول في سجال ديني، كانت معلوماتي عن الدين هي معلومات مدرسية. أحفظ الفاتحة والفلق وآية الكرسي، علمتني أمي حفظها للحفظ والتواري من رجال الشرطة، هذا هو الدين عندي. قال لي رجل يضع صليباً كبيراً على صدره، المسيحية هي الديانة الحقة. لم أشعر بأهمية الرد عليه وعلى هذا الادعاء، لا أعلم شيئاً عن المسيحية، رغم إني رأيت كثيراً، وفي كل مكان تماثيل وصور الرجل العاري وأمه. مرّة وهو طفل وأخرى وهو معلق على الخشبة وهكذا. لكني لا أعلم عنه وعن أمه أي شيء، ثم ان هذا الأمر لا يعنيني. بالمناسبة، أظن أنك مسلمة على ديانة أهلك، هل كلامي صحيح أم أنك على ديانة أخرى؟ على ديانة الفايروس، على ما أظن.

لماذا لا يتحدث معي؟

الراوي يقول لي: ينبغي عدم التعامل مع روايتهم كنبوءة اجتماعية وسياسية. هل التفت إلى خطابه، ها؟ إنه في حالة هذيان. ربما سأحذف هذه الشخصية من العمل، شخصية متعبة، غير مثمرة في تقدم العمل. لكنه الشخصية الرئيسة في العمل. لا مشكلة سأقتله قبل الرحلة إلى العراق. ومن سيقوم بأداء دوره، ها؟ وهل هذه مشكلة، هذا هو عمل الروائي والقاص كما يقول كولن ولسن، انتاج المشكلات والبحث لها عن حلول.

318

هذه رواية مبنية على المغامرة، والتحقيب التاريخي. من هم هؤلاء الأشخاص الذين جئت بهم؟ لا عليك، القارئ سيعرفهم بسهولة، كل الشخصيات معروفة تاريخياً. هل أنت نادم لأنك كتبت هذه الرواية؟ لا، أنا ممتعض بعض الشيء. هل هناك سبب لهذا الامتعاض؟ أظن أن النقاد لن يفهوا هذا العمل، ولن يستطيعوا أن يتواصلوا معه، سيقطعون القراءة عند المنتصف، وهكذا سيحكم على العمل من خلال النقد البدائي بالفشل. ماذا تقصد بالنقد البدائي؟ أعني، أن مدرسة النقد العربية تفتقر إلى فكر نقدي. إن مهمة الفكر النقدي هي مهمة تقويمية، تصحيحية ثورية. والعقل العربي في الكثير من مراحله لم يتقبل مهمات كهذه على مستوى التغيير في البنية والنمط. العقل العربي، عموما، هو عقل التقليد والنقل والتشكل والقبول، وكل خروج على هذه النمطية في السلوك هو أمر مرفوض أصلاً في الشكل وفي الجوهر! نعم هناك بعض الاشتغالات النقدية التي قد يظن أنها اشتغالات بارعة، لكنها في حقيقتها عبارة عن اجترار، استنساخ، سلخ ومسخ لنصوص غربية، استشهاد قص ولصق، ليس غير. الذي يبدو لي أنك قد فقدت بوصلة الكتابة، لماذا لا تتوقف قليلاً ريثما تجد طريقك مرة أخرى، أظن ان الأمور قد اختلطت عليك.

- أنت أسوء من الرّب. لا يهتم لما يحدث للعالم وكذلك تفعل أنت! ربما لم يكفه أنه أخرجنا من الجنة! ثم عاد ليُنهي ما تبقى بالطوفان!
- ما تخسره بالمفاوضات أضعاف ما تخسره بالحرب.
- ما تخسره بالسلام أضعاف ما تخسره بالحرب.
- لا رابح في الحرب.
- لماذا لم تخبره بذلك ليكف عنا؟!
- أعلم ان الأمر مؤلم. لكنه عادل. لقد كانت وما زالت جميع الخيارات

مفتوحة. أعطاهم خيار اتباع طريق الظلمة أو التمسك بنعمة النور! هذه هي العدالة. كان منصفاً معهم.

- كيف لهذا الأمر أن يكون عادلاً؟!

- هل تُريد ان تنتقم؟

- سيبقى وحيداً. ربما هو لا يموت. لكنه سيبقى وحيداً مع هذه الخفافيش البيضاء التي لا يراها أحد.

- العقاب سيشمل الجميع.

- عالم من دون بشر، وبشر من دون عالم. معادلة صفرية. سيعود مرّة أخرى لما قبل التاريخ، حيث لا أرقام، العالم مجرد صفر، بوينت تتبعه أصفار! إذا كان هناك خاسر فهو صاحب المصنع. وحدهُ لا غير.

- لماذا؟

- لأنه لم يستطع السيطرة على خط الإنتاج والتوزيع، ولم يعرف حاجة السوق. العرض والطلب. مقدار حاجة السوق ولا قابلية الدمى على تحمل الحر والبرد.

- العقاب سيشمل الجميع.

- لماذا لا يتحدث معي، لماذا يتحدثُ إلى غيري؟

- الرجل لا تحكمه الإلهة. الرجل تحكمه إرادته. لقد حطم العالم. هو يقرر من يعيش ومن يموت.

- لقد كان تخطيطه سيئاً للغاية. العودة لبابل لن تنفع كما في أصل الحكاية. إذا عدنا لبابل سيكون فقط، لندمرها مرة أخرى. كما فعل هو.

في
انتظار

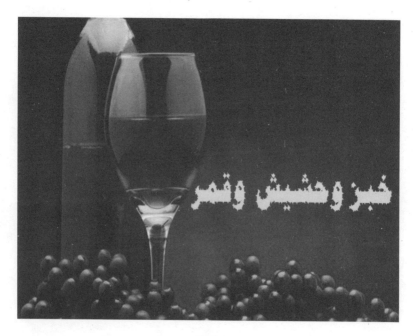

خبز وحشيش وقمر

جودو

العودة إلى إيثاكا

كمْ منزل في الأرضِ يألفه الفتى وحنينُه أبداً لأولِ منزلِ!
الشخص المنفي يبقى غريباً
لماذا أنت منعزل، لماذا أنت وحيد؟
لأني خذلت الرّب!
لا يوجد حلم لا يمكن تحقيقه
إنني عائدٌ إلى بيتي،
أيها الصبي!
عائدٌ إلى حيثُ أنتمي!
لبيتنا القديم في بابل، لبيتنا العتيق في أور،
هناك بعيداً. ..
الانطلاق من الصفر

لقد قاس الإنسان الدافع الجنسي واعتبره طقساً إلهياً. في الفعل الجنسي يتجاوز الإنسان شرطه الزماني والمكاني فينطلق من ذاته المعزولة ليتحد بقوة كونية تسري في الوجود الحي، فيفتح الطاقة الحبيسة لترجع إلى مصدرها الذي منه شعّت، وفي أجساد الأحياء أودعت، إذ لم يكن الفعل الجنسي متعة فردية ونشاطاً شخصياً معزولاً فحسب بل طقساً يربط الإنسان المتحول بصور الملكوت اللامتناهي؛

عبادة يكرر فيها الإنسان على المستوى الأصغر ما قامت به القدرة الخالقة على المستوى الأكبر.

الجنس استجابة لمبدأ كوني شامل. لذا ارتبط الجنس بالطقس والعبادة وكان الاحتفال الديني في بعض جوانبه مناسبة يظهر فيها البشر انسجامهم مع ذلك المبدأ وتحقيقهم الديني فيه من خلال الممارسات الجنسية التي تشكّل جزءاً من الطقوس المقدسة، حيث يتلقون الطاقة من مصدرها ويعيدون شحن ذلك المصدر بطاقة معاكسة. فالفعل الجنسي على المستوى الإنساني هو مدد من القوة الجنسية الكونية ودعم لها في آن واحد!

على ضوء ذلك نستطيع فهم معنى البغاء المقدس الذي كان شائعاً في حضارات الشرق القديم. فالبغاء المقدس هو ممارسة الجنس بين أطراف لا يجمعهم رابط شخصي، ولا تحركهم دوافع محددة لإشباع غريزي آني، أو تتعلق بالإنجاب وتكوين أسرة، بل هي ممارسة جنسية مكرسة لمنبع الطاقة الكونية مستسلمة له، منفعلة به، ذائبة فيه.

جلجامش لم يملك الأهلية الجنسية الكاملة ليتحد بالإلهة! فشل في نيل الخلود من خلال رفضه مضاجعة الآلهة وفشل في نيل الخلود عندما أضاع الثمرة. نجح في البكاء مثل طفل أفتقد أمه في ليلة شاتية ونجح في القتل! حينما ترفض الاتحاد بالإلهة فأعلم أن مصيرك الاتحاد بالدود! نهاية مأساوية لبطل حرب يتعفن على فراشه فلا قرّت أعينُ الجبناء!

بهذه الكلمات انهت السيدة محاضرتها وتركتنا بخطوات متقاربة ونظرة تسير باتجاه أفقي مع مستوى سطح الفكر.

بعد أن استقرت الأوضاع حملتنا طائرة C 130 العسكرية إلى العراق. كان محطتنا الأولى هي فندق شط العرب وهو قاعدة للقوات البريطانية إضافة للقصور الرئاسية. كانت هناك أكثر من وحدة عسكرية في الفندق، منها القوات الدنماركية وبعض الوحدات المتفرقة. أخذتني رجلاي جهة الشط حيث كنا نذهب للسباحة هناك أيام الشباب أنا و(حيوي) وبعض الأصدقاء، حيث نستأجر باصاً خشبياً ينتظرنا إلى ننتهي من السباحة واللعب ثم يعود بنا للبصرة القديمة. كان المنظر أكثر من كئيب، الألفة والاستحياش، ثنائية تخلق حاجز توتر لاختراق الأمكنة، حيث غابت النوارس والسفن الشراعية الصغيرة، وقوارب الصيادين التي تبحث عن سمك (الصبور) المهاجر الذي يواصل رحلة الموت في شط العرب وينهي حياته في منطقة الكـرمة، هناك صياد يقترب بقاربه من الضفة التي يرقد على جانبها الفندق، صوت طلقات تحذيرية، يستدير القارب وصاحبه إلى مكان ليس فيه سوى الشباك الفارغة أو بعض الغوارق!

ذكرني هذا المشهد برحلات حيوي المتكررة للصيد قرب الفندق أو قبالة ميناء المعقل، حيث لا إطلاقات تحذيرية، يرجع بقاربه الصغير ال(چـينكوه) هكذا كانوا يسمونه، ربما لأنه مغلف من الخارج بالـچـينكو (الأر امكو) يعود به فارغاً. في تلك المرّة التي ذهبت معه فيها، هو للصيد واكتساب الرزق وأنا لتغيير الجو وشم النسيم. قال حيوي لأمي وهو يروم مضاحكتها: سأتخذ منه مساعداً لي. مساعد صياد، هل ينفع هذا؟ قال والده، الشيخ زكي وهو منشغل بتعديل هيئته مع لهجة أمرة، زاجرة دون ان يلتفت نحوه: حيوي، أيها المعداني، دعه يركب القارب قبلك، قدمه مباركة، عملك هو تثبيت اللوح له، سيصعد القارب

وسيكثر حوله السمك. السمك سيتوسل منه الصعود للقارب. هو ليس مساعدك، هو قارب نجاة الجميع، من ركب فيه نجا ومن تخلف عنه غرق وهلك.

وصلنا مقابل فندق شط العرب، حيث تسقط عيني على المكان الآن. كان السمك يقفز في القارب دون شباك! تعجب حيوي وكان جميع الصيادين في ذهول! حاول ابن صياد ابعادنا عن المكان بدفع القارب بعيداً، تجمعت القوارب، ابعدتنا عن مكان الصيد، لكن السمك كان يطارد القارب الصغير حتى خشي يحيى من غرق القارب! ضحكت من حيوي ومن خشيته على القارب، قلت له: لن يغرق قاربٌ فيه النجاة.

رثاء المُدن

في الساعات الأخيرة لانبثاق الفجر. جاءني الجواب، بالموافقة، لقد أعطاني مسؤول الفريق الأذن بالذهاب لزيارة أصدقائي وبيت العائلة، وهو أذن مشروط. بدأتُ بالاستعداد لهذا اللقاء، وبدأت ذاكرتي تنشط بالعودة لذاك المكان وتلك الأيام، الأسئلة العقيمة التي مات الجواب عنها، الأسئلة التي نموت ولا نجد أو نُجيد الإجابة عنها، هي الحاضرة الآن. لكن السؤال الأهم هو:

ترى هل سأجد الأهل، أصدقائي القدامى أم أن الزمن مسحني من قائمته وقوائمهم. بكلمات صامته وضع في جيبي نقوداً عراقية وبعض الدولارات ودس مع النقود هوية الأحوال المدنية، كانت صورتي وأنا بعد لم أبلغ مبلغ الرجال، شارب خفيف مع وفرة في الشعر الذهبي، كان وقت الزهو، زهو الشباب الذي ترافق مع ظهور الهيبز. لم نكن نعلم أن

hippie تعبير يستخدم للإشارة إلى الثورة الجنسية عادةً. كان الهيبيز يؤمنون بأنّ الجنس ظاهرة بيولوجية فطرية لا يجب إنكارها أو كبتها. الخطيئة الكبرى ليست هي نكران الإله، كما أرى الآن، بل الخطيئة الأكبر هي أن نفقد رغباتنا، نضحي بها، أو نكبتها. رفعت يدي لسيارة أجرة، فورت، كانت تقطع شارع المطار، حشرت نفسي مع الركاب. وأنا أهمسُ لنفسي، حشرٌ مع الناس عيد. جاء الجواب من المقعد الخلفي، وهل الحشر مع الناس في النارِ، عيدُ؟!

وَأَنْ يُحْشَر النّاس ضُحًى

انتهى أخيراً إلى التساؤل وهو يقرأ اللوحة، يتأمل ما يحدث بناء على تصور حكاية تنسجم مع موضوع اللوحة، أم فقط يتصور الحكاية انطلاقاً من تصورٍ لما كان من الممكن أن يحدث؟ مؤكداً أن تلك هي سمات القراءات التي تهدم الأدلة من مستوى الوجود إلى مستوى الممكن، والتي تنكر وجود حقيقة ما مقابل تشييد إمكانات لحقيقة ما مفترضة. حين تصبح المدينة سجناً كبيراً، ينبغي أن تكون حذراً مثل سيف مرهف، بسيطاً كحبة القمح وصبوراً كالجمل! إنني لن أقول أكثر مما قاله غيري، ولن أغضب أكثر مما غضب غيري، وكل ما فعلته أنني صغت بأسلوب روائي ما صاغه غيري بأسلوب سياسي أو صحفي.

يا مهدي أدركني؟

كانت هذه كلمات السائق الذي تفادى حفرة كبيرة في الشارع أحدثتها قذيفة مدفع هاون لم يكن يعلم بوجودها أو ربّما سهى أو نسى أو ربّما غفل مكانها.

إن ما انتهينا إليه لا يعالج بالتواري والهروب، وإنما بالمواجهة الكاملة لعيوبنا وسيئاتنا، الخراب في كل مكان، في كل مكان، النهب والسلب، دخان الحرائق يُرى من بعيد. الجيش العراقي أو بقايا الجيش العراقي بملابسهم المدنية يصطفون بالدور لاستلام منحة الحاكم العسكري، مثل أسراب نمل يخشى من سليمان وجنوده، صراع بين الجنود للوصول إلى باب الميناء الصغير أو الفتحة التي تم استحداثها في جدار الميناء الخارجي. إهانات وذل كبيرين قاسى هذا الجيش ونهايته يتوسل الزقوم من يد المحتل أمام بوابة ميناء المعقل، بوابة الذل والجحيم!

إذا أردت أن تعبر الجسر عليك أن تدفع! الحرية لا تعطى مجاناً. كي تنجو لحياة أبدية عليك أن تقطع برقبتك رأس المنجل. العبيد في أمريكا قدموا التضحيات. في الهند صاغ غاندي قواعد جديدة في الصراع مع الاحتلال الإنجليزي القديم، جنوب أفريقيا وفرنسا بصمودها ووعي مفكريها صاغت للعالم قانون حقوق الإنسان. أما أنتم، أيها العرب، عبيد الرّب، تُريدون كل شيء بالمجان! تنتظرون المخلص ليقيم لكم دولة العدل ولا تنهضون لهدم عروش الظالمين. الربيع يأتي مرّة واحدة في العام. وأنتم بلا ربيع كل أعوامكم. نحن نفتح لكم الباب من أجل ان تعيشوا، وأنتم تغلقون الأبواب لأنكم تخشون من الحياة وتحلمون بوهم الحياة الأبدية! أصبح قلق العرب، قلقاً يومياً وليس قلقاً كونياً!

يا رّب أوقف هذا النزيف، أرجوك، أتمنى عليكَ أن تفعلَ شيئاً؟

أيها الوافد الجديد الباحث عن بابٍ في بابل، والذي لا يعثر في بابل على أيٍّ شيء عراقي! نبال اهترأت من قديم وأماكن باتت مشاعا، واسم العراق وحده يبقي صفة الموطن بين هذه الأسوار. أنظرْ كيف يمكن أن

يحلُّ الفخار والخراب على بلد ضمَّ العالم بأسره في شرائعه، كما غزا، هو اليوم يُغزى!

- يا إزرا، هل جئت لتأخذ بثأرك بعد كل هذه القرون؟

- كما تُدين تدان! نعم، كلنا فريسة الوقت والوقت يأتي على الكلّ.

عيناي تجول في المكان، ترقب رجلاً يبيع الماء هو وأولاده الثلاثة الصغار، يضع (ترمز الماء) فوق برميل ماء فارغ أبو العشرين لتر بعربة دفع يدوية، يجلسُ منزوياً في مكان بعيد عن هذا التدافع والصياح، في محيط أولاده الثلاثة، قريباً منهم، يرقب المشهد الدامي بعيون دامية. بدأ يتململ تململ السليم، يجول ويدور حول مكانه، انتابته موجة موجعة من الآلام دون معرفة سابقة بها. بدأت خطاه تأخذه بعيداً عن عربة الماء وأولاده الصغار، الأولاد يتبعون أباهم بخطى غير منظوره، بدأت الصورة تتضح، تتضح أكثر، اقترب أكثر من الجنود، بدأت الحسرات وأصوات الجوع والسعال تقترب، تدخل إلى روحه الجائعة وإلى معدته الفارغة. اقترب أكثر وبسرعة أكبر حينما رأى الجندي البريطاني يهم بضرب الجندي العراقي، بعد أن جردوه من بدلته العسكرية، ها هو يقف بلباسه المدني، عارياً من كل سلاح! هجم على المدرعة البريطانية هو وأولاده، كأنهم كانوا على اتفاق!

حاول الجندي البريطاني منعه لكنه انقض عليه مثل الصقر وألقاه من فوق المدرعة، وهنا تدافع الجنود البريطانيين لتخليص صاحبهم، وتدافع العراقيين لنصرة بائع الماء، كأنهم يحاولون استعادة كرامتهم، كأنهم يحاولون ويحلمون بلبس بدلة الحرب مرّة أخرى! حدثت تظاهرة كبيرة أمام مبنى الميناء انسحبت على أثرها المدرعات البريطانية لداخل الميناء. ألتف الجنود المدنيين حول بائع الماء، وقام الجنود البريطانيون

بإطلاق الرصاص في الهواء لتفريق الجنود وإبعادهم عن الميناء. قام أحد الجنود المدنيين بأخذ تحية لبائع الماء، وقال له: حياك الله، يا أصيل. قام الأولاد، بعد أن ودعهم بجرّ عربة الماء بعيداً، قال للجنود وهو يهم بالصعود على عربة قديمة لبيع سندويشات الفلافل كانت جاثمة بجوار بوابة الميناء المعطل منذ بداية الحرب الإيرانية العراقية، هل تريدون حقكم، رواتبكم؟ تعالوا معي، قام بهزّ بوابة ميناء المعقل، انضم إليه الجنود وبدأ الصياح والتكبير، كل العالم، كل الكون يخشى من التكبير!

الله أكبر...

أنا أعترف سلفا بأنها كذلك، فلأن الصرخة تكون بحجم الطعنة، ولأن النزيف بمساحة الجرح. من منا لم يصرخ بعد في ظلمة هذا الليل البهيم؟ من منا لم يخدش بأظافره؟ من منا لم يكره نفسه وثيابه وظله على الأرض؟ وقف مترجم القوات البريطانية وبيده Loud Speaker قال: اذهبوا لن نوزع المنحة اليوم. نظر إليه الرجل نظرة كلها وكله غضب، وبدأ بهزّ الباب وحده، الضجيج والهتاف، الرصاص والتكبير يعلو المكان، طلب منه المترجم أن يتوقف. قال له وعيونه تهدر بالحمم الغاضبة، إذا أوقفت هذا التدفق فاستحق الجلد. انضم إليه جندي التحية وانضم إليه أخرون، كاد الباب ان ينخلع، شعرنا، هذا ما قاله لي، كقطعة الصمغ التي تنز من حيث تجد غذاءها، كالنار الكامنة في الصوان، لا تظهر إلا عند القدح. ولهيبنا، يستثير نفسه ويتخطّى كالتيار المندفع كل العوائق التي تواجهه. قال المترجم: ماذا تريدون؟ فليتقدم أحدكم، من المسؤول عنكم، قدم الجنود بائع الماء، قام بمفاوضة سلطة الاحتلال، فتح الباب، استلم الجميع حقوقهم، قال له المترجم لماذا لا تعمل معنا؟ نظر إليه بازدراء ثم قال له: لأنك لا تؤمن ولا تنتمي لهذا المكان ولهذا

الشعب تبيع الولاء لمن يدفع لك أكثر! صديقي، أنا لا أجيد لعب دور القرقوز، دور الخائن أو العميل لا يليق بمثلي، ألا تشم رائحتك، يكفيك العمل معهم؟! قال له المترجم: ستبقى تبيع الماء طول عمرك!

الماءُ حياة، الماءُ حياة

﴿وَجَعَلْنَا مِنَ الْمَاء كُلَّ شَيْءٍ حَيٍّ أَفَلَا يُؤْمِنُونَ﴾!

We made from water every living thing

لا بد لنا من نور. وجع الأنبياء وقلق الأنبياء، يختلف عن وجع وقلق الكهنة.

في هذه الأيام التي أصبحت فيها أعصابنا رماداً، وطوقتنا الأحزان من كل مكان. دائماً أبحث عن المسافة بين الكلمة والحقيقة، عن المعنى في الكلمة، عن حجم الكلمة التي من الممكن أن توازي آلامنا، أحاسيسنا، وكم هي ضيقة وصغيرة أمام ما نريد أن نقول أو نعي.

انضممتُ إليه على سبيل تزجية الوقت ونحن في طريقنا إلى العشار، حسبني أحد الجنود الذين تقاضوا منحتهم، رآني وأنا أعيد الدولارات الأمريكية لجيبي، قال لي: لماذا لا تركب؟ قلت له أفضل المشي، جسمي مكسل صار فترة ما ماشي، قلت له: وأنت لماذا لا تركب؟ ضحك وقال أفضل المشي مثلك.

- قلت له لماذا فعلت ما فعلت؟

- إن التعاطف والتضحية بالذات أمران شائعان في هذا العالم. وإنك لتجدها في العائلة والمدرسة والفصيل والوظيفة والمصنع والتجارة. وحتى عند بائعات الهوى ومن يقوم بحمايتهن. إننا نحس عند مطلع

كل شمس بشعور خاص من الامتنان قد يكون متحدراً إلينا من تلك العصور التي كانت عودة الشمس المفقودة فيها إلى الظهور معجزة من المعجزات. لكن في حقيقة الأمر أن هذا من طبيعة عمل الشمس. لم يكن بإمكاني وبلادي تحترق، الوقوف على الحياد. الرجل المحايد لا دين له، الدم والعرق، الوجوه الشاحبة والمرهقة، المهشمة والمهمشة تهان فوق ما بها من هوان! لم يكن بوسعي أن أقف أمام جسد أخي المريض، أعالجه بالأدعية والصلوات.

تبين لي ونحن نفض بكر الطريق انه كان ضابطاً في القوات الخاصة العراقية، هانت عليه نفسه أن يمد يده للمحتل لأخذ المعونة، ففضلَ بيع الماء على هذا الذل، لكنه لم يبع الحياة اليوم فذهب لأمه كي يأخذ منها بعض النقود كي يجلب الطعام لعياله! حاولت ان أمد يدي لجيبي، أمسكني وقال لي، هون عليكَ يا رجل. الضباط في الداخل كلهم تخرجوا من تحت يدي، لو شئت لأصبحت كبيرهم، لكن هيهات لن أموت وانا أرغي في الحضيض.

وصلنا لمفرق فلكة البيبسي، قرب شركة النفط، المكينة، وقبل أن نفترق قلت له: لماذا لم يقتلك الإنجليز وهم شعب عدواني بطبعه؟ تبسم في وجهي، ابتسامة جميلة، شاردة، لم ينبس ببنت شفة، انحرف باتجاه الجمهورية رافعاً يده بإشارة لم أستطع أن أفسرها، كانت بيضاء! واصل طريقه وواصلت طريقي مشياً باتجاه العشار. إن روايتي كانت محاولة لإعادة تقديم أنفسنا كما نحن.

الفكر البري

عندما تضطرب الأزمنة يترقب العالم نهاية العالم بطرق مختلفة!

أنا وحدي سيد حظي

وأنا وحدي ربان نفسي

أنا لم أخترع شيئا من عندي، فأخطاؤنا النفسية والسياسية والسلوكية مكشوفة كالكتاب المفتوح. يتحول الجميع من الرئيس إلى الزبال إلى مهرج يمسح أذيال المجتمع وينافق له! القضية أعمق وأبعد من ذلك. لذلك أوجعني هذا المشهد لخيمة السيرك الكبرى! هل سيكون9 نيسان تاريخاً نولد فيه من جديد، بجلود جديدة، وأفكار جديدة، ومنطق جديد. أم سيكون التاريخ الذي سيؤرخ لنهايتنا، ضياعنا وتقاتلنا كأمة؟

الظلم يؤذن بخراب العمران. نعم يا ابن خلدون. لكن رويدك، الظلم يشتغل على منظومة مؤثثة تأثيثاً متكاملاً. عندما تتعرض قيم الإنسان للهتك تبدأ تلقائياً منظومة القيم التي يؤمن بها الإنسان بالعطب، قيمة تلو الأخرى. الظلم يؤذن بخراب الإنسان ثم الأديان ثم البلدان.

لم أشاهد ما يفرح، كانت المدرعات البريطانية تُحيط بشركة النفط، واصلت طريقي، عبر فلكة السينالكو، النافورة اليابانية مازالت متيبسة، أسيرُ باتجاه ساحة أم البروم كان الفرهود قائماً على قدم وساق، لقد

أخذوا كل ما قدروا على حمله وحطموا مالم يستطيعوا حمله، سرقوا مقاعد الدارسة، حطموا الصيدليات، أحرقوا بنايات الدولة، مراكز الشرطة، مديرية الجنسية، المجمع التسويقي، الأورزدي باگ، العشار مدينة أشباح لم يتحرك فيها سوى مجاميع من اللصوص العراقيين واللصوص الإنجليز. عنيتُ، قوات الاحتلال وهي تجوب بدباباتها المكان. قال لي رجل خمسيني وهو يخرج مثل الجنّي بدشداشته النصف بيضاء، من أحد الشوارع الفرعية: إن الجنود البريطانيين هم الذين كسروا البنك وتركوا الناس يسرقون! زوجته التي تتبعه بخطوات متقاربة قالت له وهي تخفي نصف وجهها عن هذا الغريب الذي ربما قطع عليهم حديثهم: راح يسوون البصرة مثل دبي، راح ينطونه الحصة التموينية، راح يجيبون خيرات الله، وينطون كل بيت راتب بليه شغل. بعد ما أشتغل خبازة، وعلي، بعد ما أخبز للناس، كان ولده يجرّهُ من دشداشته وهو يصيح بإلحاح ويضرب برجله الأرض: يبه، دخيل الحمزة أبو حزامين، أريد ستلايت، لاقط أوربي، رحمة لأمك. قلت له: ماذا تفعل باللاقط الأوربي، مثل الناس خل نشوف الدنيا، ملينة من قناة الشباب.

أيها المتسكع في أرجاء المدينة كعجوز مريض، أننا لا نعيش إلا رغباتنا وقد لا يكون الموت سوى رغبة أخرى نخاف عيشها؛ لكن بين ركام كل رغابتنا المعاشة والمكبوحة قد ندلف يوما ما وبشهوة أية رغبة وبقوتها الى الموت، لكن نأمل أن يكون ألم الموت ليس سوى تعبير عن لذة أخرى.

بعد جولان مرّ في ساحة أم البروم وحولها، انعطفت يميناً اتجاه دار المعلمين، كانت نقابة المعلمين على يمين الداخل للشارع من جهة

سينما الكرنك وإلى يسار الشارع فرع صغير يؤدي إلى باورهوز POWER HOZ. أخذتني خطواتي لنهاية الشارع، حيث تقع وتقبع مديرية الأمن (الليث الأبيض) كما كان يسميها الناس، وإلى يساري كانت ثانوية الكفاح، اختفت قطعة متوسطة النظام المسائية للبنين. كانت هناك جمهرة من الناس يدورون حول المكان، كان بعضهم يُمسك بمطرقة كبيرة يضرب بها الصبات الكونكرتية، صاح حامل المطرقة برجل يقف قربه: أنت متأكد أن هذا مكان السجن؟ بالعباس، هذا مكانه، أنا كنت مسجون هنا. نزل بعض الشباب من الفتحة التي أحدثتها المطارق، بدأت النسوة بالبكاء والعويل، والرجال بالصياح والبكاء بدموع محظورة غير منظورة. ممنوع في عرف الرجولة العراقية، البكاء! تم اخراج أكثر من جثة ميتة اختناقاً. كان مقدار الألم فوق قدرتي على الاحتمال، غادرت المكان سريعاً، وأصوات المطارق والبكاء والعويل تتبعني، انزلق للشارع العام بدموع الأمهات.

كلٌّ منا يسعى في بحث حميم أن يكتشف الدولة قبل أن يكتشف الحرية. تجربة الحرية، إنما هي تجربة الانفلات والفوضى التي تحمل في سروالها الداخلي تجربة الدولة الفاشلة.

مبنى المحافظة شاخص أمامي، على يساري مستشفى السعدي ودائرة الإطفاء، تسحبني خطواتي وأنا أرقب المكان الهش والقابل للتأكل، تمرّ بجواري بعض السيارات المسرعة، رجال بأسلحة، بدا لي أن الإقصاء هو أفضل أسلحة الهيمنة والسيطرة على المدينة الخالية من القانون والنظام، الإقصاء، سلاح من لا تاريخ له! صعدتُ الرصيف ونظراتي تتابع المشهد وتتبع السيارات المسرعة. كان الجميع قادراً على التحول بسرعة من

إنسان مسالم إلى مشروع قاتل أو مقاتل، لا أرى كثير فرق بين التسميتين. ثنائية الإقصاء. حين يتبنى الجميع وبصوت واحد وواضح هذا المشروع، تصبح كل الأشياء، تتحول طبيعة الأشياء إلى لون وفهم ومصطلح ونظام واحد! الجميع يتبنى هذا الخطاب الهش في ظاهره والصلب في داخله، يتحول الهامش إلى مركز، ثنائية المركز والهامش.

بدأ المكان ينشر وحشته ووحشيته!

مجد المهزومين!

عيلام تستيقظ

أوقات عصيبة

ثنائية الإقصاء، ثنائية غريبة حين يتحول المركز إلى هامش والهامش إلى مركز، يتحول الضحية إلى جلاد والجلاد إلى ضحية. مفارقة غريبة. في الحقيقة ذكرني المشهد بمجمله بالثورة الفرنسية، حيث يتحول الجميع إلى ضحايا حتى الذين كانوا مع الملك، الجميع يطالب بالقصاص! نزع قناعات ولبس أخرى! خرج البعثيون من بنايات حزب البعث ودخلوا بنايات الأحزاب الجديدة، دخلوا إلى المساجد والجوامع والحسينيات، أطلقوا اللحى بسرعة كبيرة، شيوخ العشائر الذين كانوا يتراقصون أمام مقرات حزب البعث أصبحوا يتراكضون ويتراقصون أمام بنايات الأحزاب الإسلامية!

بسرعة فائقة انتشرت لافتات الأحزاب، شباب بملابس مدنية يمسكون بنادق الكلاشنكوف، الشيوخ والعمائم بدأت تغزو المكان. كل

رجل دين معمعم يمشي خلفه ما يقرب العشرة أشخاص من المدنيين، بعضهم يحمل بنادق الكلاشنكوف. على مقربة من ضفة نهر العشار جثة ملقاة على وجهها وتجمع شبابي يلعن الجثة، رفيق حزبي، كلب ابن كلب! بالقرب منهم بمسافة مد البصر، مجموعة من الشباب يقومون بإسقاط تمثال الشهيد أنس، هذه الكلمة منقوشة على حجارته، همس أحدهم لصاحبه، هذوله شيوعيين! استوقفتني جماعة من المسلحين أمام جامع معرفي، قال لي أحدهم بتهكم واضح: منين جاي، وين رايح، وين بيتكم، هويتك بسرعة؟ لم أكن اختلف عنهم، لم يكن منظري غريبا! أرفض أن يتم ترهيبي عن طريق منزلي. استحضرت كامل العنجهية الموروثة وبصلافتي المعهودة، حاولت الرد، بقوة وبقسوة، فهذا المكان مكاني ولن أسمح لأحد بالمزاح أو مزاحمتي فيه، كل طابوقة في جامع معرفي تعرفني وأعرفها مختوم اسمي على جبينها مثل طابوق أشوربنيبال. بسرعة انبرى شاب كان يقف بجوار الرجل المعمم قائلاً: مولاي، هذا بيتهم قرب جامع الفقير. رد عليه الشيخ المعمم ببرود واستغراب: ابنُ منْ؟ قال صديقي القديم الذي فضل أن يتجاهلني: هذا غايب ابن حجية نرجس. اها، تذكرته، ثم تمتم بكلمات مع نفسه كأنه يستذكرُ ما حدث، ثم توجه الرجل المعمم، هو وعمامته لي قائلاً: لم نركَ في عزاء قريبك الشيخ الذي يسكن في محلة السيمر؟ وفي محاولة لتذكر اسمه لاحت إشارة من يد مؤذن الجامع، غادرت المكان، ورجلاي لا تقويان على حملي من كثرة الجولان. وكلمات الشيخ تتبعني: متى ترانا ونراك؟

الموعد الجمعة يا شيخ.

مصائر محطمة

ما بعد السقوط سقوطٌ كبير!

ألف عام ونحن الملاحقون ننتظر ملكوت الرّب! اليوم، انفتحت كوة في جدار الظلم وها نحن نُبصر بعد العمى طريقاً.

فهم أفضل للرعب والمعاناة التي تنتج عن أن تكون مختلفاً، حالة شاذة في النسق بسبب الخوف من فقدان المكانة والمكان. اسرابُ نحل قبل تحشده.

سذاجة ثورية بدائية، وتفاؤلية مُضحكة، مُبكية!

المسلحون والدعاة يملؤون الأمكنة، وأولئك الذين فوضوا أنفسهم بإنقاذ العالم، والمضللون والمخادعون، يسكبون ثرثراتهم في آذان الشعب ويجدون في صفوفه أنصاراً وأتباعاً لهم. إن هذه القوى الجديدة التي تخترق الإنسان وتتخطاه تعلن عن موت الإنسان! إن تغيرات مفهوم الذات تشهد على تواتر وتجدد التشكيلات التاريخية ذات الخصائص المتمايزة. كائن هو سيّد لأنه عبد! أخطر ما فيها أنها تحض على الاستهانة بحياة وكرامة الإنسان، وتشجع على مقارعة القانون، ومشاكسة النظام، والتعامل بمشاعية مع المال العام واحتكار المنافع! المشكلة، ان كل هذا يجري باسم الدين وتحت لافتات إسلامية عريضة!

338

أنا هنا، لا أحاول ممارسة العادة السرية التي أصبحت علنية، أعني الخطابات الوعظية، جميعنا، متخمون بالخطاب الوعظي، أعلم أنكم ستغلقون أذاناكم عن كل وعظ، لكن علينا أن نحكم بفساد الفعل إذا كان ضُرّه أكثر من نفعه عقلاً. والتجربة أثبتت وستثبت، في كل مرّة، النتائج ذاتها.

بدت البصرة بلدة ميتة، منهارة، على الرغم من محاولتها أن تنهض من عزلتها ولو بخجل. المدينة تبحث عن هوية جديدة، نبذت الهوية القديمة، نزعت المدينة المدنية! نزعت هويتها كمدينة تطل على البحر، كميناء تأوي أفئدة العابرين والغرباء ومن لفظهم البحر إليه. مدينة فقدت بوصلتها واتجاهها، مدينة تتشكل من جديد ربما بشكل أكثر تحولاً وأكثر انمساخاً مما ظن كافكا نفسه. شخصية هشه، مزدوجة، أكاذيب وخدع، مدينة مومس تبيعُ وتُبيحُ نفسها لكل المارة والعابرين، تتحول مدينة رابعة العدوية من مومس إلى مؤمنة!

الدولة ظاهرة من ظواهر الاجتماع الطبيعي. تتولد حسب قانون طبيعي، حكمها مندرج تحت حكم المجتمع. المجتمع هو الذي يوجه البوصلة، لا يوجد تناقض بينها وبين المجتمع أو الفرد.

جميع الأصوات المحطمة العائدة لهذا العصر المضطرب والحائر تبحث عن مكان لها، الجميع يبحث عن عدسات الكاميرا ليضمن له حضوراً في المشهد الجديد، البحث عن انطلاقة جديدة. لا تنسَ أن كلّ واحد يبحث عن خداع الآخر، (لا تثق بأحد) شعار رفعه الجميع. الجميع عابرون، لا حصانة لأحد، الجميع ممزق، الجميع يعلم هذا، الاحتماء بالعشيرة، الاحتماء بالمذهب، بالشعارات قد يؤهلك للحصول

على فرصة أو يُبقيك فترة أطول أمام العدسات. القلق والفزع هو الذي يرسم مشهد المدينة!

البصرة، جنّة البُستان

للبصرة القديمة، طقوس وتقاليد تختلف عن بقية مدن العراق، مذاق قديم ونكهة خاصة، لا يعرف تذوقها إلا أهل البصرة القديمة. روائح تهب من حيث اللا مكان، من الصحراء، من السماء، من وشم الأمهات، أوشام مختلفة، مختلطة مع بعضها، شباب بروائح، الهيوه والليوة، الزيران والطار، وسيد حسين مولانا، دشاديش بيض، قلوب وأروح منقوعة بالبياض، رائحة السكارى وعرق الراقصات، تمرق الضحكات مثل رصاص باردٍ عتيق، تشعرني الروائح بالدوار، أدور وأدور، يملأ صماخ أذني صوت الطار، أقع بحفرة قبالة جامع الفقير، أتوقف، يعبرني جامع العرب، ومسجد البصرة الكبير، ويبقى جامع الكواز يدور مع الزمان والسيارات حيث يدور وتدور!

اللعبة

تحديث جهاز المفاهيم. من استعباد الأفراد إلى تدجين الجموع!

الإسلامويون في كل مكان، باعة العرق والبيرة في كل مكان، ينتشر عدد من باعة البيرة المجرشة في دربونة صيدلية جبار، وباعة الأفلام الإباحية افتتحوا سوقهم الخاصة قرب جامع العرب وبأسعار تنافسية! انفتاح رهيب على العالم، كشف واضح عن البنية الهشة، المتماسكة ظاهراً والتي كان يسترها الجوع والخوف من النظام. انفتح شغل جديد وبالدولار ليس فقط لبنات شارع بشار. (التبياته). هو نظام عمل قديم، كان حكراً على الخليجيين والتجار وضباط الأمن والمخابرات. أصبح اليوم في متناول الجميع. الأسعار تتفاوت حسب العمر والمكان، والشرب، وما تستطيع الفتاة عمله.

الروائح لا أستطيع وصفها، وحده باتريك سوزكي وربما لؤي حمزة عباس، هو الأقدر على وصف هذه الروائح والأمكنة القديمة، السماكة

القديمة، روائح السمك، رؤوس سمك وبطون السمك ونغانيغها متروكه في زوايا البسطات. تنك الزيت المصفاة من أحشاء الأسماك، الموضوعة فوق البسطات يبيعها السماكة لتجار صنع القوارب. الوجوه هي الوجوه، لكن اختفت سحنة الخوف والجوع، بدأت الوجوه أكثر فرحاً، ربما الابتسامة أصبحت قريبة من الشفاه. تبدلت الملابس، انتشار واسع وواضح لباعة ملابس البالة المستوردة، وانتشار أوسع لباعة المشروبات الغازية، وباعة الأجهزة الكهربائية المستوردة، وباعة زبالة معسكرات الاحتلال، وزبالة الكويت بسرعة تفوق الوصف، كأنهم كانوا على موعد مع هذا التغير!

طريدون

اهْبِطُوا بِصْرًا فَإِنَّ لَكُمْ مَا سَأَلْتُمْ

العابرون، المقتلعون من جذورهم يتوافدون على المدينة الملجأ، الوجوه الموشومة لم تقترب من البصرة القديمة، كانوا يأتون فرادى ثم يتبعهم بقية الأهل ثم السلف بأكمله، تنتقل مركزية الريف، نظام العشيرة بأكمله ينتقل من الريف إلى داخل المدينة، لكنهم لم يقتربوا من البصرة القديمة حيث الاختلاط الواضح والبيئة المختلفة عن نظام الريف او نظام مدينة البصرة بأكمله. حيثُ بيوت بيع الخمور والقحاب تعيش جنباً إلى جنب مع المساجد والجوامع، السكارى أصحاب المصلين، القوادون أصدقاء لشيوخ المساجد، منزل القواد مقابل لبيت شيخ الجامع. هذا هو النظام الطارد للرجال الموشومين على أصداغهم، القادمون من مدن طاردة لأبنائها. هكذا هي البصرة. مدينة تمتص العابرين والمهاجرين، تلتقط بيوت شارع بشار البنات (الشالحات)، تستقر فيها البنات الهاربات من بيوتهن بسرعة، حوادث القتل غسلاً للعار تكثر في هذا الشارع الطويل.

التشيع العلوي والتشيع الصفوي

﴿ وَالْعَصْرِ * إِنَّ الإِنسَانَ لَفِي خُسْرٍ * إِلاَّ الَّذِينَ آمَنُوا وَعَمِلُوا الصَّالِحَاتِ وَتَوَاصَوْا بِالْحَقِّ وَتَوَاصَوْا بِالصَّبْرِ ﴾.

قبل أن يهبط الظلام بقليل بدأت الجماهير بالوفود وانسلت المواكب من كل حدب وصوب. أرعبني صوت الطبل الكبير، وصوت الصنج، وصياح:

حيدر

حيدر

يعلو بوتيرة واحدة وواضحة،

حيدر، حيدر،

حيدَرررر حيدرْ، حيدر، حيدر.

لا أدري أهو نداء استجابة أم هو صوت استدعاء، أم تراهم يزفون البشرى لعلي: أنظر، لقد انتصرت وانتصرنا! ولا أدري أيضاً بجواب هذا السؤال: هل إن الأعمال هي الأعلى صوتاً أم الأقوال؟

صوت الزنجيل، السلاسل الحديدية وشباب بملابس سوداء موحدة مع أشرطة خضراء على الجباه، يسيرون على شكل صفوف وسط الشارع، ضارب الطبل، رجل أربعيني، يوحد خطوات الضاربين على الأكتاف بالزنجيل. تتوقف سيارات محملة بالشباب المعزّين. يستقبلهم أصحاب المواكب بالصلوات والتكبير والنداء الخالد يعلو:

هيهات منّا الذلة،

لبيك، لبيك، لبيك يا حُسين...

يتجه الجميع إلى محلة العباسية حيث تتجمع المواكب، موكب الطبارة أصحاب القامات، يلبسون الأكفان، أعمار متفاوتة بين شيخ بلحية بيضاء سال عليها الدم وصبي لم يناهز الحلم، ونداء يشقُّ عنان السماء:

نحلف بسمك من نطبر

نحلف بسمك يا حيدر

الله، اللهُ أكبر، الله، اللهُ أكبر

حيدر.... حيدر....

إيران أصبحت السوق الأولى في تصدير أدوات الشعائر الحسينية! الرايات الخضراء والسوداء في كل مكان، الفانيلات السوداء كلها كتبت وطبعت عليها صور تشبيهية للأئمة والأسماء بخطٍ فارسي (جميل)! الجميع يشتري السواد، عُلّق السواد على البيوت، لفت خرسانات جامع معرفي بالسواد، على بنايات الدولة، صور الأئمة ومراجع الدين، الأحياء منهم والأموات تملأ الشوارع والساحات، علقت بسرعة صور الشهداء، تحولت المساجد والحسينيات إلى ملكيات للأحزاب. كل حسينية وجامع تابع لحزب معين. حتى الشيوعيين فعلوا مثل الإسلاميين احتلوا مقر اتحاد نقابات العمال، أطلقوا اسم الزعيم عبد الكريم قاسم على فلكة مستشفى السعدي لأنها قريبة من مبنى اتحاد النقابات!

الفوضى تعمُّ البصرة! كأنها أخطاء كوميدية في مسرحية هزلية

لا تمنعوهم عما يعتقدون أنه عملٌ مجيدٌ عند الله. عندما نعرف ما يؤمن به الآخرون، يمكن أن نختلف معهم بذكاء، دون أن نظهر ذلك

بصورة سيئة، وعندما يدرك هؤلاء الجيران أننا قادرون على فهمهم، يشعرون بأنهم، كذلك نحن، أقل عرضة للخطر.

نعم، نعم، ومن يُعظم شعائر الله فإنها من تقوى القلوب. هذا العالم مرآة يلتقي فيها العلم بالسحر، البدائي بالمعاصر، الإنسان بالكون والذهن بالمادة، طرد الزمان خارج المكان، تتحول الأساطير والطقوس إلى فضاء من التصنيفات، نظنها منطقية لعدم قدرتنا على ردها وتفسيرها. الظواهر تتحكم بالجميع، الهامش يتحكم بالمركز، يتحكم العوام بمزاج المرجع، يتحول المقلد إلى مجتهد، الشعائر الحسينية لا تقليد فيها. هذه القواعد، في حب الحسين الكل عالم ومجتهد، ولكل عمل أجره والكل على صواب.

لقاء ذهني غريب،

لقاء ثقافي فريد!

كان الطريق خالياً، اندفعت باتجاه سوق البصرة القديم.

﴿فَرَدَدْنَاهُ إِلَىٰ أُمِّهِ كَيْ تَقَرَّ عَيْنُهَا وَلَا تَحْزَنَ وَلِتَعْلَمَ أَنَّ وَعْدَ اللَّهِ حَقٌّ﴾

عندما بلغ زاوية الطريق، استدار ورأى بيت أسرته، بدأ يوليسيس يعدو حَجَلاً وهو يضرب الأرض بأحد عقبيه، تعثر وأوقع لعبته، لكنه سرعان ما عاد ووقف على قدميه وواصل طريقه. كانت أمه في فناء البيت ترمي الطعام للدجاج، ورأته يتعثر ويقع وينتصب ويعاود حجلاً. وقَدِمَ إليها خفيفاً هادئاً، ووقف جانبها قليلاً ثم ذهب إلى قن الدجاج يبحث عن البيض. فوجد واحدة فراح ينظر إليها لحظة، ثم التقطها وعاد إلى أُمه

وسلمها لها مترفقاً حذِراً وفي نفسه معنى لا يستطيع أن يدركه ولا الطفل الصغير أن يتذكره!!

لا تخف، أنك من الآمنين. معك إلى الأبد، تعلمنا أن نحبك منذ السمو التاريخي، حيث توجت الموت شمس شجاعتك، هنا ستبقى الشعلة، حبك الثوري سوف يقودك إلى فتوحاتٍ جديدة. هناك حيث العالم ينتظر بحزم من يدك المحررة.

بدأت النسوة بالوفود نحو البيت، الوجوه النضرة تغيرت، حاصر الزمان والمكان والحصار وجوه النسوة النضرة والأجساد المعطرة التي كانت تضج بالحيوية والنشاط. تعساً و1000 تعس لهذا الذي يجري. جاءت خالتي أم يحيى أو حسب التسمية الجديدة، أم الشهيد يحيى مسرعة وهي تُمسك بيدها الحجر وفرقت النسوة بقوة وصاحت بعد ان انتبهت النسوة لها وأمسكنها: أتوسل إليكن أن تُعطِيَنِّي فرصة لأرمي هذا الحجر في وجهه! ركعتُ تحت قدميها وقلت لها: ها أنذا أفعلي ما تشائين، لكن لم يا خالة؟! قالت وعيونها مغرورقة بالدموع: كيف تترك أمك وتصعد، أَأعجبتك الغربة وأطمعك الغرباء، فأعجبك طعامهم! يا ابن الغريب، كيف تتركنا وترحل؟ ألم تفكر فينا وفي حالنا ومصيرنا وسط هذا العالم الموحش؟ أعطتني الحجر وقالت لي: كن حجراً يا من قلبه الحجر!

أردد بصمت قاتل: ليت الفتى حَجَرٌ يا ليتني حَجَرُ!

عند المساء، وبعد العشاء، ذهبنا أنا وأمي إلى العباسية مشياً على الأقدام لرؤية المواكب الحسينية، وهذه الطقوس الجميلة والجديدة

على هذه المدينة. لكن في الحقيقة هي ليست جديدة، بل هي رمز لهذه المدينة، حيث كانت تقام مواكب العزاء، لكن مع مجيء البعثيين وحزبهم شبه القومي، بدأت هذه الطقوس بالتأكل والاندثار، بعض مجالس التعزية كانت تقام خفية عن أعين السلطة وخيفة منها. لكنها اليوم عادت وازدهرت. إن صلابة المعتقدات والطقوس الدينية والشعبية وقوتها تأتي باعتبارها عقائد عضوية ضرورية تاريخياً وصحيحة نفسياً لأنها تتدخل في تنظيم الكتل البشرية وتشكل الأرض التي يتحرك عليها البشر ويعون مواقفهم. أظن أن الطقوس، الديانة الشعبية مجرد تعبير عن الولاء وهي الضامن الأكيد لاستمرار روح الجماعة وديمومتها، ولا أرى منها أيَّ ضرر. دعهُ حر دعهُ يمر. لابد من أن نوفر الحرية للناس كي يُعبروا عما بداخلهم بصورة واضحة.

من أجل التخلص من هذا الرهاب لفوبيا الطقوس الإسلامية، لماذا لا تصنفها العلمانية القذرة ضمن الثقافة الشعبية أو الفلكلور حتى يتخلصوا من عقدة الشريك الديني! وينشغلوا هم بإنتاج الثقافة المثقفة وصيانتها وتجديدها؟

المثقفة المتأنقة، الانتلجنسيا↑

المثقفة المتألمة الشعبية ↓

الانتلجنسيا طبقة ترى نفسها متفوقة ثقافياً لكنها لا ترى نفسها تابعة اقتصادياً ومنبوذة اجتماعياً!

بعض العلمانيين السفلة يُعيبون وأيضاً بعض متديني أو بتعبير صحيح بعض متدني ومتذيلي ترتيب الإيمان يرفضون مثل هذه الطقوس، بل وصل ببعض عتاة السفلة ممن أصيبت عقولهم بسفلس الحداثة،

أن اعتبرها طقوساً همجية! لكنه يفرح حينما يرى الآلاف في شوارع العاصمة مدريد يطاردون ثوراً أو يطاردهم ثور! أولاد الثور، نسوا كيف يتم جمع الطماطم ويجري العراك بها في مهرجان التراشق بالطماطم «لا توماتينا» La Tomatina في مدينة فالنسيا الأسبانية. هذه مدنية وتلك همجية! بأي منطق توزن الأشياء؟! ليس على الإنسان أن يبدل معتقداته، طقوسه وشعائره لأنها لا تحوز على رضى الآخر، أو لأنه لا يتقبلها، أو تُخدش مشاعرهُ، أو لأنها في فرض واقعي تخالف عقيدته أو أيديولوجيته! الدعوة لإلغاء الشعائر لا قيمة لها مهما اتفقنا مع مبرراتها لأنها تلغي الآخر وتحجر عليه وعلى حريته وتوقف تدفق سيل السعادة المتحصلة من ممارسة هذا الطقس! إذا أردنا أن نكون حضاريين علينا أن نحترم فكر الآخر، مهما اختلفنا معه.

إن دراسة مثل هذه الظاهرة لا يمكن ان تستوعبها الثقافة المثقفة لأنها ثقافة تغيب عنها الاطر الابستمولوجية. والاطر الانثروبولوجية التي تركز في دراستها على المهمش، والمقصي من افرازات الوعي الإنساني كالخيال، والاسطورة، والخرافة.

Pope112

عند الساعة العاشرة مساءً وصلنا أنا وأمي إلى بيت جدي لأمي، كانت الكنيسة قد أغلقت أبوابها وشبابيكها بالطابوق الجيري وتُرك فقط باب صغير يؤدي إلى ممر ضيق ومنه إلى داخل الكنيسة. رأيت خالي الأكبر سامي وقد أصبح هو القس بعد رحيل جدي. كانت العائلة كما هي، لكن أصبح هناك فارق في الطول وزيادة في الأوزان لا غير. ضمني

348

خالي إلى صدره بقوة وهو يراني أرسم الصليب على صدري. على ديننا يا ولد؟ هذا ما قاله لي مبتسماً. بل على دين الإنسان يا خال. وما دين الإنسان يا ولد، أليس هو دين أبونا المسيح سلامه علينا؟ كان هذا سؤاله الثاني وعيونه تقدح بشرر. قلت: دين الله الحق هو الإنسانية يا أبانا. وهنا جحضت عينه وطفق يرعد ويزبد، وقال:

– الأناركية، تشومسكي القذر ثانية!

– الدين الأكبر.

ديانة المادة بلا طقوس! لعلها لا تقل بروداً عن المحرك الذي لا يتحرك. ديننا هو الشرع والشريعة، الفادي ينادي، كلوا واشربوا، وحاذروا أن يوم الرّب سيأتي كلص في الليل. الكنيسة الأصلية تهودت يا أبانا وأن عليها العودة إلى الوحي الأصلي. إسرائيل لم تعد موجودة، لقد اختفى الأنبياء وخُتم الوحي. هذا زمان الكنيسة التي ينبغي عليها أن تتخذ موقفاً. لن أقبل بغير الوعد الإلهي بنزول القدس من السماء بعد ألف سنة من القيامة. لقد دخلنا في الألفية الثانية يا أبانا! عيناه غائرتان لا تلمعان حتى لكأنهما فحمتان متأججتان، قال: هذا زمن الامتلاء والرضى الذي يسبق النهاية الأخيرة. القيامة قادمة والقدس عروس السماء ستنزل مكللة بالنصر. اليوم الذي سيتعزز فيه، أيضاً المبارك من الملعون. هل أتيت لتزعجنا؟ إنك ما أتيت إلا لتزعجنا، لم تتبدل، كما تعلم أنت نفسك!

– انا اعتذر عن ظهوري هذا. لكنه نداء الواجب، الملكوت، كساعة متعة مملة. الفردوس، ماخور لا أبواب له ولا حراس، حانة مات صاحبها!

– بل كعرس بهيج مفعم بالحيوية.

قالت لي ابنةُ خالي في محاولة لتعيير مجرى الحديث: هل ستبقى معنا أم ستغادرنا، أهي أجازه قصيرة أم بقاء يدوم؟ قلت: هي رحلة عمل، لقد انزلتني الطائرة قبل يوم وستحملني بعد يوم. جئت لرؤية أمي والبصرة القديمة أحرقت روحي. البصرة القديمة، هي فردوس الله. مدينة هبطت من السماء ومعها كل هذه النسوة لتصنع الفرح ولتعلم الناس كيف يرقصون ويعبدون الرّب الذي نبذه الجميع. إن الله إذا أحبّ جارية أرسلها للبصرة القديمة لتعلم الناس الحب وتنشر الفرح في قلوب الأوادم. خالي سامي يتمتم بكلمات مسموعة، زفر، لا يمكن الإمساك بك، كسمكة زلقة في الماء!

ألا تتذكر بعض الأشياء التي ربما نسيتها هنا أو هناك؟ من قبل رَأيْتُكَ تَذْكُرُ الدّنْيا كَثيراً، هذا ما قالته لي وهي تسترجع بذاكرتها أيام الأحاد عندما كنّا نختبئ خلف المذبح نصلي صلاة العاشقين، تسقيني من خمرها وأسكر، أعوذُ بالحي الذي لا يموت، أدور مثل مخمور على الطور.

قالت لي ووجهي يمرّ على شفتيها وضحكتها العذبة تنساب بين ثنايا روحي، هل تذكر؟، أذكر، ولا أنكر، أذكر كل شيء فأنا فيل الله في الأرض، العجل المقدس، أصعدني أضحية، بغداد هي أضحية مقدسة، لكن تبقى البصرة هي أضحية العراق الأكثر قداسة من كل مقدساتهم!

أتشرب من خمر محبتنا أم أصبحت من الناسكين؟ هذا ما قالته لي الجدة وهي تضع ذراعيها حول عنقي. قلت: أريدُ شراباً أقوى من الماء يا جدتي؟ أنا سكران وصحوي هو السكرُ. أبونا يتبرع بدفع الكلام مرّة أخرى، سيكون هناك يوم لدفع الثمن. لم أصحُ يوماً فكيف تريدين اليوم

أن أسكر؟! قالت أمي: ولد، أنظر لنفسِكَ يا شقيْ، حتَّى مَتَى لا تتَّقي! وقف أبونا وهو ينفض ثيابه كأنما سقطت في حجره جمرة من جمّار جهنم، أو ربّما قد علق في ثوبه بعض غبار الوثنية، الغبار الذري الملعون، قال وهو يغادرنا:

يا أحمدي، لا نجاد ولا نجاة، أنت أعمى عن كل هذا، الليلة ستنتهي الحفلة وستدفع ثمن كل ما صنعت يداك.

عند الفجر رجعت وأمي نمشي الهوينا وحدنا في الطريق، الشوارع فارغة، قالت: نحن وحدنا الآن؟ ماذا كنت تعمل وتفعل هناك؟ قلت لها: لقد كنتُ أدرس وأُدرس، أدرب وأتدرب، وأنا اليوم جئت لإكمال آخر الأعمال. سأبقى ثلاثاً ثم أطير. إلى أين، هذا ما قالته، قلت، لا أدري، ربما إلى السماء وربما إلى الأرض. لا أدري، حينما تنتفي الحاجة تصبح الأشياء مجرد خردوات التخلص منها هو السبيل الأفضل.

سيقتلونك؟

صوتٌ صارخٌ من أعلى بناية في المدينة، كل من دُعي سيُجيب، يَا صَاحِبَيِ السِّجْنِ أَمَّا أَحَدُكُمَا فَيَسْقِي رَبَّهُ خَمْرًا وَأَمَّا الْآخَرُ فَيُصْلَبُ فَتَأْكُلُ الطَّيْرُ مِنْ رَأْسِهِ قُضِيَ الْأَمْرُ الَّذِي فِيهِ تَسْتَفْتِيَانِ.

العشقُ بَابٌ مِنْ أَبْوَابِ الجَنَّةِ، فَتَحَهُ اللهُ لِخَاصَّةِ أَوْلِيَائِهِ، وَهُوَ لِباسُ التَّقْوَى

أعيش من دون أن أحيا في ذاتي
دائماً أحافظُ على أمنياته،
أنا كما يُريدني هو،

أموت لأنني لا أموت

يحتاجون أضحية غالية من أجل إكمال المشهد. الموتُ غايةُ مَنْ مَضَى منّا وموعدُ منْ بَقي.

هل ستقبل؟

لا حيلة، ما تبحثُ عنهُ يهربُ منك، وما تهربُ منهُ يبحثُ عنك! أنا لا أريد، هو المُريد. أنظرِ خلفك، أنظرِ أمامك، فارس قادش في كل مكان. سيقضي الله أمراً كان مفعولا.

وماذا ستحمل على ظهرك هذه المرة؟

محبتهُ..

وضحكنا ضحك طفلين معا، ضحكة، أظنها لم ترنِ أضحك أختها من قبل! وفجأة عاودنا الضحك مرة أخرى، ثم انفجرنا بالضحك عندما أدركنا أننا كالأطفال انغمسنا في عالم من صنع الخيال. أخذنا ربع كيلو قيمر عرب وصمون حار وذهبنا إلى البيت، قبل صياح الديك. عندما دخلنا البيت وجدتُ خالتي ونسوة شارع بشار وقد أعددن الفطور، وعندما رأينا القيمر في يدي، صاحت النسوة بصوت واحد:

بخيلٌ بخيل مَنْ لم يصلِ عليكَ يا رسول الله.

ثم تجرأت واحدة منهن وقالت: يا ولد لم نعهد فيكَ هذا البخل! أنسيت أنك في البصرة ومن أهل البصرة ومن قديم أهلها، نُطعم لحمنا ولحم عيالنا للضيف! لقد علمك البخلاء البخل، فتعساً لمن بات شبعاناً وجاره جائع!

جلست وحدي، ألتقط بعض الأنفاس في حجرة أمي التي حُرّم عليّ

دخولها، ريثما ترحل النسوة في هذا الصباح. لاحت لي من خلف إطارٍ قديم تساقطت زخرفته وألوانه صورة لأمي وهي صبية. شعرها الغزير الكستنائي اللون يلتف حول رأسها، وفي عينيها تلك النظرة الجادة الجميلة التي عرفتها فيها، وكأنها تسألني: وأنت، ماذا ستفعل بحياتك يا بني؟ بدا لي أن حياتي ليست سوى خيال. أغمضتُ عيني حيث لا يراني سوى من يُريد ان يراني وذهبتُ في الغطيط البعيد.

إغواء القديس

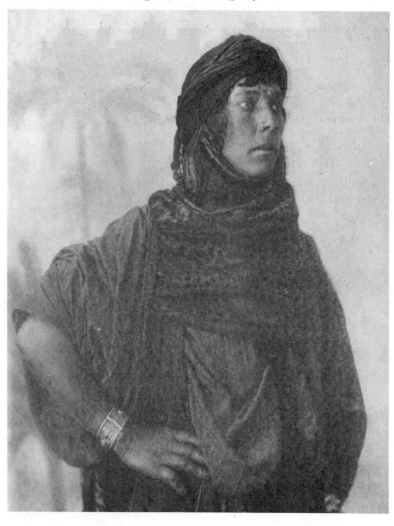

أما الهراطقة فإنه يتحدث عنهم كأنه يصف نفسه فيقول: إنهم أناس أشقياء يتطلعون دائماً إلى شيء جديد. قليلاً ما يتحدثون عن الخبز ولكنهم يتحدثون كثيراً عن الحرية. يتحدثون عن السلام قليلاً وعن الشخصية الإنسانية كثيراً، إنهم يرفضون فكرة أن الملك يمنحهم أورهم، ويعتقدون أنهم هم الذين يطعمون الملك، هؤلاء هم الهراطقة الخارجون، لا يحبون السلطة ولا تحبهم السلطة... في الأديان يوقرُ الإمَّعات الأشخاص والسلطات والأوثان، أما عشاق الحرية فإنهم لا يُمجدون إلا الله.

علي عزت بيغوفتش

سفر الخروج

على أنهار بابل جلسنا وبكينا على ذكرى صهيون

وفي وسط الصفصاف علقنا أعوادنا

لأن من سبونا طلبوا إلينا أن نغنيهم

والذين عذبونا أرادوا أن نطربهم، ونادونا:

هلا أنشدتمونا أحد أناشيد صهيون؟

وهل نستطيع أن ننشد نشيد يهوه في بلدٍ غريب؟

لئن نسيتك يا أورشليم، فلتنسَ يميني حذقها

المزمور السابع والثلاثون بعد المائة

يا الله انا أريد ان أنجو، ولكن هذه الافكار الشريرة لا تتركني. فماذا
أفعل؟

- هل ترى أن السامري، هو أول من أظهر الهرطقة، حين صنع العجل
لبني إسرائيل؟

- أظن أن اخناتون قد سبقه في هذا الأمر. فهو أول من خرج على قومه
وجمع الأرباب في واحد، وأسس لديانة الذبح!

- ماذا تعني بالذبح؟

- كانت الديانات الوثنية متعايشة مع بعضها، لكن بعد أن جاءت ديانات التوحيد العالمية شرعت وشرّعت بقتل وقتال المخالف! ثم شرعت القتال فيما بينها! أليست هذه أعجوبة. شعب الله المختار يقتل ابن الله! ثم حبيب الله يقتل شعب الله المختار بإرادة سماوية. حكمت بحكم السماء من فوق سبعة أرقع!

الدير البندكتي
بستان الرهبان

لا أحد يتشارك مع أحد القوة. ولا تثق بأحد أبداً

وفي هذا اللقاء سأله ابن حزم عن قول التوراة ((لا تنقطع من يهوذا المخصرة ولا من نسله قائد حتى يأتي المبعوث الذي هو رجاء الأمم)) فقال ابن النغرالي: لم تزل رؤوس الجواليت ينتسلون من ولد داوود من بني يهوذا وهم قيادة وملك ورياسة فقال ابن حزم: هذا خطأ لأن رأس الجالوت لا ينفذ كلامه على أحد من اليهود ولا من غيرهم وإنما هي تسمية لا حقيقة لها ولا قيادة ولا بيده مخصرة.

وجهت لي الدعوة لزيارة الدير البندكتي حيث تمكنت من أن أدخل في حوارات مع طلبة السنة الدراسية الأولى والمتقدمة في محاولة لاستطلاع مدى تقبل الأفكار التي ربما تعبر عن رؤية مخالفة لما يتم عرضه في المجامع الدينية، والثقافة الشعبية التي أصبحت بحكم الواقع هي التاريخ الحقيقي الذي لا يمكن المساس به أو زحزحته.

تحدثت في حوارات مطولة مع أساتذة الدير، وأساتذة التاريخ حول فرضية ورؤية أخرى لقراءة التاريخ. في عُرف الكنيسة للتاريخ هدف معين هو مجيء المسيح الثاني، والدينونة الأخيرة. التاريخ الإسرائيلي تجاوز

موسى لأنه لم يدخل الأرض المقدسة، في قانون الدولة العبرية، التاريخ يبدأ من داوود، من سليمان، فكرة قيام إسرائيل وبقاء إسرائيل قائمة على الهيكل، ومكان الهيكل. تابوت العهد وموسى لا يحظيان بتلك الأهمية الآن بسبب كون الصراع، إنما هو صراع بقاء. وعلى الجميع أن يبرر ويبرهن على وجوده. لا بقاء للدولة العبرية مالم تتشبث بوجود أورشليم والهيكل.

تحدثنا عن رؤية فرويد، سبينوزا، يان أسمان، وأمور أخرى كثيرة من عالم الأسرار والوثائق المغيبة التي تحكي حقيقة هذا الشعب الذي إلى الآن لا يعرف أصله، أو بتعبير أقرب للعلمية: هناك قلة من يعرفون أصل هذا الشعب ولا ينطقون!

طالما وجهت هذا السؤال، للكثير، لكن، دائما، لا جواب! يتحفظون على الجواب، أنا أعلم أن أساتذة الدير وعلماء التاريخ يعرفون جزء الإجابة. حل هذه الأحجية موزع عند الكثيرين منهم. مثل قطع الفسيفساء، لابد من جمعها بعناية وصبر كبيرين. أكيد لا نتوقع من التاريخ أن يسلم نفائسه وذخائره بسهولة. لكن، هناك أكثر من وسيلة لمعرفة وفك الشفرة والتغلب على هذه التعمية. اعتقد أن التوراة يجب أن تكون كتاباً لنا جميعاً. كتاب مقدس لبعضنا، وتاريخي للبعض الآخر. كتاب للجميع من أجل إسرائيل. هذا ما قاله العلماني عوزي ديان. ثم أردف؛ حتى لو لم يكن الخروج حقيقة تاريخية. إسرائيل، الدولة، الشعب، الدين حقيقتنا التي يجب المحافظة عليها بكل الوسائل.

يقول لي أحد زملائي في هايدلبرغ، ان موسى لم يكن عبرانياً. وحتى لم يكن إسرائيليا! لا تتعجب صديقي، ربما أكون قريباً من رؤية فرويد،

لكن أنا لا أتابع فرويد، لكني أجزم ان موسى كان مصريا من رعايا أخناتون، كان كاهناً مصرياً.

التوحيد جاء مع أخناتون وموسى كان تابعاً له، وكان أحد كهنة معبد الإله أتون. مع مقتل أو موت أخناتون رجعت عبادة الأوثان والصور. وكانت الحملة التي نفذها كهنة معبد الشمس لإزالة كل آثار الفرعون أخناتون وطمس معالم عبادة الدين الجديد. تبع هذا مطاردة كل أتباع الفرعون أخناتون وكان الكاهن الحليق موسى أحد المقربين منه فلاذ بالفرار إلى أرض مدين، حيث عمل راعياً عند يثرون، كاهن مدين. ألا توافقني، ان الموس مشتق من اسم موسى، الكاهن الحليق؟

يا صديقي، أنت تقترب مما ذكره الكاهن المصري مانيتو الذي اعتبر موسى أحد القساوسة الثوار لمستعمرة المجذومين أو وادي المجذومين. ألم يكن موسى صاحب اليد البيضاء مجذوماً؟ ألم تكن مريم واحدة من المجذومين التي حلت عليها لعنة الجذام وطردت خارج المحلة عقوبة على ما فعلت؟ هل كان مرض البرص هو الداء الذي أرّق الموسويين حتى أن عيسى كان يُبرئُ الأكمه والأبرص؟ هل تظن من قبيل المصادفة أو من قبيل الكرم الفرعوني وضع العائلة اليعقوبية في جاسان، وأبعادها عن الاختلاط بالمجتمع المصري؟ ألا يمكن الافتراض أن وادي المجذومين هو، أرض جاسان؟

إن الافتراضات المذكورة لا ينبغي أن تندرج بالضرورة في خانة الترهات والأباطيل، خاصة وأنها تلقى تأكيداً، في قسم منها من جانب النصوص الدينية الأساسية. بل الأولى أن تعتبر من الوقائع المجتمعية بالمعنى الذي يقصده موسى.

كل ما نقوم به هو استعادة منقوصة للحوادث التاريخية، وإن كل ما نحاول تصوره بصددها لا يعدو كونه افتراضات مجانية. لم يعد العهد القديم هو المرجع الوحيد الذي يسيطر على الساحة الدينية. علم الآثار والحفريات أصبحا هما الحكم في تحديد الأمكنة. لم يُعد مقبولاً، اليوم، أن أورشليم الأمس هي أورشليم القدس. يجب أن نعي جميعاً هذه الحقيقة. كل التنقيبات التي جرت حول القدس لم تخرج لنا مكان الهيكل، وأورشليم يبوس ليست هي أورشليم اليهود.

- هل انت مُلحد؟

ربما ليس هناك من هو مُلحد. ربما هناك من لا يتوافق مع السماء ويظنها لا تحبه أو لا تراعي مشاعره. أو ربما يظنها تضع الأشياء في غير مواضعها وتستخدم الأشخاص الخطأ. هذه هي فلسفة الإلحاد.

لو إن السماء حققت لنا رغباتنا سنكون مؤمنين بها. لكن حينما تأخذُ ما تُريد، تأخذُ ما نحب، مثل الأطفال نبكي، نلعن، نقاطع ونخاصم بعنف مثل الكبار! لو إننا عدلنا مسار الفهم قليلاً. أظن ان لا مشكلة في أن نتحدث إلى السماء. نخبرها أننا نختلف معها في بعض الموضوعات. الملائكة اختلفت مع السماء، وأبدى إبليس اعتراضه وامتعاضه من قضية خلافة آدم. تقبلت السماء الأمر وأعطت الجميع فرصة للتفكير، وربما سهلت لهم طريق العودة.

أنا إسرائيلي، يهودي، أريد أن أجد أورشليم الحقيقة وأصلي في الهيكل. إلى اليوم، لم نصلِ سوى صلاة الشك. كلنا يشك، كلنا يعلم أن أورشليم ليست هي القدس. لكننا وضعنا أرجلنا في هذه الأرض بعد

شتات طويل ومنافٍ قاتلة. هذه الأرض لنا، لا يمكن التفريط بشبرٍ من هذه الأرض. لن يتقبلنا العالم. الآن نحن قوة على الأرض، قوة، سياسية واقتصادية وعسكرية. لدينا قوة ردع كبيرة وندير دفة الاقتصاد العالمي حيث شئنا. لكن لا يمكن أن تقع العبادة الصحيحة إلا في الأرض الصحيحة، في قادش، في الهيكل، ألا توافق على هذا الرأي؟

يتدخل الأب، البروفسور كلاين في الحديث قائلاً: إنه حلم رهيب، لقد تعرضت هوية الشعب الإسرائيلي للاستلاب فضلاً عن الاغتراب! أربعة قرون قد يراها البعض عزلة تامة في جاشان، وهي عزلة حقيقية تحول فيها الرعاة إلى شياه. كانوا يهشون على الغنم وأصبحت السياط تهش على ظهورهم! العزلة الأخرى والاستلاب الآخر هو انشطار المملكة إلى مملكتين محترقتين وعبودية لبابل وأشور وروما، ثم الاستلاب الأخير والعزلة في المنافي والذي كانت خاتمتها المحارق على يد النازيين. كل هذا جعل من الشعب الإسرائيلي يفقد الكثير من النقاء الخاص والخالص والذي يُعطيه الكثير من الفرادة بين الشعوب والأمم.

قد تكلفنا الحقيقة الكثير مما جهدنا في محاولة الحفاظ عليه، لكن، الجميع يعلم إننا، اليوم، لسنا القبيلة الإبراهيمية ولا الأسرة اليعقوبية. إننا اليوم خليط من شعوب وأمم مختلفة كلها تدعى النسب المقدس! إذا أردنا الحقيقة علينا البحث عن الجسد المقدس، جسد موسى وإسحاق ويعقوب لنرى مقدار تطابق الجينة الوراثية علينا. ربما لا نكون نحن الورثة، قد يكون الشعب المقدس قد أنزوى بعيداً للحفاظ على نقائِهِ بعيداً عنا بانتظار المخلص الذي يعرف شعبه جيداً. قد تكون هذه الحقيقة مكلفة وباهظة الثمن صديقي، لكن من الضروري سماعها.

رجعتُ إلى البيت، أجرُّ الخطوات، متعبٌ أنا ومنهكةٌ هي، ألقيت نفسي على الأريكة دون أن أنزع أي قطعة كانت تلبستني وتلبستها، سمعت استير تتكلم بالهاتف، حاولت التغافل عن سماع كلامها لأن هذا الفعل في عرفي غير أخلاقي. الكلمات تدخل أذني من دون إرادة كاملة ووعي مني ثم أدناني الفضول لسماع بقية الحديث. ربما هي غريزة الأبوة والدفاع اللاإرادي عن النفس والعائلة وهو أمر متجذر وطبيعي في العائلة الإسرائيلية، نحنُ لا نشفى من ذاكرتنا، مهما ابتعدنا، ومهما تلبسنا العناوين والصور، تبقى الذاكرة تعمل من حيث ندري ومن حيث لا ندري. ربما اللاشعور يختزن طبقات الذاكرة ويسترجعها مثل أجهزة الحواسيب العملاقة.

كانت تحدث صديقها. لم أكن أعرف أن لدى استير صديق مُقرب لهذه الدرجة! لكن لماذا لا يكون لها صديق قريب وهي تعيش هنا، ومن حقها أن يكون لها أصدقاء، جميع البنات والأولاد هنا أصدقاء. ربما بدأت آثار (الجيتو) تعاود الظهور أو هي تعمل بطريقة لا إرادية وتتفاعل مع الحدث وفق الرؤية القديمة والدفاع الذاتي عن النفس والعائلة. لا أدري، قد أكون أبالغ لو افترضت هذا الأمر! فجميع الآباء لديهم هذا الحس والشعور حيال أبنائهم. ربما تعاودني بعض صور التذكر وربما ترجع بنا صور التذكر إلى الوراء، إلى أماكن أبعد. لا نُريد اليوم الرجوع إليها. حملت أغراضي ودخلت غرفتي، شعرتُ بفتور غريب يعتريني، بدأت بالتمطي، حاولت التغلب على هذا الفتور. دخلت إلى الحمام، بدأت المراوحة بين الأقدام وبين الماء البارد والساخن. سمعتُ طرق على الباب، إنها استير. سأخرج بعد قليل، رجاءً حضري لي فنجان قهوة، عزيزتي.

- متى عدت يا أبي؟

- قبل قليل، عزيزتي.

أطرقت رأسها قليلاً. لماذا لا تجلبين أصدقاءك إلى البيت؟ لم أتعرف على أصحابكِ بعد. يبدو أنني لا أكرس الكثير من الوقت لك. هلا تعذريني؟

- لم تخبرني. ما الذي حصلت عليه من زيارتك يا أبي، هل من جديد؟

- لا جديد. لن تجدي الجديد أو الكثير عند من يتلقون التعليم البنكي. أقصد أن المعلومات مودعة في بنوك. يتعامل الجميع مع بنك واحد وعملة واحدة، لا جديد تحت الشمس. كل ما هنالك هو اجترار لأقوال بعيدة ربما عن الواقع ومحاكاة لرأي فرويد. فَ (ريد فورد) يرجع تُراث الخروج إلى زمن تذكر الهكسوس ويرى أن موسى شخصية أسطورية بحتة.

- الأسرار الصغيرة، ربما تكون أهم وأخطر من الأسرار الكبيرة، أبي!

- كلنا يخفي الأسرار، ليس بعضنا فقط، حتى الأنبياء يخفون بعض الأمور السرية عن الناس. الله لا وجود له في الداخل أو الخارج! هذا ما أسره في أذني خوري الدير، بسحنته السمراء وملامحه الغريبة!

- تعني، ملامحه العربية.

- أظنني أقصدُ هذا. فهو لا ساكن ولا متحرك، لا فاعل ولا منفعل، لا والد ولا ولد. هو لا يخلق ولا يصنع ولا يقول ولا يسمع، لا يرى ولا يتكلم.

- إذن هو لا ينتمي لهذا العالم بصوره التقليدية المتحققة في الخارج والمركوزة في عقول عوام العلماء وما بثه جهلة العلم في عقول العوام.

– نعم، استر، هذا ما قاله لي وهو يودعني. ليس له صورة متحققة لا في الخارج ولا في الخيال أو المكان والإمكان!

– إذن ماذا رأى موسى ومَنْ كلمه؟ كيف دنا الرجل العربي فكان قاب قوسين من الباب؟!

– العقل.

– العقل!

– العقل حين يتعرض للحر أو البرد الشديد يمرض. هذا الكلام لا ينفي وجود الصانع، بل يُثبته على نحو الوجود الحقيقي لله المتحقق في وجود الصانع في ذاته، بعيداً عن مصنوعاته. هذا الكلام لا يبغي إثبات الصانع أو نفيه على نحو الوجود الحقيقي للخالق. ما نراهُ ونحسهُ ونسمعهُ ونعبدهُ، ليس هو الله ﷻ الذات أو المعنى، بل هو الله المتحقق والمتحيز، المتكون في عقولنا بفعل الديانات والفلسفات والحكايات الشعبية وحاجة الناس للشعور بوجود يوم راحة أبدي.

– هل تنفي الدينونة؟

– عندما أكتشف آدم الحيلة وعلم بانه ليس من صنف الخالدين، بل طين سخيف، مجموعة أجهزة وتروس مترابطة بطريقة ميكانيكية وزائدة دودية، روبوت سخيف، حتى الريح الرخية ستلقي به بعيداً خارج سياج المزرعة! عندما رأى المصنع وأكتشف طريقة الخلق، الزاب الأعلى، أبتكر طريقة الخلود عبر الفعل الجنسي، الزاب الأسفل.

– السؤال المخنث: لماذا خُلقنا؟

– أغلق باب العربة خلفي وأنا أسمعهُ يُتمتم: وللأرضِ من كأسِ الكريم نصيبُ!

366

أنا الصرخة أي حنجرة ستعرفني؟
الصرخة

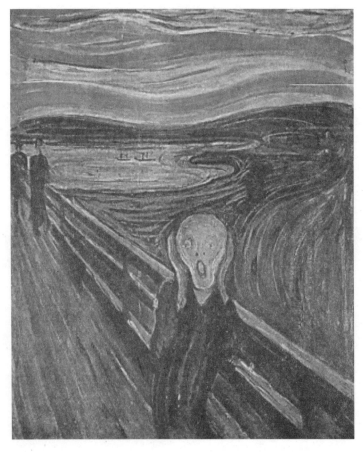

لوحة الفنان ادفارد مونش

يوم يسمعون الصيحة بالحق
ذلك يوم الخروج

Al dobler

وما قتلوه وما صلبوه ولكن شبَّه لهم

نِهَايَةُ العَالَمِ، نِهَايَةُ العَالَمَ بناء العالم يحتاج إلى عالم

ابن محبته.. الذي هو صورة الله غير المنظور بكر كل خليقة

حينما ترفض الحياة منحك فرصة للرحيل. فهذا يعني أنها متمسكة ببقائك. أمرُّ وأبقى هنا. تماماً مثل الكون. متى سينتهي هذا الليل الداخلي، متى سينتهي هذا الكون، أنا وروحي.. متى سأرى نهاري، متى سأنتبه أنني استيقظت.

التحولات

ليست الحياة حقيبة نغلقها في بداية الرحلة ونفتحها في نقاط التفتيش.

تسافر في صمتٍ إلى مسافة بعيدة في طريق غير آمن. قد تواجه سوء الحظ. لا تأبه للأمر كثيراً، كلنا يواجه سوء الحظ. شخص ما يعبث معي طوال الطريق

- هذا طبيعي، فأنت جزء من اللعبة.

كيف وصلت إلى هذا العالم؟

- أنا جسرٌ شيّد بغير اتقان، أحدهم يعبرني فأتحطم وراءه، الجسر الجسد، أنا معبر الأمم ليوم لا نهاية له.

كيف لي أن أبدأ؟ هل أجرؤ على خلخلة الكون؟ هل حقاً أجرؤ على إزعاج العالم، وأنا مثل مريض مُخدرٍ على فراشه؟! أنا جثةٌ حية، قادم من عالم الأموات، رجعت كي أنهي هذه الحكاية! كنتُ لغزاً محيراً، وكنتُ حرزاً مباركاً وجسراً يعبرُ عليه الجُناة والزناة، العراة والحفاة، هذا أنا، لا شيء غير هذا الوهم الذي تنظرون وتنتظرون! أنا حكاية بلا نهاية، مثل هذا العالم المسكون بالأمنيات، أنا مثلكم انتظر خلاصي، انتظر يومي الموعود!

نزرع الشرور مثلما نزرع الأشجار، أشجار الوهم البيضاء، أشجار الدين الناضجة، بلا ثمر. أمرُّ على الدروب، في الدروب فقط الهواء والخواء ووحشة الانتظار! أنا مثلكم انتظر نهاية الحكاية، أغفو وحدي، لا امرأة في مضجعي، أضاجع الوهم والخيال، أنا أقول لكم بصراحة، أنا على حافة الخبال!

إن الشجاعة بالاعتراف. لكن علينا أن نعترف أمام العالم وليس خلف شباك تذاكر رجل يكتم عن العالم قبائحنا، علينا أن نفتح دكان الحكاية لنُعلمَ الناس كيف يعترفون ويتطهرون، كي يتطهروا ويتطهر العالم من كل هذه الشرور! أذنب، أسرق، أقتل وتعال أعترف وأنا سأتحمل عنك ذنوبك، كل خطاياك سأحملها، وأصل الشرور بهمة عالية وسأواصل الغفران وحمل الذنوب بهمة لا تفتر!

أنا لعبة الأمم، لعبة العالم، الناس يموتون وأنا اتغير، اتحول من دمية لأخرى، من مكان لمكان، كانت الكلمات تلاحقني، كلما أردت الاعتراض كان يمنعني، يقول: علينا أن نسكت وأن نتحرك أبداً! هو يرى أن الكلمات توقظ في النفس نغمة باطنية، وأنا أرى أن الكلمات مجرد نواقيس توقظ في الرأس الأشباح والأوهام. **الكلمات سلاح من لا سلاح له!**

علينا أن نوقظ العالم بالخناجر لا بالحناجر! بالرصاص وبالسيوف! عليك أن تستعرض قوتك وأن تشهر سيفك لا لسانك. العالم يعترف بالسيوف لا بالكلمات، يحترم السيف ويحتقر القلم! الشظايا المعدنية، أوراق رسائل. هكذا يتحدث العالم وهذه هي لغة اليوم الأخير، يوم الدينونة. علينا ان نتحرر من الوهم، هذه المحادثة مستحيلة، العالم لا يتحدث، العالم يفعل ونحن نتحدث! العالم يبحث عن المخلص، والمُخلص يبحث عن المخلص! أية أحجية هذه؟!

لعبة الأرقام هي لعبة الحظ، كان الجرهمي التائه ينتقل في الأشخاص مثلما تنتقلين في الأرحام، لم يتبقَ مكان لم أذهب إليه! من صورة أنتقل لصورة أخرى، اتحول لشخصية أخرى. علينا أن نصعد الدرجات، عمري هو درجات العالم. هذا هو جمال الرياضيات وعظمة الحساب. كيف تنتقل؟ أختفي في العنوان، أختفي في الأشخاص. أسافر، أهاجر، تغرق سفينة، أفقد في حرب، وهكذا انتقل وانتقل، اختفي في الأشخاص، أختفي خلف الوجوه والأسماء والحيوات، انتقل من عالم إلى آخر، من مدينة إلى أخرى، أتكلم جميع اللغات وأجيد جميع الأعمال، أتذكر مرة اشتغلت حاكم لمدينة، وفي مرّة أخرى كنت حطاباً وكانت لي زوجة

كثيرة التذمر كأنها تجلس على موقدٍ فحم. ربّما بعضكم يسأل والآن ماذا تعمل؟ موظف في وزارة الكهرباء، أعمل من أجل إنارة العالم، وأملأ أوقات فراغي بكتابة القصص وبعض الحكايات، ليس من الأسرار أن أقول لكم؛ الفيس بوك أمرض روحي، سرق أوقات الانفراد بالروح والابتعاد عن العالم الموحش، أدخل من لا أحب بيتي وملئت الأفكار القبيحة سلة مهملاتي، لكني تعافيت منه، الآن، أنا في فترة نقاهة.

- لماذا لم يكتب عليك الموت مثل كل البشر؟

- العالم بحاجة لموازنة. الخير والشر، الليل والنهار، السالب والموجب، الرجل والمرأة. طالما كان ابن العاهرة موجوداً، سأبقى أجول ولن أكف عن الجولان!

- أليس لك بيت تأوي إليه؟

- بالروضة، كان بيتُ أبي، تحيط الأشجار بالمكان وينابيع المياه صافية كأنها عين الهر. يحرسني غلب الرجال، أرقب البيت من بعيد، أصلي وحدي، انتظر الليلة الموعودة، انتظر أجراس الرحمة، انتظرها أن تدق لأبدأ الجري، دمي ودم العالم يبدأ بالجريان. أمضي وتمضي الأيام، رجالي من حولي كأنهم حراس لسجن عتيق، أخط على بوابة الزمن الأيام، كلما فرغ يوم ملأته بالوقت، كلما مرّ يوم عاد ظله الثقيل بسرعة، تنقضي الأيام ولا ينقضي العد.

- هل مللت الانتظار، أم أنت خائف من المواجهة؟ امضي، لماذا تتلكأ؟ قف لوحدك وكن قوياً، ولا تجعل أحدًا يشعُر بضعفك مهما حدث. أيها الولد العالم ينتظرك، ماذا تنتظر؟!

وهم النهاية جان بودريار

التخيل هو من شَكّلني، لكي أسافر، أمسك بيدي دائماً، أحاذر أن أتوه!

أحببت، كرهت، تكلمت، فكرت، بفضله دائماً

كلّ يوم أنظر عبر نافذته. وكلّ ساعة، هكذا، أبدو كأنني أنا!

إلا أن المسيح نظر إليه بهدوء وأبلغه: إنني ماض، ولكن أنت، ستنتظرني إلى أن أعود.

ومنذ ذلك اليوم وكارتا فيلوس.

أها سورس يقول: متى أموت؟

- لن تموت ولن تذوق الراحة.

نعم! أنا خاطئ، لقد ارتكبت أفدح الخطايا لأنني كنت أحرث حقلي حين كان يتوجب عليّ أن أشارك في النضال من أجل حرية شعبي! والآن حل عقاب الإله الرهيب فوقي: عليّ أن أتجول في كل أنحاء العالم... وسأبحث طويلاً طويلاً عن بيوت أخوتي لأطلب منهم الصفح والغفران. والآن سأذهب لفعل ما يجب عليّ أن أفعله.

يقول «ريكين بن آري» أحد مؤسسي «هابيما» في كتابه عن نشاط هذه

الفرقة المسرحية: «... وما زلت أرى زيماك (الممثل الذي لعب دور اليهودي الأزلي) أمامي يحمل كيسه في نظرة ثاقبة، متسلقا إلى فوق، قائلاً بصوت عميق: أنا ذاهب لأفتش عن المخلص!

- لماذا تكتب عن الشيطان دائماً؟

- أنا لا أكذب، هو يكتب.

- هل رأيت الشيطان؟

- في بعض الأحيان نصادف الناس دون توقع. عندما كنت في سن الخامسة عشرة، كان يزورني في الليالي المقمرة. وعندما كبرت قليلاً كان يحلّ لي مسائل الرياضيات المعقدة. عندما دخلت الجيش كان يحارب بدلاً عني، كنت أستريح في واحدة من الشقق التي يملكها. هكذا. حينما سألته هل أصلح أن أكون واعظاً؟ ضحك كثيراً، ثم قال: أوافق على عملك، سأشتري لك عمامة جديدة.

- على ما يبدو أنك بطل حقيقي! هذا ما قلته وهو يتفاخر أمامي!

- حتى جهنم لها أبطالها.

- ما الذي يجلب لك السعادة؟

- إعادة تمثيل الخطيئة مرة أخرى.

- هل تستطيع كتابة رواية؟

- ماذا؟ هل تتذاكى أم تتغابى؟ العنب الأسود وضعت رسمي واسمي عليها.

- هل الشيطان حارسك الشخصي؟

- هذا ما قاله لي أمير الظلام.

374

– لماذا لم تسجد لآدم؟

– السجود ليس وجهة نظر نتبناها، نستبد بها حيناً ثم نستبدلها في أحيان كثيرة. القضية كانت، قضية مبادئ. أنا لا أؤمن بالخوف ولا أؤمن بالطمع. الخوف هو الأب الشرعي لكل عبادة. والطمع هو الضلع الأعوج لهذه العبادة. لولا الخوف لما عُبد الله.

– والطمع.

– نظرية بائسة، جوع كلبك يتبعك!

الديانة الحق لا تقوم على مبدأ الترغيب والترهيب. بل تقوم على المبدأ الفاضل، وهو المعرفة. الإله الحق لا يحكم بالسوط ولا يلقي بروحه وابنائه في المحرقة.

– فلسفة علوية، لو انكشف لي الغطاء ما ازددتُ يقيناً.

– لقد عاش تهيؤات المعرفة. وهي معارف ظنية. موسى توسل الرؤية من أجل يقينية المعرفة وهو عين ما حصل مع إبراهيم. كانت معارفهم ظنية، مجرد حدوس لا غير. حتى من دنا لم يصل لمعرفة يقينية، لم يرَ وجه الحق. رؤية الله بشواهد القلوب ليست هي الرؤية. من كُتب عليه الفناء لن يكون من أهل مملكة الشهود ولن يكون من الجنود.

– هل العبادات بديل الرؤية والكشف والشهود؟

– الصلاة والصوم وحتى الحج بل مطلق العبادات لن تقرب العبد من الرّب بقدر ما هي مطالب فردية تُلبي لنا بعض الحاجات، تُقرب الفرد من حاجاته، تبعث في النفوس بعض الطمأنينة والراحة المؤقتة والتي

يمكن أن أقول عند الاختبار، إنها مزيفة. المال الحرام لن يطهرنا أبداً حتى لو وهبناه للفقراء. نحن هنا نزق الفقراء الزقوم. لأننا نطعمهم ثمرة المال الحرام.

– أليست العبادة درجات؟

– العبادة درجة واحدة، هي درجة المعرفة. عبادة العبيد وعبادة الخاصة وخاصة الخاصة وهذه الترهات لا أصل لها. هي مجرد أوهام من أجل الترفع والترقي على العبيد بأصول لا أصل لها.

– هذه العبادة أو كما تسميها أنت المعرفة أشبه بتفتيش الأعمى عن قبعة سوداء في غرفة مظلمة والقبعة غير موجودة أساساً، إنها أشبه بالقفز من الأرض إلى السماء!

– إن الموقف الذي يتخذه الفيلسوف أو الشخص العادي لا يأتي من العدم. دائماً هناك نظرة للعالم.

– ربّما يمكننا التفكير بالذهاب لهذا العرض.

– البراءة هي البراعة!

أَيُّهَا الآبُ، قَدْ أَتَت السَّاعَةُ، أفكر في طريق الخروج؟

الدنيا مجرد ساعة، حينما تنتهي هذه الحياة، تبدأ الحياة. العلم الذي لا يصلك بالله فهو الجهل. ليس هناك طريق آخر، فقط هو يُمكن أن يخدع الكُل. لو أنك تُريد ان تكتشف ما وراء تلك العيون الباردة، فما عليك إلا ان تشق طريقك وسط هذا الحفل متنكراً.

بين الحين والآخر تحتاج لشخص يدلك على الطريق. الطريق الصحيح، تعديل مسارات وترميم انكسارات. هذا ما يقوم به الشخص المختار. المُخلص يُعين المؤمن المخلص على العودة والاستمرار في الطريق القويم أو البحث عن طريق جديد.

طريق المعبد مُعبدة للعبيد....

يمكنك معرفة الكثير عن المرء من خلال حذائه. إلى أين يذهب وأين كان. لقد ارتديت الكثير من الأحذية، بعضها كان مؤلماً. حذاء الرجل يأخذه حيث يُريد هو. الأحذية ليست اختيار أو قرار، الأحذية طريق، حذاؤك يأخذك إلى حيث يريد هو!

انتقلت وأقدامي باتجاه ساحة صلاة الجمعة، في محاولة للقاء صديقي مؤذن الجامع لشكره ووداعه. كان الجميع يهتف بشعارات،

جهادية تبعث الحماس في النفوس، قال لي السيد وهو يُمرر يدهُ على لحيته الخفيفة بوقار: مولاي تفضلوا؟ أومأت له برأسي، وقلت له: خلفكم أيها المُكرم. بعد الصلاة جلست أتأمله، كان والله كأحدهم، مع قربه منهم لا يكلموه هيبة لعظمته! أرقب عمامته، صدق الصادق، العمائم تيجان العرب، هذا الرجل مهاب بين أصحابه كأنه ملك لأنه وحده يلبس التاج، تاج رسول الله كما يطلقون على العمامة!

تأملتهُ وهو يجيب على الأسئلة، يقول فصلاً ويحكم عدلاً، يتفجر العلم من جوانبه وتنطق الحكمة من نواحيه. في لحظات عديدة كان يقلبُ كفّيه ويخاطب نفسه، إنه التأمل العميق في ملكوت الملك، بعدها بلحظاتٍ مديدة، تشرق ابتسامته، تشع من وجهه بسعادة الطفل البريء. عيناه سوداوان فيهما بريق. يتكلم ويتبسم ويحرك يديه، وجسمه بحيوية. لم أشعر بأي تصنع في كلامه. ابن يخاطب أباه في هذه الجلسة الطارئة التي جمعته به،، وهو على وشك الرحيل، تاركاً ما عاش من وراءه.

SHOW TIME

عندما يبدأ الشيطان العزف على الجميع أن يبدأ الرقص

آه، آه، آه،

أنا أعود الى الحياة بكل عنفواني

الآن من أجل حب فتاة

أنا أشتعل لهيباً

إنه حب جديد لا مثيل له

إنني هالك!

ليس هناك مشكلة، اللحظة الأهم قادمة لا محالة. في دمها خليط من الشهوة والجنس والهرطقة والسخرية. إن روعتها جعلتها شمساً لا يمكن تغطيتها أو دفنها. النغمات الساحرة حطمت كل أسوار الرقابة، هذه البداية الحقيقية، علينا تحرير الطاقة وسيخرج الوحش الناعس.

- لقد كانت نبوءة لا تنسى

- المشهد يتحول من مأساة إغريقية إلى لوحة سريالية

لقد انتهى الرجل لا توجد قوة على الأرض يمكنها إنقاذه. ينفتح الباب ليجد أمامه غرفة استقبال مريحة، ركن به مدفأة مشتعلة، الستائر مُسدلة تعطي جواً من الدفء الحميم والخصوصية. الستائر بلون الليمون، رائحة الغرفة تشبه النارنج، مكان جميل يُشبه لوحة زيتية في كاتدرائية منسية.

أثار استغرابي وجود جدارية خلف كرسي الرجل الذي يبتعد عن المدفأة بمسافة توفر له حيز رؤية بشكل حدوة حصان.

تعتقدون أن بإمكانكم فهم هذا العالم وهذا غير صحيح. إنه يُخفي أسراراً لا تصدق. جعلتم من عقولكم مرشداً وظننتم أن العاَلم لا يملك سحرا. بالرغم من أنكم لم تستطيعوا فهم أبسط ظواهره:

كانت العبارة ناقصة، لقد مرّت على سمعي، قالها أحد التلاميذ وهو يدخل في جدال عنيف مع فيزيائي يجزم أن العالم عبارة عن لعبة فيزيائي! لماذا تكون العبارات والحقائق ناقصة؟ هل لعدم قدرتنا على تحمل الحقيقة الكاملة لذلك تُعطى لنا على شكل جرعات وشظايا!

متى بدأ الزمن؟ أين هي حدود الفضاء اللامتناهي؟ فلتكن لديكم الشجاعة لكشف السر.

رجعت لفندق شط العرب. لقد تزودت بطاقة جديدة، لا أستطيع القول إنها روحية. لكني اشعر بفائض من الحيوية والنشاط. بعد العشاء رأيت مجموعة من الصبايا والشباب يتحلقون في شبه دائرة وهم يستمعون لشرح من سيدة الدعم النفسي تساعدها مدربة التدريب البدني. لم يكن المشهد يبعث على القلق أبداً. فقد تعودت على هذه التصرفات التي تبدو غريبة أو ليس في تمام وقتها، مثل الساعات السويسرية، لا يتأخرون ولا يتقدمون، حركة دائمة ودائبة، العمل هو العمل!

في هكذا مكان عليك الحذر في اعلان ما تحب وما لا تحب، لقد بالغ كثيراً في الخوف والتخفي ليصير مثل الجميع، حتى لم يعد يعرف صورته أو شخصيته الحقيقية، إنه لا يعرف ما يحب وما يكره!

كنت أشاهد فصلاً لمسرحية غير مكتملة، أنا والسيدة المعطرة من نافذة شرفة غير مرئية للجميع. كانت الكلمات تأتي من خلفنا ومن أمامنا، كلمات تسمعنا ونسمعها، سيتم نقلكم عند الفجر لموقع التصوير. هل قرأتم السيناريو جيداً؟ الأخطاء ممنوعة، سيتم التصوير لمرة واحدة فقط. عليكم الانتباه لهذا الأمر جيداً، أكرر، سيتم التصوير لمرة واحدة فقط.

- كيف تمكنتَ من حفظ كل هذا التاريخ، الحوادث، الشخصيات، الأسماء، الأرقام، المعارك، الأماكن.. ..؟

- لا تشعر بالسوء، دائماً هناك ممحاة، وهناك مخزن فارغ ومكتبة عامة مهجورة أضع فيها كل ما هو فائض عن الاستعمال اليومي. كلما خرجت سنة أفرغت محتوياتها في مخزن الذاكرة، مكتبة صوتية، مكتبة صورية، مكتبة ورقية، مكتبة وثائقية لكل التاريخ منذ البدء.

- كيف تندمج مع هذا العالم؟

- الفم المغلق لا يدخله الذباب.

كلما اختفت شخصية أنتقل لمكان جديد، استخرج بطاقة شخصية جديدة، وهكذا أعيش.

ثق بي لقد قمنا بالقرار الصحيح، لن يعلم أحد بما جرى أبداً.

العشاء الأخير
نهاية اللعبة
نهاية التاريخ والإنسان الأخير

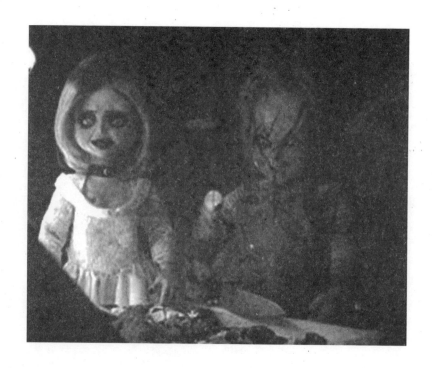

بـداية التاريخ

You are here because the outside world rejects you
أنت هنا لأن الخارج قد رفضك

التقطت هذه الصورة من داخل مصحة نفسية مهجورة! حين نعلم أننا نحلم، فهذه بداية اليقظة. الدنيا حلم ولدار الآخرة هي اليقظة. الطوفان الحقيقي إنما هو طوفان الخطيئة الذي يغرق فيها الآثمون. لقد أصبحنا أبعد عن الله أقرب إلى البشر! حقاً لا أدري أين أنا، كل شيء يؤدي إلى لا شيء. أصبحت اليقظة هي الحلم، أكافح من أجل أن أعيش. الجميع يحمل السلاح. الطائرات تملأ السماء، الشهب والنيازك تطارد من يقترب. لا تفسير لهذه القصة، لا تفسير لما يجري الآن! البدلات السود، حراس البيت الأسود، أحباش كنانة، القداس الأسود مرة أخرى، هؤلاء القوم كانوا يعرفون أشياء كثيرة ونحن كنّا في غفلة! أصبح البيت بعيداً، الأمطار تنهمر لتغمر طرقات المدينة، هذا جو مناسب لهذه الرحلة، يرد عليه زميله: طقس لعين، إنه يجعلني متوتر الأعصاب، كانت كلمات المسؤول عن الوحدة تتردد بصوت منفعل، لا يمكن أن يتم شيء بهيج وسط هذه السيول والبروق والرعود. يبدو أنه اليوم الموعود حقاً جاءت

الكلمات من شفاه مدربة التحليل النفسي وسرت ضحكة غير بهيجة في المكان. ثم أكملت؛ الأسطورة اليابانية تقول: عندما تبرز الشمس والمطر هاطل فمعنى هذا أن ثمة عرساً للثعالب.

إنها فرصتك الوحيدة والأخيرة، يجب أن تهدأ، علينا جميعاً مواجهة القدر أو التصالح معه، على ما يبدو أن القدر يقف إلى جانبك هذه المرة، اللحظات التالية قد تُمثل مستقبلك كله. اللحظات المغفلة قادمة عليك أن تستغلها، الفعل الصحيح هو التحرر من الزمان، لقد حزم الأسلاف حقائبهم في رحلة أبدية، أي تطور حقيقي إنما هو في الوعي لا في الزمان. عليك أن تُوقف عقارب الوقت، عليك أن تعيد الزمان لنقطة البداية، قبل ميلاد المسيح كان التاريخ يساوي صفر. ولادة المسيح هي التي أعطت للتاريخ قيمة، عليك أن تدخل حانة الزمن، سيدوري هناك، على حافة الاقيانوس، ستسقيك الخمر، خمر الحياة الأبدية، على الإنسان أن يقوم بالأعمال المطلوبة منه دون الاهتمام بثمارها.

- أنتِ من النوع الذي يميل إلى القلق المتواصل، لتصمت نساؤكم في الكنائس لأنه ليس مأذوناً لهن أن يتكلمن.

- لقد شاركت في هذا القداس أكثر من مرّة. في كلّ مرّة يفشل القداس. لابد وأن تهدأ، لا شيء شخصي، الشعيرة الأولى هي زيارة الجدار المقدس الذي شيده نبوخذنصر في مدينة أور، تل المقير، كما يفعل الجميع. حائط المبكى اليهودي هو نسخة مزورة من الجدار المقدس الذي شيده نبوخذنصر. كل المرح يحدثُ داخل الدائرة. لا يمكن مقاومة الشعور الجيد، الشغف، النشوة القصوى.

- لم تكن لي امرأة من قبل.

- هيا تشجع خذ امرأتك بالقوة، الآن الطريق مفتوحة، في القمة يكون تزاوج النسور.

- الجنة تشبه العرس ونفس الإنسان وجسده هما العروس،

- من أنت؟

- أنا ملاكك الحارس، سيقتلونك إذا لم تلتزم النص. ثق بطريق الرّب، يسوع الناصري رقص في عرس قانا الجليل، عليك أن تواصل الرقص وسآخذك معي في نهاية العرض.

إنهم قادمون، أحسم أمرك بسرعة، لا مجال للاستسلام، هل رجالك جاهزون؟

ها أنذا أجيء، ذبيحة وقربانا، لأفعل مشيئتك.

سيدي، المدينة ترفع رأسها فوقنا كالتنين، صفارات الإنذار تتعالى في

387

قاعدة الناصرية العسكرية، قاعدة الإمام علي الجوية، الجنود يتحركون بسرعة في مختلف الاتجاهات، تحركت القوة باتجاهنا لغرض نقلنا لمكان آمن، بدأت الصبايا بالصراخ، بدأ بعض الجنود يفقد تركيزه، لقد فتح العدو ثغرة في السور الخارجي، بدأ الرجال بملابسهم السوداء ينفذون من خلال الثغرة، أمسكتُ يدها، لنذهب معاً، أنا وأنتِ. أبعدت يدها عنّي، همست في أذني، ليس هناك وقت، لقد جاءت الفرصة، الأصوات البشرية توقظنا، بنو العقيقة يهاجمون قاعدة الناصرية الجوية، لوّح إليّ أحدهم بيديه، كأنه يعرفني. تزداد النيران كثافة ويقل جهد الرجال الذين يدافعون عن القاعدة، هبطت الطائرات المروحية التي ستنقلنا لمكان آخر وآمن.

العرس الوحشي

وابنتي؟

ستراها حين تعود لمنزلك في منهاتن مرّة أخرى، تجلسُ في ذاك المطعم، تُديرُ رأسك وأنت تسمع الرجل الياباني ينادي على طلبات الزبائن، والإسباني يرقص وهو يمسح الطاولات...

- ماذا ستطلقين عليها من اسم؟

- لا تخشِ من هذا الأمر!

حينما تخونك الأشياءُ من حولك، حين يتمرد عليك سيفك وعقلك، حين تنهض لمقاتلة العالم وحدك، تذكر أن قلبك وحده الشاهد على

ميلادك ومماتك، كن بقوة حصان طروادة وأزحف داخل المدينة الملعونة. ضع قلبك في ثلاجات الموتى، أنحر الغيمة بسكين الريح، أشعل فتيل حرائق العالم. لا أحد يمضي معي، لا أجد مَنْ يكلمني، أنا صديق روحي، حينما تُصبح الأمنياتُ عسيرة، لقد أطفأ السيد مصابيح العالم، وسيذهب وحده للنوم. لقد انهيت قراءة الأوراق، من هنا أطلب منك المغفرة، سأرحل.

أريدُ منك نصيحة أخيرة كي أواصل الدرب.

- تمسكُ بقشة المستحيل، وأصل الرهان على نفسك، أترك الحظ جانباً، لا تطلب مساعدة صديق، أطلب مساعدة نفسك، حك جلدك بظفرك، أصنع مزاعمك الخاصة، من أجل البقاء ولو قليلاً تحت بقعة الضوء! دائماً هناك فرصة أخيرة.

- اشتهي أن أخط بأحرفٍ كبيرة على سبورة العالم السوداء: أيها الوجود كم أنت حقود.

- صديقي، مَنْ يُمسك بأحجية العالم، علينا أن نقدم له المواساة لا التهنئة، إنهُ أقرب للجنون منه إلى الحزن أو الفرح. حينما تُمسك بأحجية العالم لا لتحلها، بل لتنظر إلى جمالها فأعلم أنك على شفا حفرة.

معركة القادسية/قادش
الضحى/يوم الزينة

هبطت الطائرة على رصيف كلاب، منطقة في قلب صحراء محافظة القادسية، تبسم أحدهم وهو يهمس في أذن قائد الفريق، قادش! بدأت التحضيرات، الجميع في ارتباك، قبل قليل خرجنا من كمين قاتل، الموت كمين، والحياة كمين لعين، نهايته الموت. بدأت النسوة بالصعود، بدأت الأضواء تتتابع خطوات الصبايا، على الجانب الآخر خرج الرجال، أمسكوا بالقطع النقدية المنقوش على وجهها الكلمة الخالدة، هليلويا، وعلى ظهرها منقوشة صورة الإله الجواد، جوديا. يبدأ الرجال برمي القطع النقدية، تهلهل قلوب الصبايا، تبتهل وتتهلل ووجوههن، إذا صح قلب الفتى نشط عقله! بلا قطعة نقدية وجدت زارا تصعد في اتجاه يوازي اتجاه صعودي في سلم بيضوي، أدور وتدور، لقد نظرت إلى عين هذه الجزيرة، وما رأيت كان جميلا!

دخلتُ إلى قاعة كبرى، في بيت حجر اللازورد، أرى الكاهنة من خلف ستار مخملي، تتمدد على سرير مزخرف، مكللة بالسواد كأخبية قيدار، كسرداق سليمان على رأسها تاج من ورد، أرتدي طيلسان الملك، أضع على رأسي تاجٌ من شوك، أحمل الصولجان المقدس، القوس الطويلة والسهام، أشدُّ عصا الرماية والمقلاع إلى وسطي، ألبس الخفين المقدسين، أسمع صوت ينادي:

الراعي المختار يدخل البيت العتيق

يسمع الأصوات من كل الجهات

الحياة هي قدومك

قدومك إلى البيت هو الوفرة

اغتسلت في مستحم القدس، قريباً من شجرة التفاح ركعت كما يليق، أمام أخي القادم بالنشيد.

يوم الزينة، يوم الزنى!

بدأنا بتناول شراب الخلود، سكر العافية، النشيد الإلهي يبدأ، تتقدم زهرة نحو عريش، تمتد فوق سرير حليبي، أنثى اسطورية تستحم بحليب وزعفران، تشتعلُ فيها نيران الشهوة، تتساقط حبات الرطب، تتساقط قطرات من دمي في الكأس، أنفخ في البوق، تتدفق نافورات العالم السفلي بالماء المقدس، تتمسك بأعمدة المعبد، تتساقط الشهب، حراس قادش يحرسون المكان، أضمها إلى صدري، أعشقها، فاكهة مقدسة، ومياه الغمر الأولى تعانقني، يسري دمي في جسدها الفايروسي، لقاح مقدس، لقاح سماوي، تنتفض مثل عصفور بلله القطر، يتنزل المطر، أشعر بخدرٍ، إنها ليلة القدر،

Go أهرب أيها المحارب بينما لديك الفرصة، أرحل بسلام،

الهرب لن يمنحني السلام

سيمنحك الوقت لتمنح العالم فرصة جديدة للحياة وللسلام. لَا تَدْرِي لَعَلَّ اللَّهَ يُحْدِثُ بَعْدَ ذَلِكَ أَمْراً

وَمَا قَتَلُوهُ يَقِيناً
دق أجراس الموت

حارس العرش ينادي، تجهزوا، سنغادر، تقع الكلمات في صماخ أذني المتخدرة، أنهض، أتكأ على ذراع رجل بملابس سوداء، يضع فوهة مسدسه على مؤخرة رأسي، أسمع صوت الموت من خلفي، أخرُّ إلى الأرض، حين رفعتُ رأسي، رأيت رأسي ونفسي في مؤخرة سيارة مدنية، كنتُ أشعر بعطش شديد وألم في رأسي، أعطاني أحدهم قنينة ماء، سألني أحدهم:

- لماذا كانوا يُريدون قتلك؟

لم أستطع أن أجيبه، كان رأسي يدور، عاهرة بابل، كانت الكلمات تدور في رأسي مع صداع وألم شديدين، ثم جاء واحد من الملائكة السبعة الذين معهم البنادق السبعة وتكلم معي قائلاً، هلمّ فأريك دينونة الزانية العظيمة الجالسة على المياه الكثيرة، التي زنى معها ملوك الأرض وسكر سكانها من خمر زناها. فمضى بي بالروح إلى البرية فرأيت امرأة جالسة على وحش قرمزي عليه جميع أسماء التجديف له سبعة رؤوس وعشرة قرون. والمرأة كانت متسربلة بأرجوان وقرمز ومتحلية بذهب وحجارة كريمة ولؤلؤ ومعها كأس من ذهب في يدها مملوءة رجاسات ونجاسات زناها، وعلى جبهتها اسم مكتوب، سر بابل العظيمة أم زانيات

393

الأرض. ورأيت المرأة سكرى من دم القديسين ومن دم شهداء الأرض، فتعجبت لما رأيتها تعجباً عظيماً، ثم قال لي الملاك لماذا تعجبت؟ أنا أقول لك سر المرأة والوحش الحامل لها الذي له السبعة الرؤوس والعشرة القرون الوحش الذي رأيت كان وزال لكنه سيعود، بعد أن يصعد من الهاوية ويمضي إلى الهلاك.

وصلّوا لكي لا يكون هروبكم في شتاء ولا في سبت

اختلطت عليّ الأصوات، دخلنا في الزحام، قلت له: أين أنا؟ لم أسمع الإجابة من أحد، كان الرصاص ينهال علينا من كلّ اتجاه، كانت هناك سيطرة عسكرية مشتركة للقوات البريطانية والدنماركية أمامنا، وقد انتشر أفرادها بين المحلات واختلطوا بالناس، بدأ أطلاق الرصاص مرّة أخرى، كان سوق البصرة مزدحماً، بدأ الناس بالفرار والاختباء، فتحتُ باب السيارة الخلفي وأطلقت الريح لساقي، عدوت بعيداً عن السيارات ومكان الرصاص، من فتحة جانبية تؤدي إلى طريق كازينو لبنان حيث كنت أفرّ هارباً من السيطرات الحزبية، وجدت بناية قديمة أمامي، عبرت الجسر الصغير، وضعت قدمي داخل البناية، ألتقط بعض الأنفاس، جلستُ في آخر الصفوف بعيون مشغولة، أرقب الجميع، الجميع مشغول عني، اختفت البدلات السوداء، المسدسات غير موجودة، فقط أوراق وكتب وكلام كثير لا أدري علام يتجادل هؤلاء الرجال، رفع أحدهم نسخة سوداء من كتاب ورقي، لمحت العنوان، كانت ملامح الرجل تشبه ملامحي، حاولت تذكره، أتأمل في صورته، الألم مازال يدور في رأسي، استعصى علي تذكر الرجل، اقرأ اللافتة الموضوعة خلف الرجل الذي يتحدث بصوت شبه متقطع، أجد صورتي عليها، هذا الرجل يحمل

اسمي، اشتري نسخة سوداء من كلام الرجل الذي يشبهني، (شارع بشار) انشغل بالقراءة فيها بينما الجميع من حولي يتهامسون، يتلفتون، لا أريد ان أقول لهم، هذا أنا، لقد اشتريت كلامي من بائع الكلام الذي يجلس أمامي، اشتري حياتي كلمات وورق!

أفرّقُ جسمي في جسومٍ كثيرةٍ

وَإِذْ أَخَذَ رَبُّكَ مِن بَنِي آدَمَ مِن ظُهُورِهِمْ ذُرِّيَّتَهُمْ

في مشروع خاتمة كتاب «أزهار الفكر» يخاطبSbahi مدينته البصرة: إِنَّني استَخلَصتُ مِن كُلِّ شَيءٍ الجَوهَر، أعطَيتِني طِينَكِ فَصَنَعتُ مِنهُ الذَّهَب.

كلّ من اتم عملاً عظيماً لا يهمه عدم إقبال الجماهير عليه، كما لا يُضير العاقل تجهم المجانين عليه في مستشفى المجانين.

الب

مُحَمَّ السباهي ﷺ

رَمَضَانُ ١٤٣٧

دليل القراءة

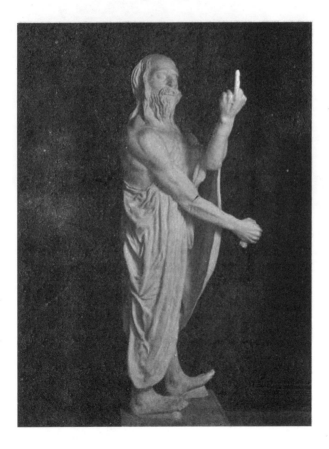

الفهرس

398

400